谨以此书为母校暨南大学建校 110 周年献礼

GUANGYIN DE GUSHI XILIE

光阴的故事系列

壮怀游天下

五大洲32国100篇游记

唐　炜 ⊙ 著

暨南大学出版社
JINAN UNIVERSITY PRESS

中国·广州

图书在版编目（CIP）数据

壮怀游天下/唐炜著 . —广州：暨南大学出版社，2016. 11
（光阴的故事系列）
ISBN 978 - 7 - 5668 - 1953 - 6

Ⅰ. ①壮…　Ⅱ. ①唐…　Ⅲ. ①游记—作品集—中国—当代　Ⅳ. ①I267. 4

中国版本图书馆 CIP 数据核字（2016）第 238933 号

壮怀游天下
ZHUANGHUAI YOU TIANXIA
著　者：唐　炜

出 版 人：徐义雄
责任编辑：苏彩桃　黄　斯
责任校对：黄志波　姚晓莉
责任印制：汤慧君　周一丹

出版发行：暨南大学出版社（510630）
电　　话：总编室（8620）85221601
　　　　　营销部（8620）85225284　85228291　85228292（邮购）
传　　真：（8620）85221583（办公室）　85223774（营销部）
网　　址：http：//www. jnupress. com　http：//press. jnu. edu. cn
排　　版：广州市天河星辰文化发展部照排中心
印　　刷：深圳市新联美术印刷有限公司
开　　本：787mm×960mm　1/16
印　　张：24. 25
字　　数：430 千
版　　次：2016 年 11 月第 1 版
印　　次：2016 年 11 月第 1 次
定　　价：98. 00 元

（暨大版图书如有印装质量问题，请与出版社总编室联系调换）

序

豪情记行万里路

马彦珣[①]

　　"读万卷书，行万里路"，这是一句激励有志之士进德修业、成器成材的老话。新华社资深记者唐炜，退休后以其职业的特有气质，豪情未减，在十多年时间里，有计划地先后到除西藏外的全国各省、区及境外 31 个国家和地区旅游，边游边记，成文 100 篇 43 万字，今年结集出版，书名《壮怀游天下》，给母校暨南大学建校 110 周年校庆献礼。喜事，可贺。

　　旅游乃全球现代生活的一股热流。我国改革开放后，人民生活改善，旅游已成为时尚。它利国利民，有助于国家经济发展。个人或合家走出户外，发现世界之大之美，开拓了眼界，开阔了胸怀，增长了学识，还可健全体魄。唐炜选择了这项"一游多得"的活动，最大特色和明智之处，在于把它定位于"学"。开头引用的那句老话，两者的要义是相通的："读"是学，"行"也是学。古人说，"学而不思则罔"，提倡"博学之，审问之，慎思之，明辨之，笃行之"，对自然、社会、人生中的种种事物和问题，从皮肤到骨髓，里里外外探索深挖并揭示其究竟。唐炜与前人想到一起了，他把旅游作为观察世界的一扇窗户，认为文化是民族的灵魂，历史是人类的脚印，旅游要着重于从历史和文化的视觉深度，解读所到的国家、地区和所见的事物。他想到做到，用力、用心乃至用情，落实到双腿、脑海和笔端，写出一篇篇生动感人的见闻。这是一本具有丰富的史料性、知识性、可读性的旅游通讯集，也可看作传播精神文明、有助于社会人群文化升华的有益读物。

　　广东省老新闻记者协会编印的《南粤老记》，曾经登载本书中两篇关于巴黎埃菲尔铁塔和埃及金字塔的游记。埃菲尔铁塔有"铁娘子"的美誉。他用立体式的精雕细刻，工笔描绘了铁塔建筑恢宏雄伟的气势，又深情地诉说了

---

①　马彦珣是原暨南大学新闻系主任、广东省新闻学会副会长、广东省老新闻记者协会副会长。

为"铁娘子"的美貌绝伦所倾倒。读者读后仿佛身临其境。文章还有一串翔实动人的数字，一段建塔时民意初分后合的曲折经历。面对凝聚着法兰西民族智慧和善良人性的世界文明巨星，它的璀璨光华，唐炜从心底喊出：拥抱"铁娘子"！埃及金字塔，有人戏说是外星人的杰作，其实是阿拉伯人的祖先用今人仍未弄明白的智慧和流不尽的汗水建成的。唐炜同样如数家珍，纤毫不漏，细说一座座金字塔的雄伟神奇。哈夫拉法老（国王）金字塔前的狮身人面像，是塔的守护神，其面貌据说原是法老英伟的脸型，但久经战乱破坏，如今已伤痕累累，面目全非，眼睛没有了，鼻子没有了，胡须也被瓜分了。唐炜入神地看着想着，痛心它在此趴了数千年护神却遭难，更敬佩它无论风云变幻，无论荣辱毁誉，都永远保持着人性的理智和狮子特有的矜持。唐炜默默地告诉自己：有机会一定再来探望这位坚贞忠诚的守护神，再来神游令人心醉神迷的金字塔。两篇华章，一篇甜言"拥抱"，一篇蜜语"神游"，如此良知用情的记游笔触，相信也会拨动读者的心弦，令人有所感悟。

唐炜万里之行，所见、所闻、所思、所记、所学，令他的智慧和志向得到了滋润，所以自始至终，他都有一股"放眼世界，玩转天下，做现代徐霞客"的豪情。

今天的中国已经是世界第二大经济体，成为世界经济的稳定器，世界经济复苏的发动机。随着"一带一路"战略的实施，亚投行的建立，中国显示出世界大国的地位。在举世瞩目、震撼全球的大好形势下，我们必须头脑清醒，需要借鉴各国发展的经验和教训，需要与世界各国进行多方面的交流合作。从这个意义上讲，旅游是开阔国际视野之旅，解放思想和学习之旅。他山之石，可以攻玉，要善于学习人家的长处，自己才能进步。党的十八大吹响继续解放思想、坚持改革开放的号角，敞开国门，走出去，请进来。精彩世界，气象万千，这是国人豪情满怀，走向世界，探索世界的好时光。《壮怀游天下》面世，期望可以给人一些启迪。

我国旅游事业方兴未艾，一片繁荣，经营多属健康正派。但"利润至上"、作风欠佳的负面传闻，也不时掠过耳边，不宜掉以轻心。于此有责者，能不深刻反思一下，切实改进一下乎？

唐炜说，我是本书第一读者，我喜读得益，故而乐意为全书开头写几句内心话。

2016 丙申猴年仲夏于暨南园

目　录

第一章　寰宇地标

第二章　世间万象

第三章　山水寄情

第四章　永恒缅怀

第五章　探秘之旅

寰宇地标

神游埃及金字塔

　　这个地方，向往已久。无论看过多少照片，听过多少描述，还是画不出它雄伟壮观的样子，更说不清其神秘的内涵。只是，每次看到它的名字就会心生亲近。也许这就是埃及金字塔的魅力，一个能让你的心灵得到释放的地方，一个去了还想再去的胜境。

　　我们进入埃及时天已亮了，在飞机上能看到茫茫的沙漠，终于一掠而过地看到了远处巨大的金字塔。飞机飞临市区上空，开罗竟然和外围的沙漠一样，也是一片灰蒙蒙的黄灰色。我们出了机场，刚坐进旅游大巴，忽然一个背着冲锋枪的阿拉伯年轻人挤了上来。正在大伙惊慌之际，导游忙解释，埃及政府为了确保外国游客的安全，规定旅游巴士上必须配备武装人员。这时，我们才意识到，这趟旅行，去的是个完全不同的国度。

　　早餐后，旅游巴士在开罗市区转了几个弯，就看到了 3 座金字塔。原来金字塔就坐落在市区近郊。这里光秃秃的灰黄大地甚是扎眼，仿佛时刻在提醒着游人，这里就是沙漠。我四下张望，感受着金字塔圣地的凝重气息。满眼的灰黄色似乎也在告诉人们，这里的每一寸土地都有着厚重的沉淀。"几回梦里游埃及，双手捧起金字塔"，如今当这一切如此清晰地呈现在面前时，我内心的激动可想而知！

　　我们来到金字塔面前，导游首先给大伙讲起金字塔的故事：金字塔是古埃及法老（国王）的坟墓，因其外形与中国汉字的"金"字相似，所以在我国翻译成金字塔。这 3 个东西并列的金字塔，分别为胡夫、哈夫拉、门卡乌拉金字塔，是胡夫统治时期祖孙三代的金字塔。胡夫金字塔是埃及现存 110 座金字塔中规模最大的，被称为大金字塔。它像一座近 50 层楼高的"人造山"，人们站在它面前，会感到自身特别渺小。

　　按规定，金字塔是禁止攀登的，但是禁而不止，底下几层总是有游客在攀爬。我们怀着"不到长城非好汉"的心情，也跟着爬到塔身北侧的出入口。这里离地面十多米，是用 4 块巨石砌成的三角形出入口。导游说，这个结构非常科学，如果不用三角形而用四边形，巨大的金字塔会把出入口压塌。三角形能把压力均匀分散，从而保证安全。我坐在一块方形巨石旁，看得入神。向上看，只见塔尖犹如锷锋，直指苍穹，"离天三尺三"，摩天掠云，笑对长河落日，傲视大漠孤烟；向前看，一块块巨石光滑细腻，色泽明亮。特别令人惊奇的是，在石块之间没有任何黏结物，却粘得十分紧密。虽经过4 000多年的风雨侵蚀，仍没有留下任何缝隙，连锋利的刀片也难以插进去。由此可见，几千年前的古埃及人建造金字塔的工艺，力学原理的研究和运用，达到如此天衣无缝的水平，不能不令人叹为观止，堪称世界建筑之奇迹。

导游谈到，金字塔是一个充满奇迹的建筑物。就因为它太神奇了，甚至被人神化。有人认为金字塔是外星人建造的，是外星飞船的导航塔；塔里的法老诅咒，是魔鬼的咒语显灵；陵墓内的壁画，具有沟通阴阳两界的法力等

开罗郊区的金字塔

等。经过现代科学考证，金字塔既是"神"的奇迹，更是人的奇迹。科考人员发现，胡夫金字塔建筑工艺中有诸多神秘数据：塔的高度 147 米乘 10 亿，正好是地球到太阳的距离；穿过金字塔的子午线，正好把地球的陆地和海洋平均分割；金字塔的重心，正好是各大陆引力的中心；金字塔的高度乘 2 除以底座面积，正好等于圆周率等。处于石器时代的古埃及人是怎样计算出来的？至今，它仍是世界未解之谜。

据介绍，胡夫金字塔由 230 万块巨石砌成，如果用这些石块铺设一尺宽的路面，足可以绕地球一周。每块巨石重量平均为 2.5 吨，需要 10 万人用 20 年才能建成。这些惊人的数据，已为日本科学家考察证实了。但当时的古埃及是奴隶制，怎么可能创造这个世界第一的奇迹？究竟是什么力量调动奴隶们的积极性？人们争论来争论去，最后只有一个答案是比较合理的：他们是为了某种信仰而自愿建造金字塔的。

古埃及人坚信，人的死亡只是另一种存在形式的开始，他的灵魂将永远存在。作为当时的统治者，法老是国家的标志并且被神化、被崇拜。在百姓眼中，法老本身就是神，营造他们的灵魂之家金字塔，是当时人们的共识。于是，在"神"的召唤下，人们在尼罗河进入泛滥期的农闲季节，组织起来为"神"修建金字塔。这就是说，支撑起古埃及文明奇迹的，是"神"催生出来的。但究其根源，它还是人的奇迹，正是人的造神运动成就了这一切。"神"不在人外，而在人的心里，这样才能发挥改天换地的"神力"。

金字塔的故事，大伙越听越入神，不停地向导游提出这样那样的问题，有时甚至还会发生激烈的争论。导游说，我们还是去看看最早建起来的金字塔来寻求答案吧。大巴离开胡夫金字塔，来到尼罗河的一条小支流旁，前方一座阶梯状的金字塔模糊地露出了身影，它就是萨卡拉金字塔。我们来到它跟前，这个金字塔比较低矮，高约 60 米，也是用石块砌成的，但与常见的金字塔不同的是，它分成 6 层，由下到上逐层缩小，每层都是四方体，从整体上看呈阶梯状，被称为"天堂之梯"金字塔。

导游说，这个塔是所有金字塔的始祖，约建于公元前 2700 年，比胡夫金字塔还早了 100 多年。它的主人是第三王朝的早期法老，建筑设计师叫依蒙荷太普，由于建筑金字塔的卓越成就，死后位列仙班，被后人奉为智慧神。他建造阶梯形的金字塔，就是为法老建造上天的天梯。后世人们根据依蒙荷太普建塔的原始理念，把阶梯形状的金字塔发展成为平滑的棱锥体，最终逐渐演化成了胡夫金字塔的模样。

真想不到，埃及有那么多金字塔，而每个金字塔都有那么多精彩的故事。导游带领我们参观了各式各样的金字塔，最后来到了一座几乎与胡夫金字塔一样高的金字塔前，顶部有一片光滑洁白、类似白水泥的贴面，它就是胡夫的儿子哈夫拉法老的金字塔。据称，塔顶的贴面是用打磨光滑、形状规则的石灰石拼接而成的。贴面在阳光照耀下，反射出晶莹的亮白光芒，给塔体赋予灵异和庄严。

我们正要离开哈夫拉金字塔时，幸运地邂逅了在梦中神往已久的狮身人面像。只见它匍卧在哈夫拉金字塔前，称得上是忠实的守护神。它高约20米，长约60米，除向前伸展15米的两前爪是粗石堆砌外，整个身躯雕刻在一块裸露的巨石上。据介绍，它的头部原来雕有国王的头饰，前额雕有象征王权的蛇像，下额有胡须，面部是哈夫拉的脸型。如今我们就近看它时，已是伤痕累累、面目全非了。它没有眼睛，没有鼻子，据说是拿破仑侵略埃及时炮轰造成的。胡须也被拔掉了，其中一截被保留在埃及，另一截却流落到了英国的大英博物馆。

我默默地看着它，想得入神：它在这里趴了数千年，早已看透人间沧桑，无论世道风云变幻，无论荣辱毁誉，它都永远保持着人性的理智和狮子的矜持。临别时，我在心里默默地告诉自己："有机会我一定再来，再来看看我梦中的忠实的陵墓守护神，再来游览这令人心醉神迷的埃及金字塔！"

2 走进人类文明史发祥地

　　埃及国家博物馆在开罗市中心的解放广场附近。这是一座两层的暗色建筑，前院面积不大，中央有一座喷泉，两边是几条甬道、几棵树、几座错落有致的塑像，给人以典型的新古典主义建筑的感觉。

　　会讲普通话的埃及导游说："别看这博物馆规模不大，可它在世界上还有分馆哩！"导游的话，多数团友一时没听明白。我和两个周游世界的团友听懂了，他是话中有话，因为在列强战胜公理时期，埃及的许多精美文物被掠夺被盗窃，流落到世界各地，成为列强博物馆的镇馆之宝。

　　是的，当今被称为世界四大博物馆的大英博物馆、美国大都会博物馆、法国罗浮宫博物馆、俄罗斯艾尔米塔什博物馆，都有来自埃及的精美文物展出。我在大英博物馆参观时，亲眼见到埃及的罗塞塔石。这是制作于公元前196年的埃及国宝，石上刻有早已失传的古埃及文字1 419个，古希腊文字486个，长期以来都无人能够解读这些文字。1799年法国侵略埃及时，强迫国王交出罗塞塔石投降。仅两年后，法国被英军打败，强迫法军交出此石，并以英王的名义捐给大英博物馆收藏至今，成为该馆的镇馆之宝。

　　当我们进入埃及博物馆时，在入口的显眼地方有许多游客围观一块石头，我们好奇地挤进人群，只见一块黑色的大理石，约一平方米，长方形。我仔细观看后不禁叫了一声："这不是罗塞塔石！英国愿意原物奉还吗？"导游说不，这是复制品。长期以来，埃及多次要求英国归还，至今还没结果。因此，埃及政府展出这件国宝复制品，作为爱国主义教育的活教材，让国人好好咀嚼这段历史，感受痛失国宝的遗憾。

　　的确，埃及博物馆收藏着近15万件展品，只有罗塞塔石是复制品，其余都是真品，而且都来自国内，"就地取材"，其中相当一部分体积巨大，这是大英博物馆等展出的埃及文物所无法比拟的。埃及博物馆两层共有一百间以上的展示间，如果以每件展品观看一分钟来算，得要半个月才能参观完，而这还不包括藏于地下室的4万件出土文物。

黄金面具

在所有的宝物当中，最受游客喜爱的就是图坦卡蒙法老的展示间，特别是法老金碧辉煌的黄金面具，更让人印象深刻。不论何时，展示间里总是挤满了游客，人声鼎沸，大家都想一睹黄金面具的炫目光辉。这个法老墓未被盗过，所有陪葬品完整无缺。法老的木乃伊罩着一副精致的纯金面具，保护着法老的头部和肩部。面具高 54 厘米，宽39.3 厘米，重达 11 公斤，前端镶饰着红玉髓、天青石、铅玻璃所制的秃鹰及眼镜蛇。法老的双眼，则以石英石及黑曜石镶嵌。胸前佩戴的宝石项圈多达 12 排，手指上套了 15 个金戒指，大量采用了天青石、石英、天河石及多彩的铅玻璃，以无与伦比的工艺达成了图坦卡蒙永世不朽的愿望。如果不是看到实物，谁会相信三千多年前，古埃及人能制作出这么精美的金石工艺品！

这个展示间有一具金光闪烁的人形棺，是个层层相套的金棺材，最外层的两座人形棺为木质贴覆金箔，里层的人形棺是纯金打造，重达110.4 公斤。三层的人形棺均采用法老仿冥神的姿势，头戴斑纹包头巾，前端镶饰着代表埃及的秃鹰和眼镜蛇，假胡须尾端微翘，双手各执连枷及弯钩权杖，遍身镶嵌多种珍贵的宝石，工艺之精湛，耗资之庞大令人咋舌。

博物馆中央大厅，展出了许多大型石像、石棺和石刻。高达七米的三世法老和王后的石像端坐在那里。公元前 2600 年，埃及第四王朝王子拉和泰普，体格健硕，身穿缠腰布，颈上系着心形护身

贴金人形棺

符，旁边的妻子诺弗里特，头戴假发及饰花王冠，隐约露出她的真发，颈上的项圈繁复多彩，典雅的长袍以宽肩带系住。两人的肤色忠于传统美学，男性为红砖肤色，女性为略显苍白的乳黄色。两人安详地并肩坐着，凝视前方，显露出尊贵与威严。据专家考察两人在地下静坐了 4 600 多年了。

　　这些石制品是采用多种石材制成的，其中有加彩石灰岩、加彩灰泥、石英岩、砂岩、页岩、硬砂岩、闪长岩、雪花石膏、蓝瓷等。除石制品外，还有许多精美的木制品。1922 年出土的法老木质王座，雕刻细腻，遍贴金箔，并用白银、宝石、铅玻璃装饰，前端两侧雄踞两只公狮，4 个椅脚为狮掌，扶手装饰着两条头戴红白双冠的眼镜蛇，极尽华丽。大厅还展出两组活似我国秦朝兵马俑的木质军队，一组是高 55 厘米的弓箭手，另一组是高 59 厘米的持矛军。两组军队各有 40 名士兵，皮肤黝黑，身穿超短缠腰布，个个精神抖擞，造型逼真，富有动感。

　　还有不少反映古埃及劳动人民生活实况的木雕展品。如有 25 组木雕，栩栩如生地展现酿酒、捕鱼、纺织、木工各项日常工作的情景，有一组描绘 4 名检查员在小亭里检查并计算牛群数量的情景。牛是个人重要的财富，也是缴纳税款的依据。检察员很有礼貌，先向牛群主人鞠躬致礼，随从人员则手持长棍维持秩序，确保检查顺利进行。不同颜色的牛在棍棒和绳索的牵引下，鱼贯走过小亭前，在场的人物都裸露上半身，穿缠腰布，赤足，场面热闹，工作有序进行。

　　我们跟随人流来到木乃伊展室，当天展室陈列着 8 具木乃伊。据介绍，这个展室是世界上独一无二的木乃伊展馆，共收藏了埃及法老和皇后、贵妃27 具木乃伊，贵族木乃伊 100 多具，每天轮换展出。最有名的木乃伊叫拉美西斯二世法老，参观的游客特别多，因为他活到 92 岁，是埃及史上最长寿的法老，共有 68 个老婆，生了 150 多个儿女。他当国王 67 年，是埃及历史上统治时间最长、影响最大的国王。

　　导游谈到，据考古学家调查论证，埃及出土的文物只占埋藏量的三成左右，还有七成藏于地下。可以说，埃及的地下是个"大金矿"，大批国宝等待人们去开发。随着古文物不断重见天日，但由于现在的博物馆实在小了点，许多文物无处栖身，只得杂乱无章地堆放于地下室。为此，埃及政府计划另建一座大型博物馆，造价 3.5 亿美元，地址选在开罗郊区。未来的博物馆将大量运用计算机模拟技术和信息技术，使之成为一座现代化的虚拟现实的博物馆，预计届时每年可接待游客达 300 万人次。

拥抱"铁娘子"

迷人的巴黎塞纳河，像一条玉带，把巴黎众多的名胜古迹串在一起，而埃菲尔铁塔则是这条玉带上一颗闪亮的明珠，为巴黎抹上了最绚丽的一笔华彩。

大千世界只有一个埃菲尔铁塔，无须拿什么去类比。她以无法类比的个性，造就了"天下谁人不识君"的知名度。

浪漫的巴黎人不把这座庞然大物称作"大英雄"或"大丈夫"之类，而是给它取了一个美丽的名字——"铁娘子"。是的，她像一个风姿绰约的性感女人，甫一出场就能吸引众人的眼球，牵住人们的心灵。想象丰富的巴黎人说，"铁娘子"是一个身材高挑、雍容华贵、风情万种的女人，既透露出法兰西人固有的铮铮铁骨、自信从容的气质，又有温柔端庄、优雅淡然的女人味。一百多年来，她迎风沐雨，傲然屹立，俯瞰着塞纳河的柔波，以其充满神奇的魅力，吸引着无数的游客慕名而来，顺理成章地成为巴黎乃至法国的传世经典。

怎样欣赏"铁娘子"的风采？导游说游客太多，登塔较难，就在下面与铁塔照个相留念吧。但大伙说"铁娘子"太迷人，只有更上一层楼，才能饱饱眼福啊！于是，导游带我们来到排队登塔的人龙。足足等了3个半小时，才轮到我们乘坐电梯登塔。团友郑友、姜军两夫妇身强力壮，选择徒步登塔。

铁塔高达324米，相当于100层楼高，在当时是世界上独一无二的高度。塔里设有上中下3层观光平台，可同时容纳上万人。首层我们没去，直达第二层。这里离地面115米，设有酒吧、饭馆和商店。观光台挤满了游客，向外张望可以看到最佳景色：淡黄色的凯旋门城楼、绿荫中的罗浮宫、白色的蒙马圣心教堂都清晰可见。巴黎市的街道像蜘蛛网一样，石头房子变成了模型，汽车变成了玩具，塞纳河变成了巴黎的血管。

我们继续乘电梯，来到了铁塔最高的第三层，离地面274米，天空似乎离得更近了，阳光也似乎更暖了。当天视野清晰，极目可望60公里开外，嘈杂的巴黎似乎忽然静了下来，变成了一幅巨大的地图。与此同时，我突然有

在埃菲尔铁塔前

点"高处不胜寒"的感觉，俯视四周，"铁娘子"实在太高了，没有与她平起平坐的对话者，也没有与她匹配的伴侣，只有那呼啸的风和飞渡的流云。尽管每天有上万只温暖的手抚摸过她冰凉的身躯，但她依然是孤独的啊！

下午1时，分散活动的团友陆续来到第三层观光台，徒步登塔的郑友、姜军两夫妇也到了。他们高兴地计算了一下，徒步阶梯有1 652级，除去停留观光的时间，徒步费时68分钟，大伙立即给他们热烈地鼓掌。导游清点人数后，带我们乘电梯来到首层观光台。这里面积最大，不但有酒吧和餐厅，还有会议厅、电影院和邮局等服务设施，游客穿梭往来，好像置身于繁华闹市中。我们来到一家餐厅时，恰好坐在面向塞纳河的座位上，一边用餐一边热烈地谈起自己的参观感受，并提出了一个问题：法国为什么要建这样一个举世无双的铁塔，要求导游给予解答。

导游首先用两个"大"字来形容铁塔：巴黎铁塔是个巨大的工程，是个伟大的建筑。他谈到，1889 年为纪念法国大革命 100 周年和举办大型的国际博览会，法国总理提出了"要做一件极不寻常的事"的设想，决心建造一座超过英国"水晶宫"的博览会建筑。为此，法国便在全球举行设计竞赛征集方案活动，其宗旨为"创作一件能象征 19 世纪技术成果的作品"。应征作品达到 700 件，结果，法国 53 岁的建筑师埃菲尔的铁塔设计方案脱颖而出。

埃菲尔对铁塔进行精心设计，精心施工。他肯钻研，敢革新，大胆使用钢材，使土木建筑从"土"和"木"中解脱出来。他设计的铁塔草图就有 5 300 多张，其中包括 1 700 张全图。巨型的铁塔，实际上是由很多分散的碎片组成的，像一堆模型的"积木"。这些"积木"有 18 038 件，重达 10 000 吨。施工完全依照设计进行，钻孔 700 万个，使用 1 500 多根巨型预制梁架，150 万颗铆钉，12 000 个钢铁铸件。每个部件都严格编号，所以在装配时没出什么差错，施工全过程没有翻工改动，可见设计之合理，计算之精确。整个工程由 250 名工人花了 17 个月完成，造价为 740 万金法郎。这一庞然大物，显示了资本主义初期工业生产的强大威力。与其说是建筑，不如叫做象征更为恰当。

1889 年 3 月 31 日，铁塔竣工了。当天，埃菲尔带着一群累得气喘吁吁的政府官员，徒步攀登到铁塔塔顶。伴随雄壮的、洋溢着爱国激情的《马赛曲》，法国的三色旗在塔顶上徐徐升起，迎风飘扬。入夜，铁塔上点燃了 1 万盏煤气灯，两支探照灯同时在塔顶转动，清晰地映出塔尖处由蓝白红三色组成的法国国旗图案。从此，埃菲尔铁塔名扬世界。人们为了纪念埃菲尔对法国的这一贡献，在塔下为他塑造了一座半身铜像。

导游谈到这里时说："话又说回来，非凡的埃菲尔铁塔是冒着风雨，顶住压力建成的啊！"如同巴黎所有的创新建筑一样，铁塔的建造一开始就遭到许多人的反对。虽然埃菲尔宣称法兰西将是世界上唯一将国旗悬挂在 300 多米高空的国家，但一时也无法说服各阶层反铁塔人士。法国的保守派诅咒铁塔

是"贵妇的可恨阴影",说这么高的建筑,将会拉低巴黎的天空,圣母院、罗浮宫和凯旋门等地标也被压制了。铁塔破土动工时,超过300位知名的巴黎市民联署一份请愿书,声称铁塔像支大蜡烛,会损害巴黎的名誉,要求停止这一工程。有的专家说铁塔将会改变气候,铁塔的灯光将会杀死塞纳河中所有的鱼类。

巴黎文化界许多知名人士,也发出了愤怒的声讨。如颇有名望的莫泊桑和小仲马等人,都认为这一剑式铁塔将会把巴黎的建筑艺术风格破坏殆尽。莫泊桑不无讽刺地说:"欣赏巴黎之美,最好的地方就是站在铁塔上,因为只有这个地方看不见铁塔。"有些人每次路过铁塔时,便立刻另择路径,以避免看见它的"丑陋"形象。一时间,由铁塔引起的风波席卷整个巴黎城。

认定兴建铁塔是符合大多数民众愿望的埃菲尔,没有受到这些抗议的影响。他深情地说:"巴黎以往的建筑象征着过去,而这座铁塔则预示着未来和人类即将取得的成就。"在巴黎市政府的鼓励和支持下,在不和谐中求和谐,在不可能中觅可能,建筑工程按照原计划进行。特别是第一次世界大战中,法国利用铁塔顶层的无线电通信,为战争的胜利作出了重大的贡献,使反对铁塔的声音逐渐平息下来。从此,埃菲尔铁塔在巴黎有了一个正式的地位,逐渐被接受、被喜爱,最终名正言顺地上了画家的画布,如著名的原始派画家亨利、卢梭等都尽情地描绘过它。人们开始爱称铁塔为"铁娘子""云中牧女"和"碧空百合"。著名诗人文森特·于多勃罗在《埃菲尔铁塔》中,称它为"天空之吉他",开始拿它作为一种炫耀——巴黎人就是这么幽默。

埃菲尔铁塔是一个奇迹,至今仍是世界著名的城市地标和符号。它自建成以来,世界各大城市竞相建造高塔,一度演变为愈演愈烈的潮流,世界上几乎任何一个大城市,都可以看到高耸入云的电视塔、观光塔、旅游塔。人们说:"这一切都始于巴黎铁塔。"科学家爱迪生赞扬埃菲尔为"宏伟建筑的勇敢建造者";画家毕加索为铁塔画了一幅美丽的图画;音乐家阿波利内尔为铁塔谱写了颂歌《桥梁之父》。

"醉" 爱罗浮宫

在罗浮宫正门前

巴黎的罗浮宫，一直被世人称为世界上最古老、最大、最著名的博物馆。它始建于 1204 年，历经 800 年扩建和重修，到今天已成为一个占地面积 45 公顷、建筑物占地面积 4.8 公顷的人间顶级艺术殿堂。

有人说，连罗浮宫的工作人员都不清楚藏品的数量，匆匆的游客们更是难以看到这座博物馆的全貌，因为它的规模实在太庞大。

有人说，如果游客在每一件展品面前都驻足一瞥，那么整个罗浮宫的参观将要用时 4 个月。

有人说，罗浮宫内的任何一件艺术品，都足以买下一座城市——罗浮宫真的可以称作 "掳俘宫"。

拿破仑的"贡献"

罗浮宫原是法国的王宫，居住过 50 位法国国王。1793 年改为公共博物馆，共收藏了来自世界各国的艺术珍品 40 多万件，分为古希腊与古罗马艺术馆、古埃及艺术馆、东方艺术馆、绘画馆、雕塑馆和装饰艺术馆等 6 个部分，面积达 5.5 万平方米，最大的大厅长 205 米，用一两天时间根本无法欣赏完全部的稀世珍品。

据介绍，800 多年来，罗浮宫几经沧桑，兴衰更迭。除供王室贵族居住外，还用来关押战俘、放养狗狗和作为竞技场，大革命时还成为法国的第一个断头台。1527 年，法国皇帝授权在此建造一座文艺复兴时期的宫殿，与此同时开始大规模地收藏各种艺术品。此后，经过路易十三和路易十四时期的不断搜求，罗浮宫终于成为法国乃至全世界绘画和雕塑精品的大本营。

直到拿破仑一世搬进了罗浮宫，才开始了前所未有的大规模装饰。他全面规划了扩建罗浮宫的宏图，大兴土木，修建了更多的房子，扩建了宫殿的两翼，修建了雄伟的拱门，将罗浮宫建成法国古老建筑的典范之作。拿破仑有句名言：世界上每一件天才的作品，都必须属于法兰西。因此，当他称霸欧洲时，不断对外扩张，打到哪里掠夺到哪里，一批批来自战败国的国宝，源源不断地运到了罗浮宫。此时，拿破仑将罗浮宫改名为拿破仑博物馆。他的光彩持续了 12 年，直到滑铁卢战役惨败后，约有 5 000 件艺术品被迫物归原主，其余的被留在了罗浮宫。

真正大手笔改变罗浮宫面貌的是拿破仑三世。他也是一位野心勃勃的国王，比他的父辈更加贪婪：一方面，通过战争掠夺、盗窃、收买等途径，获得了世界上最精美的文物；另一方面，以超前的速度投资建设罗浮宫，仅用 5 年的时间，比他的前辈花了 700 年修建的规模还要大。因此，今天呈现在世人面前富丽堂皇的罗浮宫建筑群，是在拿破仑三世时期完成的。

女神的韵味

导游说，罗浮宫中好看的艺术品实在太多，但最受人追捧的是三个女神：一是无头无手的胜利女神；二是没有双臂的爱神；三是蒙娜丽莎的一张脸。有的团友哈哈大笑地说：导游不是跟我们开玩笑吧，什么无头无手一张脸也有好看的?

　　我们来到古希腊与古罗马艺术馆楼梯前的平台时,游客非常拥挤,里三层外三层围观一尊残雕。我们好奇地钻进人群,看到胜利女神的雕像。她高3.28米,可惜无头无手,没有人知道她真正的模样。但看得出,她那健壮丰腴、姿态优美的身躯,硕大的羽翼,都充分体现出胜利者的雄姿和欢呼的激情。她身上衣裙的褶皱重叠出风的影子,仿佛被风吹得飘飘然,向后飘扬的衣角和展平的双翅,构成了极其流畅的线条。有的专家说,胜利女神是神与人的自然合一,是人类追求女性美的理想化标志。雕像的皮肤好像是真的肌肉,抚摸她可以感受到体温啊!

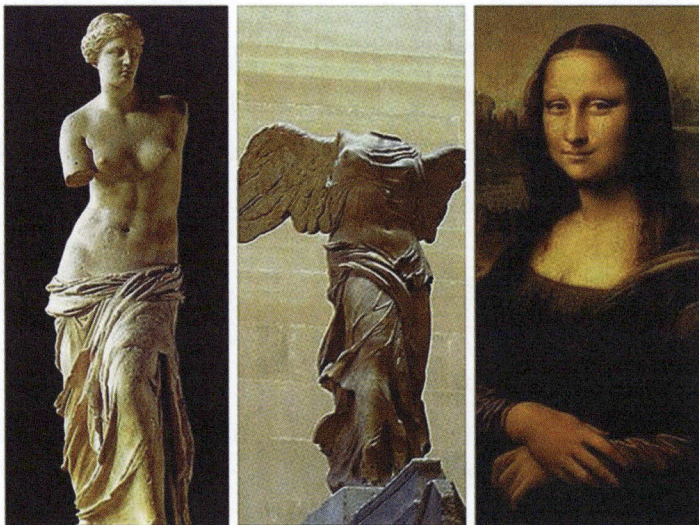

罗浮宫"三件宝"

　　被称为断臂爱神的维纳斯,是一尊白色大理石雕像。她身高2.04米,那白玉般的肤色,圣洁细腻,晶莹剔透,端庄自然。在柔和的灯光下,她那水灵灵的眼睛,富有动感,充满爱意,像在看你,又像在看远方。虽然缺失了双臂,但她面容俊美,身材匀称,展示出女性特有的曲线美,端庄而妩媚,焕发出蓬勃的生命力,因而被认为是表现女性美最杰出的作品,成为爱与美的象征。我们和许多不同肤色的游客一样,因有机会一睹爱神的风采而感到兴奋,或与她拍照留念,或默默地驻足仰望,都希冀把爱神的芳泽带回自己的家园。

　　在罗浮宫二楼中间的一个大厅中,我们来到被称为"罗浮宫皇后"的《蒙娜丽莎》面前。这是一幅油画,外面用玻璃罩住,旁边站着警卫,显然是

特别保护。这油画又称《永恒的微笑》，被认为是西欧画史上首幅侧重心理描写的作品。她披着黑纱，站在水雾霭霭的湖山之前，微微一笑，具有神秘莫测的千古奇韵，一会儿让你觉得她像一个清纯秀丽的少女，一会儿又像一个深谙世态炎凉的妇人。不论你从哪个角度看，她那温和的目光总是微笑地注视着你，生动异常，仿佛她就在你身边，与你倾谈。

据介绍，《蒙娜丽莎》是 1503 年的不朽作品。有史以来，恐怕没有一幅画像这样受到如此关注，经常被描述，被复制或临摹，引起那么多兴奋的甚至谵妄的评论。

华人的杰作

我们在参观罗浮宫的过程中，不约而同地想要探寻这里是否有中国的国宝。但在参观即将结束时，大伙都说没有看到。前些天，我们在伦敦参观大英博物馆时，那里展出了许多中国各个历史时期的国宝，作为世界四大博物馆之首的罗浮宫，为什么偏偏缺少中国这个文明古国的东西呢？有的团友说，这不奇怪，因为拿破仑没有打到中国。这时，导游指着博物馆入口处的金字塔：谁说没有，那就是华人为罗浮宫作出的贡献。

金字塔一大二小，主塔高 21 米，四个侧面用 603 块铝化玻璃镶嵌而成，是美籍华裔建筑设计师贝聿铭的杰作，给古老平添了现代，给呆板平添了明快，为巴黎市增加了新的耀眼的光彩。但玻璃金字塔设计方案提出来时，不少人断言，那是个不伦不类的"丑八怪"，如果让它建在罗浮宫，将会是巴黎和罗浮宫的灾难。但是，随着时间的推移，玻璃金字塔早已被当作又一处经典，被巴黎人所津津乐道——菱形的线条流光溢彩，透明和采光都极其出色。同样是无比和谐的宏大建筑，玻璃金字塔展现了一种强劲的创意：在原始建筑基础上，融合进一种更现代化的精神。

从玻璃金字塔入口处沿梯而下，透过头顶的玻璃，可以欣赏到被折射得五彩斑斓的阳光。导游说，有了这座金字塔，游客的参观路线显得更为合理。游客在这里可以直接去自己喜欢的展厅，而不必像过去那样去一个展厅，要穿过其他几个展厅，有时甚至要绕行几百米。一个现代化的博物馆，后勤服务设施一般要占总面积的一半。过去罗浮宫只有 20% 的面积用于后勤。自从有了这座金字塔，博物馆有了更加充足的服务空间，包括接待大厅、办公室、贮藏室以及售票处、邮局、小卖部、更衣室、休息室等，罗浮宫的服务功能因此而更加齐全。

寻味凡尔赛宫

凡尔赛这个名字，听起来就令人浮想联翩：1919年的巴黎和会在这里举行，签署的《凡尔赛和约》直接导致了中国五四运动的爆发……同样，在脑海中也浮现出金碧辉煌、莺歌燕舞的宫廷景象。

"凡尔赛宫是举世无双、富丽堂皇的宫殿，可与中国古代的阿房宫媲美！"导游叫关松青，是一个喜爱古典文学的法籍华人，为我们介绍情况时首先说出了自己的看法。

与阿房宫媲美

建于公元前212年的阿房宫，除了一篇《阿房宫赋》存世外，其建筑物早已荡然无存，而凡尔赛宫风姿绰约，辉煌依旧。关松青指着宫中景物讲解时，喜欢拿阿房宫

凡尔赛宫内景一角

来作比较。

传说中，阿房宫的面积"覆压三百余里，隔离天日"，但凡尔赛宫也不小，占地面积110多万平方米，其中宫殿面积11万平方米，700间大厅，也有"五步一楼，十步一阁，廊腰缦回"的气势，皇宫全盛时期，宫廷内外共有两万多人，仅皇宫本身就有五千人，"有不得见者三十六年"。国王路易十四出宫时，大队人马，前呼后拥，"雷霆乍惊，宫车过也"。

凡尔赛宫庞大的宫殿群以东西为轴，南北对称，在长达3公里的中轴线上，除拥有100万平方米的茂盛园林外，还有许多雕像、喷泉、草坪、花坛。宫殿主体长707米，用香槟酒和奶油色砖石砌成。中间是王宫，两翼是宫室和政府办公处、剧院、教堂等。宫殿内每一间宫室，都是雕梁画栋，流光溢彩，无论是内壁上的雕刻、巨型油画、挂毯，还是工艺精湛的家具，每一个细节都体现了皇家的富丽堂皇。我们看到，这里展出的中国明清时代的景泰蓝工艺品，格外引人注目。玻璃柜内陈列的几十件瓷器、香炉、酒具、花瓶，无一不吸引我们的眼球。

宫内路易十四的套房、各王妃和王子的套房等，都布置得非常华丽，天花板为巨画装饰，门厅陈设有精美的雕塑，墙上挂有当年各主人的肖像画，当年王室宫廷的奢侈生活展露无遗。地面首层有法国国家历史博物馆、国会大厅，这是路易十六召开"三级会议"，即国民大会的地方，法国大革命便由此而起。

凡尔赛宫的镜廊里挤满了各方游客。导游说，镜廊华丽端庄，气势不凡，令人叹为观止。它是路易十四用了8年时间建成的。镜廊长72米，宽10米，高13米，左边与和平厅相连，右边与战争厅相接。镜廊其实更像一条通道走廊，面向花园而开的17扇巨大拱形窗户，与对面17面巨型镜子相对应，在硕大的水晶吊灯的照耀下，宛如日月同辉，令人炫目。导游说，"17"这个数字大有来头，它表示镜廊落成那年正好是路易十四执政17年。镜廊两旁有8座罗马皇帝雕像、8座古代天神雕像、24支光芒闪烁的火炬，和拱顶上的彩色绘画、吊灯、烛台以及彩色大理石壁柱、镀金盔甲，交相辉映，令人眼花缭乱，如梦如幻。昔日明星荧荧的镜廊，曾是举行盛大招待会和正式典礼的地方，如今各色人等在此流连忘返，沉浸在对繁华旧梦的追忆之中。

繁缛的宫廷生活

我们离开镜廊，来到宫殿建筑群外围的凡尔赛花园。导游说，这是一座不同寻常的御花园，占地 100 公顷，绵延数公里，连阿房宫也没有这么大的御花园啊！大伙放眼望去，一条中心大道从宫殿的脚下向前伸展，宽广辽阔的原野，大片茂盛的森林，人工开出来的运河，连着大小的湖泊，像蜘蛛网似的花间小径，绿荫匝地，花香四溢，蝴蝶飞舞，鸟鸣不息，时有蜥蜴从脚边穿过。我们看到肤色不同、语言各异的游人，三三两两都把欣赏的目光投到自己钟爱的奇花异木上，他们或细心端详，或与之合影。我和几个团友边看边脱下鞋子，在草地上面走了一段路，体验了一下行走在又细又软的草坪上的感觉。

尤其令人赞叹的是，大花园里到处是大大小小的喷泉群，在阳光的照耀下，银光闪烁，一股股白色的喷泉水柱冲天而起，瞬间又变成了雪花状，哗啦啦洒落水池和地面，真是银河溅落，喷珠吐雪，气势磅礴，令人惊喜。我们就近看到，这些喷泉不但有各式人物造型的喷柱，还有骏马、鱼龙、怪兽造型的喷柱，形影交错，蔚为壮观。导游说，全园有 600 多个喷泉，是全自动化装置，由几个大水池用 30 公里长的水管连接起来，通过虹吸原理，使水产生巨大压力，从而喷出很高的水柱。每到夏天，王公贵族在这里举行喷泉与音乐节目表演，让花园里的喷泉伴随着宫廷美妙的音乐节拍喷出，水柱错落有致，时急时缓，十分壮观。

据介绍，路易十四时代，是一个堪为后人效法的富丽豪华时代。王公贵族对繁缛的宫廷生活感到厌倦时，就来到一个叫特里亚农宫的地方休憩喘息，置换环境和心境。我们从凡尔赛宫北侧的连拱廊出来，沿着小排水沟前行来到特里亚农宫。这里聚集着许多茅屋农舍，被称为"回归自然"的童话世界，王公贵族们经常到这里，享受田园般的朴素而抒情的生活，感受王宫中没有的乐趣。农宫里还有中英式的花园，即在英国式花园中加入中国式的山水风格，呈现出一派中西合璧的浪漫情调，深受东西方游客的喜爱，人们不停地按动着照相机。

"太阳王"的杰作

我们随导游离开大花园，来到一个以石块砌成的大院，大院中央有一匹高头大马，骑在大马上的是路易十四，雕像神采奕奕，威武异常。在一道通花的铁栅门上，镶着一个太阳，周围有 3 朵百合花，称为法国的王徽。导游说到，被称为"朕即国家"的国王路易十四，自称为"太阳王"，"君权神授"，

独揽大权，言出法随，统管一切。华丽超凡的凡尔赛宫，就是路易十四的杰作。

凡尔赛宫原本是一个简朴村庄中不起眼的小城堡，国王路易十三经常来这里打猎。路易十四即位后，认定这是一块风水宝地，当即大兴土木，决心建造"有史以来最大最豪华的宫殿"，一声令下，从全国招了 4 万多名能工巧匠，倾尽人力、物力和财力，动工兴建凡尔赛宫。这里原本是片沼泽地，为了填补地基，国王命劳工从全国各地运来大量泥土，并将森林外迁，又把数条河流改变流向，制造巨大的抽水机，将塞纳河水抽到高 150 米以上的蓄水池，作为喷泉的水源，真可谓一项改造自然的庞大工程。至于宫殿内部装修，从地板到天花板，每一种材料，每颗钉子，无不经过精心打磨雕琢。因此，动用了全国最有名的建筑家、画家、雕刻家、园艺家、工艺家，夜以继日地赶造。据说，宫殿修建期间，路易十四经常到工地视察，发现不满意之处，都要加以修改。可以说，他就像一个监工，在这巨大的工程上倾注了不少心血。宫殿至 1689 年建成了主体工程。到路易十五即位，续建了后花园、特里亚农宫和中英式花园等，前后经历了半个世纪才建成，成为 17 世纪后期欧洲最伟大的国王的纪念碑，成为至高无上的皇权和无可匹敌的财富的象征。

凡尔赛宫超越了它的缔造者，它是整个法国的光辉与荣耀所在。1833 年它被辟为国家历史博物馆，1979 年被列入世界文化和自然遗产名录。

6 游寺院悟春秋

自从看了法国大文豪雨果的《巴黎圣母院》和同名电影，就一直对圣母院充满了向往，想去看看这座历史价值无与伦比的古老教堂，看看"丑陋怪人"卡西莫多敲打的那口大钟。牛年的秋天，我终于有了机会。

清晨，当我真的站在塞纳河中心的西岱岛上，面对朝阳笼罩下的巴黎圣母院的雄伟壮丽，我被深深地震撼了。被称为世界上最庄严、最完美、最富丽堂皇的哥特式教堂，所有的柱子都挺拔修长，与上部尖尖的拱券连成一气，形成一种向上升华、令人神往的神秘幻觉，仿佛要摆脱地心吸力，飞向天国。似乎因此，人们离上帝更近了。

据介绍，圣母院的法文原意是"我们的女士"。这位女士是指耶稣的母亲圣母玛利亚。圣母院不仅建筑时间早，而且建筑时间长，从 1163 年动工，到 1345 年竣工，耗时近两个世纪。在 14 世纪和 17 世纪，分别进行过两次重大修复。它的建设，几乎牵动了全巴黎、全法国人的心。例如院内正厅顶部的南楼，有一口重达 13 吨的巨钟，在铸料中所加入的大量金银成分，就是用当时巴黎的妇女们慷慨捐献的金银首饰熔成的。

圣母院是巴黎第一座哥特式建筑，成为欧洲早期哥特式建筑和雕刻艺术的代表，集宗教、文化、建筑艺术于一身。哥特式建筑最重要的就是"高直"二字，所以也有人称这种建筑为高直式。哥特式教堂的平面形状，好像一个拉丁十字。十字的顶部是祭坛，前面的十字长翼，是一个长方形的大厅，供众多的信徒做礼拜用。教堂的顶部采用一排连续的尖拱，显得细瘦而空透。这种造型既空灵轻巧，又符合变化与统一、比例与尺度、节奏与韵律等建筑法则，具有很强的美感。

巴黎圣母院之所以闻名于世，主要是因为它是欧洲建筑史上一个划时代的标志。在它之前，教堂建筑大多数笨重粗俗，沉重的拱顶，粗矮的柱子，厚实的墙壁，阴暗的空间，使人感到压抑。巴黎圣母院冲破了旧的束缚，创造了一种全新的轻巧的骨架，这种结构使拱顶变轻了，空间升高了，光线充

足了。从此，这种独特的建筑风格很快在欧洲传播开来。

圣母院整座建筑由石头砌成，共分三层，从正面看，最下一层是一座尖形拱门，并排三个桃形门洞，门上是表现圣经故事和地狱景象的长串浮雕，密密麻麻，难以计数，但细腻生动，堪称精美绝伦；中间一层是三扇硕大的窗子，中间直径约 10 米的玫瑰圆形窗下，立着怀抱年幼耶稣的圣母像，左右站着亚当和夏娃；第三层是一簇排列有序的美丽栏杆，栏杆上面是两座尖顶钟楼，高度各达 69 米。

我们随着人流从正门走进大教堂，给人的第一印象是它的宏大：教堂内大厅长 130 米，宽 50 米，高 35 米，可放千张木制座椅，整个教堂可容纳 9 000 人，其中 1 500 人座席前设有讲台，讲台后面安排三座雕像，左右雕像是国王路易十三及路易十四，两人的目光齐望向中央圣母哀子像，耶稣横卧于圣母膝上，圣母神情十分哀伤。院内右侧安放一排排烛台，数十支白烛交相辉映，像一颗颗星星在闪烁，射向大堂的每一个角落。

当天恰好是星期日，这里挤满了来做弥撒和听宗教音乐的人。我看见许多虔诚的信徒，双手交叉合拢抵住下巴，闭目凝视虔诚地祈祷，使圣母院更显庄重肃穆。我是无神论者，对眼前的情景自然有点不适应，但是"入乡随俗"，驱使我也双手合十，半睁着眼审视周围的一切。教堂里无数垂直的线条引人仰望，数十米高的拱顶在幽暗的光线下隐隐约约，闪闪烁烁，似乎上面就是天堂。在这里闭目遐想，给人以向天国靠近的幻觉，教堂就成为"与上帝对话"的地方。

教堂内高高的穹顶和灿烂华美的五彩玻璃，笼罩在昏暗里摇摆不定的微弱烛光之中，一排排长椅上坐满了虔诚的祈颂圣灵的人们，跟着女唱诗人同声应和，肃穆的气氛向你直扑过来，神圣而隆重。此时，我不由自主地想，是神创造了人，还是人创造了神？世俗的时间流逝着，一去不复返，人死了生命也就结束了；而神圣的时间，则可以不断地获得新生，从而成为永恒。这就是没有宗教信仰的人与有宗教信仰的人，眼里的世界的根本区别。有宗教信仰的人希望永远生活在强大的原初时间里，经历宇宙的生成过程，感受生命的轮回和灵魂的重生。

大厅堂前中央有个祭坛，烛光点点，这里供奉着天使与圣女，围绕着殉难后的耶稣大理石雕像，一位身着蓝袍的女唱诗人正在高声领唱。导游说，祭坛下有一个关着的地下墓穴，专门用于存放巴黎大主教的灵柩。所有的灵柩都整齐地放在铁凳上，只有最后死的大主教的灵柩除外。他的灵柩头的一侧，放在一只铁凳上，而脚的一侧则搁在地下墓室楼梯最后一级的台阶上，要等到后面有灵柩来才能扶正。

在南钟楼，许多不同肤色的游客凝视屏息地观看那口悬着的巨钟。我心里明白，他们和我一样，正在想着那敲钟怪人卡西莫多。老团友程向明忽然大喊一声："老卡你在哪里？我很想见见你啊！"老程的呼唤代表了大伙的心声。是的，在雨果的笔下，卡西莫多是一个虚构的人物，但这个外貌丑陋心灵美好的钟楼怪人，长年敲着巨型大钟的画面，成为巴黎圣母院给世人留下的经典印象，已经完全沉潜于我们的心底，牵动着我们的情思。

今日的巴黎圣母院以其建筑宏伟、历史悠久、雕塑精美而得到世人的充分肯定和赞同，但真正为这座建筑物投光注影的，应当首推雨果的大作《巴黎圣母院》。对于圣母院的历史渊源，我们知之甚少，导游及时地给大伙补

巴黎圣母院正门

课。他说，18 世纪末的法国大革命时期，圣母院遭到严重破坏，处处可见被砍了头的塑像，许多精美的雕刻品被砸碎，大部分财宝被抢劫一空，整座教堂成了一座千疮百孔的废墟，先后被改为藏酒仓库、理性圣殿等。在这关键时刻，雨果的长篇小说《巴黎圣母院》出版了。作品以积极的思想内涵，揭示深刻的社会变革，给巴黎圣母院赋予了全新的社会价值，称它为崇高精神的圣地。因此，圣母院成为人们心目中革新与保守、拓进与妥协、正义与邪恶、善良与丑陋进行抗争且胜之的象征。

一石激起千层浪。雨果和他的《巴黎圣母院》在社会上引起巨大反响，许多人都希望修建当时残旧不堪的圣母院，并自发地行动起来，发起募捐活动。此事引起当局的极大重视，决定顺从民意，拨出经费，制订修复规划。从 1844 年起，由著名的历史学家和建筑艺术家主持，负责对圣母院进行全面的整修。经过 23 年持续施工，圣母院终于重现久违的光彩。时至今日，举凡来到这里参观的人，无不怀着对伟大作家雨果高贵人格与精神旗帜的景仰与尊重。

站在圣母院第三层楼，也就是最顶层，我们在俯瞰巴黎如诗如画般的美景时，放飞心情，顺着水波泛着粼光的塞纳河，遥想雨果和他笔下的平民贵族、钟楼怪人、乞丐大军，任由思绪和耳畔的钟声，悠悠扬扬地飘散出去。

徜徉天下名街

如果说北京的长安大街和天安门广场是北京的名片、地标，那么巴黎的名片、地标毫无疑问就是香榭丽舍大街和协和广场。

香榭丽舍大街首段

两者都是年代久远、独一无二的不朽杰作：建筑非凡，规模宏大，气吞山河，随时激起人们的崇仰之心。

号称世界上最美丽的林荫大道——香榭丽舍大街，她的美，也许是你想象不到的。我们环顾四周，可见到罗浮宫、埃菲尔铁塔、巴黎圣母院、凯旋门等举世闻名的名胜古迹，像一串闪烁的明珠，点缀着大街的前后左右。更令人羡慕的是，大街旁边还有一条被称为"法兰西母亲河"的塞纳河，宛如一条绿色的丝带，系在大街的腰间，如诗似画，充满迷人的浪漫色彩。许多游客说，如果你是第一次到这里，没有不被她征服的。

我们漫步在这条大街上，首先感到动静相宜是香榭丽舍的一大风格，东西两段风格迥异，一动一静截然不同，但又和谐地衔接为一体。两段是大街的繁华区，熙熙攘攘，人气兴旺，华灯绚烂。原样保留的古建筑毗邻相连，各式精品店、专卖店、餐馆、咖啡馆、酒吧、电影院在此设立。东段长约700

米，宽阔而不张扬，由协和广场延伸过来，便怡然地展开了身段。树木、草坪、花园、喷泉、雕塑点缀有致，餐馆、剧场掩映其间，给热闹的大街平添了几分宁静。

导游说，"香榭丽舍"法语为"田园乐土"。17世纪初，这里还是一片田野。路易十四在位时，下令在此植树造林，辟为专供王公贵族消遣游乐的场地。1709年这里取名"香榭丽舍"，成为巴黎通往凡尔赛宫的皇家通道。它自东至西全长1.8公里，宽120米，可并行10辆汽车，成为巴黎6 000多条街道中最宽阔的大街。行人不许横过马路，全部由地下隧道通过。大街经几百个春秋的洗礼，古意犹存，石板铺成的路面，平整光滑，透露出一片古老沧桑的气息，徜徉其中，仿佛仍能听到遥远年代的马蹄声。

如今，它是巴黎式优雅和魅力的象征，也是举行所有大规模全国性庆典活动的场所。大街上名店荟萃，特别是法国时装店、香水店和饰品店等。我们漫步在大街上，迎面吹来一阵阵清风，一股醇香的酒味扑鼻而来。闻酒心动的团友立即提出，要尝尝地道的法国葡萄酒。导游带我们穿街过店，只见到处是酒吧、餐馆，有室内的，也有露天的，人们在那里喝酒聊天，座无虚席。各种肤色的游客，操着"南腔北调"，使人感到了浓浓的现代气息。布置得美轮美奂的橱窗，或精致典雅，或简洁明快，无论是结构、材质，还是色彩、灯光，点点滴滴，悄无声息地传递着大师们的匠心，到处弥漫着巴黎特有的浪漫情致。

我们在一家装饰豪华的酒吧就座，尽情地沉醉在葡萄酒中。有些酒酣耳热的团友说，在国内虽然多次喝过进口的法国葡萄酒，但感受不深，如今置身于巴黎特有的浪漫气氛中，给人感受最深的似乎不是葡萄酒，而是生活理念、潮流导向，人们尽情地享受生活，追求梦想，令人陶醉。可谓"酒不醉人人自醉"啊！

导游带我们离开酒吧，穿过地下通道，出来就看见一座大型的淡黄色的建筑物。导游说，它就是闻名世界的凯旋门，是巴黎的一张抢眼的名片。大伙就近欣赏这座庞然大物，果然雄伟壮观，气派非凡：它高约50米，宽约45米，上下左右都是神态各异、栩栩如生的浮雕。虽然历经风雨沧桑，但仍然光彩照人，显然是一座巍峨的艺术珍品。导游说，拿破仑于1806年为了庆祝法军打败俄奥联军，决定在巴黎建造一座大型的凯旋门。后来由于拿破仑失势，工程拖到1836年才竣工。但此时已"物是人非"，被囚禁在孤岛上的拿破仑，早已在孤寂中死去了。

据介绍，巴黎凯旋门不但建筑规模宏大，号称"天下第一门"，其精雕细刻的浮雕和塑像，更是世上无双。沿着凯旋门转一圈，犹如遨游在雕刻艺术殿堂中，令人目不暇接，心旷神怡。你瞧，凯旋门的外壁，镶嵌着 10 块反映法国大革命和拿破仑战争的浮雕，艺术大师把曲折复杂的故事集中在一个画面上，有次序地刻画出来，构图巧妙，呼之欲出。其中最著名的浮雕，是一个右手持剑的自由女战士，神情激昂，振臂高呼，号召人们起来保卫新生的共和国。

导游谈到，这个自由女战士在历史上有原型，也是闻名世界的美国自由女神像的创作原型。那是在法国大革命年代，妄图推翻法国共和体的政变部队进入首都时，一位忠于共和政体的法国年轻女郎，不畏强暴，在巴黎街头与敌人进行搏斗，不幸饮弹身亡。法国年轻的雕塑家巴托尔迪，目睹这一悲壮场面，感到义愤填膺，激情满怀，这就成为他后来构思和创作自由女神像的动力。当美国建国 100 周年时，法国文化界名人把巴托尔迪创作的自由女神像作为一件隆重的礼物赠送给美国。

凯旋门的拱门上方，雕刻着数百尊两米高的人物塑像，记载着法国大革命时期打过的胜仗，内壁上镌刻着同拿破仑出生入死的 558 位将军的名字。

凯旋门

凯旋门的下方是无名烈士墓，墓前熊熊燃烧的圣火，长燃不熄。时值下午，我们将要离开这里时，导游给大伙讲了一个奇特的现象：每到拿破仑忌日黄昏，从香榭丽舍大街东面向西望去，一轮落日恰好映在凯旋门的拱形门圈里。

我们从大街西段向东散步，途经一个圆形广场，只见广场四周的喷泉、草坪、花坛连成一片。游人坐在长凳上恬静地休息，或者读书看报，或者观看孩子们嬉戏玩耍。许多鸽子云集过来，有的飞落在他们身上，有的站在他们头顶，与人们十分亲昵。每逢这时，老人的嘴角便露出满意的微笑。

来到香榭丽舍大街的最东端，是巴黎最大的广场——协和广场。导游谈到，协和广场建于18世纪，最早称为"路易十五广场"，所以广场中央有路易十五的骑马雕像。法国大革命期间，这座雕像被推倒，更名为"革命广场"，路易十五、玛丽皇后以及王公贵族1 000多人，在此被处决，广场成了血淋淋的人头落地的刑场。为了一洗这段惨烈的历史，这个广场最后重建，并正名为"协和广场"。在广场的4个角落，安放着8尊象征法国主要城市的雕塑，使得协和广场在法国政治上具有象征意义，成为法国国庆阅兵和游行示威的重要场地。

广场中央竖立着一块埃及方尖碑，高23米，像把剑直指蓝天。此碑具有3 400多年历史，是埃及赠送给法国的礼物，1833年远渡重洋抵达巴黎。碑身的四面有记述法老拉美西斯二世丰功伟绩的象形文字，底部的图画描绘了方尖碑拆卸、运输和建立于现在这个位置的全过程。

历经300多年的演变，香榭丽舍大街已经成为一条满街飘香的街道，气氛显得迷离、虚幻，是法国最具参观效应和人文内涵的大道，这不仅因为它的美丽，还因为它独有的历史文化积淀。我想，世界上也许没有几条大街，能每时每刻都散发出奇妙的迷人氛围。站在这里，我好像感到自己已经成为巴黎一个最古典、最有品位的人了。

 # 泰姬陵走笔

泰姬陵正面

在世人眼中，泰姬陵就是印度的代名词。有人说，泰姬陵的气质就像一枚硬币有两面，一面是古老的历史，一面是纯真的爱情。爱上泰姬陵的人，无一幸免都纵身跃入刻骨铭心的爱河！

壬辰年金秋时节，我随旅行团来到一个叫阿格拉的城市。这是印度北方邦西南部的历史名城，1566—1569 年和 1601—1658 年两度成为莫卧儿帝国的首都。在阿格拉的亚穆纳河畔，屹立着被誉为世界七大建筑奇迹之一的泰姬陵。

我们的旅游大巴抵达泰姬陵时，突觉眼前一亮：一组规模宏大的奶白色建筑物，洁白晶莹，玲珑剔透。它不是一般的白色，而是像被奶油浸润过，

没有任何杂色，活似一组象牙雕刻，安放在蓝天绿地的寰宇中。从整体来看，它既不像牌坊宏大、翘角飞檐的中国式陵墓；也不像瓦顶青褐、阴沉冷峻的日本庙宇；更不像尖顶穿云、幽深色冷的欧洲教堂，而是以洁白无瑕为基调，主题突出，大小结合，错落有致的建筑群，在铺满白云的天空衬托下，显得分外夺目，圣洁而宁静。它凝结了岁月的深远和沧桑，洋溢着一种阴柔之美，像白云般舒展着轻盈与悠然。

泰姬陵全部用白色大理石建成，呈长方形，长576米，宽293米，总面积17万平方米，四周被一道红石墙围住。陵园中间有一条宽阔笔直的红石甬道，左右两边对称，布局工整。陵园分为两个庭院，前院古树参天，奇花异草，芳香扑鼻，开阔而优雅；后院占地面积最大，一个十字形的宽阔水道交汇于方形的喷水池，池中一排排的喷嘴，喷出的水柱交叉错落，如游龙戏珠。

从前院看到后院的主体建筑——泰姬陵墓，犹如惊鸿一瞥，使我们对它高雅而圣洁的壮丽赞叹不已，好似清风吹过灵魂，因闷热而烦躁的内心顿时安静下来。就在这种如梵音般空灵的心境下，我们来到后院主体陵前，只见高达74米的方形陵墓，顶端是个巨型的圆球，给人气势磅礴之威；陵墓的东南西北四角，矗立着四个各高达40米的独立圆塔，庄严肃穆；象征智慧之门的拱形大门上，刻着《古兰经》和精致的图案，给人以不同凡响的气势。由于它汇集了印度的建筑、绘画、雕刻和装潢艺术的精华，因而它被称为穆斯林建筑艺术中杰出的典型。

我们终于来到久仰的陵墓中央墓室，一座正方形、长约60米的白色大理石高台，特别引人注目，因为台上放着泰姬和她丈夫两具石棺。表面看来，石棺和一般的石棺差不多，本身没有什么特别的装潢，但墓室内的墙壁上都雕刻着精致的图案，显得宝贵而又浪漫。图案中有花卉、动物和印度民间神话等，全部用不同颜色的珍珠宝石砌成，逼真生动，精美亮丽，金碧辉煌。进陵的各国游客自觉地排起长龙，秩序井然地轮流瞻仰石棺。现场人们神情肃穆，鸦雀无声，静悄悄地进行活动。无论是青春蓬勃的少年，还是白发苍苍的老人，一到石棺面前，几乎无一例外地双手合十，鞠躬如仪，有些人还匍匐在地，叩头跪拜。我想，泰姬夫妇虽然不是神仙菩萨，但他们在老百姓的心目中，早已成为神仙的化身，是一对受人尊敬的真正的"爱神"。

泰姬陵令人百看不厌，它在一天里不同的时间和不同的自然光线中，显现出不同的特色。早上是灿烂的金色，白天阳光下是耀眼的白色，晚上在月光下又变成温柔的蓝色，朦胧素雅，犹如美人泰姬在含情沉思。我们绕泰姬陵转了一圈，回到陵前水池边，太阳正从云层中钻了出来，整座陵墓被照得通体透明，红装素裹，光芒四射。特别引人注目的是，陵顶端的巨大圆球和左右两边的两个小圆球，在阳光的照耀下，呈品字形的三道白光直冲斗牛。导游说，数里之外还能看见，令人敬畏，令人神往。

泰姬陵被誉为世界奇迹，是一座宫殿式的陵园，是一件集伊斯兰和印度建筑艺术于一体的古代经典作品。泰戈尔曾赞美道：泰姬陵是"永恒面颊上的一滴泪"。凡是见过泰姬陵的人，都被它洁白的身影所倾倒。它是印度的名片，正如我国的万里长城一样，浓缩着一个伟大民族和文明古国数千年的灿烂文化。据说，当年建筑时，工匠是从各地选派来的，有的来自波斯和西亚地区，相传还有中国的能工巧匠，漂洋过海来到印度参与建设。优质的白色大理石，是从印度各地精选运来的，还派出大批人员，到世界各国购买大量的珠宝玉石。

来自世界各地的游客，一批又一批涌进陵内，高举各色小旗的导游，滔滔不绝地讲述那段类似中国《长恨歌》浪漫凄美的爱情故事。

印度莫卧儿王朝皇帝沙·杰汉与爱妃泰姬·玛哈尔结婚后，感情很深，近20年形影不离。泰姬在第14次分娩时不幸感染产褥热，死于南征的军营中，皇帝悲痛不已。泰姬临终时有个愿望，希望死后长眠在一座美丽的陵墓中。为此，皇帝按照泰姬的遗嘱，亲自设计、选址，耗费巨资，动用了几万工匠，花了22年时间，终于在亚穆纳河畔建成了泰姬陵。

导游说到这里时，有的团友质疑说："既然陵墓是为了纪念泰姬的，为什么会有她丈夫的石棺呢？"导游说："故事只讲了前半部，还有后半部且听我细细说来吧！"

泰姬陵建成后，皇帝本想在泰姬陵对岸，即亚穆纳河对岸，为自己建造一座同泰姬陵一样的全黑色陵墓，并在两陵之间建一座黑白相间的石桥。但是，事与愿违，工程还未动工，他的儿子突然发动政变，夺取了王位，并把他囚禁在阿格拉堡。从此，沙·杰汉的余生就在堡内度过。堡里有一座八角形的石塔小楼，极目远眺，可以看到前面的泰姬陵。据说，他经常默默地坐在小楼中，怀着无限的思念之情，透过一扇小窗，凝视着泰姬陵，日思夜想与爱妃神会，倾诉他那一颗寂寞哀伤的心。

经典的爱情故事，往往被人赋予各种神奇的色彩。当地民间流传，皇帝与泰姬的爱情感动了天庭，许多小鸟飞越亚穆纳河，来到皇帝窗前啾啾地传情，成群的蝴蝶飞到窗前，起舞示爱。没几年，皇帝终因患抑郁症去世。王

室原想按照惯例，把他安葬在皇家坟场。但是，许多王公大臣和老百姓强烈要求打破旧制，成全这对山盟海誓的鸳鸯，将他们合葬在一起。当朝皇帝在巨大的压力面前，终于良心发现，表示了忏悔，将父亲安葬在和泰姬一样的另一具石棺里，停放在泰姬陵，成为经典的夫妻合葬墓。

扣人心弦的爱情故事听完了，我怀着既崇敬又沉重的心情，和大伙漫步在亚穆纳河畔。阳光照耀下的河水，明净澄清，波光莹莹。一阵东风吹来，河水波浪在岩石间奔腾汹涌，洁白的浪花驰骋飞舞。此时此刻，我的思绪也同那浪花一道起伏澎湃。我仿佛看到一位形单影只的绝代佳人，她脸色苍白，愁容满面，在潺潺的亚穆纳河边，痴痴地企盼着爱侣的归来。如今，他们的梦想实现了，成为安息在陵墓里的"连理枝"，不但日夜相处，每天还有成千上万的游人相伴！

泰姬陵因爱情而生，而这段爱情的生命又因它的光彩被后世续写。今天，来自印度和世界各地的游客，不但有青年男女，还有中老年情侣，来到这里许下他们终生的誓言，企盼自己的爱情像泰姬那样天长地久。我们看到，在一棵常青树下，一对穿着朝鲜民族服装的老人，面向泰姬陵，双手合十，口中喃喃自语，看得出，他们正在许愿。他们还肩并肩地搂住对方，男的举起左手，女的举起右手，在头顶上搭在一起，手指向下，手背向上，搭成一个心形手势，名曰"永结同心"。这种情景，立即引起游客们的兴趣，纷纷把"长枪短炮"对准他们。他们操着我国东北口音的普通话表示感谢。原来，这对老夫妻是我国吉林省朝鲜族的农民。他们从小就听说过泰姬的爱情故事，梦想有朝一日亲眼看看泰姬陵。今年九月九日，是他们结婚40周年。为纪念这个"红宝石婚"，他们参加了印度游。他们深情地说：感谢中国共产党为人民谋福祉，让我们的梦想成真，如愿以偿啊！

"贝壳"耀南天

悉尼歌剧院

说澳大利亚悉尼歌剧院是世界上最超凡脱俗、最瑰丽多姿的建筑，一点也不为过。因为古往今来，在世人的眼里，悉尼歌剧院是一座具有灵感、具有个性的艺术建筑。它不仅是悉尼之魂、悉尼的象征，同时也是澳大利亚整个国家的象征，甚至是整个南半球的象征。当造型奇特的悉尼歌剧院出现在你眼前时，你会被深深地震撼，它的超凡典雅超出了我们每个人的想象。

一睹悉尼歌剧院美景是多少人梦寐以求的愿望，每一个来澳大利亚的人，都会怀着朝圣般的心态，来欣赏歌剧院的绰约风姿。

我们同行的团友对歌剧院造型怪异议论纷纷，有的说它活像个搁浅海滩的大贝壳，有的认为它似乘风破浪的风帆……

导游一边称赞大伙的想象力，一边带我们从不同角度去看它，不同的角度有着不同的视觉效果：

我们站在悉尼港口大街上，望着歌剧院的正面，它那参差错落的雪白顶盖，垂直而立，从中间到下端稍微隆起，恰似风中的片片白帆，与它周围的点点三角帆游艇，一起游弋在蓝色的海湾中。

我们来到68层的塔楼顶上，俯瞰它的全貌，它那弧形的屋顶，犹如一枚

枚巨型的白色贝壳，簇拥着，重叠着。

我们泛舟悉尼港，从海上向南看它时，它还像翩翩起舞的白鸥，准备冲向大海，去搏击无边的海浪。

从整体看，如果把悉尼比作一位美丽的少妇，那么歌剧院就是她的一枚闪光的胸花，以骄人的姿态出现在最耀眼的地方，吸引着无数眼球的注意，甚至烙在了每个人的心灵深处。

悉尼歌剧院有着独特的建筑特色，它的贝壳形屋顶分为3组，中间的一组最大，靠东面的一组次之，西面的一组最小。这3组顶盖，通过大小、高矮、弧度、方向的变化，形成错落有致的分布，构成线与面的新奇组合，从而启发人们的艺术联想。据介绍，它的整个外墙采用不发光的瑞典白陶瓦铺成，共用了105万块，并经过特殊处理，因而不怕海风的侵袭。光滑的陶瓷加上弧形结构，连鸟粪都落不上去。所以至今歌剧院的外墙都没有擦洗过，而那些壳片依然光亮如新。

悉尼歌剧院具有独特、新颖、美观的外观造型，那么它的内部结构又如何呢？百闻不如一见，我们看了一场歌舞表演，直接目击歌剧院华丽典雅、富丽堂皇的内景。导游介绍情况时用一句话概括：巧夺天工的室内犹如水晶

海上看悉尼歌剧院

宫一般，是建筑与艺术完美结合的一个典范。

3个主题场之一的歌剧厅有1 547个座位，呈半圆形，使每个座位上的观众都能清晰地看到舞台上的演出。所有座椅是用桉树和小羊羔皮制成的，夏天吸汗，不会让人坐久了不舒服。舞台上悬挂着艺术家用高级羊毛织成的红色大挂毯。挂毯上镶有金字，在灯光照耀下，艳丽夺目。每年这里表演的场次都在3 000场以上，约有200万名观众前来观看。世界各地著名的演艺人，都争相在这个舞台上演出。

富有特色的音乐厅，有2 679个风帆状座位。演奏台上方，悬挂着18个直径约2米的白色中空反应器。后壁顶端耸立着一架目前世界上最大的管风琴。它有1万多根钢管，最大的一根金属管高15米、重37吨。演奏者通过闭路电视与指挥配合，使演出能获得最佳效果。在这座建筑群中有各种活动场所，大约有1 200个房间，包括4个主要听众席、400多个座位的音乐厅，以及话剧厅、电影厅、大型展览厅、接待厅和排练场、化妆室、图书馆等，全部的厅堂房室可以同时容纳7 000多人。

多少年来，悉尼歌剧院的形象经常在世界各地的挂历、明信片、画报上出现。它那瑰丽脱俗的风姿，使它举世闻名。在美国1999年建筑博览会上，将其列入20世纪全球十大著名建筑。

面对这样的贝壳建筑，我们自然联想到是谁有这样浪漫的奇思妙想，把一个本来普普通通的歌剧院，建成一座遗世独立的琼楼建筑？导游说：这个"贝壳"的诞生经历了不少戏剧性的波折，它的设计图纸还是从废纸篓里捡回来的呢！

"真有这样的故事吗？"大伙的兴趣一下子被导游挑起了，迫不及待地向他探个明白。导游微笑地告诉大伙，这是一个真实的故事：话说20世纪50年代初，喜爱音乐、舞蹈、戏剧、美术的澳大利亚人，决心在悉尼修建一座具有世界水平的歌剧院。联邦政府批准在悉尼港口大桥东侧——贝尼朗岬角，建造歌剧院，并悬赏征求设计方案，在国际上招标。

1956年，37岁的丹麦建筑师约翰·乌特松看到招标消息后，跃跃欲试。他日复一日地冥思苦想，终于绘制出一幅杰出的艺术之宫的壮丽蓝图。可是他寄到悉尼的设计方案，却被大多数评委给"枪毙"了，扔进废纸篓里。不久，著名的芬兰籍美国建筑师依洛·沙尔兰来到悉尼，提出要看所有的设计方案。当从废纸篓里翻出乌特松的设计方案，仔细一看，他欣喜若狂，连呼："艺术珍品！艺术珍品！"他力排众议，终于在1957年1月29日的评委会上

庄严宣布：在 32 个国家 1 000 多名建筑师寄来的 233 个设计方案中，经国际知名的建筑学家组成的招标评委会审议，丹麦建筑师乌特松的设计方案夺标！

设计方案中有一个难题，就是怎样把空心的巨大贝壳屋顶与玻璃墙立起来。乌特松为此苦苦思索。后来在吃橘子时得到了启发，他高兴地大叫起来："有办法了！有办法了！"原来他从切开的橘块，发现与其设计方案有惊人的相似之处。"既然橘块能竖立在碟子上，大贝壳为什么不能竖立在建筑物上呢！"就这样，建筑上的一个难题被解决了。为了建造这座壮观的歌剧院，他将工作室搬去了悉尼。

然而，好事多磨。在建造歌剧院过程中，发生了诸多不愉快的事情。乌特松的方案最初预算为 700 万美元，但当贝壳外形结构完成时，建筑经费已经耗尽，工程被迫停了下来。在建造过程中，改组后的澳大利亚新政府与乌特松失和，乌特松愤而离开悉尼，发誓今后再也不去悉尼。

后来由乌特松的助手欧文·阿罗布，与澳大利亚的工程师们，按照乌特松的设计方案继续施工。但是，好景不长，又遇上了澳大利亚经济滑坡，通货膨胀，财政困难，工程再次面临停顿。政府在困难面前挺起腰杆，一定要建成歌剧院的决心不动摇。他们采取了向全国发售筹建歌剧院基金彩票的办法，连续进行了 10 年。按当时全国人口计算，为建设歌剧院平均每人负担 10 澳元左右。真可谓全民总动员，每个澳大利亚人都对这座歌剧院的建成出了一分力。

到 1973 年，历时 14 年 7 个月的悉尼歌剧院终于建成了。它长 183 米，宽 118 米，高 67 米，占地 1.84 公顷，建筑耗资共 1 亿多澳元。

我们听着精彩故事的同时，心情也未免有点沉重。因为乌特松的传世杰作悉尼歌剧院建成后，深受世人瞩目，他自己却没有看到。人们对此既唏嘘又惋惜。几十个春秋的历程，风雨沧桑，天才建筑大师虽已驾鹤西去，但那座别具风格，可与罗浮宫、白金汉宫媲美的悉尼歌剧院，已成为南太平洋海上一朵洁白晶莹、傲然怒放的莲花！

10 细品自由女神像

美国自由女神像

　　世人熟知的美国自由女神像，我之前只是在电视里看过，一个高大的神像一闪而过，留下模糊的记忆。如今，当我真的踏上美国土地，从纽约港口坐船前往参观自由女神像时，远远望去，她宛如一位亭亭玉立、霓裳抛纱的凌波仙女，从蓝天碧水深处飘然而来。

　　仙女由远而近，快到眼前了。我们乘坐的旅游船人如潮涌，都争先恐后地找个好位置，一睹仙女的芳容。这时，游船放慢速度，尽量靠近神像，让

游客看个清楚。仙女的全貌看到了，连她的表情也看清了。

她既不是我想象中婀娜多姿、娇柔俏丽的下凡仙女，也不似慈眉善目、救苦救难的南海观音，而是一位气宇轩昂的巾帼英雄。你瞧，她的眼神冷峻逼视，目光夺人，神态刚毅，凛然不可犯的英雄气质淋漓尽致地从她的骨子里迸发出来。她右手高高举起的火炬，是自由和真理的象征；她左臂横于胸前，手中握着美国1776年7月4日发布的《独立宣言》，双目凝视前方，好像是呼唤着人们为自由而战，又仿佛是在为人们获得自由而振臂高呼。

我去过31个国家，见过各种各样的塑像，但当我近距离地看到美国自由女神像时，我开始确信她是我见过的最有特色的塑像。她矗立在纽约港入口处面积很小的贝德娄岛上，此岛后改称为自由岛。神像高46米，基座高47米，这两部分合称为美国"自由女神铜像国家纪念碑"，碑高共93米。这是当时世界上独一无二的最高的人造纪念性建筑。整座铜像由120吨钢铁支架和80吨铜片分段焊接、锻造而成，总重量达225吨。特别是神像位于大西洋的风口处，一年四季都有强冷风的吹拂。居高临下，游人会有头晕目眩之感，仿佛女神的整个身躯都在随风摆动，摇摇荡荡。

女神像的外观设计令人叫绝。她头上的装饰物是金光四射的皇冠，像圣者的光环，皇冠上可射出7道光芒，分别代表着地球上的7块大陆；她身上穿着宽松的罗马式长袍，下摆抖落在基座上，给人一种和谐与自由的感觉。看得出，她活像一个古希腊贤淑的美女，丰盈潇洒的体态十分动人。我们通过望远镜，可以清晰地看到女神像脚下，踩着被打碎的锈迹斑驳的手铐、脚镣和锁链。我们目睹此情景，既黯然神伤，又欢欣慰藉。感叹她在"苛政猛于虎"的统治下，遭受了种种人间地狱的凌辱苦难；庆幸她终于打破了手铐和脚镣，冲破了黎明前的黑暗，奔向光明的自由天地！

女神像不仅高大宏伟，其内部设计也别具匠心。观光者可以从纪念碑内部乘电梯直达基座顶端，然后从神像内部环形旋梯攀登而上，经过171级阶梯后，便可到达铜像顶端的皇冠处。这里可同时站立三四十人，四面开有25个小窗口，每个窗口高约1米，人们可凭窗远眺河对岸的纽约城。1916年，美国总统威尔逊决定为神像安装昼夜不灭的照明系统，使她陡然增辉，名声大振，备受瞩目，无论是白天还是黑夜，人们站在纽约的任何一个没有遮拦的地方，都可以看到她。据导游介绍，每当遇上黑夜狂风、烟雾弥漫的天气时，一尊伴着雷鸣闪电的女神，似腾云驾雾从天而降；她高高举起的火炬，射出光芒万丈、瑞气千条，把风高黑夜照耀得如同白昼。难怪所有见过这种情景的人，都惊叹这女神的形似与神似。可惜这种令人心醉的美景，我无缘相遇。

我来到船边，伫立船栏，凝神欣赏眼前的景色。女神像四周都是水面，蔚蓝的天空下，湛蓝的海水，耀眼的阳光伴着涩涩的大西洋海风，几只海鸥悠闲地漂浮在水面上，丝毫不顾来往的船只。游船随着风浪上下翻腾，我的心潮也在起伏：神像为什么叫自由女神，是谁的构思创作呢？导游说，自由女神像是法国文化界名人，为庆祝美国建国 100 周年，赠送给美国的一件隆重的礼物。由法国著名雕塑家巴托尔迪负责外部图样设计，建造巴黎铁塔的著名建筑师埃菲尔负责内部支架设计，历时 10 年制作而成。

巴托尔迪为什么创作这座自由女神像呢？导游为我们讲起他的故事：那是在 1851 年的法国动荡年代，路易·波拿巴发动了政变，推翻了法兰西第二共和国的共和制。当政变军队进入首都时，一位忠于共和政体的法兰西年轻女郎不畏强暴，手持火炬，在巴黎街头与政变军队进行搏斗，不幸饮弹身亡。年轻的雕塑家巴托尔迪目睹了这一悲壮场面，感到义愤填膺，激情满怀，这就成为他后来构思和创作这尊自由女神像的动力。

女神像的正式名称是"照耀世界的自由女神"，历来被认为是美国的民族标志，美国人民的希望与新生活的象征。在铜像的基座上，铸刻着犹太女诗人爱玛·拉扎露丝的十四行诗《新巨人》中著名的诗句："把那些无家可归、流离颠沛的人交给我，我在这金色的大门口高举着明灯。"这颇具意义的诗句，成了美国人长期向往的美好目标。

自由女神像已被联合国教科文组织列入世界文化遗产名录。她具有强大的吸引力，不论春夏秋冬，刮风下雨，每天乘船前往参观的游客数以万计，川流不息。女神像 130 多年的历程过去了，可是她的形象却永远屹立在大西洋西岸的纽约湾内！日出日落，年复一年，阳光始终照耀着自由岛，波涛承载着向往自由的人群。用三四个小时领略女神像，总觉得意犹未尽，但这岛、这水、这像已经完全沉潜于人们的心底，时刻牵动着人们的情思。我感到眼前来漫游参观的不是一批又一批的游客，而是一个又一个追求自由的心灵！

当然，世人赞美女神的同时，也发表了不同的议论，甚至还有指责、咒骂的声音。因为女神和"山姆大叔"一样，都是美国的国家象征，所以人们对美国的看法自然和女神联系起来。许多人认为，美国在独立战争和南北战

争时期的表现，是积极向上、争取自由平等的。那时的美国，从上到下在"不自由，毋宁死"的口号激励下，打败了英国殖民军，建立了联邦共和国；解放了黑人奴隶，消灭了奴隶制度。这一切，都表达了巴托尔迪的创作意图，符合自由女神的初衷。

　　然而，19世纪末和20世纪初，是美国走向工业化的时期，被称为像乞丐一夜之间变为富翁的时期。强大起来的美国统治阶级胃口越来越大，开始背离了原来提倡的自由平等观念的含义，逐步成为口头道义和实际行动的言行分裂者。它把自由、平等、民主和人权等概念，都注上了双重标准，并倚仗强大的军事力量，在各地推行霸权主义，发动战争，煽风点火，成为称霸世界的唯一超级大国。这不但给美国形象抹黑，也给照耀世界的自由女神蒙污！

　　不！女神是洁白无瑕的，容不得半点污垢和抹黑。让受苦蒙难的世间子民自由，是女神的最大愿望！是的，女神的原型，女神的构思，女神的建筑，都不是偶然发生的，而是为了一个共同的目标：让自由之光普照天下！想到这里，我似乎看到在漆黑的夜里，女神高举万丈光芒的火炬，照亮了有上百万灾民流离失所的中东和北非大地，照亮了战火纷飞的叙利亚战场。

　　我们依依不舍地离开自由女神像，回到纽约港时已是午后。在夕阳的照耀下，浅蓝色的海水被镶上了一条金边。我站在船尾，目光再一次凝聚在自由女神上，她被夕阳点缀得霞光亮丽，好像是水晶宫龙女浮出水面，又像是天上蟾宫嫦娥下到凡尘。此景只应天上现，人间哪得几回见。

绿丝绒上象牙雕

　　抵达美国首都华盛顿，站在白宫和国会大厦的草坪上，近距离观看被称为美国心脏的两座白色的建筑物，给我们这些好奇的旅行者的第一感觉是：这里的天空湛蓝得可爱，大地墨绿得可爱，两座建筑物洁白得可爱。

　　不是吗？这里的天空不是蓝天白云，而是像被水洗过般湛蓝，没有任何杂色，宛如一匹蓝色的绸缎挂在无垠的天际；脚下的草地不是深黛浅绿，而是青翠欲滴，碧绿莹莹，好像给苍茫大地镶嵌了一层翡翠。而夹在上蓝下绿的天地间，白宫和国会大厦如同在深绿色绒毯上安放的两座象牙雕刻，晶莹剔透，凝重而精美。我们在此脚踏绿地，仰望蓝天，近看白宫和国会大厦，不禁惊叹这里的色彩如此动人，朴素雅淡中显出多姿多彩，层次分明中显得统一和谐。审美意识告诉我，此时此地，已是活灵灵置身于一幅天造地设的图画中了，真有点"良辰美景奈何天，赏心乐事谁家院"的意味呀！

　　白宫和国会大厦都是美国的权力中心、国家象征。两座建筑物建筑规模不同，大的是国会大厦，小的是白宫，但外表都是白色的。因此，有的人谈到白宫时，往往把宏伟壮观的国会大厦说成是白宫。其实，白宫是美国总统府，国会大厦是美国国会的办公大楼。

　　白宫为什么是白色的？导游是个美籍华人，在美国居住了20多年，他说：对白宫有几个版本的说法，一是美国人认为白色是纯洁的象征，因而溺爱白色；二是因其外墙是白色砂岩石结构，故名"白宫"；三是美国第26任总统罗斯福在他的通信中首先使用"白宫"这一名词，从此成为美国政府的代号；四是美国独立战争时，英国殖民军队被华盛顿将军率领的大陆军打败，撤退时一把火把总统府烧了个通天，华盛顿他们为了节省费用，简单地重修了总统府，并把被火烧黑了的外墙用石灰粉刷成白色，当时被称为"小白屋"，作为总统官邸。后来经过多次改建，一直成为美国总统办公的地方。

　　从外表看，白宫是一幢不起眼的两层小楼房。它由主楼和东西两翼组成，西翼是办公区，总统椭圆形的办公室在西翼内侧，是整个白宫的心脏。总统在这里拥有一个协助他工作的庞大办事机构。白宫最为神秘的地方是它的地下室，这里是全美武装力量总司令的指挥中心，墙上挂满了各种秘密地图和表格，随时可以标出各国领导人的活动情况及所处位置。白宫主楼包括以下几个部分：底层有外交接待大厅，是总统接见外国元首和使节的地方；大厅正前方为南草坪，国宾来访的正式欢迎仪式就在这里举行；二层为总统一家居住的地方。白宫东侧的庭园为"肯尼迪夫人花园"，两侧为"玫瑰园"。

美国国会大厦

　　白宫东翼供游客参观，每逢星期二到星期六对外开放，是世界上唯一向公众开放的国家首脑官邸。但从"9·11 事件"后，便停止了对外开放。与白宫相比，国会大厦则是一座又高又大的建筑物。它建在一处海拔 25 米的琴金斯山上，故此山又名国会山。国会大厦是世界上最著名的巨大建筑物之一。它是一座 3 层平顶建筑，南北长约 233 米、东西宽约 107 米的矩形大厦，用白色的大理石建造，并建了世界上最大的圆形穹顶，顶端耸立着高 6 米、重 6 364 公斤的自由女神铜像。大厦从地基至圆顶最高点为 87.65 米。美国政府规定，首都所有建筑都不得超过这一高度，因而成为华盛顿市的最高点。

　　国会大厦共有房间 540 间，正中是圆形大厅，可容纳两三千人，高大宽敞，金碧辉煌。四周墙壁和圆穹形的天花板上，都是巨幅油画，记述美国独立战争史事和历史上的重要事迹，另外还有华盛顿、林肯、杰克逊等美国历史名人的石雕像。大厦北厢为参议院，南厢为众议院。美国总统就在参议院大会场里宣读国情咨文。

　　我们虽然不能进入白宫和国会大厦参观，但在绿油油的草地上漫步，环境宁静，空气清爽，还带有淡淡的花香甜味，使人心旷神怡，心灵洁净。草坪上微风轻拂，树枝摇曳，似是频频弯腰点头，向过往行人欢迎致意。来自世界各种肤色的游人如鲫，有的喜形于色，有的面带愁容。许多人站在草坪上，与前面的白宫和国会大厦合影留念，留下了"到此一游"的历史见证。他们的表情直接告诉我们，这里就是美国，所谓的"人间天堂"！他们和我们一样，是怀着百闻不如一见的好奇心，零距离亲眼看看美国的庐山真面目，感受着"金元帝国"的凝重气息。一些面带愁容的人既不照相，也不说话，神情憔悴，木然地面对眼前的景色。导游告诉我们，这些人大都是来美国寻梦的，由于找不到工作，生活无着落，忧心如焚，哪有心思玩耍啊！

　　真是无巧不成书。在草坪旁边的一棵树下，一个中国面孔的画师，正精心为游客画钢笔相。他铁画银钩，手法熟练，吸引了许多游人围观。我们的团友黄文一眼认出，这个画师正是他多年未见的一位大学同学。他乡遇故人，本来是件高兴的事。可是当黄文热情地叫他的名字和问好时，他开始一愣，接着婉言说："我不是，你认错人了！"随即收拾东西离开了。

　　这是咋回事？黄文谈到，他和这位同学是大学同班同学，同住一间宿舍，关系密切。毕业后各奔前程，没什么联系，但他的音容举止，与过去差不多，加上他的天生朝天鼻，一眼就能认出来。前些年，听老同学说他花了一笔钱，漂洋过海来美国寻梦。现在看来，他可能寻梦不成，流落街头，无脸见江东

　　父老，连老同学也不认了。导游说，长久以来，"美国梦"被极端的物化，过度追求物质享受，形成社会性的全民超前消费，借贷消费盛行，支付高额的利息还债。奥巴马承认，这些年美国人已经将子孙的钱都花完了。如今，美国的国债已超过了13万亿美元，摊在每个美国人身上4.4万美元，加上个人债务，如房贷、信用卡等，美国平均每人欠债超过10万美元！由此看来，来美国寻梦，很可能成为"黄粱美梦"哩！

　　大伙正听得入神时，有五六十名妇女和老人，聚集在国会大厦前面的草坪上示威。他们有的高举反对出兵、停止战争的标语牌，有的喊出还我丈夫还我孩子的口号。据称，他们是被派往阿富汗和伊拉克战场军人的家属，反对战争，强烈要求政府从阿富汗和伊拉克撤军。导游说，对伊开战不但造成伊拉克上百万灾民流离失所，也使美国近五千名军人成为异乡之鬼，数千个家庭的老人失去儿子，妻子没了丈夫。在残酷的现实面前，美国人民厌恶战争，反对战争。导游说到这里把手一指：反对战争人士不但走上街头示威，还安营扎寨进行长期反战宣传。

　　我们顺着导游指引的方向，来到草坪旁边一个像蒙古包的帐篷前，一位老太太正忙着向来访者介绍情况，散发宣传资料。导游谈到，这位老太太现年82岁，她中年丧夫，大儿子应征在伊拉克阵亡，二儿子生病去世，成为孤寡老人。她满头银发，身材挺拔，精神矍铄，看来就是一位饱经沧桑却又保持一腔幽怀的老人。她说话时并没有特别的哀伤，核桃皮一样皱纹覆盖的眼睛里闪着亮光，那里面也许更多的是回忆和怀念。我猜想，在没有儿子在身边的日子里，宣传反战不仅成为老太太的一种习惯，也成为她和儿子神会的一种方式吧。

行走华尔街

风声、雨声、口号声，声声入耳。虎年春夏之交，美国华尔街的天气乍暖还寒，时风时雨。一群失业人员正在集会，强烈要求就业的口号声此起彼伏，给这个蜚声人寰的美国象征增添了抑郁、惆怅的气氛。随团导游深有感触地说："这表明金融风暴虽然基本过去了，但经济复苏依然举步艰难，如履薄冰。"

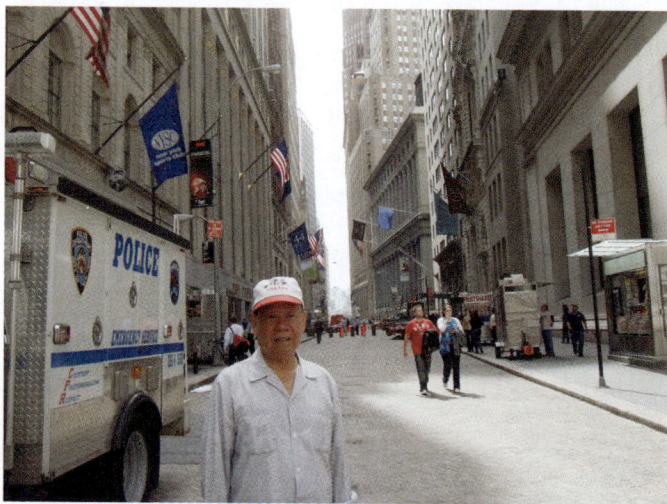

像"一线天"的华尔街

华尔街，被称为美国垄断资本的代表和象征，是美国最大的金融中心，也是西方世界金融银行业的心脏。过去，我凭印象以为华尔街是一条很威水（粤方言，厉害）的大街，如今出现在眼前的却是一条又窄又短又暗的街巷。路面仅容两车相会，整条街一眼望到头，全长不足 500 米，集中了美国最大的银行、证券交易所、保险公司、J. P. 摩根公司及其他金融机构。我们来到这里，只见街道两旁几十层的高楼壁立，头上"一线天"，地面昏昏沉沉，走在这里，如下矿井，如坠深渊。

阳光永远照不到路面的华尔街是怎样形成的？导游告诉我们这是当地历史造成的结果。纽约最早的移民在曼哈顿岛登陆以后，首先在岛的南端建房修路，华尔街便是其时最早的道路之一。后来随着南街海港的开发，附近的华尔街也日益兴盛起来。

风雨过后，我们来到街头的一座铜像面前。导游说，这铜像是美国第一

任总统华盛顿，它身后的建筑物是美国著名的联邦大厦旧址。早在 1699 年时，这里曾是纽约市政厅。美国独立后，纽约是美国的临时首都。1789 年第一届国会在这里召开，第一任总统华盛顿在此宣誓就职。我们正听得入神时，有上百名失业人员从四面八方涌来，聚焦在华盛顿铜像前。他们有的高举标语牌，有的高喊口号，抗议政府经济政策失调，失业率上升，强烈要求增加就业岗位。

导游谈到，目前美国经济状况与 2008 年至 2009 年爆发次贷危机时比较，已有显著好转，经济复苏相对好于欧洲。但高失业率使经济仍处于"紧急状态"，令人担忧。自 2008 年以来，美国约有 850 万人失去工作，是自第二次世界大战以来，美国历次经济衰退中失业人数最多的一次。今年全美失业总人数约为 1 530 万。去年 10 月份，美国失业率达到 26 年来最高点 10.1%，今年初以来，失业率在 9.7% 至 9.9% 浮动。经济界人士认为，由于美国经济复苏不稳定，失业率在短期内还会居高不下。如何增加就业岗位、降低失业率，依然是美国政府面临的主要挑战。

我注意到，这些失业人员都是黑人和白人，没看到黑头发黄面孔的中国人。为什么？导游说，在美国的华人有 360 万，是亚裔移民中最大的群体。由于他们勤奋努力、刻苦耐劳、精明灵活，基本上都有工作，生活较稳定。

"但是，这个情况又给美国华人带来了新的问题。"导游说到这里时转了个话题。他说："由于美国经济不景气，大部分华人仍有工作，相对有钱，因而遭到其他族裔人群的忌妒，引发了一些华人财产被抢、无故遭殴打等事件。个别地方还出现几起华人被打死的事件，人身安全受到严重威胁。"有的团友问："这是不是种族歧视问题引发的？"导游说："不完全是种族歧视问题，主要是'经济歧视'，是经济持续不景气衍生出来的新社会问题。一些人失去工作，收入'缩水'，债务缠身，生活压力大，便产生愤怒情绪和仇富心理，容易拿那些生活状况较好又胆小怕事的华人发泄，甚至袭击他们。"

坐落在联邦大厦旧址的对面，是大名鼎鼎的纽约证券交易所。它最早成立于 1792 年，在华尔街一座希腊式建筑内挂牌营业。经过 200 多年的发展，已有来自世界各国的 2 000 多家公司的股票在这里上市。半个多世纪以来，这里的股票行情一直是反映西方世界经济情况的晴雨表。导游带我们来到交易所二楼，在一条狭长的公共走廊，通过密封的玻璃窗观看交易大厅交易的现场景象。令人眼花缭乱的巨型股票行情电子显示屏，随时显示股票价格的变化情况。据介绍，自金融危机爆发以来，市场资金"失血效应"严重，股市元气大伤，投资者心态惶恐，人气消沉，交易冷清。我们看到，少数股票偶有起色，但只是昙花一现，"万绿丛中一点红"。不难看出，整个股市仍是"老牛靠边，狗熊升天"的态势。

与交易大厅一样，街上那头世人熟知、象征股市牛市的华尔街铜牛，也显得老气横秋。往日，人们来到这里，总要排队轮流摸摸牛角，希望股市永远是牛市，梦想能给自己带来好运气。但现在摸牛角的人大大减少了，那发亮的牛角上出现了暗淡的瑕疵。可能是想"碰碰运气"，我们也伸出手去摸牛角。

说到这里，还有一个小插曲。有个姓张的女团友，对铜牛好像情有独钟。她含情脉脉地轻柔地抚摸牛角，摸了左角又摸右角，还用双手左右开弓摸双角，最后还悄悄地跟铜牛说了些什么。我们开玩笑地说："哦，铁扇公主回家了，见到牛大哥当然亲热啊！"了解情况的团友刘春萍谈到，这位张姓女团友炒了几年股，但炒"煳"了，连老爸遗留下来的一家食品厂也赔了进去，现有四五百万市值的股票被套牢。有的团友说："牛大哥不在家，难怪被套啦！"

与张姓女团友的情况相反，一位姓赵的团友不但不摸牛角，反而绕着铜牛走开。为什么？原来他是个炒股高手，从去年底到现在，利用股市低迷的机会，低进高出，"釜底抽薪"，屡次得手，已有七位数的大钱进了腰包。他说："华尔街铜牛又老又病，摸了它，准会给人带来衰运（霉运）呀！"他的这一番话逗得大伙哈哈大笑。

人们说，小小的华尔街既是美国经济的心脏，也是党派逐鹿、厮杀的战场。导游带我们来到华尔街西北角的纽约市政厅。它被称为"纽约白宫"，是一栋乳白色的小楼，建于1811年，风格仿效文艺复兴时期的法风建筑。门前有喷水池和花坛，室内有美国漫画家托马斯·奈斯特的作品壁画。就是这位漫画家最早以"驴子"代表民主党，以"大象"代表共和党。这种象征一直延续至今。每逢美国选举年，"驴子"和"大象"招贴画、装饰物随处可见，甚至两党代表的胸前、额头和帽子上也会佩戴驴、象标志物，仿佛全美国正在展开驴象大会战。选民们争论得面红耳赤、不可开交的问题，归结起来就是：到底让驴子还是大象入主白宫？

磅礴沧桑的斗兽场

　　来到罗马，才能真真切切地感受到古罗马斗兽场的巍峨和壮美。这座全世界最大的古罗马遗迹，两千年来，虽经风吹雨打的无情侵蚀，但其巍峨之身姿、雄伟之气魄、磅礴之气势犹存。长期以来，它就像一座怀旧的历史丰碑，深受世人瞻仰和品味，传诵和遐想。

　　我们的旅游大巴进入罗马市时，远远地看见了一座灰黄色的圆形建筑物，罗马斗兽场到了。坐落在罗马市中心的斗兽场，著名的君士坦丁凯旋门、罗曼诺斯克风格教堂、维纳斯神殿的廊柱等古建筑就在旁边，蔚为壮观。出现在我们眼前的斗兽场十分难看：它只剩下大半个骨架子，残垣断壁，石块脱落，钢筋裸露，是一座名副其实的"千疮百孔"的建筑物。长在墙缝里的小树杂草，顽强地迎风摇曳，透出一点绿色的生命气息。导游说，斗兽场两千年来，遭遇了多次雷击大火，强烈地震，人为破坏，仍然破而不倒，巍然屹立，堪称奇迹！

古罗马斗兽场

　　导游带领我们沿着斗兽场墙边一边参观一边介绍。斗兽场平面呈椭圆形，占地2.6万平方米，外围墙高57米，相当于现代19层楼房的高度。全场为4层结构，外部全用大理石包裹，下面3层分别由80个环形拱廊组成，第4层是顶阁。这3层拱廊中的大型立柱极具特色，按多立克柱式、爱奥尼柱式和科林斯柱式顺序排列，第4层则以小窗和壁柱装饰。底层地面有 80 个出入口，可确保场内五六万观众在 15～30 分钟内全部疏散离场。2 000 年后的今天，世界上每一个现代化大型体育场，或多或少烙上了古罗马斗兽场的设计风格。

罗马斗兽场是古罗马文明的象征。它有几个名称：罗马大角斗场、罗马圆形竞技场、科洛西姆竞技场等。称它为斗兽场，是因为这里是古罗马角斗士与猛兽搏斗、厮杀，以博取王公贵族一笑的地方。称它为竞技场，是因为场中可以竞技、比赛，是人与人搏斗的场所。斗兽场建于公元 72—82 年间，修建所耗的人力物力极其巨大。据说，古罗马皇帝为庆祝征服耶路撒冷的胜利，把 8 万名犹太人和阿拉伯俘虏作为劳工，日夜施工建成。还有一种传说，古罗马当局将大批俘虏当作商品，卖给当地的罗马富人，获得巨额款项，作为建造斗兽场的资金。整个工程施工速度非常快，仅用了 8 年时间就建成了，被称为建筑史上的奇迹。

古罗马为什么要建斗兽场？据说有两个版本的说法：一是吃饱喝足、心冷如铁的王公贵族，喜欢用残酷的游戏寻求刺激；二是贵族和平民都可享受，是一个大型的公共娱乐设施，为全城人服务。实际情况如何？导游说，到场内参观就知道了！我们自费购买入场券。斗兽场内实在大，最引人注目的是一个巨大的椭圆形的角斗台，长 86 米，宽 63 米，相当于一个足球场那么大。角斗台下是地窖，沟沟壑壑，像土垒的迷宫，是猛兽和角斗士出场前的"后台"。角斗台四周的看台分为 3 个区，座位按照社会地位来安排，下层的第一区是皇帝和贵族的荣誉席，第二层为罗马高阶层市民席，第三层则为一般平民席，再往上就是太阳台，一般观众只能在此站着观看表演了。由此可见，斗兽场是为王公贵族服务的，主宰角斗士和猛兽命运的大权是王公贵族。让平民百姓参加，不过是个陪衬、点缀，打着"与民同乐"的幌子，企图掩盖王公贵族的残忍暴行。导游对大伙的议论和观点表示赞同，并给我们讲了几则有关斗兽场的故事。

故事一：公元 80 年斗兽场工程竣工时，罗马皇帝决定举行为期 100 天的庆祝典礼，驱使 5 000 头猛兽与作为角斗士的 3 000 名奴隶、战俘、犯人"表演"搏斗。参加的角斗士要与猛兽搏斗，直到一方死亡为止。这种人与兽斗、人与人斗的血腥大厮杀，竟然持续了 100 天，直到这些猛兽和角斗士互相残杀，流尽最后一滴血，同归于尽。

故事二：人与人格斗有多种形式，但最刺激的是决斗，因为这是一种最为疯狂、残忍的厮杀搏斗，深受王公贵族的喜爱。受过专门训练的角斗士，

大部分是奴隶、战俘和犯人。决斗一方手持三叉戟和一张短网，另一方手持大刀和盾牌，如果失败了，带网的角斗士要用网缠住对手，再用三叉戟把他杀死。这时，另一个带着头盔，手持短剑和盾牌的角斗士出场，与带网的角斗士决斗。最后，失败的一方要恳求看台上的人大发慈悲，饶他一死。决定他命运的还是下层第一区的王公贵族，如果他们挥舞着手帕，这个角斗士就可免死；否则，他们伸出手掌向下，那就意味着要他死。

故事三：斗兽场的角斗台下隐藏着很多洞口和管道，不但可以储存道具和角斗士，还可以利用输水管道引水。公元248年为庆祝罗马建成100周年，罗马皇帝决定引水灌入表演区，形成一个足球场那么大的人工湖，把奴隶、战俘和犯人分成黑白两方表演海战。双方斗士都泡在水里，手持大刀、长矛和盾牌，喊声震天，向前冲杀。如一方败了，指挥部立即给予补充兵源，直到双方两败俱伤，无一生还为止。真正是血流成河，尸横水面，惨不忍睹。

故事四：有压迫必有反抗。在罗马王公贵族的重重压迫下，那些奴隶和战俘忍无可忍，终于火山爆发，揭竿而起，和罗马当局展开殊死的斗争。当年，古罗马著名的奴隶起义首领斯巴达克斯就是一名角斗士，他最初率领78个角斗士起义，很快发展到十多万人，在罗马各地坚持战斗达两年之久。这次奴隶起义给罗马奴隶制以沉重的打击，马克思曾赞誉斯巴达克斯是"整个古代史中最辉煌的人物"。

我若有所思地猛按相机，从不同角度拍了十多张照片后，随意找块石头坐下来，并细心地品味这块石头。它不是一般的石头，这可是千年前的石头啊！公元1世纪拔地而起的庞然大物，它好像在沉沉的睡梦中。当年的罗马皇帝怎么想得到，他的杰作早就被后人破坏掠夺得只剩下一个空壳，这空壳已丧失了最初的职能，如今在履行着新的使命，作为残暴和文明的双重见证，为后世人留下课题。

我望着古迹，抒发感慨，无意中抓了一把泥土，放在手中一捏，仿佛看到印在掌上的斑斑血迹，闻到一股呛鼻的血腥味！顿时，我心潮澎湃，思绪翻腾，随口哼出了《吊古斗兽场》的祭文：

沙尘滚滚，不是沙场，却是战场。王公贵族，为博一笑，人兽相斗。血肉横飞，黯兮惨悴，草木凄悲，呜呼哀哉！天亦有情，人间沧桑，遗迹雄风，世人瞻仰。魂兮归来，共享盛世。

我国海上丝绸之路的发祥地在哪

众所周知，我国陆上丝绸之路的发祥地是西安，但海上丝绸之路的发祥地在哪？有人说是江苏的太仓，有人说是雷州半岛的徐闻，也有人说是在浙江的什么地方……

发端广州

1991 年 2 月 9 日，联合国教科文组织海上丝绸之路考察团，共有 30 多个国家的数十名专家学者，乘"和平之舟"到达广州黄埔港东邻的南海神庙，兴致勃勃地考察了神庙，认真观摩了众多的古碑石刻，听取了有关人员的详细介绍。考察团根据历史资料介绍和实地调查结果，确认南海神庙是中国海上丝绸之路的发祥地。考察团负责人迪安先生说："广州的南海神庙有着深刻的象征意义，它表明中国历史上海上丝绸之路发端于广州，也表明广州是中国最早对外开放的港口。"

1990 年 5 月 27 日，一艘仿古木帆船叫"绿眉毛"（船头两边画着绿色大眉毛），为纪念郑和下西洋 600 周年，从当年郑和船队始发的江苏太仓出发，来到广州南海神庙祭海。船上 16 位船员统一穿着郑和下西洋时期的明朝服饰，在神庙举行隆重的祭海仪式。总领队薛冠超说："南海神庙是古代海上丝绸之路的始发港，是中国历史上联系世界的主要经济文化通道之一，是中外各国人民友好交往的重要地点。"

祭海仪式之后，"绿眉毛"在广州市政府和海军驻广州基地领导的欢送下扬帆出海，前往港澳和海南三亚。接着，它将继续沿着郑和下西洋的路线，前往东南亚各国，访问 17 个亚非国家。

天时地利

20世纪80年代，炎炎夏日的一天，我来到坐落在广州东郊南岗庙头村的南海神庙，首先映入眼帘的是神庙大门口高大的白石牌坊，横书"海不扬波"四个大字。相传是苏东坡游神庙时挥毫写下的，笔画粗朴浑厚，形态端庄有神。神庙所在地古时叫扶胥口黄木湾，地处珠江出海口，水面辽阔，酷似海洋，环境优良，为唐宋时期世界著名的东方大港。经历千百年的岁月沧桑，江岸日淤，港口南移。如今，站在庙前向南望去，近处只见一片芭蕉和树木，远处是厂房和烟囱，昔日的江岸码头，波涛江水的影子都不见了。

据历史资料介绍，神庙建于隋开皇十四年（594年）。这是较早的中国古

广州南海神庙

代帝王祭海场所。隋唐以后，随着海上丝绸之路的日益发展，广州的地位也愈来愈重要，广州成为中外海上交通枢纽。位于广州外港的南海神庙，其地位也不断提高。历代帝王都派重臣前来神庙举行册封大典，其目的除了宣传帝王是"受命于天"之外，同时也祈求海神保佑风调雨顺。南海神因此蜚声中外，成为"海上外交之神"。

神庙现占地30 000余平方米，由南往北共5组建筑：头门、仪门、礼亭、大殿、昭灵宫等，还有华表、石狮、碑亭等附属建筑，形成一组颇具规模的古建筑群。经过重建的大殿是复原明代木结构琉璃瓦歇山顶建筑，翘檐飞脊，古朴庄重，气势恢宏。大殿正中安放了用红砂岩重塑的连座高3.8米的南海神"洪圣"像，他头戴王冠，身穿龙袍，手执玉圭，一派和蔼的王者之风。传说唐天宝十年（751年），唐玄宗认为南海神灵应昭著，特遣大臣前往广州（当时称番禺）封南海神为"广利王"。"广利"即广招天下财利之意。这个封号，与广州在中国海上交通贸易史上所处的重要地位有极大关系。

在南海神庙中，除众多中国式的神灵塑像外，还有一尊来自异国的塑像特别引人注目。它黧面白服，穿着唐代衣冠。据介绍，它叫达奚（译音），是唐代古摩揭陀国（今印度）的来华朝贡使，在南海神庙谒神时，把从本国带来的波罗树种于庙中，又因迷恋神庙景色而误了返程海船。他站在庙门口的红砂岩上，举起左手于额前望海，流泪悲泣，日复一日，不吃不动，最后立化于庙前。当地有首民谣称赞他："眼泪滴穿红粉石，犹如番鬼望波罗。"唐朝认为朝贡使是来自海上丝绸之路的友好使者，将其厚葬，并塑像祀于庙中，给他穿上中国衣冠，封为"达奚司空"。由于他来自异国，又在庙中种植波罗树，当地百姓称这塑像为"番鬼望波罗"，神庙也因此被称为"波罗庙"。

有碑为证

穿过神庙头门和仪门，可看到许多像西安碑林的石刻。据说，庙内原有唐朝至清代石碑70余方，现存45方，其中有唐朝韩愈碑、宋代开宝碑、明代洪武碑、清朝康熙碑，都建有独立的碑亭，甚为壮观。这些碑刻的主要内容：一是记述海上贸易的繁华景象，商船往来，百货丰盛；二是历代帝王重视祭神，经常派遣高官重臣来广州致祭，祈求平安；三是文人墨客谒神游览，题诗作对，抒发感情。这些碑刻，不但是研究中国古代海上交通和对外贸易往来的历史资料，而且对岭南文物典章、风俗习惯和书法艺术，都有重要的

价值，因而被誉为"南方碑林"。

神庙西南侧有座小山岗叫章丘岗，唐宋时这里三面环水，"前鉴大海，茫然无际"。岗上建有小亭，称为"浴日亭"。人们在此既可观赏红霞满天、日浴大海的瑰丽美景，又可看到商船往来、千帆竞发的海上风光。苏东坡来神庙游览时，登上浴日亭，诗兴大发，写下了《浴日亭（在南海庙前）》一诗，被刻成石碑，立于亭内，小小山岗因此名声远扬，成为广州"羊城八景"之一的"波罗浴日"。

以前，每年农历二月十一日至十三日，是南海神诞，即广州民间传统的波罗庙会。珠江三角洲远近百里的乡民，纷纷前往神庙祭祀，观赏"波罗浴日"，热闹非常。当地俗语有云："第一游波罗，第二娶老婆。"

庙会一直沿袭到20世纪50年代而中断。从80年代起，市里逐年拨款重修，使庙会于1991年恢复，热闹情景不减当年。目前，市政府正规划在神庙附近筹建唐宋时期南海海上交通博物馆，恢复神庙门前古码头，开挖一条宽27米的河道连通珠江，让游人乘坐游船古舸，抒发思古盛况之幽情，感受唐宋时期我国海上丝绸之路发祥地的壮观盛景。

世界博物馆：圣彼得堡

　　自从听了苏维埃十月革命的故事，就一直对俄罗斯圣彼得堡充满了向往，梦想到那里实地参观游览，看看打响十月革命第一炮的阿芙乐尔号巡洋舰，看看发生起义军民与反动武装争夺战的冬宫。虎年金秋终于有了机会。飞机到了莫斯科，连夜坐上火车，第二天清晨就到达圣彼得堡。

　　圣彼得堡坐落在俄罗斯北方波罗的海芬兰湾东岸，是俄罗斯第二大城市，人口约 600 万，是全国最大的工业、科学、文化、水陆交通中心之一。导游说，圣彼得堡可能因太重要太出名的缘故，连市名也改过 3 次。早在 1712 年，圣彼得堡就被正式确定为俄国首都。1914 年，它被更名为彼得格勒。1917 年 11 月 7 日，列宁领导起义军民取得十月革命成功，苏维埃政府将首都迁至莫斯科。1924 年列宁逝世后，彼得格勒改名为列宁格勒。1991 年，该市举行全民公决，它又改回圣彼得堡市。

　　从地理角度看，圣彼得堡接近北极地方的北冰洋，每年 5 月至 7 月有几天会出现"白夜"奇观。但它位于地势低平的涅瓦河三角洲上，美丽多姿的涅瓦河及其纵横交错的支流，将圣彼得堡分割成无数块碧水环绕的陆地和岛屿，呈现出一派迷人的"小桥、流水、人家"的水乡风貌。因此，它又被称为"俄国威尼斯"。无论走到哪里，我们都能见到那架在水巷之上千姿百态的桥梁，将 100 多个大大小小的岛屿彼此相接，与陆地相连。

　　千百年来，圣彼得堡就像是盛开在水面上的一朵鲜艳醉人的芙蓉，吸引着来自世界各地的旅游者，人们对它有口皆碑：要感受博大精深的俄罗斯文化，只到莫斯科及其周围的城堡是不够的，"不到圣彼得堡，就不算来过俄罗斯"。

　　导游领我们乘坐游艇，沿着涅瓦河尽情地饱览市区两岸风光。导游是地道的圣彼得堡人，她谈到，涅瓦河畔拥有为数众多的博物馆，是俄罗斯源远流长的艺术长河，被称为世界著名的艺术宝库。我们顺着她指引的方向，她如数家珍地道出了一幢幢博物馆的名称，并归纳为以下各类博物馆：

一是世界级和国家级的博物馆。屹立在涅瓦河畔的大型博物馆，主要有俄罗斯博物馆、列宁格勒保卫战博物馆，以及冬宫、斯莫尔尼宫等。特别是冬宫，又称艾尔米塔什博物馆，是俄罗斯最大的博物馆，它与法国的罗浮宫、美国的纽约大都会艺术博物馆和英国的大英博物馆齐名，称为世界四大博物馆。艾尔米塔什博物馆珍藏的文物数以百万计，设有原始文化部、古希腊古罗马世界部、东方民族文化部、俄罗斯文化史部、钱币部、西欧艺术部、科学教育部、修复保管部8个部门，设有400多个展厅及各种陈列室，展出的油画、素描、版画和雕塑不计其数。有人说，在这个巨大的世界艺术宝库里，即使每件展品只看15分钟，也要花10年以上的时间，才能把展品参观完。

二是战略要地博物馆。我们来到涅瓦河注入波罗的海最宽处的兔儿岛，登上气势雄伟的彼得保罗要塞。这是沙皇彼得一世为显示称霸海上的决心而兴建的堡垒。它建于1703年，墙高12米，最厚处达4米。共有6个堡垒，6条障壁，6个大门，300尊威武的大炮，还建有克龙维尔克炮楼。彼得大帝依靠要塞攻城略地，进退自如。要塞后来成为沙皇及皇室家族的寝陵，也曾作为国家重要的监狱，关押过高尔基和车尔尼雪夫斯基等"政治犯"。在涅瓦河口还有一个叫喀琅施塔得的要塞，是沙俄波罗的海舰队基地，苏联及独立后的俄罗斯一直将其作为重要的海军基地。如今，这两个战略要塞被辟为军事博物馆对外开放，让游人了解它们300年来的沧桑历史，揭开一个个鲜为人知的重大事件的神秘面纱。

三是战功卓著的舰艇博物馆。在圣彼得堡市中心的涅瓦河畔，停着一艘叫"阿芙乐尔"号的巡洋舰。十月革命第一炮就是从这里发出的。该舰1957年退役后，一直静静地停在河边，无声地向来自世界各地的游客述说着那段红色的记忆。据介绍，该舰曾参加日俄对马海战和第一次世界大战。1917年推行沙皇路线的资产阶级临时政府，以冬宫为据点作垂死挣扎。"阿芙乐尔"号奉命开到冬宫前面的河中间，打响了十月革命的第一炮，向起义武装发出总攻开始的信号。经过一个晚上的战斗，起义部队攻克了冬宫，宣告临时政府被推翻，十月革命取得了彻底的胜利。在关键时刻，"阿芙乐尔"号打响了社会主义革命的第一炮，敲响了埋葬一切反动统治的丧钟，打出一个崭新的世界，是彪炳史册的非凡壮举。如今，"阿芙乐尔"号是俄罗斯中央海军博物馆分馆，船舱里设有该舰的历史和参加起义整个过程的馆室，展出一件件传神的实物，记载一则则动人的故事。

　　四是名人故居博物馆。中国人熟知的普希金，对圣彼得堡情有独钟，他短暂的一生中有 17 年是在圣彼得堡度过的。我们在这个城市里，看到与他有关的纪念广场、纪念馆和巨型的塑像。我们来到莫伊卡河沿岸街 12 号，眼前出现一座雪白的小楼，周围绿树成荫，这就是普希金故居博物馆。馆内珍藏着大量的照片和实物，详细地记录了这位伟大文学家的生平与创作。他是俄国文学历史成就的集大成者，积极浪漫主义的代表，又是俄国现实主义文学的开创人。高尔基称他为"俄国文学之始祖"。馆内展出他的著名诗篇《自由颂》《致普柳斯科娃》，以及他的代表作《叶甫盖尼·奥涅金》《黑桃皇后》等。走进博物馆，让人感到走进了诗人博大的内心世界中。

冬宫正门

　　五是大教堂和修道院式的博物馆。圣彼得堡市内有许多哥特式、洋葱头圆顶或顶端小尖塔林立的教堂，实际上也是博物馆。如被称为世界四大教堂之一的伊萨基辅大教堂，建于 1818 年，历时 40 年竣工，教堂高约 102 米，宽约 100 米，约可容纳 12 000 人，规模宏伟，采用昂贵的建筑材料装饰，仅黄金就用去了 410 公斤。该教堂已被辟为博物馆，展出许多精美的艺术珍品。位于苏维埃路的切斯马教堂，是为纪念俄国海军战胜土耳其海军的一次重大战役而建，它已成为海军博物馆分馆，专题展出这场伟大的海战。其他如喀山大教堂、亚历山大·涅夫斯基修道院等，都分别被辟为国家宗教历史博物馆、俄罗斯雕塑艺术博物馆。

　　我们的游船又回到原来起航的码头，时值下午，一抹斜阳正照到对岸宏伟的冬宫上。我们立即坐上大巴，来到冬宫门前。只见一座巴洛克式的 3 层彩色建筑，宫墙呈浅绿色，十多条并列的巨大立柱雪白晶莹，一排排窗口门楣都镶着金色的饰物。屋顶上飘扬着一面三色的俄罗斯国旗，国旗下面两旁呈一字形排开的巨型人物雕塑，有的站着，有的坐着，神情各异，栩栩如生。这座紧紧依偎着涅瓦河畔的富丽皇宫，汇集了鲜明的俄罗斯建筑、绘画、雕刻和装潢艺术的精粹，就像太阳和火的燃烧，赏心悦目而又振奋人心，因而深受各国游人的赞赏。

　　冬宫占地 9 万多平方米，共有 1 050 个房间，117 级阶梯，1 886 扇大门。我们怀着愉悦的心情，从正门进入宫内，眼前尽是绚丽多彩的雕梁画栋，金碧辉煌的殿堂比比皆是，到处陈列着价值连城的古玩国宝。我们沿着一条深邃的长廊，来到举世闻名的黄金厅。这里尽是金色的光辉，氤氲着一派王气十足的庄严和高贵。从天花板到地板，从墙壁到家具，无一不是由黄金制造。据介绍，当年沙皇为了建成黄金厅，除了拿出国库储备的黄金，还大量搜集了民间的金制品。沙皇的御座背后有一幅俄国地图，用 4.5 万颗彩色宝石镶成。十月革命后，冬宫成为与之相邻的艾尔米塔什博物馆的一部分，其展览厅室达 400 多间，共收藏 270 多万件艺术珍品，单是绘画就有意大利文艺复兴时期大师达·芬奇、拉斐尔和提香的原作。

16 迷失在夏宫的喷泉间

　　曾经有朋友对我说过这样的话——你之所以喜欢法国凡尔赛宫，是因为没去过俄罗斯彼得宫（又称"夏宫"）。如果去了，你会发现那里的感觉比凡尔赛宫还要好。对这种带有过强主观意识的片面之词，我自然是嗤之以鼻的。但还是对那个地方平添了几分好奇。我很想亲自验证一下，那里究竟有多好，是不是足以让我"移情别恋"。

美轮美奂的彼得宫

　　春去夏来，俄罗斯八天游第二站是圣彼得堡，彼得宫的参观虽然只有短短的一天，只能走马观花地看看，但对于笃信一见钟情的旅行者来说，用来判断它是否与自己契合，却是足够了。

　　我们从圣彼得堡市区搭飞翼船，约30分钟就到达位于波罗的海芬兰湾南岸的彼得宫码头。下了船，立即被这里的蓝天碧水、金色鲜明的建筑物所吸引。一条宽阔的水道曲折延伸，两旁的茂密树林郁郁葱葱，鹅黄色的彼得宫错落有序地掩映在绿色的尽头。我带着欣赏的眼光一路前行，心里不自觉地把凡尔赛宫拉出来进行比较。不可否认，单就环境和风光来说，凡尔赛宫真要甘拜下风了。我们在海滨边走边逛，丝毫不感到乏味，走累了，随便在海边草地躺一躺，在石椅上靠一靠，什么都不想，只是发发呆，看看湛蓝的海水，细细聆听海风徐徐拂过的声音；望天际的浮云，感受云卷云舒的闲适意境，那是一种怎样的惬意啊！

　　彼得宫，这个美丽的名字，是为了纪念俄罗斯国王彼得大帝。他年轻时曾经游遍欧洲各国，因此也想要在俄罗斯修建一座能媲美法国凡尔赛宫的大宫殿。1716年，他邀请法国建筑师设计了这座美轮美奂的夏宫，作为皇家正式的夏日行宫。彼得大帝死后，历任沙皇也曾聘请意大利建筑师进行多次改造和扩建，使得这座大宫殿更加富丽堂皇。扩建后的夏宫包括大宫殿、玛尔

丽宫、奇珍阁、下花园、亚历山大花园以及茅舍宫等。大宫殿是一座两层建筑，其内外装饰华奢，两翼皆有镀金穹顶，宫内有庆典和接见外宾用的厅堂，各种精美的艺术品遍布夏宫各个角落。从那时起，夏宫便被誉为"俄罗斯的凡尔赛宫"，成为一组占地800公顷，宫殿加花园的宏伟建筑群，是圣彼得堡郊区最美丽的景点之一。

"参孙搏狮"

我们从大宫殿出来，眼前蓦然出现了一幅奇特的景象：一个个形态各异的金色人物塑像，在阳光的照耀下，金光闪烁；一股股白色的喷泉水柱冲天而起，瞬间又变成了雪花状，哗啦啦地洒落地面，真是银河溅落，喷珠吐雪，气势磅礴，令人惊喜。

大宫殿正前方有一大片的喷泉群，包括两个阶梯式的喷泉悬瀑。喷泉之间点缀着187座大小金色塑像和29座浅浮雕。不但有各式人物造型的喷泉，还有动物造型的喷柱，形影交错，蔚为壮观。我们站在大宫殿门前，这里是俯瞰喷泉群的最佳地点，此时正是上午10点钟，极目望去，阳光穿过喷泉群

夏宫的喷泉群

的水幕，所有建筑物和参观人群都被阳光镀上一层金光，大小喷泉的水柱和水面也镀上一层闪光的碎金。金色的人物塑像与金色的阳光交相辉映，让夏宫显得更加华丽壮观。

大伙顺着阶梯往下行走时，导游指着前方一股水柱说，那边还有更好看的，是喷泉群的重头戏。那股水柱喷得很高，足有二三十米。导游拿着一盒俄罗斯特产琥珀饰物问大伙，水柱是从哪里射出来的？谁答对了，饰物就归谁。由于水雾朦胧，很难看清，只好乱猜一通。有人说是从龙口中射出来的，有的认为是龙宫的蚌精喷出的水柱。大伙一边猜想一边加快了脚步，当来到水柱前时看清了，惊呆了：在中央大水池中，耸立着一个高 3 米、健壮如牛的金刚大力士，奋力掰开一头金色狮子之口，一股强大的水柱从狮口喷出，成为宫内最大的喷泉柱。导游说，这就是著名的"参孙搏狮"，是来自《旧约圣经》中的故事，大力士名叫参孙，是俄罗斯人崇拜的楷模。

在"参孙搏狮"附近还有一处叫"力士抓蛇"的喷泉：只见一个巨型的金色男人塑像，侧身向前伸展，马步稳扎，目光炯炯，右手抓住一根短棍，伸直的左手紧紧握住一条金光闪闪的大蛇颈部，蛇身缠住男子左手卷了几圈，蛇尾好像还在动，张开的蛇口喷出一股清泉，直射前方。由于造型奇特，栩栩如生，富有动感，大批游客涌到这里，细细欣赏，拍照留念。导游说，"参孙搏狮"和"力士抓蛇"都是出自同一个艺术建筑师，被誉为"姐妹作"，深受当年沙皇的赞赏。设计师的创作理念是，讴歌"力拔山兮气盖世"的英雄气概，赞扬不怕牺牲、排除万难、敢于进取的大无畏精神。

"喷水戏诸侯"

据介绍，由于夏宫濒临芬兰湾，地下水源丰富，为了充分利用这个有利条件，铺设地下大小管道几百公里，给地上的树木草地提供了水源，并根据不同地形和景点，建成大大小小的喷泉 150 个，喷柱 2 000 多处，成为一个独特的皇家园林避暑胜地。每当夏日炎炎，沙皇和王公贵族便来到这里，尽情享受清凉欢乐的消暑时光。更值得一提的是，这些喷泉最突出的设计就是变化多端，有些地方还暗藏了许多玄机，设下不少埋伏。在路边或座椅旁埋设了地下水管，不定时喷出水柱，突然袭击不知情的人。这就是沙皇戏弄臣子的恶作剧：一群簇拥着皇帝的皇亲和臣子，正优雅地在花园漫步，沙皇引领大家来到机关埋伏处，突然间，水柱喷洒而出，让锦衣华服的权贵们狼狈不

堪，而诡计得逞的沙皇则疯狂地哈哈大笑。

　　夏宫花园中还有一个有名的沙皇戏弄臣子的地方。在一片林荫夹道的草地上，有一张宽大的白色大理石椅，像是皇帝和皇后的宝座。石椅中间有一尊金色的头像，看起来十分尊贵。石椅前方有一片石头铺成的方形区，据称是臣子们站立朝圣的地方。其实这里也是一个陷阱，方形区四周随时都会喷出水柱，成为沙皇又一处"喷水戏诸侯"的地方。有的人以为石椅是皇帝皇后的宝座，坐上去准没水淋，但有人一坐上去，即被喷得全身湿透。原因是，石椅上有机关，不知情的人一坐上去就会中招，石椅中间那个金色头像还会喷水。如今，游人穿梭在这些地方，都时时小心是否有埋伏，每过一个景区都是一个惊喜。

　　大伙很想亲身感受一下突然被喷泉射身的滋味，导游领我们来到一处林荫大道。道路两旁都有埋伏的喷泉，为了增加人气和趣味，这里的喷泉有固定时间，每天只有3次。导游为了给我们一个惊喜，故意不说喷水的实际时间。当时针快到当地时间下午1点钟，许多游客从四方八面涌到大道的两头，就像准备百米赛跑一样，个个屏气凝神等待起跑那一刻。我们猜想，喷水的时刻即将发生。

　　果然不出所料，突然听到沙沙的声响，道路两旁喷出大量水柱，水柱越升越高，至最高处呈抛物线交叉落下，成为突然而来的骤雨。游客们高兴极了，道路两头的大人小孩在水柱中冲刺，来回奔跑，边跑边喊，十分热闹。我们也情不自禁地参与其中，中青年团友在水幕中奔跑，全身湿透。年过花甲的团友曾桐海夫妇，干脆撑起一把雨伞，并肩携手来个雨中漫步，更显得深情而浪漫。

　　在喷泉雨雾中冲刺的人不少，在一旁看热闹、抢镜头的人更多。在场所有的人都笑得十分开怀。想当年，想出这个点子的沙皇，一定没料到他大发童心的恶作剧，几百年之后还给后世的人们带来这么多欢声笑语。

　　谁说俄国人严肃又不苟言笑？到夏宫花园来逛逛，你就会发现俄国人的另一面。他们平日不轻易显露的幽默性格，在沙皇的御花园中处处可见。

塔桥相拥熠英伦

伦敦塔桥

　　世人熟知，在英国伦敦市区有伦敦塔、伦敦塔桥和伦敦桥，虽然名字只有一字之差，却是三座不同的建筑。它们都位于泰晤士河畔，都具有百年历史，是伦敦的地标、英国的象征，深受世界各地游人的喜爱。

　　到达伦敦的第二天早上，导游带我们来到白金汉宫广场，观看庄严的皇家卫队换岗仪式。接着，我们的旅游大巴在伦敦市区转了几个弯，眼前豁然开朗，只见一条大江横贯市区，它就是被尊为"英国母亲河"的泰晤士河。这是一条静静流淌的河流，满载物资的货船和驳船川流不息，但听不到汽笛声响和马达轰鸣。河水清澈，水面干净，看不到饮料瓶和塑料等垃圾漂浮物。向前看，河中间竖起两座四方形的高塔，塔身的顶端是哥特式的尖顶，旁边各有 5 个小尖塔，远看就像两顶皇冠，风格古朴，雄奇壮伟。两塔之间，上

下有两座桥连在一起，很像马来西亚吉隆坡的"双子塔"，这就是著名的伦敦塔桥。

我们快步向前，靠近拍了照片后，随着人流来到塔桥的下层中间。桥面宽有6车道，两旁有行人道，车来车往，行人有序。导游指着桥中间一条断开的线条说，伦敦塔桥是一座开合式的活动桥，当河上有万吨船只通过时，设在塔里的机械就会启动，将两块各自重达1 000吨的活动桥面慢慢分开，向上翘起；船只过后，桥身慢慢落下，恢复行人和车辆通行。塔桥从1894年使用以来，机械功能一直正常，每当巨轮鸣笛致意后，上升机械只需1分钟就能使桥面升起。政府规定轮船有优先通过的权利，每当桥下有船只通过时，桥面上的车辆就要等待轮船通过了才能过河，这个规定一直沿用至今。

大伙从塔桥北面乘电梯上去，经3层楼，塔内不但有商店、酒吧，还有展览厅和博物馆等。看得出来，塔桥既是水陆交通枢纽，又是吸引游人的观光胜地。我们在商店购买了一些旅游纪念品，在酒吧喝了咖啡。这里的东西比外面昂贵，但在塔桥内购买，总觉得物有所值，心安理得。我们从塔桥第4层走出来，就到了连接两座塔楼的高空通道。这是一条不通汽车的人行通道，每当下层桥面开启让轮船通过时，行人可乘电梯改由高空通道来往。

高空通道离水面有43米，是饱览泰晤士河及两岸秀丽风光的好地方。站在这里，看那漂浮着的白云在天空自由如风，远处的山峰峻岭绵延不绝。向下看，从远方奔腾而来的泰晤士河，像一条浅绿色的玉带，将伦敦轻轻地拥在怀里。环顾四周，古朴苍茫，瑰丽而俊美，那高耸入云的大本钟，气势恢宏的白金汉宫，在阳光下、光彩中，明暗相间，光处土黄中透着褐红，影中青黄而凝重，给人一种浩然的阳刚之美和悠远的沧桑之感。

设在塔里的展览厅和博物馆，规模不大，小巧玲珑，展出的许多图片和实物，主要介绍伦敦塔桥建造的历史和规模。据导游介绍，泰晤士河从伦敦横穿而过，将市区分为南北两部分，一方面为伦敦的水上运输带来了不少便利，另一方面又给南北两区的往来造成了不便。19世纪中后期，英国的工业日益发达，人们需要在河上建造一座大桥，以沟通两岸的往来。为此，英国政府成立了一个特别委员会，并在全国范围内征集设计稿，要求新桥必须适应大型船只的往来，设计方案经过长达8年的讨论和争议后，决定建造一座开合式的大桥，大桥有2个巨大的桥墩，桥墩之间相隔70多米，桥面可以从中间断开，让大船自由通航，从而解决了陆路与水路相冲突的矛盾。经过近10年的紧张施工，一座具有独特建筑风格和独特用途的伦敦塔桥，终于在

1894年顺利竣工了。

　　我们的旅游大巴离开伦敦塔桥，在泰晤士河畔的一座城堡停下来。导游说，它就是大名鼎鼎的伦敦塔。大伙下车后，见到的是一组规模宏大的城堡群，那伦敦塔在哪里呢？导游说，伦敦塔不是一座塔，而是一座城堡，由许多座建筑共同构建而成。由于我们对这个旅游热点很陌生，还未见庐山真面目时，导游就提早给大伙上了一堂英国历史课。

　　伦敦塔位于泰晤士河北岸，与伦敦塔桥毗邻。因为这些建筑中最著名的是诺曼底塔楼，伦敦塔由此而得名。伦敦塔的历史非常悠久，远在11世纪时，征服者威廉从诺曼底渡过英吉利海峡来到英国，夺取了王位。随即在泰晤士河畔建造一座城堡，这就是伦敦塔。从威廉一世起，伦敦塔成为英国国王的宫殿。王室规定，所有国王在加冕之前，必须搬到伦敦塔居住，在此等待加冕仪式。塔里的主要建筑是城堡中心的诺曼底塔楼，又名白塔，墙壁厚实，非常牢固。白塔四周围绕着13座塔楼，既突出众星捧月的王者风范，也起到外部防御作用。

　　伦敦塔作为宫殿约有5个世纪之久，后来英国王室从这里搬了出去。此后，伦敦塔便发生了戏剧性的变化：先是被改作贵族监狱，专门关押犯罪的王公贵族；若干年后又成为国家造币厂；不久，又被用作动物园，专门圈养君主狩猎时捕获的野生动物。直到现在，圈养的动物都迁走了，只有一种叫

与夫人一起乘船游览泰晤士河

渡鸦的鸟类，依然生活在伦敦塔里。这种渡鸦，在中国叫乌鸦，全身乌黑，个体较小，叫声怪异，中国老百姓视它为不吉利的凶鸟。但是，它在伦敦塔内被奉为神鸟，说它的存在与英国王室的命运息息相关，如果渡鸦离开了，伦敦塔就会倒塌，王室也会随之毁灭。因此，这些渡鸦长期得到专人的照料，以确保它们代代相传。

今天的伦敦塔已焕然一新，成为欧洲著名的观光胜地，每年的游客达几百万。因为英国政府将伦敦塔改造成为展览馆，展出英国王室的稀世珍宝。塔里最精华的部分要数建于11世纪的小教堂，它的地下室内陈列着英国王室的御用物品。我们来到这里时，只见游客分批进出，人头涌动，全神贯注地欣赏国王的头盔、盔甲和镶着宝石的佩剑，还有国王加冕用的王冠、王袍和权杖。查理二世的金王冠现在还用于加冕仪式，维多利亚女王的王冠上镶满了价值连城的宝石，御用十字架上镶嵌着巨大的红宝石。最引人注目的是那根镶着"非洲之星一号"钻石的权杖，据说这颗钻石重达530克拉，是目前世界上最大的钻石，伊丽莎白女王加冕时就使用过这根权杖。仅次于它的还有大英帝国的女王冠，上面镶嵌的是"非洲之星二号"钻石。

走出展览馆时，大伙还在啧啧称赞，都感到人生在世，有幸观瞻到如此高精尖的稀世珍宝，无疑是一次视觉上的极大冲击和极端享受。

18 震撼，"高棉的微笑"

我站在柬埔寨吴哥古迹群面前，仰望着规模宏大的巴戎寺，心中生发出一种难以言尽的况味。

这座寺庙由 49 座石塔组成，宛如山峰连绵耸立，居中的一座塔高达 40 米，连同周围的每座塔，顶部四边均刻有巨大的四面佛雕像，个个眼脸微垂，嘴角上扬，含着微微的笑意，是典型的高棉人面容，安详，亲切。穿行在众多佛塔间，无论你站在哪个角落，都会发现微笑的大佛。这就是穿越千秋、蜚声寰宇的"高棉的微笑"。

据说，这些佛像是依照七世国王面容雕刻的，充分体现柬埔寨人乐观、朴实的性格。也正是这样的精神，让柬埔寨人在经历了一次又一次的浩劫后，仍然微笑着面对现实，面对未来！

和古埃及一样，人们把埃及和金字塔看成一体，高棉也被人们与其令人称奇的庙宇联系在一起。有的建筑学家认为，欧洲古代的城市和宫殿与吴哥相比，无论是规模上还是细节上都是小字辈。直到一个世纪前，吴哥的遗迹还是被森林掩盖着。当 1860 年西方人偶然"发现"吴哥时，展现在他们眼前的是一个强大王国的首都。当年的吴哥王朝扬言，它的国土包括整个越南，中国是邻国，海洋是护城河，成为当时称雄中南半岛的大帝国。

据史料记载，吴哥王朝始建于公元 802 年，前后用 400 余年建成，共有大小各式建筑 600 余座，分布在约 45 平方公里的丛林中。当时，吴哥王朝靠强硬的国家机器，投入巨大的精力和财力，指挥着千军万马，除兴建这些庞大的寺庙工程外，还要修建一个水利系统，由运河和堤坝围成的水库与之配合使用。国王亲自策划，亲自监工，动员全国的能工巧匠，出谋献策，从而创造出了世界建筑的奇迹。但是，到了 15 世纪，由于统治集团内部争斗，加上邻国的入侵，吴哥王朝弃城迁都金边，很快走上衰败之路，寺庙古迹群抛弃在那儿，被日益茂盛的森林淹没了。

时至今日，吴哥古迹群绝大部分被破坏了，成为一堆堆巨大的乱石头！

所幸吴哥窟的 6 座佛塔于 20 世纪 30 年代后重建，像"玉米"似的高耸入云，成为高棉民族引以为傲的象征，并出现在柬埔寨国旗和货币上。我们和来自世界各地的游客一样，来到佛塔前的水池边，与"玉米"合影，成为在柬埔寨旅行最具意义的经典照片。

我们来到吴哥窟游览。它占地约 80 公顷，是 12 世纪吴哥王朝苏耶跋摩二世的国都和国寺。国王举全国之力，花了大约 35 年时间，建成规模宏伟的石窟寺庙。我们看到，在已经崩塌的乱石堆上，包括台基、回廊、宝塔，全部用巨大的砂岩石块，最大的石块重量竟然超过 8 吨。在没有起重设备的条件下，全部用人力扛抬搬运，其艰辛程度可想而知。所有石块相连没有黏合材料，而是重叠而成。

据有关资料介绍，具有国寺规模的还有 3 座，一是巴戎寺，是吴哥王朝七世国王于 12 世纪后期为自己建造的寺庙，位于大吴哥城中央，是城内最重要的建筑，整座寺庙犹如一座拔地而起的山峰。二是巴孔寺，是吴哥国王一世建立的国寺，是当时市中心的大型寺庙。三是罗雷寺，是吴哥国王二世迁都吴哥前的最后一个主要寺庙，如今只剩下两座残塔。

在吴哥王朝的寺庙建筑群中，有两座专门为女性修

微笑四面山

建的"母庙"和"女王宫"。母庙又称塔普伦寺，已有近千年的历史，是七世国王为纪念母亲修建的。我们来到寺庙前，见到一个奇特的景象：整座寺庙被大树茎干和树根纠缠盘结在一起。看得出，寺庙是完整的，由于参天大树粗壮的树根纵横交错地把寺庙包围起来，已变成寺林一体了。女王宫又称为"女人的城堡"，全部由红色砂岩建造，与其他大多数寺庙使用青色砂岩不同，在阳光照耀下显得格外的火红，被称为"青色的吴哥，红色的女王"，加上造型奇巧别致，成为吴哥古迹群中风格最独特和最精致的寺庙之一。

吴哥王朝的历代帝王喜欢观看斗象取乐，于是就建了斗象台。其规模虽然无法与罗马斗兽场相比，但场面也不小，既是国王和王公贵族观看斗象的地方，也是国王阅兵及举行庆典的观礼台。导游说，在吴哥时期每年都会举行盛大的斗象大会，搏斗中胜出的大象，可以成为国王的坐骑。

吴哥的寺庙建筑群中还有观天象的地方，那就是巴肯山。寺庙建在山顶上，垂直高度近70米，是吴哥三圣山之一。据介绍，巴肯山寺是吴哥皇家观天象的圣地。在山顶上既可以俯瞰吴哥全景和周围景点，也是看日出日落的最佳地点，从而吸引了大批世界游客。我们很想登上去，但来到山脚下的登山入口时，只见台阶又窄又高又陡，每级台阶高约50厘米，特别是有的台阶宽度不到10厘米，容不下一只脚，人们必须手脚并用，像猴子爬山一样才能攀上去。我们的团友除少数年轻人攀登外，大部分人只能望山兴叹。

在广袤的废墟里，到处是乱石头，这里一堆，那边一摊，如果不是导游的指点，游客是无法分清的。导游指着前面两堆乱石头说，左边是涅盘宫的平民医院，右边是比粒寺的皇家火葬庙。涅盘宫建于12世纪，是七世国王兴建的。宫中有个大水池，在中央的小岛上，有座石塔小寺庙，石塔上雕刻有两条缠绕的大蛇，被称为蛇王医院。传说水池的水是神水，有神奇的药效。直到现在，医院虽已坍塌，水池荒废，但人们相信神水永远有效，便把长在水池里的植物采摘回家，作为药浴之用。比粒寺又名变身塔，是举行已逝国王火葬仪式的寺庙。传说他们在那里火化后，可以升天为神。我们看到，变身塔是座印度教寺庙，规模不大，十多座小塔分布在上中下3层平台上，顶层有5座塔，中间最高的象征须弥山，传说那是天神居住的地方。

吴哥王朝的建筑群不但规模宏大，而且由于完美的对称、精致的浮雕，与中国的万里长城、印度的泰姬陵和印度尼西亚的婆罗浮屠一起，被誉为古代东方的四大奇迹。时至今日，人们站在这些鬼斧神工的精美浮雕面前，无不称赞吴哥王朝的确是一座"雕刻出来的王城"。请看：

　　吴哥窟内保存了一条约半公里长的游廊，长廊两边的台基、回廊、宝塔，全部用巨石砌成，并在石板上凿出了丰富多彩的石雕图。如描绘印度史诗《罗摩衍那》的故事、国王阅兵的宏大场面，以及民间故事好人上天堂、坏人下地狱等的情景。石雕有众多人物，形象逼真，构图巧妙，人物栩栩如生。

　　风格独特、最精致的女王宫，所有的墙壁、立柱、门楣等建筑，表面几乎完全被木刻浮雕覆盖。虽经数百年的风雨侵蚀，但仍然以艳丽的色彩和精美的浮雕著称于世，在所有吴哥浮雕中首屈一指，被誉为"吴哥艺术之钻"。女王宫的核心建筑是 3 座塔庙，正中央一座敬奉的是湿婆，两边反映的是古印度神话故事，还有仕女浮雕，被誉为"东方维纳斯"。宫中几乎所有木制构件都雕刻着故事图案。难怪人们说，这里的木柱、屏门、檐板和神龛都会讲故事。

　　在巴戎寺、比粒寺和涅盘宫等的废墟上，有许多雕刻着飞禽走兽、花鸟虫鱼的巨大石块，有的虽然断裂得不成形，不是没头就是缺腿，但是保存下来的部分，仍然不失为艺术价值很高的石雕作品。有一只不知名的猛兽，体形巨大，头长独角，血盆大口，左眼被毁，右眼突出，前爪作凌空而下之势，气势逼人。游客称赞，石雕艺人不仅能用石头建造寺庙，而且还能一锤一凿地将坚硬的石头雕刻成艺术品。导游谈到，吴哥王朝的雕刻是集全国民间建筑装饰之大成，是劳动人民聪明才智和精湛技艺的结晶。

第二章

世间万象

与水相伴相生说荷兰

欧洲有两个闻名世界的水城：一个是"浮"在意大利亚得里亚海水面上的南欧威尼斯；另一个是"沉"在荷兰北海水面下的北欧阿姆斯特丹。数百年来，这两个水城与水有缘，相伴相生，相美相兴，和谐共处，成为世界上唯一的"水上城"和"水下城"，被称为当今世界级的旅游胜地。

因水而美

多年来，这两个水城一直撩拨着我的心。参加欧洲游时，我终于来到它们身边。游了威尼斯又马不停蹄地走进了荷兰首都阿姆斯特丹。这里给我的第一印象是：它和欧洲其他城市一样，大街上车水马龙，运河上百舸争流，和没有大街没有汽车的威尼斯迥然不同。我们东张西望，怎么也看不到这里是"沉"在水下的"泽国"的迹象。地陪女导游叫张梦华，是荷籍华人，好似猜到我们的心思。她

风车之国

说：再往前走，到了围海大坝，就可看到水城的"庐山真面目"啦！

旅游大巴一直往西北奔驰，不久就听到浪击堤坝的隆隆声响。当我们登上大坝，无边无际、水天一色、"白浪滔天"的北海就在眼前。一群展翅翱翔的水鸟正向我们飞来，像是欢迎远方客人的到来。围海大堤犹如一条巨龙向远方延伸，海水高于大堤背后的城区地面，足有两三层楼高。据介绍，荷兰有一半国土、六成人口处于海平面以下 1～5 米，最低 6.76 米。这种环境，对于外人来说是难以想象的。长期以来，贯穿荷兰人世世代代生活的一个主题，就是怎样与水的威胁作斗争。

"荷兰人与水斗争的经验是丰富的，最有特色的是借助风车的威力来战胜水患的实践，长期为世人所称赞。"张梦华边说边带我们来到阿姆斯特丹市郊，参观一个叫风车村的村庄。这里的风车很大，建在塔形房子的顶端，塔房有几层，下面几层可供人居住。风车呈八角形、六角形或十二角形，4 片长方形的翼板可根据风向变化调整风车的方位。据称，早在 500 年前，聪明的荷兰先民利用北海终年不断的强劲气流，发明了第一座风车，用风能提供的动力排出海水，避免水患，围海造地，灌溉农田，还可作为磨麦、锯木、榨油、制烟等的动力。这种多功能的风车在全国迅速普及，最多时达到 1 万多座。

随着科技的发展，现在大部分风车已被淘汰。但对风车情有独钟的荷兰人，还是保留了 900 多座风车，以供游人观赏。每年 5 月的第二个星期六是荷兰传统的"风车节"。当天，荷兰各地举行各种各样的庆祝活动。他们为所有的风车挂上国旗，装饰花环，让它转动起来。这时，举国上下，一片欢腾。因此，风车被称为荷兰人最别具一格的文化传统，是荷兰的象征。

我们离开风车村，来到一个叫桑斯安斯的小村。村口有一家制造木鞋的小作坊，门前摆着一只巨大的木鞋特别吸引人：它长一米多，像一只小船，是用整块大木头挖空制成的。小作坊内的墙上，挂着许多颜色鲜艳的小木鞋，供人观赏。据说，由于荷兰地势低洼，气候潮湿，人们以柳木或白橡木做成木鞋，既防潮又保暖，可减少生冻疮。小作坊的工人还现场示范制造木鞋，用机器代替过去的手工操作，不到两分钟就完成了一双"基本款"木鞋。我们参观后都买了小木鞋，作为家居摆饰。

退耕还水

荷兰是美丽的，既是著名的水城，又是世界出名的花城。但是，随着全

球气候的变暖，"暖极生悲"，海平面正在加速上升，若干年后，这个水城会不会成为真正的"泽国"呢？

张梦华根据我们提出的问题，带着我们一起来到了北郊的拦海大坝上，一边欣赏迷人的海景，一边介绍荷兰人治水的过去和未来。她说，治水经验丰富的荷兰人，近百年来提出御海水于国门之外的锁海战略——用高耸、坚固的海堤、河堤、挡闸、分水堰等一系列工程，抵御风暴潮及河流洪水，解决了河道冲淤，海洋动力造成的河口、海岸冲淤等影响防海大堤工程安全的问题。多年的实践证明，这个战略工程成为荷兰新时代的象征。但是，大自然的力量是无穷的，1953年的一场风暴潮，袭击了荷兰西南部的三角洲地区，海岸决堤，海水肆虐，3 200多人被汹涌而入的海水淹死，损失严重。

痛定思痛的荷兰人深入总结长期与水斗争的经验教训，反思自己的治水之道，幡然醒悟，认识到过去以拦截和围堵的方式，从水中抢占土地是行不通的，水是无法一味围堵的，而是要加强管理，与之为友，与水相伴相生。"给河流让出空间"，成了当今荷兰上至政府官员，下至平民百姓的口头禅。

说到这里，张梦华微笑着对我们说，"给河流让出空间"思路的实质，很像我们老祖宗大禹的治水之道：不通的地方要疏，不畅的河水要导，疏导是治水的上策。

近年来，荷兰内阁根据"给河流让出空间"的设想，批准了"退耕还水"的方案。该方案计划将位于荷兰南部发生水患的河道两岸的部分堤坝推倒，腾出3平方公里的围海造田面积，恢复成为湿地、防洪蓄水区。在加固长1 800公里的拦海堤坝的同时，在堤防背后建立大片蓄水区域，遇到极端情况时，可让海浪漫过堤坝，从容进入蓄洪区。据水利专家计算，海堤设计每1 250年才有可能被海水越过一次，西北部的圩田，按照每4 000年一次洪水的标准来建设的。因此，荷兰被称为世界上最安全的国家之一；如不发生人力不可抗拒的特大自然灾害，这个水城将长久地存在人间，不会成为真正的"泽国"。

与水共生

退耕还水，给水让出空间，反映了荷兰人对水认识上的飞跃。人们从恐水、怨水、恶水，转变为爱水、赏水、亲水。就拿家居来说吧，当今的荷兰与水为邻，伴水而居，"我家住在清水河上"已成为一种社会时尚。

在阿姆斯特丹运河码头，我们坐上游船泛舟河上。据称，阿姆斯特丹运河建于 17 世纪，计有 160 条河渠，长达 75 公里，纵横交错贯穿整个市区。放眼望去，一艘艘小巧玲珑泊于河边的船屋，成了阿姆斯特丹独特的风景。张梦华说，漂泊在这里的住房用船约有 2 800 艘，景象蔚为壮观，被称为"水上村"。目前，不仅退休后的老人选择购买船屋，越来越多的年轻人也喜欢这种田园般的生活方式。应我们要求，游船慢慢靠近一个叫"小威尼斯"的船屋停泊点，访问了一位叫巴尼帕的青年人。他不久前买了船屋，和新婚妻子在这里过浪漫的"二人世界"。房子面积虽然不大，但生活用品一应俱全。他在几步之遥的河岸上种植郁金香、藏红花、风信子、水仙等，花香四溢。他风趣地说：住在船上比在陆地好，白天可欣赏流水行云，夜里可看到星星月亮！

由于环境宜居，许多富人也看上了这种"水上人家"生活。他们虽然买得起豪宅，却选择了这种亲近水、亲近自然的悠闲生活方式。不少商家看中了船屋商机，也租或买船屋开商场、酒楼、书店等，吸引了大批顾客，成为兴旺的"水上一条街"。

张梦华谈到，在荷兰，除了这种船屋外，还有一种只能上下浮动，不能四处漂动的"浮屋"。荷兰政府为了给水让出空间，向农民购买了许多土地用来蓄洪。但是农民不愿意离开原来的住地，因此有的机构设计了浮动的房子，直接将房屋建在水边。这种浮动房子的地基，是用水泥做成长方形盒子状，比船屋更稳固。另一种方式是把地基做成倒置的长方形盒子，上面是水泥，而开口在下方，可以从下面填上泡沫材料利于浮动。用这种方法可以建造大片房屋和社区，也可以建造小岛和浮动海滩。当前，浮动房子在荷兰很受青睐，特别是深受那些"离土不离乡"农民的欢迎。

有的水利专家说："上帝创造了地球，而荷兰人创造了陆地。"在这个地球上，没有一个国家像荷兰这样通过围海造田和围海造湖大手笔地改写着地球的版图，并成功地长期生存在海平面以下。

随着气候变暖和海平面上升的趋势，地势低洼的马尔代夫和图瓦卢等国家，正诚惶诚恐，被动性地提出以搬迁的方式来应对这种变化，而荷兰以积极的态度，提出与水相伴相生，迎接海平面的上升。我认为，荷兰人的思路和做法，可以给世人较深的启迪。

20 异国奇观新西兰

看过电影《指环王》的人，都会对电影里童话般的仙境留下深刻的印象，而这些美景正是取自被人称赞为"上帝撒落在南太平洋的一块绿宝石"的新西兰。清澈湛蓝的天空、壮丽的雪山、纯净的海岸、秀美的湖泊、幽静的岛屿……新西兰，无疑举世罕见。

绝尘仙境

百闻不如一见。我随旅行团离开乍寒乍暖的北半球，穿过赤道，来到秋味渐浓的新西兰北岛时，这里正下着瓢泼大雨，但飞机照常穿过雨雾，准时安全地降落在奥克兰机场。我们冒着大雨钻进旅游大巴，雨点打在车身上，发出"嗒嗒"的响声。虽然风大雨大，但天空透明度较高，看不到乌云翻滚，也没有雷鸣闪电。这是不是一种偶然的现象呢？

"不，这是新西兰的奇观，是永恒的自然现象！"随团导游小马及时地给我们解释。至于什么原因，他谈到，由于新西兰的空气十分纯净，几乎没有什么杂质，空气流动不存在物质碰撞的机会，就不会产生雷鸣闪电。因此，在新西兰，无论是城市里的高层建筑，还是郊外山上的别墅，都没有防雷设施。机场从来没有因为风雨天气而延误航班，当地的老百姓根本不知道什么叫"雷公电母"！

马导游没有说过头话，没有尘埃的新西兰，空气纯净得令人难以置信。我注意观察周围的景物，湛蓝色的天空飘着缕缕白云；大地上的花草树木，叶子亮晶晶，像是涂了一层蜡；穿梭往来的汽车，看不到尘埃污渍。马导游微笑着说：新西兰的空气是纯净的氧气，雨水是天然的蒸馏水，如果包装出口，可以卖到好价钱啊！

新西兰四周都是汪洋大海，与亚洲和美洲大陆相隔万里，同欧洲大陆相隔半个地球。马导游给我们讲新西兰独特的地理环境时，恰好雨过天晴，红日当空。他风趣地说：现在考考你们，太阳是处在什么方向呢？大伙看了看手表，当地时间刚过上午9时，便同声地说："那还用说，太阳就在东方嘛！"马导游否定地摆了摆手，随即拿出一个迷你型的指南针让我们看，太阳竟在北方。我们这些来自北半球的大陆人，习惯以"日出于东没于西"来辨别方向，如今到了这个南面的"天边"岛国，就得重新认识和修正方向了。

据介绍，在新西兰独特的自然环境中，还有许多与众不同的奇异情况。例如蛇类，世界各地几乎无处不在，但新西兰就没有蛇的踪影，更没有大型的老虎、狮子、猎豹、大象、鳄鱼等四足陆生动物，尤其缺少哺乳动物（蝙蝠除外）。我们经过一些茂盛的树林时，看不到飞禽，听不到鸟叫。有的团友不解地说，纯净的新西兰难道连飞鸟都没有？导游指着前面的树木草地说："那些不是鸟类么！"我们看到，有二三十只像鸟非鸟、像鸡非鸡的禽类正在觅食，见到汽车也不惊慌。导游谈到，由于这里没有天敌，鸟类长期在地上活动，翅膀退化了，体重增加了，渐渐由飞禽变成"走地鸡"了。

冰川雪原

新西兰位于南纬34度到47度之间，主要由两个大岛——南岛和北岛组成，南北距离超过1 600公里。南岛多山，冰川雪岭；北岛地热，温泉遍地。导游说，千百年来，南岛被称为水岛，北岛被称为火岛。南北相隔，水火相容，奇特景观，引人入胜。

我们抵达南岛的西海岸时，感到好像来到人间的尽头，眼前的美景让我们觉得进入了另外一个天地。绵亘南北的南阿尔卑斯山，巍峨耸立，白雪皑皑，壮观的瀑布飞泻而下，落进幽深的峡湾，气势恢宏的万年冰川，像镶嵌在蜿蜒崎岖山坳的白玉。我们来到库克峰国家公园，它被称为新西兰国家公园之冠。这里有南阿尔卑斯山的最高山峰——库克峰，被称为新西兰的屋脊。5条全国最大的冰川，顺着山脊峡谷，像一条条洁白无瑕的白绫从天而降。这里是玩雪者的广阔天地，冰川上下到处是滑雪飞驰的人群。他们穿着色彩缤纷的滑雪服，像鹰一样在冰川上自由翱翔。

新西兰是个寻求刺激的天堂，许多好玩的运动如漂流、蹦板、"左宾球"等，都是新西兰人的创造发明。这些运动惊险刺激，长期吸引着世界各地的游客。我们有4个男女青年，报名参加惊险的"左宾球"运动。它由里外两个球组成，人贴在内球，外球是个充气气球。随着球体在山坡上向下跌落，

蹦跳，翻滚，人在球内感到天旋地转，模模糊糊地看到蓝天和绿地。不到两分钟，球体落下山，他们从球内出来后，站立不稳，让人扶着，有的呕吐，诉说自己的感受，觉得仿佛"身处滚筒式洗衣机里"。

我和6个团友自费参加一项崭新的项目叫冰川行走。由一位新西兰籍华人担任向导，全程陪同。他首先向我们介绍了冰川的基本知识，做了行走示范，然后帮我们穿上防冻服装和钉鞋，并用尼龙绳系在腰间，把我们和他连成一字长蛇阵，以防滑倒或掉落冰川裂隙。我们行走在一块较为平缓的冰川上，表面看上去好像是静止的冰河，但实际上是缓慢活动的，踩在冰面上可听到吱吱作响的声音。行走冰川，让人感到很新鲜，够刺激，又着实令人生畏，心脏不禁扑扑跳！

地热温泉

我们依依不舍地离开了南岛，慕名来到北岛的罗托鲁阿镇。这是新西兰著名的旅游胜地，来自各地的游客云集于此，漫步徜徉，观奇览胜。可是当我们一下车，就闻到一股像臭鸡蛋的硫黄气味，这不免令我们觉得很意外。然而，周围炽热的温泉，沸腾的池塘，喷射热水的洞穴，雾霭缭绕的梦幻般的奇特景象，很快就能让人忘却硫黄刺鼻的气味了。

这里的地热和温泉奇观，背后承载着当地厚重的历史与动人的民间传说，每一处地热、每一泓泉水似乎都有一个奇特的名字，而每一个名字又隐藏着一个故事。例如在库伊拉乌公园里的龙虾池，是因为欧洲人白皙的皮肤在酸性的温泉水中一泡就变得发红而得名。在罗托鲁阿南面几公里处的地方，有个温泉叫香槟池，池水是蓝色的，散发着蒸气，表面看来一点也不像香槟酒。导游示意我们往池里扔一把沙子，池水立刻就泛起气泡，发出嘶嘶的声音，就像刚倒了一大杯香槟酒一样。因此，一些音乐会和庆典盛会设在池畔举行。

"那边还有定时喷射的间歇泉哩！"导游边说边带领我们来到普胡图温泉，只见一股冒着蒸汽的冲天水柱，从地洞里向上喷射出来，高度足有30米！据说每天喷射几次，每次喷发时间超过40分钟，是新西兰喷射水柱最高的间歇泉。还有一个叫诺克斯女士间歇泉，每天定时上午10点15分喷发一次。导游说，为保证准时喷发，一定要往洞里投放一些布条和添加肥皂水，这成为新西兰一个神奇的间歇泉。

地处火山断裂带的罗托鲁阿，是一个举世闻名的温泉疗养胜地。据说，这里从海岸到北岛中央高原，有 200 多平方公里的地热温泉，含有丰富的碳酸钠物质，对人体具有显著的疗效。在一处有上百平方米的灰石斜坡上，表面光溜溜的，热气腾腾，人们有的仰卧，有的侧卧，有的坐着，享受地热的治疗。导游示意我坐在一个圆形的石墩上，约二三十分钟，就感到一股暖流冲上小腹，进入丹田，全身都挺舒服的。这是疗法生效还是心理暗示作用呢，我自己也无法说清楚。信奉佛教的团友侯吾若有所悟地说，佛家认为以地、火、水、风、空五物构成世界之根本，自然界的温泉实为天地钟灵之神奇造化。所以佛家赞曰：盖温泉者，乃自然之经方，天地之元医也。

地热奇观

21 "纯洁少女"

奥克兰是新西兰的第一大城市，也是全国的经济贸易中心。浪漫的新西兰土著毛利人，给奥克兰取了一个美丽的名字——纯洁的少女。是的，奥克兰空气清新，环境优美，山河壮丽，没有一点矫饰，宛如一个天生丽质的纯洁少女。

其实，整个新西兰都像个纯洁少女。据地质学家介绍，在八千万年前，新西兰从冈瓦那大陆分离出来，成为独立的一块。后来又沉入海底，经过长期的洗礼后，又在两大板块的挤压下重新拱了出来，成为"出淤泥而不染"的纯之又纯的新西兰。

奥克兰位于新西兰北岛中央偏北地带，美丽的海港、岛屿，波利尼西亚文化和现代大都市，共同构成了奥克兰人的现代生活方式。奥克兰有无穷的自然魅力，无论是对于经济型背包族还是豪华游艇的拥有者，奥克兰都是理想的旅游目的地。我们一行来到奥克兰，首先去哪里玩呢，导游小马说：先上天宫后下龙宫。

天宫是个什么景点？小马指着前方一座高高的建筑物说：它就是奥克兰的天宫。我们抬头一看，它高耸入云，像一支银针，寒光闪烁，直插天际。也有人说它像个穿着雪白裙子、身材高挑、亭亭玉立的妙龄少女。据介绍，它就是大名鼎鼎的天空塔，高达 328 米，比法国巴黎的埃菲尔铁塔还高 4 米，是南半球最高的塔。塔里面有饭店、餐厅、酒吧、商店和戏院等，是一个规模宏大、多功能的综合游乐区。

我们乘电梯登上三层密闭的玻璃观景台，这里距地面 186 米高。小马说，这里是玩跳伞的平台，谁有兴趣可报名参加。大伙一时拿不定主意，正在议论时，小马指着一块透明地板，让我们站在上面测试一下是否有恐高症，如果没有，可以感受一下刺激的项目。我们站在透明地板上向下观看，居高临下的恐惧心理油然而生。两个青壮年团友，身体健康，喜爱玩刺激游戏，立即报名参加。当他们像两朵白云似的在天空飞翔时，我们都报以掌声，分享他们的乐趣。

　　小马带我们从塔内的铁梯逐级而上，来到天空塔最高的平台。这是一个户外观景平台，距海面 200 多米。由于外面风大，出塔外观景时必须戴上专用帽子，用尼龙绳绑紧自己的身体，再用钢钩挂在铁栏杆上。当我们走到观景台时，一阵阵呼啸而来的大风，足有七八级，令人几乎站不稳。不过除了风声和游客说话声之外，其他什么声音都听不到，万籁无声，静悄悄的世界。

　　我们环顾四周，蓝色的大海和蓝色的天空混为一体，真是"海水共长天一色"。由于纯净的新西兰空气中没有尘埃，天空不但没有乌云，甚至连白云也很少见。在净空万里的情况下，我们看到北岛的丘陵峻岭、森林草地、城镇农村，连罗托鲁阿的地热烟霞也在眼前。用望远镜可隐约看到南岛的冰川

天空塔

一角。有个团友突然指着南面大声说："我看见南极的冰山啦！"大伙立即把目光转向南面，但都说没看到。小马说，那可能是南极洲漂过来的大冰山，分裂后成为一个个的小冰山，随海漂流。由于阳光反射角度不同，有时看得见，有时看不见。

在天空塔玩了半天，午餐后我们来到龙宫。龙宫分为"海底世界"和"南极天地"两个区。小马带我们走进一条透明的海底隧道，左右两旁和顶上嵌着玻璃，里面蓄水，成为一个海洋世界。顶上用幻灯投影，大大小小的游鱼在波光浪影中穿梭往来。灯光暗绿，水声潺潺，游客宛如置身水晶宫。小马说，这是一个特大型的海底世界，既有五彩缤纷的热带鱼类，也有鲨鱼、石斑、海龟，还有骇人的魔鬼鱼、豚鱼，还有……还有神话般的美人鱼！

小马的话在团友中像炸开了锅，都追问：这是真的吗？它在哪？小马指着珊瑚丛说："美人鱼在里面，她们害羞哩！"他看了一下手表说，再过15分钟，听到舞蹈音乐就会出来的。果然时间一到，在一阵欢乐悠扬的乐声中，4条美人鱼从珊瑚丛里游出来了。大伙争着就近玻璃瞪大眼睛看清楚了：她们身高约1.6米，上身裸体，高耸的乳房，漂亮的脸蛋，眉清目秀，红唇皓齿，一头青丝般的披肩秀发，一举一动，风情万种。下身是鱼尾，鲜活的鱼鳞闪闪发光，随着乐声，舞动手臂，摆动鱼尾，向上向下，或左或右，舞姿优美，从容大方。

乐声停止后，她们一齐游向游客。小马带头隔着玻璃与她们亲吻，大伙会意地一拥而上争着亲吻。美人鱼表演退场后，多数团友说美人鱼是高科技的机器人，是魔术表演。也有的团友认为是真的，因为她们会眨眼，张口能说话，和真人一样。退休教师邱发说："美人鱼是一个美丽的传说，真的美人鱼是不存在的。"当今科学发达，难以想象的东西都能造出来，何况美人鱼，简直是小菜一碟啊！

海底世界整体设计新颖，不落俗套，除各种鱼类外，还有人造岛屿、水下暗礁，五颜六色的珊瑚，形态各异，千姿百态，争奇斗艳，把海底装点成一个壮观无比的奇妙世界。据介绍，海底世界老板对中国文化情有独钟，专门请中国建筑师为海底世界建造体现中国元素的景点。我们在参观过程中惊喜地看到，这里竟然有一座龙宫，看得出是仿照中国电视剧《西游记》制造出来的。龙宫是由许多高大的红黄色珊瑚互相粘连，天然"搭起"一个彩色门楼，上书中文"水晶宫"，门口两边站着虾头和蟹首人身的巡海夜叉，执着兵器守卫。通过花团锦簇般的走廊，进去是宽敞的龙宫大厅，厅前竖立一根巨大的柱子，金光闪闪。大伙对它比较熟悉，异口同声地说："孙大圣的金箍棒——定海神针。"

龙宫大厅正在举行夜宴，大摆筵席，老龙王坐在首席，热情宴请四海龙王，频频举杯，觥筹交错。席前，由鱼精蚌怪变成的美女正在翩翩起舞，唱歌助兴，热闹非常。大厅正中的墙上挂着一幅字画，用中文写着："龙王夜宴，星灯月烛，山肴海酒地为盘。"行文豪情磅礴，气壮山河，笔画粗朴浑厚，形态端庄有神。小马说，这是一副很有名的对联的下联，现在考考你们，它的上联是什么？许多人抓耳挠腮，无法回答。最后还是邱发老师回答了这个问题。他说：要说清这对联，首先让我讲个小故事：清朝乾隆皇帝在一次科举选考中，亲自拟了一副对联的上联："玉帝行兵，雷鼓云旗，雨箭风刀天作阵。"当时很多学子写了下联，但都不理想。只有广东南海县一个叫冯诚修写的下联最好，皇帝满意，冯诚修于是成为享誉京城的广东才子。小马大声说：邱老师答得好，给满分好不好？大伙立即鼓掌齐声答：好！

离开水晶宫，我们在海底隧道坐上一列像小火车的列车。这是一种特殊的专列，车厢两边和顶篷全是钢化玻璃，便于观看四周景物。特别专列渐渐驶进南极世界，眼前是一个广袤的冰天雪地，看不到人烟和房舍，也没有树木草地，除了呼呼的强烈风声外，听不到别的声音。

专列转了一个弯，来到海洋边，海上有不少浮冰，还有巨大的冰山，随海漂流。我们看到，几只浑身滚圆、油光黑亮的海豹，有的躺在浮冰上，有的潜水，有的翻腾。更逗人喜爱的大小企鹅，挺着雪白的肚子，身躯两边已退化的翅膀像两只小手一样摆来摆去，一副憨态可掬的样子，让人忍俊不禁。它们看到我们，伸长脖子，发出"哦哦"的声音，像是欢迎我们。大伙对此顿生爱意，很想走出车外抱抱它们。但专列规定，只能观看，禁止走出车外。我们只好隔着玻璃，把镜头对准它们……

22 走进纸醉金迷的迪拜

在开罗前往迪拜的候机大厅里，我听到乘客们热烈地议论着：当今世界，直接从沙漠的游牧部落跨到现代化社会，除了迪拜恐怕找不到第二个了！是的，因石油而崛起，从骆驼上直接跳到宝马车上的迪拜人，一直在创造神话，超越想象，一步登天！

满城处处摩天楼

在迪拜，一直流传着这样一句信仰一般的话："迪拜要么什么都不做，要做就做世界上唯一的。"就建筑物而言，迪拜不仅要超越其他国家，还要在自己的国土上超越自己。因此，每当有一样被记录的建筑物出现，必有其他具有超越意义的建筑物在酝酿中。

我们的大巴徜徉在迪拜街道时，可以见到一座又一座打破世界纪录、打破建筑极限的"世界巅峰"。人们说迪拜是设计家的天堂，只要你有好的理念和创意，一切都有可能。这里的房子，几乎没有一栋是一样的。崭新的高楼全是近几年刚刚落成的，而且每一座都风格独特，出自世界著名设计师之手。

来到迪拜，声名远扬的帆船酒店是不容错过的景点。这家酒店是迪拜的地标、名片，大多数人知道迪拜是从帆船酒店开始的，对迪拜的向往也是源于这座酒店外形奇特夸张。远观耸立在波斯湾的帆船酒店，外形像一片风帆，仿佛正在大海航行，乘风破浪，透出一种难以言明的动感。

走进酒店，如同进入了一个五彩斑斓的海底世界。来到前厅，头上贝壳形的圆顶金光闪闪，脚下的地毯图案也是金色和黄色相间，一组 S 形的红色沙发后面，则是一个多层菱角形叠加式的喷水池，只见水珠如同精灵般跃起喷射，在天空中画过一道道弧线，时徐时疾，最后又跌入池中，发出阵阵响声，如同人在鼓掌迎宾一般。乘自动手扶电梯直上大堂，两旁则是梦幻般的蓝色调，原来这是酒店的地下"海洋"，其实是水族馆，五彩海鱼和活的珊瑚绚丽缤纷。

到了酒店大堂，如同置身水中央，让人眩晕。大堂正中是一个圆形的天井喷水池，除了万花筒式的多彩装饰图案之外，水池还能表演多种水舞蹈，更妙的是水池中央有个喷水嘴，每隔20分钟就"砰"的一声巨响，将一团水射向十多米高的半空，然后分散成一片水滴洒落大地。从大堂中央仰望，天空是一层层、一团团的彩色半圆云朵，"风帆"从低到高是一个色阶的渐变，从深蓝色到苹果绿再到柠檬黄。入住这里的都是腰缠万贯的富豪阶层，一个晚上就要6 000美元。我们在餐厅自费吃了一顿午餐，每人付了300美元只得半饱。

帆船酒店

　　傍晚时分，我们来到世界第一高楼——迪拜塔面前。只见它高耸入云，有人说它像一根银针，直插云霄；有人说它像一支巨大的火箭，即将点火升空；也有人说它像一把倚天屠龙剑，寒光闪烁，杀气腾腾。它的高度为818米，162层，从上到下穿越了几个气候层，底层和顶层的温差可达10℃。它还拥有不少世界第一的头衔，例如有全球最高的游泳池；电梯速度也是全球之最，每秒升降为18米，从底层到塔顶只要2分钟。人们面对这座荣登世界第一宝座的建筑，由衷地感受到这里充满着无穷尽的能量，只要敢想，似乎一切东西都是可能的，一次又一次创造出来的奇迹让世人惊叹。

满城尽显黄金色

　　位于迪拜城北的达伊拉有一条著名的黄金街，我们来到这里，仿佛走进了金山。只见每家金店的橱窗摆满了黄金首饰，明净的窗户与闪闪发光的手镯、项链和耳环交相辉映，恍如一张金色窗帘，金光耀眼。进入店内，更是金光四射，铺天盖地的金器反射着金光，晃得人满眼冒金星。此时此刻，人好像被镀了一层黄金。

　　阿拉伯人是天生的商人和珠光宝气的民族，迪拜人尤为翘楚，对黄金情有独钟，所以这里的黄金首饰特别精致。金项链、金戒指、金耳环自不必说，成排的金皮带扣，精工细作，看上去每个都有半斤重。黄金腰带，好像是用金块串起来的，一条就有好几斤重。最耀眼的是金手镯，密集地穿在货架上，从上到下排了十几排，成了一堵金墙。大个的金手镯，宽度竟达六厘米，厚度足足超过一厘米，上面镶满钻石和红绿宝石。

　　阿拉伯已婚女子是要蒙面纱的，所以金店里陈列有许多用黄金做成的面网，由密集的金链组成，像一个黄金帘子。金面网，短的可以遮住眼睛，长的可以遮住脸，更长的那些可以一直垂到胸前。还有女子戴的金项圈，依年龄不同，项圈有大有小，大的显得很厚重，约有一斤重；还有的项圈，制成镂空工艺，按女人脖子长度设计，宽度足有八厘米。

　　一夜暴富起来的迪拜，不但人们的穿戴尽显珠光宝气，甚至连吃用的许多奢华的玩意儿，也在这里陆续上演。在迪拜一条叫Mall的街上，我们惊奇地看到全世界最昂贵的纸杯蛋糕，分量很少，售价1 010美元，也就是说，一口就能吃掉近7 000元人民币，实在奢侈！

　　这种名叫"黄金凤凰"的纸杯蛋糕，是由英国饼店品牌Bloomsburr's推出的。这家名牌饼店在迪拜开设分店，旋即成为游客好奇探访的名店。据介绍，这种蛋糕采用了意大利品牌 Amedei 的顶级巧克力、有机牛油和面粉等名贵食材，最具"含金量"的地方，是在食物装饰上撒上用黄金制成的金粉，铺上金箔，金光闪闪，贵气迫人。有的团友不解地说："吞食黄金不出人命吗?"导游说，这是一种经过特制的食用黄金，像糖精一样，对身体既没有好处也没有坏处。这种蛋糕上市后，招来外界对其极端奢侈和浪费食材的各种斥责，但饼店依然坚持将黄金纸杯蛋糕作为招徕顾客的招牌，还和联合国世界粮食计划组织合作，捐出纸杯蛋糕的五成收益做善事。对于不差钱的富豪们来说，品味这种黄金蛋糕还能做善事，也算是一举两得的好事吧。

"海市蜃楼"的启迪

2009 年，在世界民众庆幸将要渡过金融危机之际，迪拜这个奢华之都，突然发生了严重的债务危机，导致全球股市重挫，引发了一场信心危机，让人们不得不对一度被顶礼膜拜的"迪拜模式"进行一次深刻的反省。

2012 年初春，我们来到迪拜时，首先参观了形状如棕榈树的棕榈岛。这是一项填海造地建房的巨大工程，与迪拜塔、帆船酒店一起成为举世知名的迪拜"名片"。特别是棕榈岛房地产，一上马就出现一波又一波疯狂的开发热，房价一度飙升至 20 万元人民币/平方米。在债务危机中，楼市泡沫首先爆破，原计划建设的 3 个棕榈岛，只有最小的朱美拉棕榈岛基本建成。

我们在这个小棕榈岛上看到，这里简直就是一个巨型的工地，吊塔林立，建了一半的楼宇高耸入云。然而，一些工地已停工待建，大片土地尚未开发，不少外籍人士居住的区域，已是人去楼空，沦为"鬼城"；一度吸引各国游客蜂拥而至、极尽奢华的度假场所，如今也是处处冬寒瑟瑟，游客稀少。据介绍，迪拜楼市泡沫的破裂，给精明的中国温州商人上了"血淋淋的一课"。至少有 6 000 人身陷房产危机，被套资金有十多亿人民币。

我们一边参观一边议论着迪拜的经验教训。导游谈到，迪拜危机发生的主要原因，是违反经济建设一定要量力而行的原则。多年来，迪拜政府雄心勃勃，以建设中东地区物流、休闲和金融枢纽为目标，推进了 3 000 亿美元规模的建设项目。迪拜政府与其所属开发公司，在全球债券市场大举借债，公开债务总额达 600 亿美元，远远超出了自己的偿还能力。因此，泡沫的引爆是迟早的事情。

　　迪拜危机的另一点启示，就是经济发展不能过度依赖房地产业的拉动。迪拜人口只有 260 万左右，外来人口占 80%，本地人对房地产的需求规模相当小，大量依赖外国人购买。这种建立在非刚性需求上的房地产业是脆弱的，对经济的拉动也是不可能持续的。

　　迪拜，畸形发展路径让那里成了国际炒楼客的天堂，被称为"泡沫经济博物馆"。这种走钢丝式地求快、求"高端"，为国民经济的结构性失衡，埋下了"成也萧何，败也萧何"的迪拜神话破灭之伏笔。迪拜模式，当引以为鉴啊！

迪拜塔

23 流光溢彩的背后

它是一个闻名世界的都市，但它与众不同：

这里只见宽阔的大街马路，没有居民住宅；

这里只见酒店旅馆，看不到商店餐馆；

这里只见私家车和旅游巴士，没有公交车和车站。

这里就是世界上大名鼎鼎的赌城——美国拉斯维加斯。

在这里，一切都离不开一个"赌"字，连飞机场也不例外。只要你一进入这里的机场候机大楼，就可以看到候机室旁、走廊上，到处摆着人们称为"老虎机"的赌博机器，任你尽情地玩。机场也是赌场，这是世界上独一无二的地方。游客还没进入拉斯维加斯，就首先闻到赌城的特殊味道了。

虎年五月的一天下午，我们从洛杉矶坐大巴去拉斯维加斯。它位于美国西部内华达州东南角，是个丘陵山地、沙漠半沙漠的地方，雨水稀少，气候干旱。我们看到沙丘旱地上，都种了各种耐旱植物，没有苍茫荒凉的戈壁滩，看不到随风而动的大漠沙丘。经过5个多小时车程，傍晚时到达赌城。

这里的自然环境出乎我们的意料，市区内到处绿草如茵，树木葱茏，看不到沙漠的痕迹。导游说，拉斯维加斯在市政建设中，铺设地下大小管道上千公里，为地上的树木草地提供水源，并运来肥沃泥土，彻底改造沙漠土壤。近百年来，它以其独特的魅力，成了美国西部沙漠改造的典范，赢得沙漠绿洲、沙海花园、沙洲奇葩的美誉。

我们吃过晚饭，夜色已笼罩赌城，展现在眼前的是这个不夜城的恢宏气势：一个光亮的世界。有高楼明亮的灯光，有繁星般的街灯，有疾驶而去的汽车尾灯闪烁，好像一条灯光的河流。市内到处可见世界各地的著名景点，如巴黎埃菲尔铁塔、凯旋门、纽约帝国大厦、自由女神像、埃及金字塔等的巨大复制模型，用各种颜色灯光装饰得活灵活现，令人宛如置身其境。拐了一个弯，眼前出现了一条蓝色的河。导游说：你们看，他们把威尼斯也"搬"到这里来了。是的，这条陆上运河很像威尼斯的"水巷"，沿河有横跨两岸的

石桥，河中还有古老的首尾翘起的"贡都拉"游船，艄公身穿黑白相间的传统服装，黝黑的脸庞上留有一小撮胡须，一边划船一边引吭高歌，和河畔歌坛的歌声汇成一股穿越时空的洪流。我伫立在桥栏，凝视前方，被眼前的灯波光海和歌声所震撼，在激动中晕眩和陶醉，已是"不知今夕是何年"啊！

人们说，拉斯维加斯各大酒店门前的夜景是五光十色的灯饰世界，歌声嘹亮的海洋，令人振奋，催人向上。但是，当你跨进酒店的门槛，那就是赌场天地，人们挥金如土，迷失自我。我们走进全球排名前十的帝国皇宫大酒店，只见有一千多平方米的赌场里，大大小小摆放着几百张赌桌，转轮盘、21点、梭哈和老虎机等赌具，在此一应俱全。有的贵宾室，还有中国的麻将和牌九等。赌场里烟雾缭绕，人声嘈杂，一张张绷紧的面孔，一双双贪婪的眼睛，折射出这里是个没有硝烟的战场，是冒险家的乐园。

导游说，这个都市最大的特色之一，就是尊重每一个人的金钱，不管金额大小，都可以进来玩乐，直到把口袋中的金钱挥霍一空。目前这里有45家高级酒店，4.8万间客房，还有300多家普通旅店，平均每年接待来自世界各地的游客两千多万人，超过内华达州总人口50倍以上。所有酒

美国拉斯维加斯赌场一角

店和旅馆都设有赌场，仅老虎机就超过6万台。赌场每年365天，每天24小时，除了总统去世和出殡日以外，从不歇业。

赌场里设有餐厅、酒吧和服装、日用品商店等，一家连着一家，为赌客日夜提供服务。我们下榻的酒店，3至20层是住宿，1至2层为赌场，商场像一条街，两边店铺林林总总，顾客川流不息。据说，过去多数赌场为了吸

引赌客，设有免费供酒部、摄影部和赠送纪念券的柜台，但金融风暴后取消了所有免费项目。

我们在拉斯维加斯玩了两天。赌场白天游客较少，但到了晚上人气很旺，好像没有任何东西可以和那些闪烁的灯光和自我沉溺的场面相抗衡。游客兴致勃勃，熙熙攘攘，大呼小叫地围拢在一张张赌桌前。我对赌博没什么兴趣，但喜欢看，感受一下赌场的气氛。晚上我随大伙上赌桌试运气。多数团友玩老虎机，赢的有限，输的不多。最终我输了 130 美元，但得到了快乐和刺激，还算值得。苏方、陈亚友团友则觉得玩老虎机不过瘾，他们大手笔地在同一轮盘玩了 70 分钟，苏方输了 3 400 美元，陈亚友赢了 5 300 美元，高兴地说："托大家的福，我赢了，今晚夜宵，我来埋单！"

大伙边吃边聊，不约而同地谈到一个观感：内华达州为什么把赌场建在沙漠上？导游叫郑嘉庆，是美籍华人，侨居美国 20 多年，对情况比较了解。他说，内华达州自然条件差，经济落后。1931 年州政府为了发展地方经济，推行"赌博合法"政策，刺激旅游业和娱乐业的发展，使这个地广人稀的地方热闹起来，外来资金像潮水般涌来，既解决了"两个一半"，即为州政府提供了一半的财政收入，解决了当地一半人的就业问题；也改造了沙漠的恶劣环境，建成一个有相当规模的都市。

拉斯维加斯的路子，对我国的现实有没有可以借鉴的地方？5 个来自广东政法战线的退休团友，谈到这个问题时滔滔不绝，充分表达自己的意见。他们谈到，前些年他们多次去澳门，暗访了当地多间赌场，了解到活跃在澳门赌场的客源，有九成来自全国各地。有些挥金如土的赌徒出手阔绰，一盘下来输赢就达几百万上千万元，被称为"鲸鱼级"赌徒。近几年澳门每年的赌博收益达 520 亿元人民币，超过了拉斯维加斯，成为全球赌业的龙头老大。据不完全统计，全国一年的非法赌资高达 1 万亿元，其中有几千亿元通过各种渠道流向国外。

在公安部门工作了几十年的团友陈文说，赌博从新中国成立初就被宣布为非法，一直被列为严打的对象。但是，赌博是人们的一种天性，根深蒂固，成为"野火烧不尽"，60 年打而不倒，禁而不止的怪物。警方在 2008 年因赌博逮捕了 60 万人，都未能威慑赌博者的事实就是个明证。中国的博彩业已走到了十字路口，到底该堵还是该疏？谈到这个问题时，大伙好像不是单纯的游山玩水观光客，而是来搞社会调查似的。经过讨论，大伙一致认为：我们应当从实际情况出发，适度放开博彩业，把它纳入规范轨道。大伙还就这个

问题提出了一些建议：

——在认识上，不要因为博彩业是洪水猛兽而不敢放开，应当把它引入"笼子"里，规范化管理。适度放开，既不要像拉斯维加斯那样"赌博合法化"，也不能走俄罗斯把赌场设在莫斯科等大城市的路子，应当把赌场设在远离中心城市的地方。

——为阻止地下赌场的蔓延，应当进行规范博彩业的立法。多年前备受关注的《彩票管理条例》仍未出台。时至今日，应当搁置争议，尽快出台，让管理博彩业有法可依。

——借鉴拉斯维加斯的经验，把赌场逐步办成综合性的娱乐休闲场所。场内既设置各式赌具，又开办餐馆、咖啡馆、夜总会、商业街、会议厅、保龄球场、舞厅、射击场、骑马场等。场内绝对禁止吸毒和嫖娼活动。

——博彩业税收是一笔可观收入，要明确规定，这些税收不属于地方所有。成立赌博特区，所有营业税收属于国家，为教育、医疗保健和社会福利事业筹集资金。

大赌场里的"威尼斯"

24 亲人情涌旧金山

飞机在美国西部旧金山上空徐徐下降，我从飞机舷窗往下望，旧金山的景物一览无遗。时值下午，在夕阳的照耀下，蓝色的太平洋从惊涛骇浪中张开双臂，拥抱着身披金色外衣的旧金山。旧金山外港的金门海峡，蓝色的太平洋到了这里却变成了橙红色，平静的海面金光闪烁，因为这里有座橙红色、高架斜拉的金门大桥，像一道彩虹横跨海峡，把这里的海面都映红了。我正凝神欣赏眼下的自然风光，忽然听到团友们议论开来。有的说："飞机晚点了，我的乖孙会来机场接我吗？"有的说："昨晚我与波士顿的祖父电话联系过，不知是否到了呢。"也有的说……导游郑嘉庆叫大家不要着急，很快就可以如愿以偿了。

原来，我们参加的是由旅行社组织的美国、加拿大省亲团和亲子团，一行25人，都有亲属在美国和加拿大，出行前各自联系亲人，定于虎年5月13日相约在旧金山欢聚，具体事宜由随团导游和地陪操作。

飞机着陆后，大伙加快脚步来到机场出口，一幕幕亲人会面的动人情景出现了：居住在旧金山市区和周边的十多位侨胞，提前到达机场；团友何平的祖父祖母专程从波士顿飞来了；团友张海源的伯父由儿子开车从洛杉矶来了。我环顾四周，怎么也没看到我的孙女唐茵，难道她没有来？突然，一声熟悉的东莞家乡口音："阿爷！"声到人到，唐茵从背后把我紧紧抱住了。她说接到电话后，即和男朋友从芝加哥乘飞机赶来，偷偷溜到我身后，给我一个惊喜。

预约相聚的亲人都来了，共有19家31人。在当地华人社团的协助下，定于当晚在下榻的宾馆举行亲人相聚联欢座谈会。旧金山中华会馆派黄先生到会，并发表了热情洋溢的讲话。他说："旧金山是融合东西方文化的现代大都市，是美国西海岸第二大城市和优良港口，又是一座高科技、金融和文化都市，集中了全国96%的电子工业，世界著名的'硅谷'就在此。近百年来，旧金山取得了如此辉煌的成就，主要是靠来自欧洲和亚太地区移民的努力；其中就有在座的广东'四邑'人，为旧金山的开拓和建设作出了巨大的贡献。"

黄先生的话引起了团友们极大的兴趣，因为多数人不太了解这段历史。祖籍广东开平的黄先生谈到，"四邑"是珠三角地区的台山、恩平、开平和新会四个县的统称，是广东著名的侨乡，华侨分布世界各地，其中以聚居在美国最多。1848年美国联邦共和国刚成立，旧金山是一片未开发的蛮荒之地。当年西海岸的加利福尼亚内河发现了金矿，随即引发了人类历史上最富戏剧性的移民运动，成千上万的淘金者涌到那里。广东大批的四邑人在人贩子的利诱欺骗下，被当成"猪仔"卖到矿区，过着非人的生活。他们头顶青天，晴天晒，雨天淋，赤身裸体，泡在水里进行手工淘金。当时正值美国修建横贯东西海岸的太平洋铁路，急需大批筑路工人。因此，他们又被转移去修铁路。7年后又参与修建旧金山至洛杉矶的南太平洋铁路。连续十多年，华工们像牛一样辛勤劳动，用自己的汗水和血泪为美国修桥筑路。

"这是一段不堪回首的辛酸历史啊！"年逾七旬的刘天伦接过话题说，"我的父亲是这批四邑华工中的一员。100多年前他们在美国被当作'猪仔'看待，赤贫如洗，上无片瓦遮身体，下无寸土立足基，甚至死后都无葬身之地。"1865年底至1866年初，接连5个月的暴风雪，雪崩频发，致使修建铁路部分线路的3 000多名华工全部遇难。几个月后冰雪融化，人们才发现尸首遍野；他们都身穿单衣，赤着双脚。

尽管华工为美国的建设作出了重要贡献，但长期以来他们普遍受到歧视。1869年被誉为世界铁路史上一大奇迹——太平洋铁路建成了，美国专门召开了隆重的庆祝会，但华工们并没有被邀请参加典礼。特别令人发指的是，美国于1882年通过了《排华法案》，攻击和迫害华人事件层出不穷。当局还规定，华人死后不能与白人一起葬入公墓，只能埋在墓外的野地。

团友陈汉光的伯父被家乡人称为"金山伯"，在旧金山生活了60多年。他的父亲修完铁路返家时，随身带回的"行李"只有一床由4个麻袋缝起来盖身的被子、一顶破草帽和一些残旧的餐具。金山伯把这些物件长期存放在家中大厅的显眼位置，让儿孙后代永远不要忘记华人先辈所遭受的耻辱。老人精神爽朗，声如洪钟，意味深长地说："由于祖国强大，加上华人辛勤劳动，艰苦创业，现在美国的华人有了一定的经济地位，政治地位也逐渐提高。"近年来，美国允许华人社团将散落在野外的华工先人遗骨陆续移入公墓。这是美国纠正历史错误的一个插曲，是华人争取公正待遇、寻求正义取得的一次重要胜利。

我们在异国他乡参与忆苦思甜活动，感到别有一番滋味，动人心弦，深受教育。一方面，美国华人先辈一本本的血泪史，令人无法想象；另一方面，美国华人的后代是好样的，他们承载和见证了华人先辈的耻辱和兴衰，不忘过去，奋发图强，敬慰英魂，是值得称赞的炎黄子孙！

　　座谈会开得既严肃又活泼，由当地华人社团歌唱队演唱的《我爱你，中国》和《走向复兴》，把大伙的情绪从怆凉转向畅快，纷纷登台表演文体节目。团友张海即席写了一首诗《盼相聚》，登台朗诵。金山伯和两个孙子孙女合唱了《映山红》，有的玩小魔术、耍拳棒。在《男儿当自强》的强劲乐曲伴奏下，我玩起了吴氏太极十三刀。最后，由社团歌唱队与大家一起，放声高唱《歌唱祖国》。

旧金山金门大桥

　　第二天，导游领我们游览旧金山市容，参观秀丽的艺术宫，具有梵蒂冈教堂建筑风格的市政厅、唐人街和渔人码头等，接着来到举世闻名的金门大桥。它建成于1937年，耗资3 500万美元，是世界上桥墩跨度最大的桥梁。从海面到桥中心的高度有67米，桥两边是两座227米的高塔，吊起约2.8公里长的钢铁大桥，如巨龙凌空，蔚为壮观。

　　导游说："70多年前建成的具有高科技水平的金山大桥，无疑是美国的骄傲，是世界桥梁史上的奇迹，前往参观的各国游客络绎不绝。"但是，很多人不知道，这项伟大的工程也有华人的汗马功劳。当年参与修建大桥的上千劳工，大部分来自广东。据旧金山华人社团不完全统计，有53名华工由于生活条件差、劳动强度大、滋生疾病、失足落水等原因，付出了宝贵的生命。有个来自四邑开平的华工叫关家华，大热天喝了不干净的水，引起急性肠炎腹泻，没有得到及时治疗，不到10天就去世了。监管把头硬说他得的是传染性的霍乱，声称要把尸体运到外地作"特殊处理"。但有人看到，尸体深夜被抛到海里，沉尸灭迹。

　　有位白发苍苍的团友叫关天明，是关家华的儿子。关天明的母亲临终前叮嘱他，今后如有机会，一定要到金门大桥祭拜父亲亡灵。如今，他和儿子捧着父亲的相架，来到大桥岸边，双膝下跪，奉上鲜花，面对大海，泣读祭文，声泪俱下，令人凄怆。团友们泪花飞溅，深情悼念，不约而同地向海湾三鞠躬，默哀3分钟。此情此景，成为金门桥畔的永久怀念！

　　活着没有尊严，生病无人料理，死后没有棺材，麻布裹尸，直接入土，大海抛尸，这就是早年美国华工的真实生活写照！

花园城市新加坡

    我们旅行团一行22人，降落在新加坡的樟宜机场。这个机场被公认为世界上效率最高、设备最优良的机场之一，占地面积13平方公里。我注意到，机场内人来人往，许多人不太在意场内的先进设施，而是全神贯注地欣赏人行道旁边一盘盘鲜艳动人的兰花。是的，在长一千多米的人行道旁，摆了数百盆的名贵兰花，主要有蝴蝶兰、蕙兰、兜兰、石斛兰等品种。放眼望去，花团锦簇，姹紫嫣红，把机场装点成了兰花绽放的展馆。

新加坡机场内的兰花展

    有的团友开始以为这些兰花是人造花，但就近观看，发现这些兰花是水灵灵的鲜花，不但娇媚欲滴，还散发出一股扑鼻清香，沁人肺腑哩！前面有一群不同肤色的人围成一个圆圈，全神贯注地观看一株特别硕大的兰花，不断发出啧啧称赞的声音。我们好奇地钻进人群，只见一个圆形的小花圃，摆着十多盆不同颜色的兰花，中间有一盆开着特大花瓣的兰花，像大人的手掌那么大，花朵长约7厘米，宽约6.5厘米，浅紫色的花瓣上布有紫红斑点，中间部分为深玫瑰色，花管呈橙黄色。这是什么花？人们议论纷纷，各种语言混在一起，没法听清楚。我们请教随团导游，他摇摇头表示不知道，把目光转向地陪女导游小曾。

    小曾是新加坡籍华人，会说一口流利的普通话和广州话。她微笑地说："这种花也是兰花，名叫卓锦万代兰，是兰花大家族中的新贵，是新加坡的国

花，有卓越锦绣、万代不朽之意。"小曾几句开场白，即把在场的眼球吸引过来。她指着花朵接着说："你们看，它有姣美的4绽唇片，新加坡人说它象征着四大民族团结奋斗的气质，又象征着马来语、英语、华语和泰米尔语4种语言的平等。花朵中间突出一根萼柱，是雌雄合体的，并由下面相对的裂片拱扶着，象征着社会和谐、同甘苦共荣辱。花的唇片后方有一个袋形角，装有甜蜜汁，是国家财富汇流聚集的处所。更为奇妙的是，此花一朵谢落，一朵又开，象征新加坡国运气势，长盛不衰也。"小曾一口气像朗诵诗般介绍卓锦万代兰，令人如饮甘醇佳酿，我们不由得熏熏然地醉了。

来新加坡旅游前，听过许多人赞美新加坡是个"花园城市"。当我们离开机场，乘大巴前往景点时，沿途的景象深深地吸引着我们。这里花木扶疏，绿树掩映。从机场到市中心的大道上，数十万棵雨树排列两旁，树干苍劲，枝繁叶茂，成为一条绿意盎然、郁郁葱葱的生态长廊。市区街道两旁长着一排排参天大树，足有四五层楼高，遮天蔽日，宽阔的大马路成为一条绿色的隧道。所有道路的交叉路口或环形小岛，都种满了鲜花和绿草，连横过马路的行人天桥，也长满了蕨类攀爬植物。政府还规定，市民中凡是种花较好的，都可以享受减免房租的优待。因此，新加坡人人爱花，家家种花，不但地上种花，连屋顶也栽花，可谓一片花的海洋。小曾谈到市区内不但到处树木葱茏，绿草如茵，而且地面干净，很难看到裸露的土地。真的是这样吗？我细心观察周围情况，30分钟过去了，大巴行驶了几条大街，真的看不到不毛之地，更没有"黄土高坡"。大街两旁有些角落，虽然有不成方圆的小块土地，但都根据不同的地形地貌，种植花草，或堆砌石头，变成一个个袖珍小花圃，或微型的"高山盆景""小桥流水"，真正做到了"黄土不见天"。

新加坡虽然没有名山大川，也没有著名的古迹，却有300多个公园。据介绍，新加坡政府为了给居民创造良好的居住环境，规定居民住宅区每隔500米左右建一个1.5公顷的公园，每个镇建一个10公顷的公园。所有公园不但绿树婆娑，花香飘溢，而且都有儿童游乐设施，以及居民体育运动设施。我们的大巴在一处叫东海岸公园的门前停下来。它是新加坡最大的海滨度假区，也是当地人喜爱的休闲好去处。它坐落于新加坡东南海岸。长达8.5公里的细长形公园，一边是波涛起伏、湛蓝的大海，一边是金色和银色的沙滩，沙滩之上是丛丛密密的热带雨林和绿油油的草地。面对如此赏心悦目的美景，团友们无不为之动容神往。你看，年长者来到树木草地，或席地而坐，或倚在树旁石凳上，凭海临风，谈天说地，嘻嘻哈哈；年轻小伙穿上溜冰鞋穿梭于海岸边的树林中，或租自行车边骑边观赏海景；不老不少的则懒洋洋地躺在沙滩上晒太阳，尽情享受热带日光浴。

新加坡是个岛国，土地资源十分宝贵，但是把土地用于园林绿化、建设自然保护区方面却毫不吝惜。导游带我们来到一处叫武吉知马的地方，它是新加坡著名的自然保护区，占地 164 公顷。导游告诉我们，当今世界上仅有两个城市拥有大片的原始森林，除南美洲的里约热内卢，另一个就是新加坡的武吉知马。它是规模宏大的热带雨林，里面的树种超过北美大陆，是各类植物生存的乐园。

大伙跟随导游沿着蜿蜒小路，穿过丛林，映入眼帘的是漫山遍野的树木，充满生气的五颜六色的花卉，还有许多从未见过、名称怪异的植物。导游不厌其烦地给我们介绍：那些长到三四十米高的二叶柿科和龙脑香；枝繁叶茂的香樱桃和石果类植物；还有那些为蔓荼类植物提供依附生长条件的雀巢羊齿、鹿角羊齿乔木等等。这里被誉为新加坡最佳徒步旅行景点，是远足者的理想去处。区内为游人规划好了不同的徒步路线，可以根据自己的情况自由选择，享受热带雨林带来的野外乐趣。我们是一群看惯了城市的"石屎森林"的人，如今沐浴在原始森林中，心里有说不尽的新奇和乐趣。

如果说新加坡是一座百花园的话，那么，裕华园就是一枝独秀了。位于新加坡西部的裕华园，被称为"中国花园"。她仿效中国北方的宫廷建筑及南方花园风格，主要按中国宋朝宫廷模式而造。我们到达公园入口处，过了桥，就看见一座有七八层楼高的石塔，隐藏在葱郁密林之中。登上石塔，裕华园的一草一木尽收眼底。仿中国式的凉亭和各式宫廷建筑，散落在绿地上。

园内有 30 多个景观，除正门进口的裕华园，还有白虹桥、披云阁、延月楼、卧虎岗、白石鸣泉、晓春庭、鱼乐院、云台览胜等景点，颇有几分北京颐和园的味道。园内还有 4 个人工建筑的岛屿。其中名为披云阁和延月楼的双塔，与湖水相映成趣。13 孔的拱桥横跨在园中河道上，它就是白虹桥，长66 米，是仿照颐和园的 17 孔桥建造的。园中还有一个名为"裕华缘"的百草园，种有上百种草药。我们无论走到哪里，都可看见红墙绿瓦、乱石假山、垂柳青青、特色宫灯、陶瓷桌凳、大小盆景等，汇集了中国古老园林的精粹，显示出海外华人对中国悠久文化与传统建筑艺术的钟情。

4 天的"花园之都"游览结束了。我们带着百花的余香离开时，一幅幅生动具体的景象在脑海中闪过，令人沉浸在浪漫的南国百花世界风情之中。

26 狮城夜未央

新加坡又名狮城。狮城是美丽的，狮城之夜更迷人！

当太阳从海平面落下的时候，伴随着满天晚霞，狮城里已是灯火辉煌、火树银花，新加坡河上泛着金色的光芒，这座城市的精彩从这一刻才刚刚开始，展现她独特的夜之魅力。

狮城鱼尾狮

导游说，这里的夜生活是丰富多彩的，夜游狮城已成为游客理解和体会当地夜文化的一种方式。我们来到大名鼎鼎的圣淘沙，当时还未到晚上8时，这里已是人潮汹涌，人气十分旺盛。据介绍，圣淘沙是新加坡的第三大岛，面积仅3.5平方千米，却有3.2千米的海滩，以一座跨海大桥与新加坡本岛相连。圣淘沙在马来语中意为"和平与宁静"，优雅恬静是该岛的一大特色。岛上由美丽的海滩、高大的棕榈树、神秘的热带雨林形成热带风情，跟圣淘沙"安宁"之意十分吻合。

圣淘沙汇集了数十种游乐设施，适合有不同爱好的各类人群。最著名的是大型音乐喷泉，但它不是一般的音乐喷泉，而是以喷泉为主轴，将灯光、激光、喷泉、火焰、烟雾、音乐和演员的表演巧妙地整合在一起，被誉为具有欧洲风格的花园，是亚洲规模最大的水幕电影。喷泉广场是露天的，由于游客太多，我们一行没法坐在一起，只好分散穿插在人流中。到了晚上8点半，突然"砰"的一声，"梦幻圣淘沙"音乐喷泉演出开始了。一束束赤橙黄绿青蓝紫七色激光射向四方，一股股各种形态的水柱冲向空中，变化多端的喷泉与炽热明亮的火焰、烟雾同在空中飞舞。由激光组成的动画偶像与演员一道翩翩起舞，有的似精灵、似人物，有的像老虎、狮子、猴子、大象、飞禽。它们时而追逐奔跑，时而跳跃飞翔，时而轻歌曼舞，时而嬉笑打闹，如梦如幻，如诗如画，给人以极大的精神享受。喷泉最令人称道之处是可以喷出49种花式，水幕和激光可随着不同的音乐变幻出不同国家的建筑特点，风土人情。正当我们看得入神，一阵骤雨突从天降，人们都被雨水淋湿了，但没人离座，反而感到特别刺激，和舞台上在烟雾中跳跃的演员遥相呼应，台上台下欢声雷动，和谐地融为一体。

"看狮城夜景在哪里最好？"有的团友发问。导游说："那就要登上新加坡最高点花柏山了。"大巴在市区转了几个弯，很快来到布兰雅路旁边的花柏山。此山坐落在市区，风景秀丽，高达117米，是新加坡最高的山峰。我们站在这里眺望四周，顿觉眼前一亮，多么瑰丽的夜景：这简直是个光的世界，与天上群星闪烁，交相辉映。五光十色的霓虹灯，照亮夜空的是黄色、粉蓝、粉红的柔和灯光，这些灯光从不同角度照射在河岸边的建筑群和古老的街道上，散发出梦幻般的神秘色彩，令人感到恍惚，一时不知身在何处。

大伙顺着导游指着的方向：那是鱼尾狮塑像，是新加坡的象征，国家图腾。我们虽然看不清塑像全身，但它口中喷出的强劲水柱，在灯光的照射下，营造出鱼尾狮浮立于海波之上的生动视觉效果；被称为新加坡"三高"的建筑群，即共和广场、大华联合银行广场、海外联合银行中心，楼高均有近300米，冲破夜幕，直插云霄；还有全身带刺的"榴莲"滨海艺术中心、被称为华人心灵寄托的天福宫、高雅独特的圣·安德烈教堂的尖顶等，在黑夜中发出熠熠光芒，照亮了南国的天空。

面对这样汹涌而至的繁华夜色，面对黑夜赐予的神秘和动感，人们从四面八方来到这个花木葱茏的小山，融入这妖娆的夜色中。你看，一双双热恋中的情侣，或携手漫步，欣赏花前月下的美景；或躺在草地上数星星，看月亮；或相拥而坐，倾诉衷情。导游风趣地说，花柏山是个求爱相亲的圣地，成功率达八成以上。山上还设有"空中晚餐约会"缆车，随着缆车的转动，情侣们边享用美食，边抬头看月观星。在这样的浪漫气氛中，求婚告白，无往而不胜。我们即将下山时，导游清点人数，发现少了团友刘发和何群两人。他们是一对年过六旬的夫妻，难道他们也来个浪漫之夜？果然不出所料，我们发现他俩在一棵树下相拥而坐。他俩见到大伙时，大方地说他们是"文革"

时的下乡知青，先结婚后恋爱。如今难得有这样的良辰美景，不抓紧"补课"，更待何时啊！大伙立即报以热烈的掌声。

新加坡的夜生活是丰富多彩的，由于受西方文化的影响，夜间娱乐已向多元化发展。除众多的夜总会、酒吧、迪斯科和跑马场竞技等，还有别开生面的夜间野生动物园，让游客享受夜晚的活力和刺激。导游告诉我们，这个夜间野生动物园，是当今世界首座观看动物夜间活动形态的动物园。园里拥有40公顷的亚热带雨林，分为喜马拉雅山麓、尼泊尔河谷、印度次大陆、非洲赤道地带等8个景观区，有47种不同的自然环境，1 200多只夜间活动的动物。

夜间野生动物园设有先进的照明系统，既可以让游客清楚地看到夜行动物，又使动物不受强烈灯光刺激，影响它们的夜间活动。我们坐上园内的有轨电车，车上不设防护铁栏，不但可以清楚地看到动物的活动，又使人觉得它们很自然，你也很自然。但是，园内各种动物展区之间也不设关卡和栅栏，不论猛兽区还是飞禽区，都没有栏杆和铁丝网。这样能保证游客的安全吗？随车解说员看出了大伙的疑虑。他说，动物园的设计师利用动物怕水的天性，在它们各自的"家"门口挖了一圈水沟，并十分巧妙地将其隐藏在树丛之下，采用溪流、石壁、植被等大量自然景观，将动物与游客隔开，既起到了防护栏的作用，又让动物的一举一动在游客眼中一目了然，不失美观。同时，由于拥有绿树、芳草等适宜于动物栖息的生态环境，动物很少逃跑。因此，在这里参观动物是安全的。

我们乘电车花了近一个小时环绕园内各个景区，近距离观察野生动物的夜间生态。"非洲赤道地带"有一大片青草，是大型肉食动物活动的地方。当电车来到此，我们看见，那些白天看起来不太有朝气的老虎、狮子、豺狼，到了夜晚才显出了它们凶猛的面目。当它们互相嬉戏、追逐、打斗时，突然大吼一声，真有点儿地动山摇的感觉。什么虎啸狮吼狼嚎，如今才真正切身体会到！

电车转了一个弯，前方漆黑一片，忽然有两点光亮，像手电筒似的直射过来，并发出凄厉的嚎叫，令人心惊胆怯。解说员说，那是豺狼的眼睛，它发现了我们，但不用害怕，它没法接近我们。游览车很快驶进一片森林，高大的乔木浓荫蔽天，有的枝丫横空伸出，接近电车路轨。忽然有团友大叫："不好了，金钱豹过来啦！"大伙定睛一看，果然有只满身花斑的金钱豹，沿着树枝正向电车爬过来。没防护栏的车上，顿时乱作一团，有人大声呼喊，有人想跳车逃走。此时，解说员反而大笑起来：大家不必惊慌，那是假的花豹，是逗大家开心的！

27 中国韵味牛车水

新加坡河畔牛车水

我们在新加坡旅游时，第一站便是牛车水。来到这里，仿佛走进了珠三角的某个城镇，街上人来人往，店里店外几乎是清一色的广东人面孔，讲话虽有普通话和广东话，但多少带有顺德、东莞、中山、潮汕等地方口音。有的团友说，牛车水就是新加坡的唐人街。导游说："许多人认为新加坡的唐人街就是牛车水，这话不完全准确，因为新加坡75%是华人，不但有广东人，还有福建人、海南人和广西人等。他们聚居在一起，自然形成大大小小的"唐人街"，牛车水只是其中的一个。

为什么叫"牛车水"？大伙对这个名称有点好奇和不解。导游说："那得听我讲古（粤方言，即讲故事）呢。话说当年初到新加坡的华人，按规定不能居住在新加坡的中心地区，于是便选择新加坡河的西面聚居。由于此地段没水源，住在那里的居民都得拉牛车到安详山取水，每天水源供应全赖牛拉车，久而久之这里便被叫做'牛车水'了。另一个说法是在一个世纪以前，河水暴涨，淹没了邻近的大街小巷，居民们用木桶装水，以牛车运走，所以后人称这里为'牛车水'。还有一个传说，当年这一带的居民，从事繁重的码头搬运工作，为了清扫尘土飞扬的街道，居民每天用牛车载水冲洗。因此，这个地区被称为'牛车水'。故事还有不少，你们还想听吗？"大伙摇头又摆手地说，讲来讲去，不就是用牛拉水，不想听啦！

　　水流车转，百多年来，牛车水一直在这里默默地陪着新加坡河走过了一段很长的岁月，见证了新加坡的成长。早在1819年，英国政府为了发展新加坡的经济，从海外招收了大批劳工，他们来自中国南方，特别是广东的农民，离乡别井来到这里出卖劳力，求生存，谋发展，生根发芽，世代相传下来，成为早期发展新加坡的先民。今天的牛车水，是个富于中国韵味的地方。中华文化色彩浓厚，历史遗迹众多。行走在牛车水，既可以追思昔日华人移民异乡求存的辛酸史，又能充分领略今天牛车水的繁荣景象。

　　牛车水面积不太大，纵横几条街巷，划分为4个不同风格的小区。这里有传统的华人食品和日常用品、旧式药店、当铺、理发店、庙宇。牛车水的店屋和街道仍然保留了拥挤狭窄的特点，大街小巷成了家家户户进行经营活动的场所。内街有一个知名的地下市场，货品应有尽有。市场入口的正道上摆满了各种水果，有山竹、榴莲、木瓜等，也有常见的苹果、梨、西瓜等。往里走就是海鲜和蔬菜的摊档了。新加坡的蔬菜完全是从国外空运过来的，大多来自邻国马来西亚，也有来自中国的。卖主把蔬菜分成很多小堆，买主指着那一堆，付了钱就拿走，不用讨价还价。海鲜有鱼、虾、螃蟹等，都储藏在冰柜里。市场的小摊几乎全是华人，都讲汉语。他们为配合居民和游客的需要，在白天和夜晚所售的商品一般是不同的。白天大都售蔬菜、鲜鱼和肉类，夜晚则主要售服饰和日用百货。牛车水从早到晚车水马龙、熙熙攘攘，称得上日日繁华、夜夜热闹。

　　牛车水经营的商品，许多具有东方风情，如中国结、旗袍、字画、瓷餐具、玉器、工艺纪念品、食品干货、茶叶、果仁、肉脯、中药等，当然也有木屐、油纸伞、斧标驱风油等具有本地特色的东西。商店里摆着许多上了色的木屐，色彩鲜艳，特别引人注目。看见它，我不由自主地抚摸着，思潮起伏，一段辛酸往事涌上心头。

　　我自出生以来，从没见过我的祖母。听父母说，一百多年前，我的家乡连年遭遇洪水，且土匪横行，人们无法生活，遂出现一股走南洋的风潮。我的祖母和几个同乡姐妹，经过30多天的风浪，坐船来到新加坡，做杂工，当保姆，摆地摊，艰辛地维持日常生活，但没什么积蓄。因此，她十多年后很想回乡和家人团聚，由于筹不到足够的船费，回乡的梦想也就破灭了。后来她趁友人返乡时，买了一些手信给我们，其中有一双彩色的木屐。我父母舍不得穿，一直当作传家宝保存下来。若干年后，年老体弱的祖母因患急性肠胃病去世了。我父母便把那双木屐安放在神阁里，和其他祖先的灵位一样供奉，可惜后来在一场火灾中烧毁了。真没想到，六七十年没见过的木屐，在我古稀之年，再渡重洋来到祖母生活过的地方见到了。睹物思人，我凄然伤神，无限哀思……

牛车水是一个适宜怀旧的地方，可以说是中国二十世纪三四十年代的缩影。这里的民房几乎全是两三层高的中国珠三角地方的建筑物，楼房正面有砖砌拱柱，石灰雕花和木格窗户，墙面都砌有传统的中国民间装饰，如彩龙、二十四孝故事等。它们的楼基也较高，每栋设计几乎一样，保留得很完整。如今，在广东和港澳地区已不多见，甚至只能在博物馆中看见的建筑，在牛车水却活生生显现在世人的眼前。

随着时代潮流和历史的转变，现代化也走进了古老的牛车水。我们来到一条叫远东坊的大街，是一个大型的现代商业和饮食中心，它靠近中央商务区的中国街。看得出，这里传统与现代并存。华人社区传统的格局在重建中延续下来，在体现现代化的同时，保存了街区原有的历史风貌和人文特色。在这里，19世纪的街道和骑楼与20世纪的现代技术和生活相得益彰，历史文化博物馆与现代商业店铺交相辉映。我们有些爱喝咖啡的团友，走进一家中国式古祠的咖啡店，坐在那里喝咖啡别有一番滋味，热闹西式的咖啡座与幽深恬静的古建筑相结合，给人的感受恍如在两个世界间徘徊。喜欢茗茶的团友，走进一家19世纪的古迹书院，坐下来喝茶，谈天说地，茶香伴着书香，那种醇香的感觉，在别的地方很难体会得到。在现代文明之下，古老的牛车水经过改造，从外在形象到内在文化进行了重建，极大地提升了原区生活水平和文化档次，重新显现出一派生机。

无论时光如何转变，牛车水还是牛车水，"现代"的渗透无法改变它的"古老"，牛车水依旧静若处子，看尽世情跌宕，坚持自己的原汁原味，保留着中国风韵、中华文明。它犹如一坛陈酿好酒，透过岁月散发幽香。

"切水不断" 唐人街

28

在马来西亚旅游，如果问起哪里是唐人街，似乎很难用一两句话说得清楚。因为只要你会讲普通话、广州话、潮州话或客家话，在马来西亚的马六甲、吉隆坡和槟城等城市去餐馆、买东西、坐公交等，都可以得心应手，畅行无阻。好像哪里都是唐人街，到处是黑头发、黄皮肤的中国面孔，中国元素、中华风情无处不在。

站在马六甲河口的陈金声桥上，面朝南向，左边是拥有400年历史的荷兰红屋，右边是同样拥有数百年老屋的唐人街——鸡场街。我们来到鸡场街时，只见街头入口处，一艘仿造的红色"郑和宝船"，高耸入云地"泊"在一个高台上。这是专门为纪念

大马唐人街盛况

郑和下西洋而建的。街口还耸立着一座巨大的中国式牌坊。这是一栋永久性的水泥建筑，高约15米，宽约20米，横跨街口。牌坊上面建有3座丰碑式的小牌坊，高低并列，方形翘角，正中挂着9个红灯笼，中文横书：鸡场街文化坊欢迎您。两边立柱有中文对联，花色图案，通体橙红，远观近看，十分壮观。

鸡场街热闹非常。每逢周五和周六，这条街就变成了喧闹的夜市，到处是兜售食物和小饰品的摊档。许多有名且值得信赖的中国店铺，出售红色、

金色的灯笼和节日礼品。街上有各式中国风味的糕点，如街头入口处的三叔公糕点铺，以独特的手艺制成的糕点，成为人们从马六甲购买小礼品的不二选择。街上著名的海南鸡饭粒、娘惹糕、马六甲白咖啡等，也都是旅行者的最爱。我们除了饱尝一顿特色的糕点外，还买了不少带回国内作为手信送给亲朋好友。

我们行走在鸡场街上，顿生一种身处国内某条步行街的错觉：当街卖小吃的阿婆，一边端着饭碗吃饭，一边听着红线女的《昭君出塞》；坐在街边拉二胡"赚点早茶钱"的老人，拉着《赛龙夺锦》《步步高》等粤曲小调，一曲又一曲，摇头摆脑，一脸陶醉。大伙跟着人流走到鸡场街尽头，那里搭有一个露天舞台。导游说，每当夜幕降临，附近社区的居民经常聚集到这里，爱唱歌的人会登台一展歌喉，一首接一首，大部分是二十世纪八九十年代的中文老歌。许多人坐在台下的塑料椅上，一边听歌，一边品尝小吃和水果，那份惬意令人羡慕。

鸡场街又叫会馆街，在长约400米的街道里，不到150间房子，有9间中国会馆或宗祠，潮州会馆、雷州会馆、海南会馆、福建会馆等。这些会馆都有数百年的历史，俨然是一部华人社会史。从这片古老房子的屋顶望去，恍惚间，似乎这个古城的天际线，依然还是明朝时的那条天际线。从青云亭到鸡场街的百步范围内，就有8间华人庙宇，其中6间是近百年或百年以上的老庙，每一间都香客如云。导游说，从古到今，马来西亚跟中国之间的丝绸之路从未断过，无论是文化，还是经济。

团友曾炳的舅父余昆权，招待老曾时也慷慨地宴请我们。他是在马来西亚出生、成长的第二代华人。别看他是马六甲的富商，可依然不失中国人的朴实、憨厚和爽直。他热情地称我们为老乡，亲切地边吃边聊。他主要经营土特产进出口贸易，每年都要来广州参加一两次广交会。他谈到，东南亚一带的马来人很喜爱江浙和广州的丝绸，长期以来情有独钟。以前，他们主要通过香港买，如今直接去华东和广州进货，减少了中间环节，节省了费用，增加了效益。除了丝绸等布料，他们还喜欢广东的名牌家用电器和各种水产品。许多商家说，东南亚地区需要的产品，特别是日用小商品，在广东都能找到。

第二天我们离开马六甲，来到首都吉隆坡。导游带我们游览市容，只见街道两旁店铺相连，店内店外摆满了各种商品。有些商店的招牌，用中文或中英文标识，带有招财进宝、一帆风顺、吉祥如意等符号。看得出，这些商

店都是华人开设的。经营的商品，几乎都是国内常见的手工艺品、食品和中药材等，再看那些售货员，几乎是清一色的中国脸孔。大伙边看边议论：这些街道也叫唐人街吗？导游说，有人说是，也有人说不是。依我看，应加上个"新"字，叫"新唐人街"吧，是前些年新发展起来的。大伙想看吉隆坡的唐人街，就去茨厂街，那是一条历史悠久、原汁原味的唐人街。

茨厂街位于吉隆坡老城区南部，街道两旁的店铺和住宅鳞次栉比，许多已有数百年的历史。我们看到，大街上的门楣大多都嵌有"丰顺""同发""大利"等字，是祖先遗留下来的当年的店号，由此可见昔日商业的繁华景象。人们说，茨厂街可以代表整个唐人街，因为最有名气的夜市就在这里。这里白天和晚上景象是截然不同的。几乎每天的变化从黄昏开始，出现节日般的气氛，所有白天被挤在街边的流动摊贩，涌到街中央，这里一摊，那里一档，出售美味芳香的咖喱鸡肉、红豆肉包、猪骨汤、烤肉等中国小吃。这里还有众多的饰品摊、衣物摊、手工艺术品档、石头珠宝古董档、日用小商品档等，吸引了大批顾客。可以说，这里无论是吃的、用的，还是玩的，应有尽有。

离开茨厂街，来到旁边的一条小街叫文化街。导游说，这是吉隆坡新兴的一条唐人街。面积不大，但相当热闹，街上出售的东西从中国服饰、布料到中草药都有。中餐馆和咖啡店挤满了各方游客。特别让我们感到新奇的是，这里的店主和售货员，大多是会讲普通话的年轻人，有东北、湖南口音的，也有四川、江浙口音的。我们在一家老茶馆喝茶时，店里一个年轻人提着热水壶给我们冲水泡茶，我给他送去一张致谢的笑脸，他即投来一个友好的目光。我当即与他闲聊起来。这些年轻人在文化街经营有中国特色的商品，在当地老一辈华人的支持和帮助下，逐渐成为唐人街新一代的接班人。

我听着想着，新一代的唐人街接班人，多么令人振奋！世界上凡是有人的地方几乎都有华人，有华人的地方就有唐人街。马来西亚有句谚语"切水不断"，用它来形容唐人街生命的延续，不是最好的写照吗？

29 大马随笔

双峰造极

有朋友自马来西亚旅游归来，送给我一个双子塔模型。它像两颗并列竖立的机枪子弹，锋尖的弹头直指蓝天。双子塔曾拥有"世界最高摩天大楼"的称誉，又是大马的标志性地标，自然也是我不可以错过的一处观光游览胜地啊！

双子塔不同于纽约帝国大厦和日本东京都厅大楼的建筑风格，而是自成一派。两座塔通过栈桥相连，成为全世界独有的最高的两座相连的建筑物。它的楼面构成及其优雅的剪影，赋予其独特的轮廓，建筑风格极具现代感，在吉隆坡市内任何地方几乎都能见到它。来自世界各地的游客不断地按着快门，与双子塔合影留念。

我们来到吉隆坡时，不约而同提出先去游览双子塔。导游说，白天找个好位置与双子塔合影，晚上灯光璀璨之时登塔，景色更加壮美。当晚 10 时，导游带我们登上双子塔 42 层的连接天桥。由于游客很多，必须排队轮流观光。为什么不登上顶楼观光呢？导游说，由于双子塔是大马国家石油公司所在地，实际上是办公大楼，不是专供游览的场所。因此，具有 88 层的双子塔顶层没有观光设施，只能在连接双塔之间的栈桥观光。

排队等候约半个小时，终于轮到我们登桥观光了。天桥是双层的，距地面 170 米高，是世界上最高的天桥之一。我们站在这里向外观看吉隆坡的夜景，被眼前的灯波光海震撼到了。你看，在这样一个光的海洋里，一栋栋高楼大厦的霓虹灯，像银河般的街灯，五光十色的广告灯箱，争相辉映，争奇斗艳。再看那纵横交错的大街小道上，一辆辆疾驶而去的汽车灯光，像一条灯光的河流，闪烁的车尾灯，又形成一个红光的方阵。流动的光亮世界，比白天更精彩，更多变化，更有动感，更显得壮丽，让人有一种置身于星空的

微妙感觉。

双子塔是大马国家石油公司用 20 亿马币建成的，一座是石油公司办公用，另一座是出租的写字楼、商场、餐饮和游乐场所。我们欣赏了吉隆坡夜景后，来到首层的 KLCC 大百货商场。这是一个专卖奢侈品的商场，主要销售世界名牌时装、皮具、化妆品和首饰等。这些名牌货很漂亮，但价格贵得惊人。我们走马观花地看热闹。团友梁成和妻子何秀芹，正在首饰柜入神地挑选一对红宝石耳环。售货员为何秀芹佩戴，不厌其烦地换了一对又一对，直到她满意时，老梁立即以 1 800 美元购买下来。原来，今天正是老两口结婚 40 周年纪念日。此时，有个团友说："结婚 40 年是红宝石婚啊！老公必须亲手给老婆戴耳环。"老梁不好意思双手颤抖地给老伴戴上。大伙高兴地说："还有呢？"老梁木然地发呆。一个团友随即推了他一下，他对着老婆亲了一口，大伙兴高采烈地鼓掌祝贺，哄堂大笑！

云顶幻境

按照行程计划，在吉隆坡第二天去云顶高原游览。导游说那里是避暑胜地，和炎热的吉隆坡形成强烈反差，一定要带上一两件外套。早餐后，我们的大巴行驶了 1 个小时，来到山下的缆车中心，坐上大型的缆车高速登山。据介绍，云顶高原位于海拔近 2 000 米的乌鲁卡里山上，是东南亚最大的高原避暑胜境。我们忘情地观赏窗外如画的风景：远处，连绵起伏的山脉你推我搡，如海浪般向前奔腾，形状各异，数不清的青峰昂扬挺拔，直刺蓝天；近处的山坡上树林密布，山涧流水涓涓，原野上各种野花竞相怒放，田地间阡陌纵横，各式农舍错落其间。

缆车经过 20 分钟运行，终于到达云顶高原中心。这里真不愧是"云顶"之地，一座座高楼大厦建在高山峡谷之中，在云霞薄雾笼罩下若隐若现，似海市蜃楼，像仙境的琼楼玉宇，尽显神秘色彩。这里有众多的游乐设施，在主游乐场有宇宙飞船、海盗船、高空木马、云霄飞车、升降机等惊险刺激的游乐项目。更值得一提的是，这里还有个赌场，是世界上最大的赌场之一，是马来西亚的合法赌场，在周末 24 小时营业。赌场提供的赌博游戏种类齐全，无论是西方的老虎机、电脑赛车游戏，还是中国传统的麻将、牌九、掷骰子等，可谓应有尽有。

晚上 10 时，我们按赌场规定，男士必须穿套装或马来西亚的正装蜡染衬衫，从大堂进入赌场，经过一段较长的扶梯，周围尽是港台大明星的巨照。赌场里人气很旺，各种肤色的游客兴致勃勃，熙熙攘攘，大呼小叫地围拢在一张张赌桌前。团友们由于兴趣不同，有的去转轮盘、掷骰子；有的去贵宾室打麻将、玩牌九；更多的是去玩老虎机。我和几个对赌博没什么兴趣的团友，则到处看热闹，感受一下赌场的别样气氛。

在一张大赌桌前，围了一群人，正在大声叫喊什么"大呀，小呀"，看得出，他们不是单干户，而是一个团体，出手特别阔绰，一盘下来输赢就达几十万、上百万元。他们都是广东珠三角的赌徒，其中一个讲一口正宗"德语"的顺德人，他有个绰号叫"太子昌"，不经意地把我认出来了，立即热情地主动前来招呼我。他叫陈阿昌，是顺德民营老板。改革开放初期，他带头开办个体企业。我当时是新闻记者，曾报道过他的先进事迹，因而成为朋友。交谈中，得知他富裕后嗜赌博，并与其他人结成团体，除去中国澳门、日本和美国赌博外，几乎每个月都飞到云顶高原。我问他为什么不在国内赌，他说国内赌博是非法的，一不小心就要"坐花厅"（坐牢），这里赌博是合法的，没风险，又舒服，所以他们把"云顶"当作天堂。

除中国外，世界上大部分国家的大城市都有赌场，而且多数设在中心城市。但美国的内华达州和马来西亚则不同，分别把赌场设在沙漠和荒山野岭，远离大城市，化害为利。大伙谈到这个问题时，扯到吉隆坡为什么把赌场设在"云之顶"，是谁的奇思妙想呢？导游说，赌场老板叫林梧桐，原是福建省一个木匠学徒，20 岁闯南洋来到大马谋生，多年后成为建筑商。一次去美国拉斯维加斯赌城游览时受到启发，决心在云顶高原办赌场。1970 年获首相特许开办，成立云顶集团，开垦荒山，大兴土木，先后兴建了 6 座大型星级酒店，在酒店内开设赌场，并开办餐馆、夜总会、商业街、会议厅、舞厅和系列游乐设施，使赌场逐步变成综合性的娱乐休闲场所，被称为"东南亚的拉斯维加斯"。

黑洞乾坤

在吉隆坡周边游览，几乎无人不想去黑风洞。我们也慕名而来，把车开到吉隆坡北郊黑风洞入口处。真是名副其实，大白天百步之外，阳光灿烂，这里却是不见天日，夜沉沉，风萧萧，阴森透凉。黑风洞是一个石灰岩溶洞，一条宽阔的长达 272 级的水泥阶梯通往岩洞。台阶两旁有些猴子蹲着或行走，三五成群的蝙蝠飞来飞去，好似欢迎我们这些远方客人。

　　走到台阶尽头，似乎没有路可走了。眼前陡峭的石灰岩，像马蜂窝一样，到处是黑乎乎的洞穴或阴森的山路，有几缕阳光从洞顶斜射入孔穴中，给人扑朔迷离的

在黑风洞门前

感觉。导游叫大伙停下来听他讲解：黑风洞的洞很多，至少有 20 处，其中最有名的是黑洞、光洞和神庙洞。我们顺着导游指示的方向看，前方的黑洞最长，有 2 000 米以上。其中大洞套小洞，峰回路转，陡峭难行。洞里漆黑一片，是蝙蝠的天下，估计有数万之众。由于潮湿阴暗，洞中还有 150 多种其他动物，如白蛇、蟒蛇等。紧邻黑洞的就是光洞，此洞面积较大，有圆形空顶，阳光射到洞里，照耀着洞中许多下垂的钟乳石和石笋，一些奇形怪状的石花还在生长，人置身洞中，如同登临梦境幻乡。

　　导游转过身指着另一个方向说，神庙洞在那个山坳里，是个钟乳石林立的巨大地窖，被称为洞窟大教堂。神庙洞是马来西亚的印度教圣地，庙里供奉有信徒们的祖师爷苏巴马廉神。平时游客不多，但到每年的 1 月底，这里都会举行大宝森节庆典，是印度教信徒表示忏悔和感恩的盛大节日。届时，虔诚的印度教徒背负神像，唱着宗教圣歌，游行步入石洞参拜。高潮时，朝圣者可达二三十万人，场面浩大，庄严肃穆，可惜我们无缘相遇。

　　导游谈到，黑风洞还是冒险运动爱好者的乐园。在这个山丘上还有 20 多个黑暗幽深的洞穴，山道崎岖，路滑难行，不但有成群的蝙蝠，还有其他爬行动物，危险随时可能发生。因此，只有那些装备精良、训练有素的冒险运动团队，经过特殊批准才能进入。黑风洞的北面，是一片悬崖峭壁，像刀削一样，百孔千窟，很受攀岩爱好者的青睐。每到攀岩季节，世界各地的攀岩爱好者便来到这里大显身手。

30 "欧洲首都" 游记

在众多的欧洲国家中，被公认为"欧洲首都"的不是巴黎、伦敦，也不是柏林、罗马，而是比利时的布鲁塞尔，你相信否？

历史和现实的状况会令你相信：

布鲁塞尔是欧洲历史悠久的文化中心之一。世界上许多伟人，如马克思、恩格斯、雨果、拜伦和莫扎特等，都曾在这里工作或住过。

布鲁塞尔位于欧洲交通要冲，是欧洲联盟、北大西洋公约组织等国际组织的总部所在地。另有700多个国际行政中心、100多个外交使团以及超过1 000个官方团体在这里设立办事处。导游说，常年在这里工作的欧盟工作人员就有5万人之多。

布鲁塞尔既是比利时的首都，也是名目繁多的国际会议召开所在地。因此，布鲁塞尔的居民中有三成是外国人，他们没有法国人和德国人那样强烈的民族意识和国家观念，而是更像一支"多国部队"。

我们旅游团一行18人，来到布鲁塞尔中心的皇家大道。所谓皇家大道，并没有想象中的那么威严、壮观。眼前出现的青褐色的方砖石块深深地嵌在路面，长年累月被踩踏得光亮照人。街道两旁是风格多样、形态各异的古老建筑，整洁、漂亮的有轨电车，不时寂静无声地缓缓驶过，整条大道充满了安泰祥和的气氛。

导游带我们前往布鲁塞尔的主要景点——市政广场。这里是古代布鲁塞尔的市中心，广场呈长方形，道路呈放射状通向四面八方。地面全部用花岗岩石块铺成，四周都是中世纪哥特式、文艺复兴时期的古老建筑，现已成为世界上独一无二的具有中世纪风貌的城市中心广场。我们举目四望，仿佛置身于中世纪，连路灯都保持着中世纪的式样。

市政厅是广场上最引人注目的建筑，它雄伟壮观，空灵高耸，是比利时最漂亮的哥特式建筑之一。市政厅的底层由一条有17个拱扎的柱廊环绕，中间有一带拱形的大门，门楣上有尖圆穹隆陪衬，墙垛上塑有象征正义、贤明、

和平、法律、节制和力量的 5 米高的塑像。其上的两层楼墙面都带有雕饰，两层楼之间也饰满了塑像和雕刻，楼顶则建有一座高约 90 米、优美精巧的钟塔。

布鲁塞尔街市盛况

市政厅右边矗立着一座 5 层建筑，正门上方塑有一只展翅的白天鹅，这就是建于 1698 年，久负盛名的"天鹅之家"旅馆，现在是一家咖啡馆。1845 年 2 月，马克思被法国驱逐后，于 3 月 2 日偕夫人和女儿来到布鲁塞尔，就居住在这家旅馆，一住就是 3 年多。后来恩格斯也来到这里，与马克思共同在布鲁塞尔开展革命活动，一边筹划共产主义运动小组，一边构思国际工人运动的纲领性文献《共产党宣言》和更加宏大的理论体系。马克思的《哲学的贫困》《德意志意识形态》等伟大著作就是在这里完成的。如今，"天鹅之家"已经成为身份的象征，具有相当社会地位的人士才能自由出入。

我们从市政广场旁边的一条小巷走出不到 200 米，就到了"布鲁塞尔第一公民"小于连铜像所在地。这个叫小于连的男孩就是世人熟知的"撒尿小孩"。布鲁塞尔名胜数不胜数，却以小于连铜像为其第一名胜，并作为布鲁塞尔的象征。我们挤进人墙般的游客中，看见一个极不起眼的石墩上，站着一个撒尿的小孩铜像，他高约半米，肌肉发达，长着卷发，光着身子，右手叉腰，左手捏着"小鸡鸡"，挺起小肚，很得意地撒出一条弧形的尿线。他那天真淘气的眼神、调皮可爱的动作，博得世界不同肤色游客的疼爱，成为一个人见人爱的小天使。

关于"撒尿小孩"的故事很多，人们甚至出于喜爱，想象创造出更多的传说，而大多数人还是把他当作一个民族英雄来敬仰。导游绘声绘色地谈到，相传 13 世纪初，比利时的暴君勾结西班牙军队攻入布鲁塞尔，撤退时埋下炸药包，点燃导火线，妄图炸毁这座城市。在这关键时刻，途经那里的小于连，朝导火线撒了一泡尿，浇灭了火花，奇迹般挽救了这座城市。为纪念这位机智勇敢的小男孩，1619 年比利时雕塑大师捷罗姆·杜克思诺精心创作了这尊铜像。如今，他成了比利时人勇敢和智慧的象征。从世界各地慕名而来的游客，无不到此争相一睹其面容，与其合影留念，否则终生将引以为憾。

1696 年，巴伐利亚总督路过这里，看到小于连赤身露体站在寒风中，于是赐给他一套金丝礼服穿上。后来各国贵宾来参观时，也都赠给他各式各样的童装。赠衣者包括外籍军官、苏格兰高地舞蹈家、印第安人、得克萨斯牛仔、日本武士、印度土邦主、纽芬兰渔民等。至今，小于连已经收到世界各种服装近千套，以至于要专设一座博物馆来收藏，这个"撒尿小孩"可能是世界上穿着最讲究的雕像了。导游说，小于连还有一套中国人民解放军小军服。1979 年 7 月，布鲁塞尔纪念建城一千周年时，作为友好城市的北京市，赠送给小于连一套汉族对襟小衫。于是，从 1979 年起，每年 10 月 1 日，小于连就穿着这套服装，和中国人民一起欢度中国的国庆节。

我们的旅游大巴离开市政广场时，正好遇上细雨霏霏，周围雾气朦胧，轻烟缭绕，前方出现了一组连接起来的巨型球状物，好似漂浮在浩海上的不明飞行物，亦真亦幻。大伙疑惑地问导游，他故意说不知道。大巴开到易明多市立公园时，只见高架在空中的圆球有 9 个，从上到下直排有 5 个，左右两边各有 2 个。它就是比利时的原子球塔是比利时的著名地标，被誉为"布鲁塞尔的埃菲尔铁塔"，是布鲁塞尔著名的景观。

据介绍，这个原子球塔，是 1958 年布鲁塞尔国际原子能展览会建造的标志性建筑，由著名工程师昂德雷·瓦特凯恩设计。它的造型是根据铁分子结晶体图像放大 2 000 亿倍设计的，整体由 9 个直径 18 米的铝质大圆球组成，每个圆球代表一个原子，各球之间由长 26 米的空心钢管连接，9 个圆球加上

钢架总重量为 2 200 吨，每个球的球面用 5 800 块三角弧形铝片焊接而成。白天它在太阳光照耀下，银光闪烁；夜间球面安装的彩灯五彩缤纷，十分壮丽。

有的团友提出疑问：原子球塔为什么用 9 个圆球，而不用整数 10 个来组成？导游说，这个问题提得好，是一个很有学问的问题。原来，设计大师是根据两个原理设计原子球塔的：一是从物理上说，铁分子是由 9 个铁原子组成的。二是从政治上考虑，比利时是欧洲共同体发起国之一，欧洲共同体的总部设在布鲁塞尔，而当时的欧洲共同体共有 9 个会员国。因此，由 9 个原子球组成的原子球塔，成为欧洲共同体 9 个国家亲密无间，像铁原子一样团结合作的象征。

说布鲁塞尔是欧洲的"首都"一点也不过分，它是一个典型的国际化大都市，生活在这里的各国人民都把自己国家的饮食习惯带到这里，因而几乎世界各个角落的菜肴，都有可能在这里的餐桌出现。所以，游客完全可以根据自己的口味，选择不同国家风味的餐馆就餐。

市政广场后面的"屠户街"，号称"布鲁塞尔的胃"。这里各色餐馆林立，餐厅橱窗和路边餐桌上陈列的食物琳琅满目，令人垂涎欲滴。这里不但有欧洲、美洲、大洋洲和非洲风味的餐馆和菜式，还有中国特色的京津菜、淮扬菜、川菜、粤菜。在一家由广州老板开设的餐厅里，挤满了正在品尝烤鹅和啤酒鸭的游客。我们在广州没尝过啤酒鸭，闻着这须味道，顿时胃口大开，饱尝一顿。

31 旅德散记

去德国之前，有关它的印象还只停留在电视广告片中，在一望无际的大地田野上，只见"宝马"，不见牛羊。但在德国旅游之后，这种刻板的印象被无数美轮美奂的景色所替代，以至于回国后闭上眼，还时时浮现慕尼黑的啤酒、柏林墙的涂鸦、科隆的大教堂和莱茵河畔的美丽景色。

沧桑柏林

到德国旅游，柏林常常是第一站，而柏林游的例牌首先从柏林墙开始。这是一面普通的墙，高约3.5米，长约1 500米。一些不了解历史背景的团友说，一面墙也算个景点，有什么看头！导游说，柏林墙是民主德国（东德）围绕西柏林建造的界墙，始建于1961年，总长155公里，并建起了100米的开阔带无人区，把一个环境幽雅的秀美城市分割开来，成为东西方对峙的分界线，是欧洲最著名的"冷战"标志。1989年11月9日，柏林墙被推倒，残存的1 500米留作纪念，供人参观。

我们绕着柏林墙走了一圈，只见墙的两面全是五颜六色的涂鸦，绘有不同的图案，有些艺术水准较高，如有一幅名为"流血的心"，画面为一把匕首刺入柏林，流下斑斑血迹。有些夸张得离谱的画面，令人啼笑皆非。还有个别无聊的中国人，刻上"到此一游"。参观柏林墙的游人很多，有的照相录像，有的边看边议论，也有人面对墙体闭目沉思。有个坐着休闲椅的老人，靠近墙边摸边喃喃自语。我们通过导游与他攀谈起来，得知他原是西德人。两个儿女在东德工作，一家人被分居两地。老人一直极力反对柏林墙，认为"柏林墙是堵在每个德国人心中的一面墙，一定要推倒"。几十年来，他多次一时性起，拿起铁锤砸柏林墙。1989年11月9日，他参与大规模群众性的推倒柏林墙运动。他深情地对我们说："再过几天，就是11月9日，这是我们德国近代史上最幸运的一天啊！"

　　紧邻柏林墙的勃兰登堡门，是柏林墙的一部分，见证了柏林墙建立和推倒的全过程：柏林墙建起之后，它成了分裂的标志；墙被拆除后，它成为德国统一的象征。此门建于 1788 年，高 26 米，宽 65.5 米，门两旁有 6 根巨柱，气势宏伟，门的上方矗立着一座胜利女神青铜像和四马战车的塑像，英姿飒爽，形象生动，德国人称它为"命运之门"。

　　第二次世界大战期间，柏林是最残酷的战场之一，全城变成一片废墟。战后获得重生的柏林人，切身体验到战争的可怕、和平的可爱。从 1989 年起，每年 6 月的第二个周末，柏林都举行群众性"爱的游行"。来自全国各地的人聚集在柏林，连续几天载歌载舞，祝愿世界安宁，远离战争，和平万岁！

飘香慕尼黑

　　位于阿尔卑斯山北麓的慕尼黑，是德国主要的经济、文化、科技、交通中心之一，也是欧洲最繁荣的城市之一。它依山傍水，风景秀丽，被称为"欧洲灿烂明珠"。

　　当踏上这片美丽的土地时，我们内心萌动着一种复杂的感受。据导游介绍，慕尼黑是希特勒发迹的地方。他当年在这里建立了臭名昭著的党卫军，成立国社党和法西斯武装冲锋队，搞过什么"啤酒馆政变"，从而使慕尼黑这座以秀色著称的城市，蒙上一层黑色的阴影。

　　慕尼黑的大街小巷，到处是来自世界各地的游人，他们大多数是闻酒而来的啤酒客。这里的啤酒享誉世界，特别对欧洲人有极强的吸引力，认为"宁可两天无肉，不可一日缺啤"。啤酒文化是这座城市的一大特色。导游说，慕尼黑一年有五个季节，春夏秋冬，还有一个啤酒节。这里的啤酒节历史悠久，从 1810 年起，每年 9 月第三个星期到 10 月第一个星期为啤酒节。

　　对我们来说，名目繁多的节日都亲历过了，但没见过啤酒节。它是个什么样的节日？我们无缘遇上。于是，导游给我们补上了这一课：节日期间，全城没日没夜，到处是喝啤酒的酒店和小摊，到处是欢乐的人群，端着高高的啤酒杯，一杯又一杯地豪饮。人们有的成群结队集体狂欢饮，有些夫妻交杯饮，有的情侣拥抱着饮，也有单个的自斟自饮，还有人边唱边饮，边舞边饮，耍起醉拳了。真是酒态百出，热闹非凡。

　　导游的"补课"，勾起一些团友的酒瘾来了。导游带我们来到一家叫皇家啤酒屋的酒店。这是慕尼黑最有名的品尝啤酒和烤猪蹄的酒店。店里坐满了各种肤色的食客，大杯酒大块肉，尽情地享受。我们看到，有些当地人喝啤酒像白开水一样。导游说，慕尼黑人每人每年平均喝 230～460 斤啤酒，平均每天一斤多，被称为"啤酒世界冠军"。慕尼黑啤酒历史还有两个世界第一：一是有世界上第一座啤酒厂，自 1940 年开始酿造啤酒到现在，从未中断；二是世界上第一所啤酒大学，培养了大批酿酒学学士和硕士。

科隆大教堂

酒足肉饱之后，导游领我们来到市政厅门前，这里已聚集了很多游客，都把视线投向市政厅的塔楼。当时钟快到 11 点时，人们都动起来。旁边几个中国面孔的游客，举起相机和录像机对着塔楼。当时针指向 11 点整，突然响起悠扬的乐声，塔楼上那个大古钟的画面上，有 12 个骑士像走马灯似的出来报时，一组约 1.5 米高的彩塑人围成圆圈翩翩起舞，演出著名的历史剧，内容是 1558 年威廉五世公爵与雷丝塔娜小姐结婚实况，惟妙惟肖地再现了当年大婚的豪华情景，持续 10 分钟。这成为人们流连忘返的一个特别的景点。

科隆春色

来到德国西部的科隆市，首先映入眼帘的是科隆大教堂。说它像"擎天一柱""鹤立鸡群"一点也不为过。我们很想与它合照，但我们只有"傻瓜机"，没有广角镜头相机，无法近距离与其合照。因此，我们只好找当地照相馆，每张 1 欧元，才完成了心愿。

据介绍，位于市中心、莱茵河畔的科隆大教堂，始建于 1248 年，1880 年建成，耗时 632 年，与巴黎圣母院、罗马圣彼得大教堂等齐名欧洲，也是世界最高的教堂之一，以轻盈、雅致著称于世。它的两个 157 米高的钟楼上有 5 座响钟，最大的重 24 吨，响钟齐鸣时，洪亮深沉，全城震动。

整座教堂全部用磨光的大理石砌成，内外雕刻物皆似鬼斧神工之作，堂内森严罗列的高大石柱，鲜艳缤纷的彩色玻璃，精致的拱廊式屋顶，和凌空升腾的双塔皆气势傲然，巍峨壮观。堂内有礼拜堂 10 个，中央大礼堂穹顶高达 43.35 米，四壁上方共 1 万平方米的窗户上，全部绘有《圣经》人物，在阳光照射下，金光四射，多姿多彩。大教堂由于完美地结合了所有中世纪哥特式建筑和装饰元素，于 1996 年被列为世界遗产，每年有超过 500 万游客到此参观。

我们怀着崇敬的心情离开大教堂，参观了著名的巧克力博物馆和香水博物馆，最后来到霍亨索伦桥。这是科隆的一座跨越莱茵河的大桥，历史悠久，是德国和欧洲铁路网最重要的枢纽之一。我们驻足桥上，莱茵河和附近的科隆大教堂的壮观景色尽收眼底。我们还看到桥上的另一道风景线：桥上的栏杆挂着大大小小的各式铜锁，密密麻麻，数不胜数，和我国黄山等地的连心锁相似。这里挂的都是爱情锁，人们在这桥上挂上一把锁后，随即将钥匙丢进莱茵河，爱情就可以天长地久了。

32 信步袖珍"邮票王国"

圣马力诺在许多人眼中是意大利的一个城市，犹如人们总是把梵蒂冈理解为罗马城的一部分一样。可其实它跟梵蒂冈一样，是一个真正的主权国家，而且是欧洲的一座历史悠久的古城。

我们的旅游大巴从罗马出发，经过一个叫里米尼的滨海城市，不到一个钟，便看见两面六七百米高的石灰岩悬崖峭壁，山上建有高耸的城墙，山脚下有一个大门式的装饰，上有一横幅用中英文写着"古老的共和国欢迎您"，这就是圣马力诺国界的标志。我们不需要办任何边境手续，就进入圣马力诺王国了。

从喧闹的罗马来到圣马力诺，一下子就迷入这个千年古都的宁静之中，漫步在古老而独特的老城街道上，才能亲身感受这里别致的魅力。这里简直是"石"的天地，是一座名副其实的石头城：石城门、石雕像、石屋、石墙、石堡，还有石建的政府大楼、银行、教堂、邮局等，不愧是石匠与石岩的国度。因城区坐落在山上，地势起伏，街道崎岖狭窄，不通机动车辆，人们上班或出门办事只能靠步行。我们登上城头，远远望去，街道重叠，街上有街，道上有道，远处绵延不绝的雪山和附近的里米尼海滨的秀丽景色尽收眼底，很有"一览众山小"的感觉。我们来到一个巨大的石城门前，一位手持石槌的慈祥老人雕像吸引了许多游客围观和拍照。导游说，要想了解圣马力诺的来历，这个老人雕像就是这个国家的历史见证。

传说 3 世纪下半叶，有一位来自南斯拉夫达尔马提亚群岛的马力诺，是一位靠采集石头为生的石匠。他是个基督教徒，由于他宣传基督教，反对当时的封建统治，受到封建主的迫害，为了免遭不幸，他驾船离开故乡，跨越亚得里亚海，来到意大利的蒂塔诺山，居住在悬崖的山洞里，继续依靠采石为生，宣传基督教。当时，蒂塔诺山是当地一位女贵族的领地。她的儿子十分妒忌马力诺，企图加害于他。有一次他见到马力诺，即拉弓箭对准马力诺，不料箭未射出，自己却像中了邪似的瘫痪在地。他母亲立即赶来，恳求马力诺宽恕。马力诺不记仇，精心治好了他。女贵族当即以蒂塔诺山作为谢礼。

从此，马力诺大名远扬，被人们奉为圣徒。后来，他接纳了一批又一批为躲避封建主的迫害而逃到这里的人，逐渐形成一个"石匠公社"。不久，公社宣告成立共和国，他去世后，人们为了纪念他，将这个国家命名为圣马力诺共和国，把马力诺最早定居下来，后来形成的城市定为这个国家的首都，也命名为圣马力诺市。一千多年来，圣马力诺坚持大力建造城堡城墙，以保护自己独立自由的生活。因此，圣马力诺虽然被意大利环抱，在 19 世纪的统一潮中，不但没有被一并归顺，而且成为许多意大利爱国者的避难场所，被誉为"自由之舟"。这个袖珍小国，我去之前实在没将它和文明古国挂钩，如今通过实地参观访问，才知道它早在公元 301 年便建国，15 世纪便确定了现在的国名，是欧洲最古老的文明国家之一。

圣马力诺市内名胜古迹众多，庄严雄伟的蒂塔诺山的 3 个山峰上，各建有一座中世纪的古城堡，壮观非凡。建于 11 世纪的罗卡城堡位于左边，建于 12 世纪的蒙塔莱城堡位于右边，中间的是建于 14 世纪的切斯塔城堡，各城堡之间有城墙相连。因此，很多人把圣马力诺称为山顶上的国家。为纪念马力诺而修建的石碑，高高耸立在市中心的山坡上，十分醒目。市里有自由广场、蒂塔诺广场、加里波第广场和望楼广场等，广场四周都建有宫殿、教堂、纪念碑以及雕像等。耸立在自由广场上的政府大厦，建于 1894 年，是在古代"公众大会堂"的遗址上建成的，造型宏伟，古色古香，引人注目。

位于市中心的彼得大教堂很有名。它的建筑式样属于新古典派，教堂内分为 3 个圣殿，共有 7 个祭台，其中 1 个祭台下面的小瓮中盛着马力诺的遗骸。在一块大理石纪念碑内嵌着一个银制的神龛，其中安放着马力诺的头盖骨。蒂塔诺山林葱郁，青翠欲滴。市内宾馆、饭店、酒吧很多，而且设备先进，服务热情。商店里旅游纪念品琳琅满目，尤其是工艺品种类繁多，金银首饰及各种木制品、陶器等，富有地方特色，深受游客欢迎。如今，圣马力诺旅游业发达，其收入占国民生产总值的 50% 以上。

有的团友提出疑问，这样一个仅靠步行约半天就能走完的小国家，为什么会吸引那么多游客的目光呢？导游说，圣马力诺不仅风光秀丽，有为数众多的特色建筑，还是闻名遐迩的"邮票王国"。历史资料表明，圣马力诺是世界上第一个开展邮政业务的国家，"邮票王国"的美誉早已名满天下。圣马力诺的人口只有约 3 万人，但游客数量达到了惊人的 300 多万。其中很多游客都会在这里购买相当数量的邮票。这里仅发行邮票所带来的收入，就占到了国民收入的 20%。现在每年还发行一套以上的纪念硬币，为各国富豪和收藏家竞相收购，

邮票王国

从而也成为财政收入的又一重要来源。

据介绍，自从 19 世纪开始发行第一枚邮票起，邮票业务已经陪伴这个古老的国家 130 多个春秋，直到现在仍然为这个国家的发展发挥着不可替代的作用，早已经融入国民的生活中，潜移默化地影响着圣马力诺人的方方面面。如今，圣马力诺还以印制精美邮票驰名于世。这里的每家商店、宾馆、旅店都出售邮票，而且品种繁多，题材丰富，图案别致，色彩艳丽，对游客具有极大的吸引力，特别博得邮票收藏家的欢心。

如果说邮票业成就了圣马力诺，那么 F1 更是让这个小国名声大震，人气更旺，财源大增。圣马力诺虽然是一丁点儿大的小国，但这里有 3 条国际标准赛道，称得上世界上赛道密度最高的地区。圣马力诺伊莫拉赛道是一条激动人心的赛道，赛道长度约为 4.93 公里。近年来经过改造后，成为一条中速的赛车道，赛车手可以安全地在此比赛。特别是这里紧挨着意大利，每当有比赛时，这里会变成红色的海洋，一批又一批的人潮涌来观看比赛，从而带动了圣马力诺的旅馆、酒店、旅游业等第三产业的发展。

圣马力诺由于拥有多渠道的收入，又是一个不设防的国家，省去军费等大笔开支，所以它虽然是个古老的国家，但现代化水平较高，经济发达，人民生活富裕，是欧洲福利较好的社会。这里早已实行全民免费教育、免费医疗，人们无须缴纳任何税收。这里没有军队，只有少数的城堡卫队和从意大利聘来的几十名宪警，维持社会秩序。一间能容 6 个人的山洞监狱，因为没有罪犯，已多年没有使用。圣马力诺共有 9 个城镇，每座城镇都有一个大食堂，只要是圣马力诺公民或有长期居留证的居民，都可以在食堂吃"大锅饭"，一顿午餐只需几欧元，相当于在罗马喝一杯咖啡。我们走街串巷时，看见居民都住在宽敞的房屋里，衣着新潮，出门都有私家车。导游谈到，圣马力诺是世界上人均拥有车辆最多的国家，几乎人人都有一辆车。

33 亦小亦美卢森堡

卢森堡，一片古老神奇的土地，一群气势恢宏的堡垒建筑，是时空与实体的组合。它就像一首怀旧的诗，诗里传达的不只是曾经的雄伟辉煌和沧桑，还有苍劲和轻灵。

小中见美

在漫长的欧洲历史演变中，卢森堡始终是兵家必争之地。作为沟通日耳曼地区与拉丁地区的重要枢纽，卢森堡的所有权在邻国之间几次更迭，却没有被任何一个庞大的政权所统一，最终神奇地保留了自己的独立性。

卢森堡位于德、法、比三国之间的交通要道，是欧洲的"袖珍国家"，面积 2 500 多平方公里，人口不足 40 万。导游在形容卢森堡时诙谐地说，

小国桥头

在卢森堡市中心发动汽车，还未坐稳，汽车已经冲出了国界。

早就听说卢森堡国家虽小，但小中见美。等我们来到了这里，才真正被它的美丽所震撼。卢森堡极富田园风光景色，整个城市沿着河谷两侧的丘陵建设，城市有深山奇谷，即使在市中心也是田园遍布，溪流蜿蜒，大小湖泊，

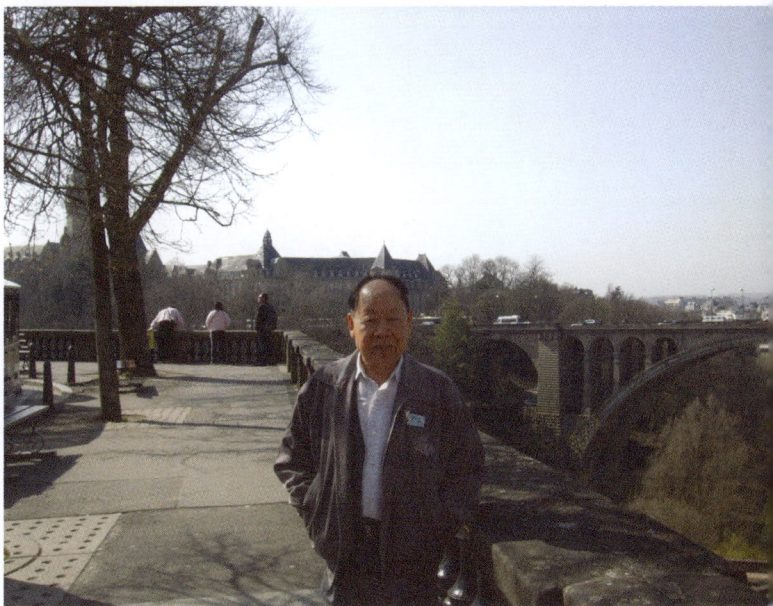

碧水清流，令人陶醉。老城区更显环境优雅，哥特式的建筑轮廓鲜明，其间点缀着文艺复兴式的礼拜堂的尖顶。家家户户都种植鲜花和绿树，把城市打扮得像一座花团锦簇的公园。

欧洲对历史和古旧建筑格外珍惜，小心保护，对摩天大楼普遍不感兴趣。欧洲人没有炫耀财富的爱好，在他们看来，楼房的高矮与城市的贫富无关。他们所看"高"的，更多的是文化的氛围和自然的气息。

卢森堡市被称为"国际化的大都市"，但这里并没有中国人所仰慕的高楼大厦，也没有宽阔笔直的大马路，缺少所谓大城市的气派，有点土气，所以也就少了中国内地许多城市引以为豪的那种喧嚣繁华。这里的楼房多是三四层高，路边停着小巧的车辆，居民都被大片的树木、草地和鲜花包围、覆盖着。如果是独幢楼房，肯定会有花园、果树和草坪；如果是公寓楼房，窗台上也都是花红叶绿。

我们习惯于仰视国内城市的高楼大厦，在这里穿梭行走，却必须降低视线，只需平视或稍微登高，整个城市就尽收眼底。走累了，随意地坐在路边或公园旁的椅子上，就能静静地享受到城市的清静和舒适。偶尔见到金发女孩坐在草地聚精会神地看书，便会被她吸引，情不自禁地举起照相机……

古堡春秋

卢森堡的美，还在于它是欧洲历史悠久的古堡。就拿它不可替代的军事地位来说，卢森堡的首都卢森堡城，几乎是一座放大版的军事堡垒。我们看到，沿着亚泽特河及佩楚斯峡谷修建的城墙，1 100多年来，虽经风吹雨打无情侵蚀，但依然巍峨雄伟，坚不可摧。整个老城就像峡谷陡然突起的高台一样，无论是从地理观感还是军事功能上，都颇具震慑力。

导游带我们来到卢森堡城东北最著名的军事堡垒——贝克要塞，这是一个在悬崖峭壁内开凿出来的地下掩体。要塞建于公元963年，被视为卢森堡建城标志。后来在西班牙人、德国人、法国人和奥地利人的占领中，不断拓展、加固、重修。到17世纪中叶，要塞掩体总长度23公里，深度可达40米，内部设置50门加农炮。除了军事设施外，掩体内还有日常生活设施，如厨房、马圈，甚至屠宰间，以备战时固守之需。

"二战"期间，这里被用作防空洞，最多时曾容纳过3万多民众。如今，贝克要塞的表面遗存及掩体，是旅行者赴卢森堡最重要的参观点之一。在这

里，除了可略窥当年欧洲大陆战火纷飞的历史外，掩体自身所具有的神秘色彩及其与周边山谷河流的交相辉映，也构成了一道独特的文化景观。

有的美是值得大书特书、值得铭记的。我站在掩体外的岩石上，看那漂浮着的白云在天空自由如风，远处的山峰绵延不绝。环顾四周，古朴苍茫，瑰丽而俊美，城墙和掩体的色调在阳光下、光影中，明暗相间，光处翠绿中透着褐红，影中青黄而凝重，给人一种浩然的阳刚之美和悠远的沧桑之感。

文化首都

许多人不知道，卢森堡不只是个"堡"，更是一个国际政治中心和文化中心。2007 年，这里被选为欧洲的"文化首都"，并两度获此殊荣。目前，卢森堡是欧洲的第二政治中心，它的作用和重要性仅次于布鲁塞尔。欧盟最高法院、欧洲议会秘书处、欧洲审计院等国际行政机构都设在这里，常驻国际官员五千余名，给卢森堡市增添了现代化与国际化的色彩。

作为日耳曼文化和拉丁文化的交汇地，卢森堡是一个多元有趣的国家。据介绍，卢森堡人至少要学会 3 种语言。当婴儿咿呀学语时，妈妈就教他卢森堡口语；入幼儿园后开始学习德、法两种官方语言，是必修课；上中学后还要学习英语等外语。政府为了鼓励国民学习多种语言，一直采用许多行之有效的社会措施。规定报纸用德语出版，杂志用德、法语出版，学术杂志只用法语，广播兼用德、法两种语言，电视用法语。法庭审讯犯人用卢森堡语，宣判用法语，判决书却用德语。有时，一家人在一起，父亲在读德语报，儿子在读法语书，女儿在唱英语歌，母亲在用卢森堡语唠叨，可是，彼此的语言都能听懂。中午，我们来到一家餐馆用餐，导游说，餐馆的招牌是用德文，菜单是用法文，服务员用英语与客人交谈。文化的多元让语言的转变变得简单，也拉近了人与人之间的距离。

访问卢森堡当天是个周末，导游带我们来到市中心广场时，立刻就感受到这座文化之都的魅力。市中心广场成了巨大的集市，只见摊档一个挨着一个，来自世界各地的商品琳琅满目，五光十色，从普通的生活用品到精美的工艺装饰品都有。有一个摊档挂满了类似金华火腿的腌肉制品，吸引了大批顾客。导游说，这是用当地各种香料腌制成的火腿，味道十足，颜色五花八门，是东西方游客都喜爱的卢森堡地道风味食品。我们由于不能带熟食回国，只好合伙购买一只火腿，集体享受这份美味了。

　　我们离开中心广场，不远处便是卢森堡的王宫，也就是大公府，朴实得令人慨叹。在老城的街巷之中，一座西班牙风格的3层古老建筑，线条简洁，没有任何刻意铺陈和装点，丝毫比不上众多国家宫殿的豪华气派。卢森堡实行君主立宪制，住在王宫里的国家元首大公亨利，据说非常受公众爱戴，大公和夫人与平民之间，无论是地理距离还是心理距离都很近。大公夫人甚至经常独自前往附近市场采购，与国民一同挑选蔬菜。

　　大公府的门口有两个门岗，但只有一位士兵象征性地站岗。虽然只是形式上的站岗，但那位士兵却极其认真，每过一段时间都会用非常庄严的步伐，在大公府门前走几圈正步，面对众多游客的拍照淡定自若。

　　大公府附近有一处像公园似的草坪，人们正在悠然散步，有的吹着小号，有的做着各种动作锻炼身体。导游说，勤劳质朴、热情爽朗的卢森堡人，具有独特的性格特征。人们这样描绘卢森堡人的生活画面——如果有一个卢森堡人，他会专心地种植玫瑰花圃；如果有两个卢森堡人在一起，他们就会喝着咖啡愉快地聊天；如果三个卢森堡人聚在一起，那么一个小乐队就凑成了，他们会吹吹打打、弹弹唱唱地演上一阵子。

老旧的小火车

34 黄金加钻石的"金砖"国家

    南非是非洲大陆唯一的"金砖"国家，也是名副其实的黄金加钻石的得天独厚的地方。为什么这样说？且听一段精彩的故事吧。

    很久很久以前，上帝巡视天下时，发现非洲大陆特别贫穷，是天下之穷处。于是，上帝随手捡起两块小石头，向非洲南部一抛，落在今天的南非大地，一块变成了黄金矿脉，另一块则成为钻石宝藏……

    讲故事的是当地导游刘大仁，是南非籍华人，讲一口流利的普通话，绘声绘色地给我们讲故事。有的团友说："这不是'点石成金'的神话故事吗？"小刘见我们带有疑惑的表情又说："信不信由你，长期来当地老百姓是这样传说的。没关系，我们明天就到现场看看吧。"

    翌日早餐后，我们的大巴在约翰内斯堡周围转悠，不时看到一座座小山似的土堆，小刘说，这不是天然小山，而是人造山，是金矿的废砂。据说约翰内斯堡市区底下像个巨大的马蜂窝，采金的矿道纵横交错，有些矿井深达几千米。一百多年来，来自世界各地的商人和工人，云集约翰内斯堡开发金矿，地上地下，数以十万计的人在这里淘金。

    大巴在一个叫黄金矿城的矿区门前停下，小刘带我们进入矿区，先办参观手续，给每人戴上黄色的塑料安全帽后，乘坐吊车，深入地下220米的矿区。走出吊车后，眼前是一条在岩石中开挖出

金矿入口

来的坑道，高约 3 米，在昏暗的灯光下，显得灰蒙蒙的，看不到二三十米外的东西。据介绍，这是约翰内斯堡早期的采金坑道，没什么机械设施，全靠人力开掘。有些坑道仅 1 米高，矿工推着矿车爬着进出。我们看到，有的岩石松动地段，用粗大木头支撑着。有些坑道壁上留下含金的矿石，金光闪烁，供游客参观和拍照。

小刘谈到，像这样的古老采金矿区不计其数。根据权威部门的勘探，约翰内斯堡周围的山山水水，拥有 240 公里的弧形"金带"，分布着数以百计的大中型金矿，估计储量占世界黄金总储量的 60%！

大伙听了都异口同声地惊叫："奇迹，真是奇迹！这不就是'点石成金'，梦境成真么！"有的团友说："这么小的一个地方，竟然藏了世界上六成的黄金，这是怎么发现的？是不是上帝……"

小刘一本正经地说："此事与上帝没有关系。大伙如果想知道，那就让我再讲个故事，叫'绊脚石'的奇迹。"他说到这停顿了一下又说："这是一个真实的故事，有真人真事作依据的哩！"

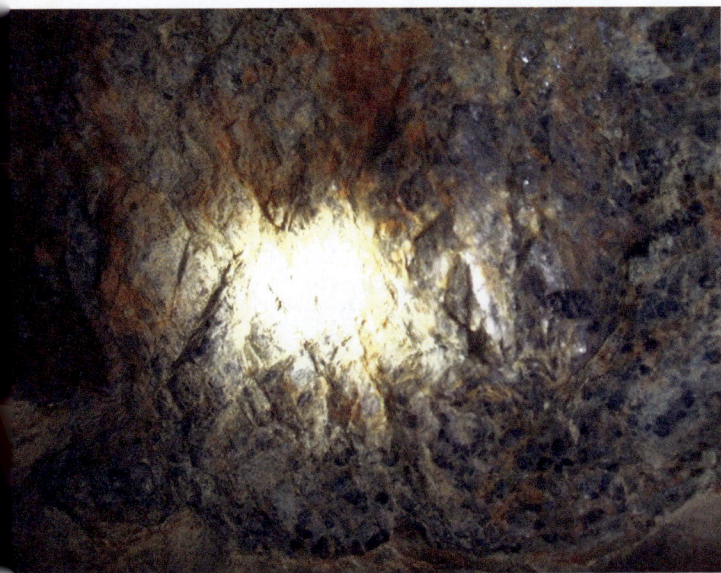

闪闪发光的金矿石

话说 1886 年 3 月第一个星期天的早上，位于约翰内斯堡北面的兰格里特农庄，有个来自澳大利亚的工人叫乔治·哈里森，正从庄内一座小山山顶快步向下走时，突然被草丛中一块石头绊倒。他倒地后，回过头来看那石头时，看见那石头在阳光下反射出金色的光芒。他若有所思地捡起那块"绊脚石"，再仔细地观看，真的似黄金一般闪闪发光。他原是个一直做着淘金梦的人，曾从澳大利亚远赴美国旧金山，后来又到南非寻梦，可惜都是"黄粱美梦"。

如今，他真的找到了黄金，欣喜若狂地大喊："感谢上帝！"随后，他在那块"绊脚石"附近挖了一些矿石，敲碎后用水一冲，发光的黄金细粒显露

出来了。他当即带上样品，向当局报告了自己的重大发现。经过检验后，有关部门授予他所有权证书。但是，他没有财力开发金矿，更缺乏经营头脑，最后以贱价把所有权卖给了开发商。

在约翰内斯堡发现金矿的重要消息，像长了翅膀传开了。南非的富豪们闻风而动，世界各地的投资商似潮水般涌来，使这个本来没有名字的小镇，在很短时间内建成了相当规模的城市，成为南非的"上海"。

现在，约翰内斯堡每年生产的黄金多达700吨，被称为世界著名的"黄金之城"，成为南非重要的经济支柱，约翰内斯堡被誉为约翰内斯"宝"了。原是一介草根的乔治·哈里森，也成为世界名人，发现"绊脚石"的小山包已辟为乔治·哈里森公园，从约翰内斯堡国际机场到市中心的公路旁，耸立着乔治·哈里森的塑像。

小刘讲故事很生动，大伙都说故事好听，很爽！有的团友说，上帝向南非投下的两块小石头，变成黄金的已找到了，变为钻石的是否也找到了？小刘说早已发现了，正在大规模开采呢。发现钻石也有精彩的故事，现在不讲，等参观后再说。

我们来到约翰内斯堡的钻石加工厂，观赏了各种各样的钻石，多数是白色的，也有蓝色、黄色高档彩钻，晶莹剔透，熠熠闪亮。加工车间的老师傅大部分是黑人，熟练地用电动砂轮打磨钻石，厂里还设有钻石销售部，游客相当多，几乎是清一色的中国面孔，其中大部分来自广东，除讲广州话的，还有讲潮州话、客家话、东莞话、顺德话的。

热情漂亮的接待小姐来自香港，是厂里高薪聘请来专门负责销售业务的。她操流利的广州话和普通话，态度和蔼可亲，不厌其烦地讲解有关南非钻石的质量保证、价格便宜等特点。我们的团友都是有备而来，多数人买钻戒和耳环。青年团友卫豪天以6万美元，买了一颗黄色的钻石吊坠，送给新婚妻子。年届80的团友王民拿出银行卡，刷了68万元人民币，买了1只镶有蓝色彩钻的手镯送给妻子，作为结婚60年"钻石婚"的礼物。接待小姐在客厅特别安排这两对夫妻举行送礼仪式。当响起《游龙戏凤》广东音乐时，一老一少为妻子佩戴饰物后，亲热地拥抱接吻。我们和在场看热闹的众多游客，当即以热烈的掌声和欢呼祝福他们。

大伙回到大巴后，问小刘下一个景点是去开采钻石的地下坑道参观吗？小刘摆手答不是，挖钻石跟挖黄金不同，金矿是深入地下开采的，而钻石矿则是露天挖的：在矿脉的地面上挖个大坑，然后逐层往下挖，形成一个又大又深的巨坑。如著名的南非中部高原的金伯利大坑，占地 17 公顷，方圆 1.6 公里，深达 215 米。据资料介绍，从 1866 年至 1914 年，长年累月有 5 万多名矿工，使用铁铲等工具进行挖掘，挖走了 2 200 多万吨土石方，将这里的石头挖光了，出产钻石 2 722 公斤。

小刘讲到这里时说：现在我来讲讲关于发现钻石的故事。远在公元 150 年前，南非一个叫丹尼·乔可伯的牧民，平时有收集漂亮石头的爱好。一天，他走访另一个农庄的朋友雅克布斯一家。雅克布斯的 15 岁儿子正在和一群小孩玩小石头。丹尼发现小孩们玩游戏的石块中，有一颗很特别的小石子。丹尼问小石子来自哪里，小儿子说是从附近的奥兰治河边捡的。雅克布斯老婆见丹尼对小石子爱不释手，就大方地把小石子送给他。有眼光的丹尼认定这是一块不寻常的小石子，就拿到权威部门进行鉴定，最后终于认定，这是一颗真正的钻石，也是南非可载入史册的第一颗钻石！

这颗钻石是在奥兰治河边发现的，人们便逆河而上，寻找钻石的源头。几年之后，终于在南非中部高原的金伯利城附近，发现一种蓝绿色的火山喷发岩里藏有钻石，被称为金伯利钻石。不久，又有从南非的比勒陀利亚发现钻石的消息。这样，南非由此得宝而兴，既是"黄金之城"，又是"钻石之邦"，黄金加钻石，成为世上名不虚传的"金钻之国"！

35 "动物天堂"说南非

去南非旅游时,在当地换了南非的纸币。我注意到,这些纸币很像动物园的门票。因为不论面额是100元还是20元、10元的纸币上,都印着大象、水牛、犀牛、斑马等野生动物头像,而不像众多国家一样印上领袖头像。这个细节印证着南非享有"动物天堂"的美称。所谓"天堂",是一个生命平等的幸福所在,南非的动物也许是世界上幸福指数最高的动物。它们的生命价值和生存环境,在这里得到了最大限度的保护和尊重。人和动物相处于同一个蓝天下,众生平等,没有所属的等级关系,没有保护栅栏的隔离。动物和人类都可以在这里尽情抒发天性,顺其自然。

导游领我们来到一个叫比林斯堡的野生动物保护区,乘旅游车追踪野生动物的足迹,享受置身动物天堂的乐趣。它距离南非首都约翰内斯堡约200公里,园区面积500多平方公里,由三条山脉和一个湖泊组合而成。园里有几乎所有的南部非洲野生动物种群,除了非洲五霸(象、狮、豹、犀牛和水牛)外,还有长颈鹿、斑马、河马、鳄鱼和羚羊等。园里还生活着354种鸟类、65种爬行动物、18种两栖动物和数千种小动物。此外,公园里还生长着132种树木和60多种草。

比林斯堡野生动物保护区,是各种动物、鸟类和植物的家园,在它们的地盘上,我们人类只能是坐在汽车里观看它们的访客。途中,我们看到一群在路边觅食的羚羊,它们不害怕我们,还好奇地看着我们,亲近我们,让我们拍照,甚至跟着我们同行了一段路。转过一个山坳,3头长颈鹿正在横过马路,我们立即停车让路。它们有着高昂的头颅,会意地向我们点了点头。不要以为是酒醺时的幻觉,这就是南非的动物,它们在你身边是那么的真实而美好。

我们来到一个湖泊岸边,下车观看河马。这里有好几群河马,少则两三只,多则十多只。河马是群居哺乳动物,按家族在湖里有固定的住处。我们看到,有一大一小的河马离群索居,不与其他河马一起。导游说,它们是一对母子,小家伙只有3个月大,总是形影不离地跟着妈妈。它看到我们来到湖畔时,好像产生了兴趣，沿着岸边游来游去，我们一边逗它一边拍照。我们上车离开时，它还恋恋不舍地目送我们，真是一幕非常有趣的画面。导游绘声绘色地谈到，这头小河马的妈妈叫蓝蒂，她因为与族群外的河马"私通"生下了小河马，因此被她的家族赶出了家门。她多次带着儿子想要回到家族里，却总是无法得到家族的认可，因此只好在离家族不远的地方带着儿子单过。

园里所有动物都得到了严格的保护，不准伤害它们，但也不许投料喂食，以预防动物懒惰，依赖人类饲养而丧失野性，而是让其自然发展，自然淘汰，适者生存。时值傍晚，太阳渐渐西下，一阵风吹过，茂盛的草原像一层层起伏的波浪，呈现一派"风吹草低见牛羊"的美景。导游提醒我们，注意周围情况，如果运气好，就有可能看到肉食猛兽出没，或猎杀其他动物的情景。

话犹未了，前方草丛里传来一阵阵万马奔腾的响声。我们立即停车观看，只见一群斑马，被几只狮子追赶得狂奔乱闯，落在后面的是一头年老体弱的斑马，被狮子团团围住，前后夹攻，很快就被扑倒，成为狮子的美食。一只母狮还带着孩子赶来参加会餐，一场弱肉强食的血腥场面就这样展开了。但是，"螳螂捕蝉，黄雀在后"：一大群嗅觉特别灵敏的野狗，漫山遍野地赶来抢食。野狗虽然斗不过狮子，但它们采用"狼群战术"，里三层、外三层地围住狮子，又吠又咬，直接威胁小狮子的生命。狮子见势不妙，最后只好舍弃到嘴的美餐，护着孩子冲出重围，落荒而去。野狗抢食成功了，正在狼吞虎咽时，一群像秃鹰似的肉食猛禽从天而降，与野狗共进晚餐。不到一个小时，一头斑马，连皮带肉被吃个精光，只剩下一副血淋淋的骨架子。

南非的动物，陆地上很精彩，海洋里也很有看头。南非是世界上海洋生物物种最丰富的国家之一。在南非海域生长的动植物有1万多种，占全球海洋生物种类的15%，其中12%是南非独有的。每年的6月中旬开始，南非进入观赏南露脊鲸的最佳时间。大群的南露脊鲸为了躲避南极洲的寒冷，此时会迁徙到开普敦海岸。它们在这里交配、繁殖。从沃克湾到普莱腾贝格湾的海滩上，游客可以观赏到这一"世界上最盛大的免费表演"。可惜这种令人心醉的良辰美景，我们无缘相遇。

南非是个注重生态平衡、保护海洋资源的国家。如果钓上一条不足10厘米长的小鱼，就要马上把它们放生。在黄金海岸上有许多巡逻警察，负责检查钓客们钓上来的鱼儿的长度，如果发现违反规定，轻则罚款，重则会被带回警局处理。这里的野生鲍鱼和龙虾世界闻名，但政府规定，捕捉龙虾，事先需要到有关部门申请执照，有效期为一周，限制每天捕捉的成年龙虾数量

不得超过 5 只。对于鲍鱼，政府规定 5 年才可收获，不得提前。

　　导游滔滔不绝地给我们介绍南非情况时，抬头望了一下天空说：大伙运气不错，今天正是看海豹的好时机啊！不久，旅游巴在开普敦豪特湾码头停下来，乘上中型游艇，约 20 分钟航程，来到一个叫德克岛的海面上。这不是真正意义上的岛屿，而是一块凸出海面的大礁石，不计其数的浑身滚圆、油光黑亮的海豹，有的躺着，有的潜水，有的翻腾，有的发出猪吼般的叫声，和浪打礁石的声音和成一片，像是欢迎我们这些游客。据说，岛上的海豹约有 5 000 只，被称为开普敦软毛海豹，是南部非洲的本土品种，繁殖于南非以及纳米比亚的海岸线上。它们皮毛光亮，是看似鱼的哺乳类动物，寿命为 20 至 40 年，公海豹比母海豹还重，约 300 公斤。母海豹怀孕期 8 至 12 个月，通常一次只产一胎，出生后约 6 周便开始游泳，八九个月后就能游一千多公里。

企鹅滩

　　从海豹岛返回市区途中，顺道去西蒙斯敦镇的博尔德斯企鹅滩，观赏可爱的小企鹅。

　　我们沿着一条木制的海边栈道行走，只见栈道两旁的沙滩草丛里，一只只企鹅挺着白白的肚子，身躯两边已退化的翅膀，像两只小手一样摆来摆去，一副憨态可掬的样子，让人忍俊不禁，顿生爱意。刚从海里捕鱼归来的企鹅，伸长脖子，仰天长啸，发出"哦哦"的声音。灌木草丛里可隐约见到企鹅筑的巢，偶尔还可听到从里面传出小企鹅发出的啾啾声。有位中国面孔的少妇和孩子齐声喊："企鹅宝宝出来吧，我们很想见到你，乖！"说来也奇，它们好像能听懂普通话似的，一只毛茸茸的企鹅宝宝跟着企鹅妈妈从草丛中钻了出来，傻乎乎地看着人们。这下可把游客逗乐了，纷纷把镜头对准它们。这种难得的人禽共乐的情景，我立即连拍了好几张。

我在电视里多次看过南极洲的企鹅，个头较大，胖乎乎的。这里的企鹅属于袖珍型，体长约50厘米，重量2~4公斤。据介绍，南非的企鹅叫非洲企鹅，学名叫"斑嘴环企鹅"，当地人也叫它"叫驴企鹅"，因为它的叫声较大，酷似驴叫。非洲企鹅黑背白肚皮，从水下仰视是白色，从水面俯视是黑色，黑白相间正好构成天然的保护色。这种企鹅的寿命一般为10年左右，最长的能活到24岁。非洲企鹅家庭实行一夫一妻制，彼此忠贞不渝，只有确实无法生育，才会分手另组家庭。

有的团友说，过去以为只有在极度寒冷的南极才能见到企鹅，气候炎热的非洲为什么还有企鹅呢？导游说，非洲企鹅之所以选择在这里繁衍生息，主要缘于两个原因：一是南非的海域拥有丰富的沙丁鱼和凤尾鱼，是南非企鹅赖以生存的天然食物；二是得到当地政府和动物保护组织的严格保护。

导游谈到这里时给我们讲了一个故事：很久以前，在南非西蒙斯敦镇的博尔德斯海滩上，当地渔民发现了一对可能从南极洲漂流过来的企鹅夫妻，由于受到长时间的风浪袭击，到达海滩时已伤痕累累，奄奄一息。经过渔民的细心治疗和喂养，企鹅很快恢复了健康，并于第二年产下了小企鹅。渔民的做法得到政府的重视和支持，并推广他们的经验，制定了保护措施，从而使非洲企鹅得到大量繁殖。如今在南非的27个海滩上，到处可以看到企鹅。南非政府为了给它们营造一个良好的生态环境，专门在博尔德斯海滩建了一个世界闻名的企鹅观赏公园。

36 莫斯科红场的红与黑

　　"深夜花园里四处静悄悄，只有风儿在轻轻唱"，这优美的曲调曾让多少国人对莫斯科心生神往。特别是，莫斯科红场众多的钟楼上，那光芒四射的红星，被誉为十月革命的象征，社会主义革命的指路明灯！

　　我们乘坐的旅游巴士在莫斯科大街拐了几个弯，终于来到了我们景仰的红场。初见红场，虽然它不像我想象的那么大，但是一块块黑色的石头砌成的广场，仍显得气势雄浑，与我国宏伟的天安门广场一样，有着深厚的历史文化沉淀，同样是蜚声海内外，记录和承载着它那灿烂的历史和文明。红场西侧是列宁墓和克里姆林宫，南面是瓦西里·勃拉仁内升天大教堂，北面是19世纪建造的历史博物馆，东面是莫斯科最大的百货商店"古姆百货商店"。

　　对于红场的来历，我过去虽然听过一些传闻，但从来没有撩开过它神秘的面纱。俄罗斯导游玛莎谈到，广场的俄文含有"美丽""红色"的意思，所以人们把它译为红场；也有人说，广场周围的建筑物大都是红色而因此得名；更有人从历史的角度认为，书写着近千年俄罗斯历史的广场，经历了一次又一次铁血的洗礼，称为"红场"名副其实。沙皇时代，莫斯科在俄罗斯的地位有点

红场里的古刑场

像中国的上海，是俄罗斯文化和经济重镇。而红场以前曾是一个全国性的贸易集散地，来自全俄罗斯各地的商贾云集于此。十月革命胜利后，苏维埃政

府于 1918 年将首都迁到莫斯科，从此每年 11 月 7 日在红场举行庆祝集会和阅兵式。

最令世人难忘的阅兵式是 1941 年 11 月 7 日，当时莫斯科被德国法西斯军队三面包围，在兵临城下、炮声隆隆的情况下，苏联红军在红场举行了人类历史上罕见的战时大阅兵。戎装整齐的红军阅兵队伍走过检阅台，直接开赴前线。这次红场阅兵，极大地鼓舞了正在浴血奋战的全国军民，是具有特殊意义的一次阅兵式，一直被传为佳话。时至今日，经过多次修整、扩建，红场南北长 695 米，东西宽 130 米，总面积超过 9 万平方米。漫步在这个人来人往的广场上，观赏着广场周围的名胜古迹，回想着广场上发生的一个个历史事件，令人心潮起伏，感慨万千……

我们沿着红墙来到广场西侧的列宁墓。那天正好是开放日，墓前排着数百人的长龙。这是一座巨大的红色花岗岩建筑，墓的顶部是红场的检阅台，两旁是观礼台。多年来，每到重大节日或举行重要活动，国家领导人就要登上列宁墓，检阅红场上的军队或对集会群众发表演讲。我们排队等待了一个多小时后，才能进入列宁墓，下了几十级台阶来到灯火通明的地下室，列宁的遗体安详地躺在铺有红色党旗和国旗的水晶棺里。据介绍，1953 年至 1961 年间，斯大林的遗体也曾经摆放在列宁墓之内，后来因为苏联当局认为斯大林不能与列宁并列，便把他从列宁墓里迁移到外地。如今，每年有无数来自世界各地的游人，来到这里瞻仰列宁这位伟人的遗容。

在红场西北，有一个长方形的花园叫亚历山大花园，著名的无名烈士墓就坐落在花园中。这座烈士墓建成于 1967 年胜利节的前夜，是为了纪念在伟大的卫国战争中，为国捐躯的数百万战士而建。深红色的大理石碑上刻着铭文，玛莎给我们翻译说，这是一句意味深长的铭文：“你的名字无人知晓，你的功勋永垂不朽。”我们听后不约而同地肃然起敬，一齐向烈士墓三鞠躬。墓中央有戎装笔挺、持枪站岗的哨兵，墓前有一把蓝色的五角星形状的火炬，自建成之日起就日夜燃烧，至今从未熄灭过。各国元首访问俄罗斯，一般都要到无名烈士墓敬献花圈。

沿着红墙往西，通过又一次严格的安全检查，我们从红石铺成的斜坡形教堂广场，步入克里姆林宫。据介绍，克里姆林宫占地 27.5 公顷，巍然矗立红场已有 800 多年。早在 12 世纪时，它原是个莫斯科村，当时只是一座用木栅栏围住的木筑堡垒。今天，则由一道 6 米厚、14 米高的红墙围着，成为俄国历代沙皇的宫殿，苏联及今天的俄罗斯联邦的政治中心。宫墙北角有个兵

器陈列室，其对面有一座18世纪建造的大厦，为俄罗斯古典建筑。这里曾是列宁工作和生活的地方，如今是总统办公厅和其他部门办公所在地。

我们进入克里姆林宫后，眼前出现的景况出乎我们的想象，因为除了几座国家领导人办公和活动的建筑物外，其余都是一座座高塔尖顶的大教堂，不像个国家的政治中心。玛莎大概看出了大伙的心思，她说，克里姆林宫即是俄罗斯联邦的心脏，又是一组以教堂为主组成的建筑群。十月革命以前，克里姆林宫是政教合一的地方。这里最著名的三座金顶大教堂，都是皇家举行重要活动的场所：历代沙皇坐镇的多棱宫、皇家举办加冕大典或隆重礼拜的圣母升天大教堂、皇室成员举行结婚仪式的天使大教堂。

"宫里好看的东西很多，前面还有两个'大王'等着你们哩！"玛莎边说边领我们来到伊凡大帝钟楼面前。它是克里姆林宫最高的建筑，高81米，登上楼顶，可俯瞰莫斯科全城风光。这座钟楼始建于1505年，是为了悬挂号称天下第一的钟王"沙皇钟"而建。但是，由于钟王实在太大了，它直径6.6米，高6.14米，用青铜铸成，重达216吨，所以从它诞生的那一天起，就没能够吊上钟楼。钟王附近，还有一门被称为世界第一的"大炮王"。它铸造于16世纪，炮身长5.18米，口径为915毫米，可发射的圆炮弹重达2吨，但它问世后从来没有发射过。直到今天，这两个"大王"虽然没有就位和使用过，但它们的风采，吸引了许多游客前来观赏和拍照。

我们离开克里姆林宫又回到了红场时，正遇上狂风大作，大雨滂沱。我们在红场南面的建筑物下避雨。玛莎指着前面一个突出广场地面的小平台说："你们猜猜，那是什么东西，猜对了奖雪糕一杯。"团友中有的说是临时工地，有的说是交通指挥岗哨。玛莎摆摆手说："你们都猜错了，那是个断头台！"

"什么，美丽的红场还有血腥的断头台！"大伙急着等待玛莎的回答。这时雨过天晴，她领我们来到这个平台。这是用灰色大石头建起底座，白色石头作围栏的圆形露天平台，高约4米，宽约20米。我们登了七八级台阶从中间口子进入平台，只见平台中央有一个石墩。玛莎说："这就是沙皇时代宣读诏书和判决书的断头台。"接着，她历数了这里发生过的一件件血腥事件：17世纪许多旧派基督教徒在此被活活烧死；有的人仅因为在胸前画十字时没用3指而用2指，被戴上对上帝不尊的帽子而被处决；彼得大帝曾在一天内，在这里砍了1 700多名叛变的火枪手。

玛莎说，莫斯科红场与世界上著名的广场一样，历来是和平进步与反动倒退两种势力搏斗的地方，善良与丑恶、美丽与血腥同时并存。长期以来，被誉为"美丽广场"的红场，实际上充满了历史的血腥。除断头台的黑色血腥外，还有更多的红色血腥。例如最典型的 1917 年苏维埃十月革命，赤卫军与沙皇禁卫军在争夺克里姆林宫的战斗中，数以千计的士兵血溅广场。铁血红场，令人感慨。玛莎边说边带我们来到瓦西里大教堂参观。这座教堂很特别，全部用红色石头建造，从上到下装饰着彩色条纹，像洋葱头一样的圆顶，在阳光下犹如精美的宝石，五颜六色，十分漂亮。玛莎说，这是 15 世纪伊凡大帝为庆祝战胜鞑靼人兴建的，但他的残暴与他的审美观同样出名。为了确保他这一杰作永远举世无双，竟残忍地下令剜掉了教堂设计者的双目。转眼间，美丽变成了恐惧，光明变成了黑暗！

红场一角

37 莫斯科的"地下宫殿"

　　在别的大城市，乘地铁也许是一件再平常不过的事情；在地下二三十米深的地方，没有什么值得好看的东西，所以也是一件无聊乏味的事情。但是，在莫斯科却完全不同了。这里的地铁，往往是吸引游客来莫斯科旅游的主要原因。因为莫斯科地铁不仅仅是莫斯科最大的地下交通系统，同时以其宏大的建筑规模和华美的地铁站风貌闻名于世，被誉为"地下大宫殿"。来自世界各地的游客赞美它说：莫斯科地铁是世界上独一无二的，从审美价值来说，莫斯科地铁可谓一座斯大林时代建筑艺术的博物馆。

　　我们来到一个叫革命广场站的地铁口，坐上深达 100 米的手扶电梯，从电梯上往下看，长长的人龙快速地潜入望不见底的地层下，令人头晕目眩，颇有科幻之感。我们到达革命广场站候车大厅时，顿觉眼前一亮，这哪里像地铁站！整个候车大厅就是一个漂亮的展览馆。在一个枣红色花岗岩拱门的两侧，分别立着 72 座铜雕人像。看得出，这些雕像大部分是反映十月革命和卫国战争的革命故事。你瞧，一队全副武装的士兵正在告别亲人，雄赳赳地通过红场检阅台开赴前线；一些上了刺刀的持枪战士正在跳出战壕，一往无前地冲向敌人；成群士兵互相拥抱，欢呼雀跃，朝天放枪，庆祝胜利。所有这些铜雕人物姿态各异，表情流露，肌肤及衣服纹理十分细致。许多游客一边细心地参观，一

深入地下 100 米的"地下宫殿"

边与铜雕人像合影，留下到此一游的纪念。

据导游介绍，深藏在莫斯科地下的地铁，是俄国最优秀的建筑师和设计师们，用 20 多种来自乌克兰、乌拉尔山、中亚、高加索等地方的大理石和各种矿石、马赛克瓷砖、壁画、浮雕、吊灯、彩色拼花玻璃，设计打造的一座华丽的地下大宫殿。从 1935 年 5 月地铁营运至今，已经历经了四分之三个世纪，成为世界上使用效率第二高的地下轨道系统（第一是美国纽约地铁）。莫斯科地铁全长 300 多公里，拥有 12 条线路，每个工作日有超过 700 万人次乘车。

我们的团友多数去过纽约、东京、巴黎、伦敦等地，坐过当地的地铁，都觉得无法与莫斯科相媲美。因此，大伙经过与导游协商，决定修改原来的旅游行程表，在莫斯科增加参观地铁站，以开眼界。

导游带我们坐上去其他地方的列车。时值中午，是地铁高峰时段，上下车人流使车门处一片混乱。然而一旦上了车，老人、儿童、抱婴者和残疾人都有专用座位，其他人不得随便占用。据说，这些需要特殊照顾的人，拥有明文规定的座位优先权。这种权利早在苏联时期起草的《地铁使用章程》里就有规定。

经过十多分钟行程，我们来到一个以俄国名人命名的马雅可夫斯基地铁站。此站通车已有 70 年历史，被认为是莫斯科最美丽的地铁站之一。具有深厚现代化气息的候车大厅，地面铺着灰黑色线条装饰的白色大理石，白色天花板上的灯光投射在整排挑高的巨型圆弧内，地面和天花板之间，以散发着黑金光泽的不锈钢作为连接的拱门和梁柱，整体造型和颜色极为简洁雅致，十分协调。这座车站于 1937 年在巴黎举行的世界博览会中获奖，被评选为最优秀的地铁站。

莫斯科人对他们的地铁极为自豪，他们也确实有资本感到自豪。这里的地铁站不但拥有仿佛美术馆和宫殿的壁饰、墙柱及各种灯具，而且几乎每一站都不相同。建于 20 世纪 50 年代的共青团站，是 3 条铁路线的终点，是全市最繁忙的地铁站之一，也是装饰最为华丽、精美的地铁站之一。这里的大理石拱门以乳黄色为主色，弧形的天花板壁面镶着金色马赛克瓷砖拼贴，外缘则以白色雕花壁饰围绕。特别引人注目的巨型的枝型吊灯散发出的光芒，将所有元素串联起来，使大厅呈现出富丽堂皇的气势。大伙正看得入神时，忽然传来一阵阵清脆悦耳的交响乐声。导游说，这音乐是从枝型吊灯发出来的，预告列车即将进站。不一会儿，飞驰而来的列车进站了，人们听到的是悠扬

的音乐声，而不是铁轨轰隆、人声鼎沸的嘈杂声。

规模宏大的基辅站像一条金碧辉煌的艺廊，每个相邻的拱门间，都有一幅马赛克瓷砖拼贴的壁画，主题都与乌克兰历史有关，繁复的画面和精致的工艺令人叹为观止。画作和拱门都装饰着金黄色的美丽边框，连天花板的吊灯都采用了相同色调的纹饰。整体的协调性和搭配都极为考究，这也是莫斯科地铁站最大的特色之一。

基辅站一个巨大拱门的中间，有幅壁画吸引了一群游客观看和议论。我们也凑热闹钻进人群中。只见壁画中除了两个人像外，别的并没有什么特别的画面。导游说，这两个人像中，一个是俄罗斯人，另一个是乌克兰人，它们神情和蔼地互相交谈，打着手势表示着什么。有的游客说它们在谈论国家大事；有的认为它们正在争论什么；也有的说他们在平心静气地吵架。导游说：由于艺术家用高超的含蓄手法，让人一时捉摸不透。我的看法是，他们在谈论友好合作，相互表示要做个好邻邦。俄罗斯和乌克兰原属苏联，苏联解体后，乌克兰和俄罗斯都成为独立的共和国。20多年来，两国政府之间的关系时好时坏，但两国人民是友好的，都在企盼两国能和睦相处，同心同德，共享和平幸福的生活。

如果说莫斯科大的地铁站是华丽辉煌的，那么一些小的和偏僻的地铁站是不一样的吗？答案是：全市所有的地铁站都是因地制宜，因事设计，精心施工，富丽堂皇，美不胜收。

人流较少的新镇站，候车大厅里设有30多块巨大的彩色玻璃，用金铜色雕饰作边框，透过射灯映照出炫目的色彩，呈现出如万花筒般的图案，让候车大厅充满了缤纷亮丽、流光溢彩的氛围。

地处闹市边沿的胜利公园站，呈现简洁利落，具有现代感而又不失气派的风格。一边的月台上采用咖啡色大理石墙面，灰色镂空站名；另一边的月台则是灰色墙面，咖啡色镂空站名，两边颜色相互对调，设计得十分巧妙而又突出。候车大厅一端的彩色壁画占满了整个墙面，光影反射在大理石地板上，颇有奇光幻影之感。

因地制宜的麻雀山站，架设在莫斯科河上，月台横跨在铁桥上，两面都镶着大块的玻璃窗，在这里可以眺望莫斯科河两岸景色。我们去的那天正好遇上好天气，沿岸的草坪上许多人正在晒日光浴，风光无限旖旎。有的团友说，"麻雀"虽小，美色俱全！

38 湄公河三角洲风情

　　越南的胡志明市原来叫做西贡，号称"东方小巴黎""越南小上海"。我们旅游团于中午时进入胡志明市，只见街头景象五光十色，浓厚的民族气氛夹带着几分法兰西风情。不过最抢人眼球的，还是穿着一种叫奥黛的白色丝质长衫的越南女子，在街上匆匆而过，留下了倩影。服装行家说，越南女子由内而外的优雅气质，在奥黛的衬托下展现得淋漓尽致。

　　越南导游阿信见大伙对奥黛看得入神，便给我们做了详细的介绍。奥黛是越南女子的传统服饰，使用丝绸等柔软的面料制成，是从中国的旗袍演变而来的。颜色一般为和莲花一样的纯白色，每套由一件长衫和一条喇叭筒长裤组成。贴身的剪裁以及高开衩的长裤，使女子柔美的身体曲线得以全部呈现。经阿信这样宣传，一些女团友提出购买的要求。阿信带我们进入一家服装店，每套奥黛五六十美元，女团友都试穿购买，几个身材苗条的立即脱去中国衣服，换上奥黛，活像个十足的越南女子。年近七旬的男团友老伍也买了一套，大伙以为他是给女儿买的，他说不是，是给已故妻子买的。原来，老伍夫妻是越南华侨，早年回国参加工作。妻子去世后，他日夜思念。他深情地说："妻子以前穿奥黛，如今买套挂在房间，睹物思人，聊表衷情啊！"

　　在胡志明市的街景中，抢人眼球的还有十分"壮观"的一景，那就是如洪水猛兽的摩托车流。我们的目光所及，除了摩托车还是摩托车，数不尽的两轮摩托车轰隆隆地把马路塞得水泄不通，大小汽车被裹挟着，像"小卒过河"缓缓地向前开进。这种场景，让我们联想起二十世纪五六十年代广州大街上的自行车流，曾被称为"羊城一景"。

　　胡志明市的西贡河两岸风景秀丽，游览景点较多。我们的大巴在两岸穿梭往来，参观了人民委员会大楼、圣母大教堂、玉皇殿、舍利寺，还参观了胡志明博物馆、战争博物馆等。给我们留下较深印象的是统一会堂，也称独立宫，即原南越总统府。这是一座规模宏大和现代化的建筑，坐落在前法国总督的府第原址上，四周是大花园。如今前宫邸已作为博物馆，里面的一切

尽量保持南越政府时的原样。底层展区包括餐厅，南越政府当年在此投降。

统一会堂有个钢筋水泥的地道网，导游带我们沿着地道参观，里面有地下会议室和生活区。据介绍，20世纪60年代初，南越总统吴庭艳和他的兄弟躲藏在这里，后来通过地道逃往堤岸的一个教堂内，在那里被逮捕、枪决。地道网内有武器库，藏兵窝，供水供电设备齐全，有多处出口，机关密布，像迷宫一样。大伙跟随导游拐了几个弯，终于在一个公园的石山出口处走出来，眼前绿树成荫，阳光普照。大伙深深地吸了几口新鲜空气，顿觉精神爽利。

湄公河畔乐悠悠

"西贡"游的第3天，我们离开胡志明市区，前往滨海度假村——美奈。大巴由西向东，沿着湄公河入海地区行驶。这里像珠江三角洲，一望无际的冲积平原，河道纵横交错，乡村密布，真是两里一桥，三里一村，"小桥流水人家"，好一派水乡的田园风光。道路两旁，虽然没有奇山异水，但到处是郁郁葱葱的经济作物种植园，特别是成片的火龙果基地，硕大的深红色果实，像群龙吐珠，映红了大地。

中午时到达美奈。这里的酒店依海而建，长长的海岸线上有各式各样的建筑，一家挨着一家，骄傲地炫耀各自的风姿。我们住进一家最适宜观看大海的酒店，推开房间木窗，绿色的窗帘随风轻舞，透过窗口，湛蓝的大海波光四射，一浪接着一浪的波涛直扑沙滩。房间外有高高的棕榈树搭建的凉伞，像顶遮阳大草帽，很有东南亚风范。旁边是一个大大的泳池，池边随意摆了几张躺椅，海风习习吹来，有的团友在游泳，有的斜躺在椅上，悠闲地喝咖啡晒太阳，或闭上眼睛享受这一切，让时间就此停止！

直至天空的颜色由浅蓝涂抹成深蓝色，我们才想起辛苦了几天，又离开了喧嚣的闹市区，必须在这个静得几乎没有声音的世界里，好好过个安静夜，好好犒劳下自己的胃口。大伙来到既是大堂又是餐厅的地方，桌上摆满火龙果、菠萝和香蕉等热带水果，任君选吃。菜单是图文并茂的，导游点了几样当地有特色的海产品。一位服务员拿着一根像雪条的食物，对我们详细介绍其优点。这是越南的春卷，是当地相当出名的特色小吃。越南春卷和中国春卷同名，外形很相似，可味道却大不相同。薄薄的饼皮里包着蔬菜、粉丝，还有一整只金黄色的虾，味道极其鲜美。

第二天午餐后，我们又要赶路了，前往另一个度假胜地——芽庄。这是我们行走湄公河三角洲最后一站。到达芽庄时已是下午 6 点了。芽庄是个像中国三亚那样的海滨小城，这是我对芽庄的第一印象。夜晚的芽庄透着朦胧美，似戴着面纱的美女，隐约透着美丽却又深不可测。当然，在这里又一次让人感受到摩托车大军的轰隆，不过比起胡志明市，芽庄的人似乎更时尚，随处可见的机车美女果然很养眼！

晚餐后，导游带我们来到一家温泉度假中心，这里有别开生面的泥浆浴。这是个新鲜玩意儿，以前只是在电视电影里看到河马和大象等动物在泥浆里打滚取乐。我们抱着尝试一下的心情，跟着人们跳进泥浆池。巧克力色的泥浆不冷不热，温温滑滑，很舒服。泥浆的浮力是相当大的，必须用力扶着扶手才能坐下去。池里男女老少都有，大家互相往对方身上浇泥浆，人人都变成了巧克力色泥人，非常有趣。约 20 分钟，会有服务员提醒洗浴时间到，可以沐浴了，冲去泥浆之后，身体滑嫩了，美白了。

芽庄白色的沙滩很细腻，海水清澈，我们赤脚在沙滩上行走，软绵绵的，很好玩。一个挑着扁担、头戴斗笠的妇女走到我们身边停下来，打开塑料桶，展示鲜活的龙虾、帝王蟹、海螺、大虾和扇贝等。导游说，这些海产品可以就地烧烤品尝。经过讨价还价，最后以 50 美元买了这桶海鲜。那妇女立即蹲在沙滩，架起饮具，点火烧烤。大伙围坐在沙滩上，席地而坐，迎着海风，大口大口地吃着海鲜，再配上越南独特的酱汁，非常可口。许多团友高兴地说：如此浪漫地吃海鲜，有生以来是第一次！

39 融汇多种风情的墨尔本

说到澳大利亚旅游胜地，墨尔本不能不提。它是澳大利亚第二大城市，又是一个多国移民之城。这里充满了世界各地风情，特别是意大利咖啡文化，英法及地中海酒庄文化，与澳大利亚历史文化互融，使它成为一个拥有无穷魅力的都市。

在墨尔本街头漫步，不时闻到一股香味，不是巴黎香水，也不是餐馆香肠，而是咖啡的醇香。街道两旁商店林立，但不是银行，也不是餐厅，而是咖啡馆。多年来，墨尔本享有澳大利亚"咖啡之都"的美誉。我们来到一条意大利人聚居的莱贡街，被称为墨尔本咖啡文化发源地。导游说，来这里喝咖啡别有一番风味，可令你"乐不思蜀"。不过，要享受地道的意大利风味，一定要去小巷里的咖啡馆。

我们跟着导游在横街小巷中穿梭，终于来到卡里普咖啡馆，它是由一间老家具仓库改建而成的，由意大利人经营的咖啡馆。改建的咖啡馆铺面不大，设备简陋，但顾客盈门，座无虚席，不少人不是喝完就走，而是慢慢地享受泡咖啡馆的情趣。找不到座位的顾客，干脆端着咖啡杯在角落喝，其中不乏西装革履的男士们。门口还有骑自行车而来的顾客，排队买一杯外卖后高兴地离开。店老板是一个典型的意大利男子，修长的身材，短头发，棱角分明的脸庞上，留着精心修剪过的一小撮胡须。他和几个服务员满脸笑容，热情地招呼顾客，给人留下深刻印象。

我们耐心地排队等候约20分钟，才轮到进入店内。纯正的意大利咖啡是啥味道？大多数团友没有体会，无法回答。团友陆昌天6年前为在罗马经商的女儿的小孩"当保姆"时，几乎每天喝咖啡，上了瘾。回国后从未尝过正宗的意大利咖啡，想不到今天如愿以偿。他竖起大拇指连声称赞："Very good！"导游说，这里的咖啡之所以美名远扬，主要是因为咖啡豆的品质好，选料上乘，其次是加工精细，一丝不苟。这里最特别的是将咖啡豆直接用热水泡，因而成色有些像红茶，口感比较清爽。

酒吧盛况

墨尔本还是个无酒不欢的城市，餐前有酒，餐后有酒，早餐有酒，午餐有酒，晚餐有酒。总之，酒像墨尔本的灵魂，以至于你在举手投足间，时刻都能触及它的身影。其实，喝酒和赌博一样，是人们的一种天性，根深蒂固。我们看到，在墨尔本的高楼顶层，小巷深处，大街拐角的各式酒吧，白天里西装革履的人们都换了行头，花枝摇曳地在夜色阑珊中纵情于觥筹交错。

我们的团友多数喜欢喝酒，有的嗜酒如命，随身带酒，走到哪里喝到哪里。如今来到酒城墨尔本，一阵阵清风吹来，一股醇香的酒味扑鼻。闻酒起劲的团友立即提出，要求就地尝尝新鲜。导游临时调整了景点参观计划，决定到郊区的葡萄园酒庄走一走。出城后不久，眼前呈现出一幅"风吹草低见牛羊"的画面。河道两岸尽是风光旖旎的田园景色，连绵翠绿的葡萄园让人心神荡漾。

路上，导游给我们介绍了不少有关葡萄园的知识。他说，一行行整齐划一的葡萄树，一片片排列规则的葡萄林，这些在外人看起来风貌差不多的葡萄园，在本地人眼里却有着微妙的风土差异，而风土差异就直接影响葡萄酒的品质。即使一块面积可能只有区区1公顷甚至更小的葡萄园，由于它独有的地理、地质和气候条件，再加上酿造者对葡萄酒的理解，就足以为这块土地的出产赋予一种独一无二的特质，当地人把这种微妙的特质称为风土。

我们参观了充满浓郁苏格兰风情的"优伶酒庄"，它始建于1838年，是维多利亚州的第一个葡萄园，生产的酒就兼具了两种土地的特色。因为它有几公顷的葡萄园在产区的高坡地上，还有些葡萄在低洼地区，前者会为葡萄酒带来良好的结构和饱满的酒体，后者能让葡萄酒变得优雅轻盈。酒店主人谈到，风土除了有赖上天的赐予，也离不开人的耕耘。他们对当地的地理范

围、葡萄品种、每公顷最大产量、酒精含量、种植和酿造工艺、酒标乃至行间距、株间距等都有细致的规定。而为了让葡萄树更好地生长和保证葡萄的收成与品质，他们每年要翻7~8次土，下半年还要为葡萄树除虫、摘除多余的叶子以及做其他烦琐的工作。

由此可见，葡萄酒庄的出品，与其所属土地的风土特点紧密关联。这种风土差异造就了每个酒庄所独有的葡萄酒风味。正是因为注重风土特征和产区传统，这里的葡萄酒在全世界不同国家都得到了关注和尊重。长期钟情于葡萄酒的团友若有所悟地说：怪不得喝同一个牌子和度数的葡萄酒，其品质和味道也有不同，原来是与不同的风土有关系。

酒庄之旅当然离不开品酒，而不同形式的品酒，也为我们的旅程增添了滋味。我们来到一个法式风情的酒庄，酿酒师为我们打开不同酒庄、不同品类、不同年份的美酒，我们分别品鉴了干白、桃红和干红葡萄酒。酿酒师一边讲解酒的产地、葡萄种类、酿制年份，我们一边品尝，细细分辨每款酒的风土特色，体会每种酒的口感味道。我从来不喜欢酒，在家不喝酒，哪怕是逢朋友酒兴高昂，也拒之不沾。可如今在这种场合氛围，却自然而然地沾上了酒！

美景总是不期而遇。当我们正在品酒时，适逢酒庄举行葡萄酒套装发布会。在酒庄主人的热情接待下，我们有幸参加"迷尔五重奏"花园式晚宴。绿草青青的花园中，专门用葡萄藤搭起了临时的凉棚用餐区，一个个葡萄酒瓶挂在上面，在和风吹拂下发出柔和的叮叮咚咚声，长长的餐桌上有整洁的餐具，摆放着粉红色的玫瑰花和用枝叶装饰的蜡烛台。

晚宴开始，20多位服务员排着整齐的队伍，步调一致地把美食送到每位客人的面前。席间，一位含情脉脉的金发美女拉起大提琴，两位深情款款的长裙女郎唱起咏叹调，另一位法式古典打扮的少女，在展示新出品的酒。夜幕降临，酒庄被霓虹灯披上了彩装，流光溢彩，乐韵悠扬，花草芬芳。在如此美景、美乐、美食的映衬下，飘香的美酒格外令人陶醉……我们恍然，人们热爱美酒，精心酿酒，是因为酒是他们生活中不可缺少的浪漫元素，是他们生活中一个重要的美好点缀。

40 与羊共舞

澳大利亚为什么被誉为"骑在羊背上的国家"？且看下面具有说服力的数字吧。

全国拥有养羊存栏数 1.17 亿只，占全世界养羊的 1/6；平均每个澳大利亚人占有羊只数 6~7 只，是世界上人均占有羊只数最多的国家。

羊毛年生产量达 10 亿公斤以上，占世界羊毛总产量的 1/3，出口收入每年达 60 亿澳元。200 年来，养羊业一直是澳大利亚经济的主要支柱，羊毛出口是这个国家外汇收入的主要来源。

优质的美利奴羊毛产量占世界年产量的半数以上，12 至 22 微米的羊毛每公斤售价达 8 澳元。每年向世界提供的羊毛面料，占世界市场供应量一半左右。

活羊出口也名列世界前茅，每年约有 700 万只活羊，出口到中东、北非等地区的伊斯兰国家。

游客与羊群嬉戏

我们的旅游大巴，奔驰在澳大利亚的东北部和西南部，在宽广无垠的大草原和牧场上到处可以看到"风吹草低见羊群"的景象。这些羊群不是几百只上千只，而是数千只上万只，像海洋的白浪，一浪高过一浪地涌过来。当地导游应我们的要求临时停车，让大伙下车观看。导游和牧羊人是老朋友，他们嘀咕了一阵后，只见牧羊

人向羊群吹起口哨，接着有十多只羊和牧羊犬来到我们跟前。

导游说，这些羊是老中青三代羊，除那些老羊叫羊老大、羊大妈外，还有那些小羊叫羊姑娘、羊娃娃。它们都是经过训练的，准备与大伙联欢跳舞呢。突然一声口哨，接着响起了欢快的音乐声，领头羊和牧羊犬走在前头，后面的羊一只跟着一只，围着我们转圈圈，有的还发出羊咩声和犬吠声。我们一边鼓掌一边与羊欢呼。有的团友把羊姑娘搂在怀中，与它"对话"；有的将羊娃娃高高举起，骑在脖子上；有的搬来新鲜嫩草，亲手给羊喂食；我则抱起一只羊娃娃，亲吻了它几口……一幅人畜共乐的热闹图景，给广袤的大草原增添了无限的欢乐。

羊是澳大利亚的一个活宝，今天的澳大利亚之所以成为富裕国家之一，羊功不可没。难怪浪漫的澳大利亚人会别开生面地给羊过节，每年的 8 月 14 日已成为法定的羊的节日。导游竖起大拇指说，澳大利亚给羊过节是世界上独一无二的创举。他谈到，羊的节日也很热闹，在这一天，牧羊人以各种方式对羊表示节日的祝贺。当天在太阳升起的时候，牧羊人像过年一样，穿上新衣服，燃放爆竹，向自己饲养的羊群拱手施礼，祝贺节日快乐。然后，牧羊人带着羊群来到风景秀丽、水草丰美的地方放牧，给羊提供一顿美食大餐，享受一年一度的节日快乐。

节日这一天，新南威尔士州、维多利亚州、昆士兰州等地的牧场，制定了节日的"四不"规定：不宰羊，不吃羊肉，不打骂羊，不剪羊毛。往常，牧羊人放牧时，遇到羊不听话就习惯地训斥或鞭打几下，但在这一天一反常态，不但不会鞭打，而且让羊群自由追逐玩耍。牧场主人如在当天遇上婚丧嫁娶、生日宴请等，便一改往日宰羊烤肉、大摆筵席吃羊肉的惯例，自觉地把时间提前或延后。

在南澳大利亚州，我们来到一位澳籍华人的牧场做客，主人张正保告诉我们，在羊节当天，节日气氛很浓，舞狮子，鼓乐喧天，鞭炮齐鸣，场里给那些产羊羔最多、成活率最高和产奶最多的羊妈妈评功，被评上的称为"功勋羊"，并用特制的红绸披在羊背上，系上彩丝带，连续 3 天"吃小灶"，喂嫩草。据介绍，目前场里饲养的羊只存栏数，保持 1 万只以上，草场 500 多亩，羊毛出口创汇连年增长。张正保深有体会地说："近百年来，我场从无到有，从小到大，羊群立下了汗马功劳。可以说，羊是我们的'衣食父母'啊！"

在主人的热情接待下，我们在牧场吃午饭。席间，张正保谈到了澳大利亚养羊业发展历史。他说，澳大利亚虽有辽阔的大草原，但以前并没有羊的踪影。而今天发展到成为世界上养羊最多的国家，主要归功于英国人的创举。早在200多年前，英国海军上校亨利·沃特蒙斯奉命率领一批移民来到澳大利亚殖民地垦荒时，带了26只西班牙的优质美利奴羊，其中有几只落到了当地的牧场主手里，成为澳大利亚有史以来最早的羊群。从此，养羊像星火燎原一样，迅速发展成为澳大利亚全国性的畜牧事业。

张正保谈到这里时话锋一转："羊少了令人头疼，羊多了也头疼！"大伙以为羊多了销路不畅。他摇摇头说：不，不是销路，而是"放屁"问题哩！什么放屁？我们一时没听懂，以为他在开玩笑。他说不是开玩笑，而是个实际问题。他一本正经地谈到，澳大利亚的羊是人口数量的六七倍，再加上2 500万头牛，大伙设想一下，这么多的牛羊随时放屁，的确是一种"气体污染"，造成一定程度的温室效应。多年来，澳大利亚的科学家为了保持天蓝蓝水蓝蓝、空气清新的优美环境，终于研制出一种防止牲畜放屁的疫苗。给牛羊接种上这种疫苗，果然能使牛羊少放屁甚至不放屁。难怪世人称赞澳大利亚人了不起，是世界上唯一一个"管天管地管放屁"的国家。

说话间，牧场传来一阵阵歌声，张正保说："你们没遇上羊的节日，却碰到了剪羊毛比赛，蛮好看的。"他领我们来到场里的表演台前，这里正播放着一首叫《羊毛剪刀咔嚓响》的民歌，台前聚集了许多牧场员工和游客。参加比赛的选手，是场里培养出来的熟练的剪羊毛工人。比赛规定，每场比赛时间为11分钟，必须剪完4只羊的羊毛，标准是剪得快，剪得齐，不伤皮，不落毛，满分为100分。

表演台上，两位剪羊毛选手身后各有一只肥壮的美利奴羊。裁判一声令下，两个选手敏捷地抓起羊，把羊头夹在膝下，左手抓住前蹄，右手拿起电剪，从羊的腹部两边剪去。只听电剪嗡嗡响，羊毛很快从羊身上剥离下来，铺在地上的羊毛像是一整块雪白的毛毯。不到3分钟，第一位选手就把一只羊的羊毛剪完了，随后又抓起另一只羊开剪。如此这般，第三只、第四只也很快剪完了。最后，这位剪得又快又好的选手赢得了冠军。当裁判宣布冠军获得者时，台下爆发出一阵阵的掌声和欢呼声。

在流失的国宝面前

据新华社报道，2009 年 6 月 22 日，希腊总理卡拉曼利斯在雅典新卫城博物馆开幕仪式上，强烈要求英国归还流失的帕特农神庙雕塑。他说，让流失的国宝回家，不仅是希腊人民的呼吁，也是全世界人民的共同愿望。

是啊！希腊总理的呼吁，正是我亿万炎黄子孙的心声。前不久，我赴英国旅游，在大英博物馆参观时，不但看到了希腊的帕特农神庙雕塑，还目睹了强权战胜公理时期，我国被掠夺的许多精美文物，内心免不了因这些宝物漂泊海外而感到深深的遗憾。

集天下精华

人们说，游历伦敦，总是要到大英博物馆一游。否则，这就如同到了北京未能参观故宫博物院，到了巴黎未能参观罗浮宫，感到万分遗憾。据称，大英博物馆与美国大都会博物馆、法国罗浮宫博物馆和俄罗斯艾尔米塔什博物馆并称为世界四大博物馆。然而，无论是从规模还是从历史来看，大英博物馆集天下之精华，堪称世界博物馆之首。它现有馆藏文物近 700 万件，占地面积约 5.6 万平方米，1759 年正式对外展出。

一天多云的上午，一个自称为唐英的英国中年人，毕业于我国北京大学中文系，普通话讲得好，专门作为我们参观大英博物馆的导游。他带我们来到了市中心的大英博物馆。这是一座具有新古典主义风格的大型建筑物，门面呈金字形，8 根巨大的石柱一字排开，托住有许多精美浮雕的"金字塔"。看得出，这座气势恢宏的建筑物，是时空与实体的组合，庄严肃穆，非常壮观。特别是大门敞开，让游客自由进出。

我们步入博物馆主展区，这里分为地上两层和地下一层，设有埃及、希腊、罗马、东方等 10 个分馆。在一层的西展厅，除大量的古建筑艺术、生活物品和古代钱币外，主要有希腊的帕特农神庙雕塑、埃及法老头像、罗马皇

· 155 ·

帝奥古斯都青铜头像等，吸引了大批游客。有十多个中青年在参观埃及展品时，不听管理人员劝告，大声喧哗，议论纷纷，有的情绪激动地抚摸展品，有人还在一尊美少女塑像上亲了一下。唐英说，他们是来自埃及开罗的游客，正在大骂英国的强盗行为，强烈要求无条件物归原主。

西展厅近大门处游客非常拥挤，里三层外三层围观一块石头。我们好奇地钻进人群，看到了这块来头不小的石头。这是一块黑色大理石，约一平方米，略呈长方形，重约 700 公斤。据介绍，这块石头被称为罗塞塔石，是埃及的国宝，制作于公元前 196 年。此石头刻有古埃及国王颁布的诏书，刻有早已失传的古埃及文字 1 419 个、古希腊文字 486 个，长期以来无人能够解读这些文字。1799 年法军占领埃及时，强迫国王交出罗塞塔石投降。1801 年法军被英军打败，强迫法军交出此石，并以英王的名义捐献给大英博物馆收藏至今，成为该博物馆的镇馆之宝。

大英博物馆正门

不称"中国馆"

大英博物馆一层北展厅，展出中国历代的稀世珍品，总计有两万多件。但这里不称"中国馆"。我们向唐英提出疑问：为什么日本展品较少的馆叫"日本馆"，而中国展品较多的馆反而不叫"中国馆"？唐英微笑地说："不少中国朋友都向我提出过这样的问题。据我所知和理解，这可能与中英关系的历史有关。因为这里的中国文物，基本上是通过臭名远扬的'鸦片战争'，直接从中国掠夺过来的。如今中国强大了，中英关系出现了历史上最好的时期。不叫'中国馆'可能是出于这个方面的考虑，尽量避免刺激中国人。你们认为对吗？"

馆内展出一幅价值连城的《女史箴图》。这是我国东晋著名画家顾恺之的唐代摹本，是当今世界现存最早的中国绢画，被誉为中国美术史的"开卷之图"，曾是乾隆皇帝案头的爱物，被清朝皇室收藏于圆明园。1860年英法联军入侵北京，此画被一名英军军官掠去，后为大英博物馆收藏。它与罗塞塔石、法老木乃伊并列为三大"镇馆之宝"。

北展厅入口处的墙上，有一幅彩色的敦煌壁画，远看以为是挂画，近看才知道是拼接起来的岩石块，镶嵌在墙上，上面画着各种姿势的佛像和飞天。据介绍，西方列强打开中国门户后，来到敦煌大肆掠夺文物，能动的则装箱运走，动不了的就千方百计"化整为零"。例如他们对敦煌壁画垂涎三尺，就用机械对岩层进行切割，将整幅壁画切成若干块，运回国内再拼接，以保持文物的"原汁原味"。

"英法联军火烧圆明园时，掠夺了不计其数的皇家文物。如今博物馆只展出圆明园的宝物一丁点，是不是英政府留一手，把许多文物藏起来了？"有的团友向唐英提出疑问。他说："政府藏起来的可能性不大。据我所知，圆明园的许多宝物流落在民间。因为在战火纷飞期间，除军官有组织大肆掠夺文物外，还有大批士兵乘机拿走那些体积较小的文物，揣在怀里，装进背包带回家里，作为战利品、传家宝。不久前，公开高价拍卖圆明园的瑰宝鼠首、兔首和乾隆皇帝的玉玺等，拍卖主都是当年参与火烧圆明园的军人的后代。"

咒骂无用

　　大伙儿回到旅游大巴时，不约而同地谈到自己的观感。有的说，在这里看到汇集世界各地的精美文物，内心感到深深的满足与震撼，饱尝了一顿世界文明的"文化大餐"。但是，每当看到美轮美奂的中国文物时，心里免不了对这些国宝流失海外而感到无限的伤感。团友张光文说："看了大英博物馆，给我们上了一堂深刻的爱国主义教育课。从展出的文物来源看，大部分是来自那些积贫积弱、任人宰割的国家。他们连穿衣吃饭都解决不了，哪有能力抵抗外来侵略势力，呵护自己的宝物！这充分说明落后就要挨打，贫穷就得受气。"

　　议论时，有的团友提到，大英博物馆为什么能够汇集全世界文物的精华呢？当过中学历史教员的团友黄才说："主要有两个原因。一是历史机缘与国家实力共同作用的结果。200年前，英国在世界上最先实现工业化，是世界上唯一统治过五大洲的国家，殖民地遍及全球。丰厚的利益，足以驱使他们去发动战争，大肆掠夺世界的奇珍异宝。二是那些贫穷落后的国家，国民的文化教养较低，根本不懂得珍惜自己的文物。这是一个世界历史上不可多得的历史机遇。英国殖民主义者紧紧抓住这个时机，派出大批传教士、商人和学者走遍全球，用收买、盗窃等办法，获得世界上最精美的文物。"

　　旅游大巴成了我们的"自由论坛"，大家自由表达心声。有些团友怎么也想不通，情绪激昂地一味臭骂英帝国的强盗行为，叹息"天朝大国"的懦弱无能，认为应趁我国现在国际地位提高，强烈要求英国归还宝物。

　　大家的议论引起我的深思：我国大批文物漂泊海外，这是冷酷的历史造成的。不要怨天尤人，叹息也没有用，诅咒更是于事无补。我们作为炎黄子孙，在这一刻应该好好咀嚼这段历史，感受痛失国宝的遗憾和悲伤，进而细细思考如何为民族兴邦做点贡献。

"中国面孔"涌动英伦

"去英国，不到伦敦是一个遗憾；到了伦敦，不去白金汉宫广场更是一个缺憾。"我去英国之前，听我在英国经商的儿子唐骏以这种否定的句式，突出了英国最吸引人的旅游热点——白金汉宫广场。

于是，到了伦敦的第二天，我不顾坐了 12 个小时飞机的劳累，吃完早餐后，便由儿子夫妇驱车前往白金汉宫。据称，遇上好天气，每天上午 11 时 30 分，白金汉宫将要举行一次隆重的御林军换岗仪式，届时人如潮涌，必须提前到达广场，找个好位置看热闹。

白金汉宫广场

其实，比我们更早到达广场的大有人在。广场周围已是人山人海，一眼望去，大部分是黑头发黄面孔的中国人。从导游手持的小黄旗看，他们是来自北京、天津、上海、广州、南京、西安、杭州等地的旅游团。这些团队人数较多，五六十人为一团的居多。在我身旁一个来自西宁市的游客说：去年在北京看过天安门广场升旗仪式，今天又来到万里之外的白金汉宫广场看换岗仪式，真是令人开心啊！

白金汉宫始建于 1703 年，是以建造者白金汉公爵命名的。王宫是英国王室生活和工作的地方，是一座三层大楼，正面有三组圆柱，宫内有国宴厅、典礼厅、音乐厅、图书馆、画廊、皇家集邮厅等 600 多个厅室，收藏着大量绘画作品和精美的红木家具。宫前的广场中央屹立着一座高大的纪念碑，顶端有维多利亚女王镀金塑像，在阳光照耀下，金光闪闪。宫殿上方正飘扬着一面旗帜。儿子说，这是英国王室的旗帜，表示女王正在宫中；如果是英国国旗，则表示女王外出未回。

时间正指向 11 时 30 分，皇家卫队换岗仪式正式开始。在嘹亮的军乐和口令声中，一队身穿红色上衣、黑色裤子，头戴黑熊皮帽，脚穿黑靴的士兵，神气十足地从兵营来到广场，与这里执勤的卫兵会合，举行钥匙移交换岗仪式。与此同时，还有跨着高头大马的骑兵，和换岗的卫队进行各种列队表演。整套仪式进行了半个小时，中午 12 点准时结束。看得出，这种自 18 世纪以来沿用的换岗仪式，现在已经变成一种纯粹的很有特色的集体表演，吸引了大批游客。

我们步出广场，穿过威灵顿将军门，就进入被称为伦敦"绿肺"的海德公园和肯辛顿花园，园内绿草茵茵，古树参天，湖水荡漾。离开熙熙攘攘的人流，瞬间感到天高地阔，仿佛一步跨进了一个神奇的"世外桃源"。肯辛顿花园西侧为肯辛顿宫，是当年英国王储查尔斯和王妃戴安娜的居住地。花园东侧耸立着女王纪念亭，亭侧是戴安娜的纪念喷泉。此泉造型奇特，寓意深远。它呈椭圆形，分上下两层，象征着戴安娜王妃生命中的两次巨大变化，起伏波动的水流则象征着坎坷不平的婚姻，底座处一个宁静的水池象征着她最终找到了一个安详平和的归宿。

我们对戴安娜这位美丽的"平民王妃"充满了同情，因而来到纪念喷泉，像许多游客一样赤裸双脚，浸润在奔腾的水流里，细细体味着"平民王妃"的温情抚慰。这时，有 12 位穿着白色婚纱的新娘，和新郎手挽手来到喷泉边，献上鲜花、卡片，并赤足泡在泉水中，表达深深的怀念。

　　她们不是别人，也是"中国面孔"。据她们的导游介绍，这批来自广东珠三角地区的青年人，为了出国旅游结婚，每对夫妇出资 5 万元，由旅行社承办欧洲十国十天"蜜月游"。这些新婚夫妇虽然没有见过戴安娜，但她们感到仿佛对她很熟悉：她无论身处顺境或逆境，总是面带笑容，总是以她的热情和善良去激励他人。一个新郎凝视着涓涓流水，自言自语地慨叹："为什么美丽的花儿总是那么容易凋零？"

　　走出肯辛顿花园，已是红日当头，阳光把雾气重重的伦敦照得一片通亮。环顾四周，伦敦的大街和商店，到处人头攒动，摩肩接踵，一张张熟悉的"中国面孔"特别引人注目。儿子说，前些年出现在伦敦街头的中国人很少。但金融危机发生后，英国经济疲软，英镑贬值，成为吸引中国人的重要推力，从而出现了三股热潮：一是旅游热，二是投资热，三是购物热。

　　我们随着人流来到一家中西合璧的餐馆吃午餐，首先映入眼帘的也是"中国面孔"。食客们高谈阔论，嘻嘻哈哈。与我们同一张大桌子就餐的不但有各地的游客，还有由来自浙江温州的中小企业组成的出国考察团。富有经营视野和胆识的温州老板，认为金融危机在某种意义上也在创造新机会，可谓危中有机。趁英国经济蹒跚之际，正是开展兼并和收购业务的好时机。同时，通过商务考察了解，可借鉴国外成功企业的经营方式，逐渐占据产品价值链的上游，实现企业的国际化。

　　民营企业林老板谈到，来英国投资，除了矿产以外，中小企业可以经营的资源很多，比如葡萄酒、小麦、啤酒花、乳制品、羊毛、糖、造纸木浆等等。有一家优质的食品企业，在金融危机冲击下，市值萎缩，收购成本低廉。林老板经过调查后，当机立断斥资把它收购了。他还从实际出发，采取灵活多样的投资方式，如看准了的企业，直接参股投资；与当地一些有信用的亲友、英籍华人合伙做生意等。他认为这是一种较为稳妥和省事的投资方式，成功率比较高。

　　"对于一些重大的投资项目，我们就组成'联合舰队'，集中力量，敢于同国际强手竞争，夺取更大的目标。"林老板接着谈了他们的雄心壮志。他说，英国一家很有社会影响的葡萄酒厂，为了应付危机，表示同意以 1.1 亿英镑的价格"嫁出去"。好的企业谁都想要，几个国家和地区的竞争对手都盯上了它。温州的民营企业就联手参与竞价，终于以 1.2 亿英镑拿下这块"蛋糕"，使这家具有近百年历史的英国企业改姓"中"。

　　午餐后，我们来到伦敦西区，这是一个出售高档奢侈品的地方。在拥有许多高档品牌珠宝店的伦敦邦德街，我看到店里店外的顾客，几乎是清一色的"中国面孔"，甚至连售货员也是中国人，讲一口流利的普通话。原来，为了吸引这些来自中国的"上帝"，这里的商店老板不惜重金聘请会讲普通话的职员。

在一家叫塞尔福里奇的百货公司里，许多中国游客争相选购高档的皮包、珠宝和手表，出手阔绰，花钱大方。一个说话卷舌带北京口音的富婆高兴地说："在这里，我终于找到高品质的品牌货啊！"她看中了一款铂金包和一套珠宝项链共18万英镑，她如同买菜一样就刷卡买了下来；还花了15万英镑买了一个手工制作的水晶球艺术座钟，说是用来送人。据这家百货公司称，中国消费者的购买水平，无论在哪个季节都高居前五名。与一年前相比，中国人购买高档奢侈品的数量上升了3到4倍。

有英国媒体报道，近年来有越来越多的中国豪客涌入伦敦购买高档商品，其数量远远超过了阿拉伯国家的王室，俄罗斯、美国和尼日利亚的富豪，成为英国高档商品的最大买家。对于经济低迷的英国来说，中国人频频到来无疑给当地经济带来一线曙光。

目睹一些同胞如此消费，洋人高兴，国人堪忧。在一个奉"勤俭节约"为美德的国度，出现了井喷式的奢侈消费热潮，让人不由得心生疑虑：现在真的已经轮到中国走上世界"炫富"的舞台吗？非也！我国人口众多，人均收入比美国相差十余倍，但在奢侈品消费额上却超过了美国，逼近日本。这只能表明这是某个阶层的特有现象，与普通百姓无关，是一种未富先奢的典型表现。因此，我们有必要正视当今的财富分配不公、收入差距日益扩大化、老百姓"干得多，挣得少"、收入分配机制与社会机会均等更深层次的问题。

43 韩国寻味美食游

　　我们旅行团一行 22 人，在韩国首尔一家餐厅就餐时，亲眼看到这样一幕奇特的景象：

　　在餐厅的显眼地方，摆着一张 10 人座位的大桌子，丰盛的十菜一汤早已上桌，但没人就座。我们正纳闷：这是搞展销吗？不一会儿，有个身材高大、蓝眼睛、鹰钩鼻的洋人，来到餐桌主位坐下，逐盆审视一番，露出满意的表情。我们都以为他是请客的主人。但过了一阵子，还没客人来。此时，洋人竟然独自喝汤吃菜。他的表现引起四邻食客嘀咕：能吃得了吗？他没理会别人惊奇的目光，每盆菜只吃一两口，接着拍照片，最后从每盆菜中夹一块，用塑料盒装起来。这时，大伙明白了：他是来韩国取食经的。我们的导游主动用英语与他攀谈。原来，他是来自瑞典一家餐厅的老板，早就青睐韩国菜，这次趁出差机会，特意来到首尔亲口尝尝韩国菜的味道。

韩国美食大排档

　　导游一边与洋老板交谈，一边招呼我们来参观。大伙围着桌子听导游大谈韩国菜。多数菜式听不懂，印象最深的是高丽参炖鸡。此菜具有大补元气、健脾养胃的功效，用于气虚体质，面色苍白，四肢无力等症状者。我们在国内一般能吃到西洋参炖鸡，但很难品尝到正宗的高丽参炖鸡。因此，大伙不约而同地提出自费加菜，自由组合，有的两三人吃一只鸡，胃口大的一人吃一窝。由于味道可口，独特鲜美，大伙赞不绝口。老杜还喝了酒，话也多起来了，大谈高丽参炖鸡是古高丽国的宫廷食品，是韩国当今的"国菜"……当过中学教师的老古纠正他的说法，说韩国的国菜是泡菜，而不是高丽参炖鸡。

　　当争论不休时，大家把目光转向导游。导游微笑地说："韩国的'国菜'就是泡菜，其种类之多堪称世界之最，出口量也是世界第一。"泡菜的基本做法是以白菜、萝卜、辣椒为原料，简单腌制即可。导游谈到，韩国饮食的主要特点是高蛋白，多蔬菜，喜清淡，忌油腻，菜肴以炖煮和烤制为主，基本上不以油炒菜。因此，韩国人中肥胖者不多，一般中老年人都能保持身材匀称，气色好，这显然同其少油、低糖、低脂肪等良好的饮食习惯有关。

　　连日来，我们在首尔、仁川、水原等城市参观时，日食三餐，几乎每天都吃到凉拌菜。凉拌菜是把蔬菜直接切好或用开水焯过后，加上佐料拌成的。还有把生鱼、生肉等切成片状，加上佐料和切成丝的萝卜、梨等，再浇上加醋的酱或辣酱拌成凉拌菜。这些菜肴完全没有"烹调"的痕迹，维持食物的原貌。关于主食，也有个"拌"字，名叫"拌饭"，被称为韩国饮食素朴之美的代表。"拌饭"的做法很简单，取适量蒸得香味沁人、白亮柔软的米饭，将多种洗涤干净的新鲜蔬菜切成丝状，按随意的比例与米饭混合，再添加适量调味与香油，拌匀后即可食用。

　　据介绍，韩国拌饭是符合现代营养科学对食物加工的要求的：蔬菜和瓜果都是新鲜的，维持食物的原貌，色、香、味俱佳，很好地保留了人体需要的多种维生素物质。团友们由于连日奔波，加上少吃肉，没油水，身体显得苗条了。老黄摸着肚子调侃说："我原有的肚腩，不知不觉缩小了很多啊！"被称为肥佬的老彭有点后悔地说："我是'肉王大帝'（粤语"肉王大帝"与"玉皇大帝"同音），每顿都要吃肉。早知如此，我就不会参团哩！"一些较胖的女团友高兴地认为，来韩国旅游减肥好，既开心又轻松，一举两得。

　　导游指着前面一条街说："那边是吃大鱼大肉的地方，深受各地'肉王大帝'的欢迎。"大巴来到街头时，大伙闻到一股烤肉香味。一家叫"藤木之家"的烤肉店，以烤五花肉成名。厨房设在大厅中间，敞开让食客观看制作

全过程。只见厨师在一层肥肉一层瘦肉相间隔的猪腩肉上，用澳洲白酒浇淋，再用月桂叶反复搓揉，待入味后，才放在烤炉上烧烤。约15分钟，五花肉表面微微起焦时，一阵阵肉香带着酒香渗出来了，成为又爽又软的五花肉。

街上还有烤牛肉店，主要食材是生牛肉、鸡蛋、冬菇、芽菜等，烤熟后再加上熟蒜头一起吃，美味无穷。店主是一个友善的妇女，逢人开口笑，虽不懂汉语，但她以身体语言跟客人闲谈，热情招呼大家吃烤牛肉。有些团友吃了烤肉，又想换换口味。导游领我们来到一家韩式墨鱼店。店门口有两个大鱼缸，放了很多墨鱼、鱿鱼和其他海鱼，在缸内游来游去，吸引了大批食客。厨师将墨鱼剪成细块，加上葱、蒜头、菇类、生菜、芽菜煮熟后，再拌韩国辣酱，美味可口。爱吃火锅的人，可将墨鱼或其他海产品放在一个长方形的盆上，盆下是煤气炉。大伙围坐在一起喝酒吃肉，谈笑风生，快乐异常。

团友们酒足饭饱后，又提出既要吃得好又要环境好的要求。导游说，韩国虽是个小国，但它却是个吃喝玩乐的大世界，适应各地游客的需求。不少在大城市住腻的人，离开喧嚣的闹市，到郊区的乡镇走走。这里遍布庄园和农家乐，空气清新，景色宜人，可以放肆地在广阔天地上骑马狂奔，或在鱼塘边撑一支鱼竿安静地做个钓翁，还可以在"小桥流水人家"中享用家厨美食，或在秘密草堂里"躲起来，偷吃乐"，尽情地过着浪漫逍遥的日子。

我们来到仁川郊区一个农家乐山庄，这里有地道的农家菜吃，一年四季有不同的花样，夏天吃鳟鱼，冬天烤全羊。山庄依山倚水，绿荫怀抱，仿佛置身于山间田野中，在这样的农家庄园里用餐赏心悦目，农家味浓浓。等菜之余你可以到山庄的"神秘果园"里摘"神秘果"，饭前吃两颗，饭时乐呵呵。饭后，老杜、老彭等人在山庄的鱼塘边垂钓一番，我和几位团友打几圈麻将，几个女团友热闹地玩扑克，反正是吃得好又玩得好。

山庄后院有条林荫小道，直通山庄茗茶室。这里面积虽不大，却以很多古董和有趣的摆设作为装饰，设计和茗茶艺术带有古旧的感觉，随意中见精心编排，令四周渗透醇美古朴的诗情画意。许多文人雅士和茶友爱在这里谈天说地。茶室一个角落还饲养了一群小鸟，由于经过训练，不用鸟笼，任由小鸟在室内自由飞翔，增添了生动的大自然气息。平生爱好玩鸟的老钱见此喜形于色，立即吹着口哨学鸟叫，几只小鸟闻声飞来，有的飞到他的手上，有的站在他的头上，叽叽喳喳地好似和他对话。人鸟共乐的情景吸引了许多茶客来看热闹。一只彩绿色的小鸟调皮地在他头顶上拉了屎，我们高兴地鼓掌说："老钱，祝贺你，头顶生花，鸿运当头啊！"

44 黄袍佛国趣闻多

无男不为僧

我们在泰国旅游，从泰北到泰南，从城市到乡村，到处都可看到穿黄袍的和尚。有的成群结队穿街过市，有的逐家逐户去化缘。团友房平不解地说，泰国为什么有那么多人做和尚呢，而且很多都是年轻小伙？赵家伟说，泰国的传统习惯，所有的男人成年后必须削发为僧，出家一次。房平说，那是平民百姓的事，难道王公贵族也要当和尚吗？"当然要，连国王也不能例外！"导游阿安肯定地说。

导游谈到，泰国素有"黄袍佛国"之称，从王室到民间，寺庙与僧侣无处不在，可谓"无处不寺庙，处处是佛家"。当今，泰国佛教徒占全国人口95%以上。宪法规定，男子成年后必须出家当一次和尚，谁也不能例外。国王一定是佛教的信仰者，也是佛教的守护人。现任国王拉玛九世，就曾当过两个星期和尚。男人出家的目的，是报答父母的养育之恩，或为以后的儿女积德。男女青年相爱，女方家一定要知道男方是否当过和尚。如果没有，女方就会拒绝，认为连父母养育之恩都未报，怎能婚娶？

我们看到，身披袈裟、手托钵盂的和尚来到百姓家门口时，家庭主妇和儿童都热情地把饭菜和水果倒在化缘钵里。看得出来，人们不是把和尚当乞丐，随便冷淡地给点冷饭剩菜，而是事先准备好，微笑地敬奉斋僧。给和尚布施是"积善行、修来世"，这在泰国已成为社会的良好风气。我们在曼谷、清迈和芭堤雅等地游览时，经常可以看到这样的情景：人们在路上遇到身穿袈裟的和尚，都自觉地驻足避让；坐公交车时，都主动给和尚让坐；商店购物、餐馆就餐、顾客排队等候时，和尚都可以优先不排队。由此可见，泰国僧侣的社会地位很高，处处受到人们的尊敬。这些观念的形成，可以追溯到佛祖的教诲。它对泰国人的行为举止影响很大。许多人都以避免走极端、强

调社会和谐作为自己的行为准则。

人人重礼佛

在泰国礼佛，首先要脱鞋入殿，然后在祭坛前跪下，双手合掌叩拜。佛像前看不到烟熏火燎的香炉，而是放置着一个注满香油的深槽。因此，游客不用点香烧纸，只用一只小勺将香油从槽中舀至油灯里，便算完成了礼佛供奉。

泰国游第 4 天，我们来到离曼谷不远的故都大城遗址游览。这原本是一座拥有百万人口的大都市，后来在一次战争中毁灭殆尽。因此这里的古迹多

作者入乡随俗

为残墙断壁的古寺佛塔，吸引了众多的外国游客。高耸的佛塔有陡峭的台阶，红砖阶面经历了年深日久的踩踏，已有了深深浅浅的凹陷。雨水积聚在其中，形成一小块一小块的水洼。站在佛塔中间的平台上，可以俯瞰遗迹的全景，那些红砖建筑大都未经修复，保持着历经沧桑的模样。塔顶的殿堂并无采光，因而显得有些昏暗。面对这样的环境，人们怎样礼佛呢？大伙按照当地游客的做法，花 20 泰铢买了些金箔，依次贴在殿中的佛像之上，据说这也是当地特有的礼佛之法。

"前面还有更为壮观的礼佛场面哩！"导游指着前方说。大巴转过一个大弯，眼前出现一座七八十米高的小山包，山上有一座巨型佛像，有四五十米高。山下挤满了游客，有的啧啧惊叹，有的猛按相机。我们就近观看，原来佛像是用巨型金条砌成的，在阳光照耀下，金光闪烁。大伙请教导游，大金佛是怎么回事。导游给我们讲了一个故事：

泰国有个富商，由于经营有道，生意越做越红火，成为亿万富翁。但是好景不长，生意连遭挫折，身体又染重病，很快濒临破产。焦急万分之际，大白天睡觉时他做了一个梦：他在一个小山包旁遇到一位黄袍大佛，在他身后轻拍了一下，并以手向南一指。他醒后顿觉神清气爽，身体逐渐好转，精力充沛地重整旗鼓，把经营重点向南发展。说也神奇，数年之后，他的生意风生水起，起死回生，又成为亿万富翁。于是，他根据梦中情景，找到了这个形似的小山包，购买大量黄金，铸成金条，在山上镶砌佛像。

至于大佛用了多少黄金，富商一直严格保密。社会上对此众说纷纭，有的说至少用了三四吨；有的说露出来的是真金，嵌入土石中的是铸铁；也有人透露全部是 18K 金。但不管是 99 金还是 K 金，小山包就是座金山，多年来招引了大批盗贼。为此，富商又出钱与有关部门合作，成立了武装小组，日夜捍卫这座金山。

无处不寺庙

泰国是个对佛教虔诚的国度，神圣的寺庙遍地开花，计有 3 万余座，处处可见直指蓝天的寺庙塔尖，层层叠叠的屋顶上、墙壁上都铺满晶亮的玻璃瓦，还有金灿灿的檐角轻巧统一地向空中挑起，煞是好看。摆满香烛和供品的祭台，一批又一批的善男信女在坛前合十跪拜，虔诚的程度令人折服。高大壮观、造型优美、慈眉善目的佛像，有铜制的、木制的，更多的是镏了金

的金身佛像，有的还镶嵌了闪亮的珠贝、彩色玻璃和宝石，向世人炫耀着它的光彩夺目。

据介绍，泰国的和尚除供奉菩萨、诵经、研经和从事寺内杂务之外，也接待香客和在特定的日子里向信徒讲经。泰国人每逢婚丧嫁娶、商行开张等都要请和尚来做佛事。我们由曼谷前往清迈，经过一个村庄时，村里的河边聚集了一群人，并传出锣鼓咚当的声响。原来这里有一座乡村小桥落成通行，十多个穿着袈裟的和尚，手执法器或乐器，正在桥头做佛事，念经祈祷，以保平安。

导游说，泰国的和尚并不是超凡脱俗的。他们不仅主管佛事，许多时候也兼管尘世之事；神圣的寺庙也不是与世隔绝的。特别是在乡村，长期以来，寺庙一直是给乡村儿童提供教育的场所。我们在清迈的乡村看到，政府的公办学校也在寺庙辖区内开办。有的僧侣参与编写有关佛教的课文，任授课教师、教导主任和校长等，成为乡村教育的重要力量。

时至今日，在泰国的广大乡村，寺庙实际上已成为政教合一的基层管理机构，在人们的社会生活中发挥着重要的作用。比如地方上的重大决策，有时也在寺庙主持下开会解决。群众之间发生争执时，请高僧前来协商调解。在各个喜庆节日，寺庙也成为男女老少聚会游乐的场所。

45 佛光熠熠湄南河

湄南河畔多佛塔

　　风光如画的湄南河，自北向南蜿蜒穿过曼谷，将这个城市一分为二，像塞纳河穿过巴黎、泰晤士河穿过伦敦一样，因而显得富有灵韵，既古老又美丽。

　　湄南河畔那些金碧辉煌，尖角高耸的庙宇、佛塔，以及无处不在的精致佛像、石雕和绘画，仿佛成了泰国的标志。我们到曼谷的第二天上午，乘船游览湄南河。游船即将启动时，一艘有五六米长、船尾高翘的长尾船靠上来，一位肤色黝黑的女青年登上我们的游船。对这种"不请自来"的举动，我们一时猜不着。她是干什么的？这时，只见她微笑地给我们每人送上一串红白相间的鲜花。导游说，这是泰国人欢迎客人的见面礼，可自愿给点小费。大伙当即各自拿出20元左右的泰铢，并双手合掌致谢。我们都把鲜花串挂在脖子上，并互相拍照。紫红色花瓣的是泰国的兰花，白色如球状的是泰国的茉

莉，红白辉映，清香沁人肺腑。我们一行 22 人，个个胸前都戴着一串鲜花，给人一种"亮丽登船"之感。

湄南河是一条宽约一百米的河道，河岸开阔，水流湍急，风吹浪涌，碧波涟漪。我们的游船来到这里时，首先映入眼帘的，要算那些宏伟壮丽、金光闪闪的寺庙、佛塔。一座座多姿多彩的佛教建筑，与市内的高楼大厦、居民住宅混建在一起，构成一道奇特亮丽的风光。据介绍，曼谷市内有 1 万多座寺庙，因此泰国享有"千佛之国""黄袍之国"的美誉。我们看到，湄南河西岸有一座塔形的宏伟寺庙。塔身像个巨大的"晶"字，高耸的塔尖直指天穹，在阳光的照射下，金光闪烁，蔚为壮观。"这是什么塔？"大伙正在嘀咕。导游阿安没有直接回答，反而问："你们都来自广东，有没有广东澄海人呢？"

"有，我是澄海人。"团友陈其天有点疑惑地回答。阿安说："前方那个塔叫郑王庙，是纪念广东澄海人郑昭的寺庙。你可知道此事？"老陈说在孩提时听老人们讲过，但只是一知半解，印象不深，早已忘记了。阿安说："郑王庙是泰中亲缘关系史上的大事，让我给大家补补课吧！"

话说 250 年前，广东澄海农民郑昭，又名郑达信，与一帮贫苦村民闯南洋，最后落脚泰国。当时正值 18 世纪 60 年代的泰缅战争，缅甸军队攻破泰都大城，大城王朝灭亡。这时，郑昭率领以华人子弟兵为主的义勇军，与缅军浴血奋战，重挫缅军。义勇军沿湄南河乘胜追击，收复大城。郑昭的声威大振，被泰国民众推举为泰国第 41 代君王、民族英雄。郑昭死后，泰国人为了纪念他团结群众，奋驱外敌，挽救国家，重建江山的丰功伟绩，大兴土木建设规模宏大的郑王庙，使其成为泰国四大名刹之一。因此，参观郑王庙不仅可以欣赏湄南河畔的美景，更可了解泰中两国深厚的友谊和历史渊源。

大伙正听得入神时，游船已靠岸了。依山而建的郑王塔，高达 79 米，活像一个雄伟男儿顶天立地。塔的四周还有 4 座形状相同的小塔，环绕拱卫，构思独特，气势磅礴，恢宏壮观，故有"泰国的埃菲尔铁塔"的美称。人们站在塔的面前，会不由自主地生发出一种崇敬的心情。当我们走进主塔殿堂时，一派中国韵味迎面扑来，中国面孔的郑王塑像及其遗物，中国色彩的红灯笼等，对于我们这些远道而来的炎黄子孙来说，这里的确是缅怀先烈、与老乡郑王"神会"的绝佳去处。

我们走出殿堂，面对高耸的大佛塔不停地按动相机。据介绍，在晨曦之际，阳光照射下，佛塔的顶峰会发出万丈光芒，因此又被称为黎明寺。大塔正中有一条宽阔的登塔路，但台阶坡度十分陡峭，几乎呈垂直形，有些游客是横着爬下台阶的。导游提醒我们，登塔一定要量力而行，安全第一。中青年团友鼓足干劲，迎难而上。我和几个老年团友，一步一个脚印地登上佛塔中部，居高临下俯瞰湄南河。放眼四望，湄南河的美景尽收眼底。林立河畔的寺庙佛塔金光闪闪，规模宏伟多姿多彩的建筑群清晰可见。游船和舴艋小舟在宽阔的河道中飘荡。沿着大塔不同方向走一走，不同的角度可以发现不同的风景，看到漂亮的感兴趣的美景时，就停下来，安静地依靠在台阶边任思绪飞扬。我轻轻地摸着灰褐色的台阶，好像触摸到了历史的脉络，我们这些初来乍到的游客们，即使只在这座古塔几个小时，也能从匆匆一瞥中，阅尽其漫长的历史。

与郑王庙隔河相望的著名景点大王宫，吸引了众多游人。我们的游船靠岸后，再乘汽车，在人流密集的皇家田广场下车，就看到白色宫墙内一座金色的圆形尖塔，下半身圆润光滑，上半身是一圈一圈的金色圆纹，逐渐变窄变小，最后成为一个塔尖，直插天空。导游阿安说，这座塔叫乐达纳舍利塔，是用来收藏佛祖的胸骨舍利的。整座塔面上全部用金片镶贴，使圆塔在柔美中透出刚劲和威严，在阳光下金光闪烁，格外引人注目，成为大王宫的标志性建筑。

时值下午，一阵骤雨过后，天气晴朗，空中白云朵朵，大王宫周围显得圣洁而又宁静，仿佛笼罩在一片祥和的佛光中。大伙随导游从灰白色的大门进入大王宫中。麻石路旁有一片碧绿的草坪，我们以金色的乐达纳舍利塔为背景，拍了集体和个人照。宫内有一个著名的大平台，既可以近距离看到乐达纳舍利塔，又可以参观普拉蒙多普藏经阁，藏经阁内存放了一部用金片制成的藏经。在它的东面是呈"十"字形的碧隆天神殿，又叫王家石神殿，高40米，殿顶有一座九叉尖塔，塔上有一顶皇冠。我们不禁被眼前的寺庙文化所吸引，久久伫立于大平台上不愿离去……

我们离开大平台，来到与大王宫相连、举世闻名的玉佛寺。我们入乡随俗，首先脱鞋赤脚进入寺内，然后在金色祭坛前跪下，双手合掌叩拜。这里供奉的玉佛不是人们想象中的大佛，而是一个高66厘米、宽48厘米的小玉佛。它是由一整块玉石雕刻而成，碧绿润泽，安坐在祭坛上的一个玻璃盒内，盘腿打坐，神态安详。据介绍，小玉佛按照泰国一年三季更换三套价值连城的金缕衣裳：热季佩戴王冠和珠宝，凉季披戴金披肩，雨季则穿着镀金的袈裟和头巾。更换

锦衣的仪式，由国王亲自主持，以祈求国泰民安。

导游阿安谈到，小玉佛是泰国人民最崇敬的佛像，被视为泰国的国宝，并流传着一个故事。很久以前，泰国北部一座佛塔被雷电击中，僧侣们发现了一尊泥塑佛像，后来这尊佛像的外壳渐渐脱落，现出原形，是一尊碧绿晶莹的玉佛雕像，当即被安放在一所佛寺内。此后的 100 多年中，玉佛因战乱纷争而经历了多次劫难，从泰国转移到了老挝，若干年后，又从万象回到了泰国，在郑王庙"暂住"，直到 1785 年大王宫玉佛寺落成后，小玉佛才被安放在玉佛寺内。泰国老百姓认为，自此以后近 400 年的历史，由于小玉佛的保佑，泰国才能国泰民安，免受外国入侵之苦。

玉佛寺殿内，更见雕梁画栋，金碧辉煌，正殿中央重重叠叠地挤满了大大小小的金塔、金华盖和金佛像，大殿四周的墙壁上画有佛祖成仙得道和生前应化的事迹。宝殿内庄严肃穆，烟雾缭绕弥漫，徐徐升在空中，氤氲着庄严的神圣。随着袅袅的烟雾，我的心也在肃穆的氛围里变得无比虔诚。

46 泰国四面佛四面结缘

　　在我们下榻的曼谷酒店门前的草坪上，有一座高约3米的佛坛，安放着一尊金光闪闪的四面佛，端坐在雕刻着花纹的四面尖顶的佛龛内。我们入乡随俗，每人手持12支香、1支蜡烛、4串花，跟着人们对着四面佛像膜拜。事后大伙谈亲身感受，有的团友说，当第一眼看到四面佛时，顿觉清风拂面，祥光闪耀，像有一种神奇的力量附身，令人感到宁静和舒畅。我连声赞叹："奇哉，善哉！"神意乎？人意乎？谁能说得清！

　　连日来，我们奔波于曼谷的东南西北，到处可见四面佛。可以说，凡是有人烟的地方，都有四面佛。不论城镇街头、车站码头、村头村尾、屋内屋外，随处可见慈眉善目的四面佛像，香火缭绕，鲜花供奉。导游告诉我们，到泰国不参拜四面佛，就如同入庙不拜神一样。泰国是世界上最主要的佛教国家之一，拥有5 000多万信徒，3万多座佛寺，而露天安放的四面佛神龛究竟有多少，据说很难统计，人们说它像天上的星星一样，遍地开花。每年的11月9日是四面佛生日，香火更为旺盛，除香烛、鲜花外，富有者还放生麻雀，或雇少女穿着泰国古代民族服装，在佛前随着音乐跳传统的祭祀舞。当天还有不少外地名人、明星到此上香叩拜，如香港的洪金宝、梁朝伟、谢霆锋等明星，多次来这里祭神或谢神，可见四面佛魅力迷人。

尖顶佛塔指蓝天

　　世界上其他国家

很少见的四面佛，究竟是何方神圣呢？导游向我们畅谈了它的来历：四面佛原名"大梵天王"，是印度婆罗门教三大神之一，佛陀的护法天神，在佛门"二十诸天"中名列首位。它是一个头有四尊脸孔，每面有两手，东南西北四面共有八手的奇特佛像，你无论从哪一面瞻仰，都可以看到它或温和或沉思或慈祥的脸。它的八手所执之物均有其意义：一手执令旗，代表万能法力；一手持佛经，代表智慧；一手持法螺，代表赐福；一手持明轮，代表消灾、降魔、摧毁烦恼；一手持权杖，代表至上成就；一手持水壶，代表解渴，有求必应；一手持念珠，代表轮回；一手持接胸手印，代表庇佑。

据泰国民间传说，四面佛之所以深受人们崇拜，一是认为它是创造天地之神、众生之父，具有崇高的法力，掌握人间荣华富贵。当地老百姓说它是世界上最灵验的佛，被称为"有求必应佛"。特别是在四面佛面前求子最为灵验。二是四面佛的四尊佛面，分别代表爱情、事业、健康和财运，因而适合各种不同需求的人群。据说四面佛的正面求生意兴隆，左面求姻缘美满，右面求平安健康，后面求招财进宝。拜佛从正面开始，上烛祭拜，然后转左，再由右至后，转一圈，每面献花一串，上香 3 支，第 1 支拜佛祖，第 2 支拜佛经，第 3 支拜和尚。

我们将离开曼谷时，再一次参拜四面佛。在一幢金色寺庙的斜对面，有一座掩映在绿树丛中的四面佛坛，首层是白色石板铺成的地面，高出约 50 厘米的第二层是浅灰色的平台，屹立着一个高 1 米多的红色佛坛，安放着一尊高 50 多厘米的金色四面佛，神态温和而安详。我们按参拜顺序从佛的正面开始，再由左向右向后，走了一圈又一圈，仔细瞻仰佛像四面不同神态和手执法器，其温和，其含威不露，其淡定的神态，其精致的衣饰，令人感动不已。时逢泰国的雨季，一阵清风吹过，树叶沙沙作响，仿佛带来了四面佛的祝福。

日本的和平公园 "不和平"

2008 年 8 月初，我和家人随旅行团在日本各地旅游时，适逢日本遭原子弹轰炸六十三周年纪念日。日本各界分别在广岛、长崎的和平公园举行集会，追悼死者，祈祷和平。

8 月 6 日，我们从富士山下来，进入山脚下一个名叫和平公园（日语称"平和公园"）的地方参观。有游客问："这里没有遭原子弹轰炸，为什么也建和平公园？"导游说，因为这里是一个特殊的地方，过去是日本关东军总部所在地，是发动侵华和太平洋战争的大本营；今天日本自卫队队部设在附近。因此，日本的反战人士捐资在此建造和平公园。他们说：让和平之神，永远镇邪驱鬼！

这是一个依山而建、没有围墙的大公园，隐藏在一片葱绿的树林里，安详而美丽。我们来到公园时，首先映入眼帘的是一个高大的木牌坊，横书"平和公园"四个大字。公园的中心线上，两边有钟鼓亭，并列着 8 座灯塔形的石碑，碑身有象征和平的浮雕，碑上面有灯塔，分别用中、英、日文写着韩国、中国香港、新加坡、冲绳县等名，是这些国家和地区为悼念被日军杀害的人士而建造的，被称为"慰灵碑"。中心线的尽头，矗立着一座像我国北海公园的大白塔，十分壮观，上有七级浮屠，中间有个神阁。一个慈眉善目的佛祖塑像，端坐

日本和平公园正门

· 176 ·

在神阁里，面朝靖国神社方向。人们说，佛祖正注视着那里的风云变幻哩！

纪念活动开始时，和平公园上空回荡起低沉的钟声，我们跟着人群静默一分钟。接着，和平反战人士有的站在高处进行演说，有的在现场散发传单，呼唤和平，制止战争。有位满头白发的老人，提着一个沉重的大袋子，逢人就塞一份资料，随资料奉送的还有一只纸飞机，纸飞机两翼上用蓝色和红色写着"千里乘风，把爱洒向世界"。他得知我们来自中国，便停下脚步，眼神里满是表达的愿望。

经导游介绍，老人名叫川仁本原，现年 75 岁，来自广岛市，是当年原子弹轰炸的幸存者，现是在广岛和平公园的志愿者。他说，当今的日本，还有少数极右翼死硬分子，公开叫嚣要报仇，要和中国再打一次。前些年，日本首相多次参拜靖国神社，一个原关东军的遗老，穿起旧军装，来到这个和平公园，高喊"要打仗报仇、不要和平"的反动口号，并当众脱去上衣，拔出军刀，剖腹以"明志"，使美丽、宁静、祥和的和平公园充满了血腥味、火药味！

川仁本原说到这里话锋一转："近年来日本出现一股自杀风。"有的在自杀论坛的暗示下，集体开车来到和平公园，把自己关在后车厢里，焚烧木炭或煤球，制成一氧化碳毒气来自杀。这些人不认为自杀是犯罪，而是一种美德。因此，他们选择风景优美，有先人和佛祖作证的和平公园来进行自杀。他们称这里是"人间仙境""极乐世界"，死后可以超凡脱俗，亡灵升天。

导游谈到，由于日本陷于长达十年的经济疲软，许多老人心灰意冷，青壮年失业增加，加上社会上自杀网站的出现，诱使他们认为自杀是"理性的决定"。特别是，按日本现行制度规定，如果有人自杀身亡，他的受益人依然能领取死者的人寿保险金。导游说，当前这股自杀风比过去更可怕，自杀者使用剧毒氢化硫毒气，往往连那些不想自杀的人也遭受毒害。例如今年春暖花开期间，一名失业男子在和平公园用氢化硫自杀，结果毒气使园里的 20 多名游客受伤，另外上百人不得不紧急疏散。

和平公园也"不和平"啊！

东瀛街头笑春风 ㊽

谈到日本，我和许多国人一样，既愤怒又羡慕，既隔膜又向往。正是这种爱恨交加的特殊情绪，让我不想正面看它一眼，却又想偷偷瞥上一眼。比如它的文明礼仪、谨慎谦逊、乐于助人、公共卫生、厕所文化等，是我们想象不到的另一面。如果不是亲身经历、现场感受，恐怕难以置信。

迷路的故事

2011 年 8 月，我参团在日本旅游，按行程安排，东京是日本游的第一站。当天下午 3 点半到达羽田机场，日方旅行社派出的导游朱斌热情地接待我们，并在机场餐厅吃午饭。朱斌介绍了参观景点和住宿的安排后，给每个团友一张便条，便条打印了几行我们看不懂的日文。他说这是求助便条，游览期间万一和团队失去联系，可持这便条找当地人求助，他们会给他打电话进行联系的。大伙看着这张便条甚为感动，一致称赞日本人做事认真，考虑周到，真是想游客之所想啊！

团友陈洪奎说，别看这张不起眼的小便条，关键时刻会起很大作用的。他谈到，前些年在欧洲游览罗浮宫时，由于游客太多，未进场就被人流冲散了，与团队

热闹的东京街头

失去了联系。他心慌了，就原地等待，希望导游能找到他。但一个钟头过去了，不但没见到导游，反而被人流挤到边上，被小偷看中了。转眼间，老陈的钱包被窃了，内有数千欧元、美元和身份证。幸好护照由导游统一保管，才避免了更大的麻烦。最后，他凭住房卡找出租车才回到宾馆。他回顾了这段经历，深深地叹了一口气说："欧洲的导游如果学习日本导游的做法，事先给我一张求助便条，我就不会如此狼狈不堪了！"

真是无巧不成书，陈洪奎的遭遇，我在日本也遇到了。那次经历令我反复思考，多年难忘。我们在东京的第一个活动项目，是参观两幢并列相连的标志性建筑——东京都厅大楼。这座大楼在45层高的楼层设有圆形的展望平台，可以从不同方向眺望东京市容。上楼前，导游让我们分散自由活动，在规定时间和指定地点集合上车即可。我和团友吴友天、伍汉文因忙于拍照片，耽误了集合时间，与其他团友失去了联系，下楼后有几条出口通道，我们弄不清哪个出口，跟着人流走错了方向。

我们拿出求助便条向路人求助，一个40出头的妇女，看了我们的便条后，带我们来到一家商店，打通了导游手机，并让我们直接对话。

时值下午6时，伍汉文患有低血糖病，此时感到头晕眼花，有点支持不住了。由于语言不通，无法表达诉求。那位日本妇女立即从商店找到一个略懂普通话的店员，了解情况后即给伍汉文擦活络油、吃饼干、喝糖水等，使他很快恢复了过来。这时，导游和团友坐着大巴赶到了，大伙下车来到商店，对那位妇女助人为乐的精神表示衷心感谢，并和她一起照相留念。

处处礼貌待人

前些年，每有朋友出国归来谈到礼貌待人的观感时，有的认为新加坡重视儒家精神，处处讲礼义廉耻；有的说巴黎风气好，重视礼仪，与人方便；也有的称赞悉尼社会风气好，与人为善，互助互让。这些国家我都去过，感觉一般，并不比我国好。这次来到一海相隔的日本，才真正开了眼界，所谓礼仪之邦就在我们身边啊！

我们到达东京下榻的宾馆时，眼前出现一幕动人的情景：门口站着一排穿着整齐、面带微笑的宾馆工作人员。我们以为他们是列队迎接其他贵客临门的，导游说不是，他们是欢迎我们的，叫开门迎客，帮助客人提行李进房。我们问是否另收费，导游说是免费的。第二天，我们离开时，他们又列队与我们挥手告别。有些团友怀疑：东京是日本的首都，别的地方是不是也如此？后来，我们到了大阪、横滨、名古屋、奈良等城市，只住一个晚上，都受到开门迎客、离开送客的礼仪相待。十多年来，我去过五大洲四大洋的 31 个国家，从没见过像日本这样讲究礼仪的国家。

据介绍，日本讲究礼仪是长期形成的，而且渗透到各个领域，成为群众性的自觉行为。例如行人过马路，特别是没有设红绿灯的小街道，是人让车还是车让人呢？在我国，长期形成了人让车的习惯，过马路时先看看是否有车来往，即使车子还未到跟前，也要等它驶过后才敢过街。街中虽有斑马线，但司机只看红绿灯，不理斑马线，车与人争道时有发生。高速驶过斑马线的车辆，分秒必争，突然出现在你身旁，吓你一跳，雨天甚至溅你一身污泥。这种状况在日本是看不到的。我们在东京最繁华的银座大街漫步时，只见车水马龙，人来车往，但街上看不见警察，而交通秩序井然。行人不时横穿过一些小街道，不论是否有斑马线，所有车辆都减速或停车，让行人先过街。有几次我们与一些私家车同时到达街口，我们即止步让私家车先过，但他们总是微笑地挥手致意，让我们先过。每当这个小小的镜头出现时，我们自然地喜从心来。

我们进入商店时，售货员都主动迎上来打招呼。有些话虽然听不懂，但从他们的表情和语气来看，既热情大方，又温文尔雅。导游告诉我们，这里的商店革除了坐店经营的"官商"作风，因开展文明经营而赢得了顾客。这些商店明确提出把顾客当作"商店的第一主人"，坚持文明经商、礼貌待客，并使之规范化、制度化。每天早上商店开门时，经理带领部分职工在大门口列队欢迎第一批顾客的光临。顾客走向柜台时，售货员主动招呼，耐心、周到、热情地接待。他们提供送货上门、维修上门以及赊销、邮购等几十个服务项目。他们还打破了"商品出门，概不退换"的常规，规定了合理的退换制度。顾客购买的家用电器，在保修期内出了故障一时修不好，会先拿出周转机给顾客用，待修好后再换回。顾客说：在这里买东西，等于买了保险。

厕所舒适甲天下

我们一行 21 人到达日本时，导游朱斌问我们有什么立即要解决的事情，我和十多个六十出头的团友，不约而同地拿出美元，要求导游换些小面额的零用日元，以便去洗手间用。朱斌笑着摇头又摆手说，在日本上厕所不要钱。

　　这难道是天上掉馅饼，有这么好的事吗？有的说，我们没听错吧！也有人认为免费的厕所不一定是好事，恐怕臭气熏天活受罪吧！

　　老人们的疑虑不是多余的，而是有切身体会。多年来，他们走南闯北，到世界各地游览。他们多数患有前列腺肥大，尿频尿急，找不到厕所成为他们旅途中最为尴尬、十分头疼的事。团友张锦河谈到，他游览威尼斯时，那里人多地方小，很难找厕所。在导游的帮助下，终于找到了，但收费之昂贵出人意料，小便一次，竟要付 1 欧元，折合人民币近 10 元。人有三急，有什么办法呀，10 元就 10 元吧，挨宰了还得排长龙轮流方便。团友何坤说："导游为了给我们省点费用，转入小街找小餐馆或小商店免费方便。"明明上个月是免费的，可现在就要收费了。问为什么？答曰："中国人有的是钱！"

　　这次到日本，简直是到了你想象不到的另一个世界。你瞧，这里的大街和景点，到处有公共厕所，指示牌用大红字书写，引人注目。来到厕所门前，只见进入厕所的过道上挤满了人，但他们不是排队方便，而是欣赏过道两旁墙上的壁画，咔嚓咔嚓地按着快门！进入厕所内，更让你眼前一亮，白色大理石的洗手池，洗手液、干手机和手纸一应俱全。洗手池上方一字儿排开的大幅镜子，没有水渍和灰尘，镜子上方的墙壁上挂着油画或工艺品。厕所的各个角落，摆着各色花卉和盆景，加上定时喷洒空气洁净剂，厕所里的空气清新流通，弥漫着一股兰花、茉莉的幽香，没有一点异味。

　　男厕所的小便池设计独特，不是一字儿排开的集体便池，而是一人一池，高度适中，没有任何尿渍。大便间设计充分体现人性化，既有蹲式便池和坐式马桶，也有专供残疾人用的便缸。有的厕所还设置了摇篮似的宝宝床，让带着婴儿的人轻松如厕。高质量手纸洁白柔软，每个便位有两卷备用。不用便纸时，可使用自动化装置：大便结束时，可在扶手上按一下按钮，即有温暖的水柱冲洗肛门，接着还有一股暖气为你烘干。对于这样舒适的厕所，大伙都赞不绝口：在日本上厕所是一种享受！一些去过新加坡、美国、加拿大和澳洲旅游的团友说："原来以为这些国家的公共厕所是世界上最干净、最舒适的，如今比起日本又差了一大截，真是一山还有一山高啊！"

49 国家可以出租吗

商品世界，无奇不有。我在列支敦士登公国旅游时，听到一个惊人的消息：该国推出"国家出租"方案，7万美元可租整个国家一个晚上。

在旅游大巴上，团友们对此议论纷纷。有些人认为这是闻所未闻的骇人消息，肯定是商业广告，因为越是离奇越能起到轰动效应。但更多的团友半信半疑，要求随团导游吴林解答。吴林却把目光转向地陪陈祖华，他是瑞士籍华人，在当地有近10年导游的经历，对这个问题最有发言权。他首先肯定地说，这不是子虚乌有的商业广告，而是真实的。他谈到，坐落在阿尔卑斯山的列支敦士登，素以小国寡民、山河秀丽著称于世。该国意识到山清水秀会带来无限商机，于是改变思路，大胆开放搞活，决定推出这个崭新的方案。

方案提到，最少要租两个晚上，即14万美元。出租合同规定，租客一踏上这个国家，就会被安排到国会大楼接受象征性的"国家钥匙"和专门铸造的印有租客名字的临时路牌、临时货币。然后开始尝试当国王的滋味：去汉斯亚当二世亲王的酒庄，品尝皇家葡萄酒；坐平底雪橇或马车，在大放烟花的绚丽夜景中，招摇过市游览首都瓦杜兹；根据客户要求，还可安排一次中世纪式的巡游表演；当晚租客可获得150名随从免费住宿。除了吃喝玩乐，当地还设有很多会议场所，供不同机构在这里举行会议。

这项世界首创的国家出租服务，由该国市场推广机构和美国旅游租赁公司承担推广。出租服务规定，租客必须提前半年预订，人数多的团体要提前1年；如果取消预订，最多只能得到50%的退款。据说，这项服务推出以后，欧洲和中东地区的一些单位、富豪对此深感兴趣，正在协商有关事宜。

没想到，这个袖珍小国竟有那么多动听的新闻，除"国家出租"外，导游还介绍了不少秘闻。列支敦士登位于瑞士和奥地利之间，实际上是瑞士的国中国。国土狭小，从东到西只有8公里。这个小国是一个非常奇特的国家，被称为"十无国家"：它没有军队，没有监狱，没有海关，国防和外交均由设有常备军的瑞士托管，全国只有110名为旅游资讯服务的所谓警察；没有货

币，没有银行，法定货币是瑞士法郎，电话也与瑞士同一系统；没有机场，也没有火车站；没有市镇，只有 11 个村庄；没有日报，没有大学。然而，这个只有 160 平方公里，人口不到 3 万的小国，却是世界上最富有的国家之一，人均 GDP 25 000 美元，文化水平亦非常高。在两次世界大战中，没有防卫实力的列支敦士登，依然维护着自己的独立特色，深受世人的称赞和羡慕。

说话间，我们的大巴在列支敦士登首都瓦杜兹停下来，导游陈祖华指着右边一个数十米高悬崖上的城堡说，这就是列支敦士登的皇家城堡，是最高统治者居住的塔楼。它四周树木繁茂，塔楼相接，房顶错落。游客只能站在马路往上看，没有特许不能前往参观。这个首都与世界任何一个国家首都大都市化的形象迥然不同，它坐落在高地北端的一个村庄，人口不到 5 000 人，恬静、舒适、清洁是其最大的特色。

小国街头一角

　　瓦杜兹有一条主要街道，南北走向，长不足百米，路上车辆很少，行人基本都是我们旅游团的人。大街两侧没有高楼大厦，多为两三层高的楼房，排列着商店、美术馆、教堂、博物馆和各式各样的雕塑。这条街上最热闹的地方是邮局，那里有各种各样的邮票供游客选购。该国从1912年起印制发行自己的邮票，这些邮票都是为收集者而发行的，很少有人为发信而使用。据说，由于邮票精美，图案漂亮，题材丰富，深受世界集邮爱好者喜爱。国外长期固定邮购邮票的订户有近10万人，邮票发行年收入超过2 000万瑞士法郎，支撑了国家五分之一的财政，堪称"邮票之国"。邮局门口竖着一面蓝红相间、金色皇冠的列支敦士登国旗，我们用右手掀开国旗，左手拿着邮票拍照留念。

　　我们从街头走到街尾，仅花20分钟就看完了。街中间有一家中国人开的餐馆，用中英文写着"华夏餐厅"。时值中午，导游带我们进入这家餐厅就餐。穿着玫瑰色、绣着飞天图案的女服务员，热情地用普通话招待我们。当发现我们说话带有粤语口音时，她立即用地道的粤语与我们交谈。可能是"他乡遇故知"的缘故，大家说说笑笑，热闹非常。这时，餐厅老板闻声赶来。他叫甘秋生，40岁出头，是广州市郊南岗人，数年前在非洲尼日利亚开餐馆，前年转到列支敦士登。我问他为什么。他说，尼日利亚的餐馆生意很好，发了点小财，但社会治安不好，经常半夜听到枪声，人身安全没有保障，还曾被绑架过一次，花了一大笔钱才脱身。来到列支敦士登就好像换了一个世界，这里的社会治安太好了，不但没有抢劫绑架，连小偷小摸也很少听闻，亲身感受到这里是真正的太平盛世、世外桃源。当然这里国小人稀，生意较淡，但求得安全保证，生活稳定，何乐而不为啊！

　　我们离开华夏餐厅，继续在街上漫步，看见一些壮硕的当地居民，他们蓄着两大撇胡子，胡须上面是满布皱纹的脸和蓝色的眼睛，口中含着一根曲柄的阿赛式烟斗。导游说，他们是当地的农夫，是典型的列支敦士登人。全国总人口36 500人，国籍居民只占十分之一，其他九成主要来自德国、奥地利和瑞士。我们问，为什么那么多欧洲人涌到这个小国？导游说，主要有两个原因，一是该国是永久的中立国家；二是这里长期推行低税收制度，像磁铁一样吸引欧洲各国企业千方百计来这里注册经营。因此，列支敦士登也被称为"避税天堂"。

　　列支敦士登虽然是个袖珍小国，但在外交和国际贸易方面有着大国的风范。导游说，列支敦士登是联合国、欧洲委员会、欧洲自由贸易联盟、欧洲

经济区的成员国。2003 年下半年轮任欧洲经济区主席国，主持欧洲经济区扩大谈判和欧洲经济区第 20 届部长理事会。目前，同世界上 67 个国家有大使级外交关系。早在 1950 年与中国建立外交关系。2004 年成为中国公民旅游目的地国。中列两国贸易额虽不大，但增长迅速，2004 年贸易额为 3 033 万美元，较前一年同期增长 158%，其中，中国出口 666 万美元，从列进口 2 367 万美元，同比分别增长 207% 和 147%。2010 年 8 月，列支敦士登阿洛伊斯王储和屈舍尔首相出席上海世博会列支敦士登国家馆日活动，两国签署《关于列支敦士登公国承认中华人民共和国完全市场经济地位的谅解备忘录》。

在通往教堂的路上，我们看见成群结队的村民，他们都穿着整洁的服装，男子戴着细毛呢帽，清一色短上衣和紧身裤，女子穿深皱格的连衣裙，戴一种很别致的帽子，沿途经过有圣物或十字架的地方，即奉上一束花。导游看了手表后说，今天是礼拜日，全国不论城镇和农村都充满了欢乐的气氛。导游还谈到，列支敦士登人喜爱音乐和体育运动，喜欢和家人及邻居聚集在一起，一边开怀吃喝，一边大唱民谣。全国几乎每个乡村都有自己的娱乐社团，或有小型的管弦乐队、铜管乐队，每周演奏一次。真可谓"太平盛世村村乐，户户皆成众乐园"。许多团友说，列支敦士登简直就是陶公理想中的世外桃源。我随口补充一句：而且还是早知有"汉"的世外桃源啊！

50 唏嘘，金边湖的水上贫民村

近十年来,我游览世界五大洲时，看过一些"天下之穷处"——各国的贫民窟。它们都以独特的贫穷境况给我留下了深刻的印象。但令我感到最震撼和唏嘘的，非柬埔寨金边湖的水上贫民村莫属。难怪有人说，从金边湖贫民村归来不看穷！

被誉为柬埔寨人民"生命之湖"的金边湖，又名洞里萨湖，是东南亚第一大淡水湖泊。面积为 2 700 平方千米，平时湖水平均深度为 1 米，雨季因湄公河回流，水深可达 9 米，面积则扩展至 16 000 平方千米。它呈长形，从西北到东南，纵贯柬埔寨，连接国内两侧的众多省份，为高棉民族的发展与繁荣提供了坚实的资源保障。我们的旅游大巴沿着金边湖边疾驶而过，看到湖水呈灰黄色或浅黑色，虽然闻不到异味，但杂草丛生，水面有很多漂浮物。与此相反，岸边的绿化很美，时而芳草菲菲，时而参天大树，时而垂柳依依，树木里一群群悠游的水鸟，频频闯进我们的镜头，为湖畔迷人的景色带来了

远望水上贫民村

几分动感。

大巴在金边湖畔的暹粒市码头停下来，导游立即前往售票处买票。因为游览金边湖是临时调整的项目，主要是参观"水上浮村"。这是个什么景点？导游事先没说清楚。大伙说，大概和泰国曼谷河边的高脚屋差不多吧。"不，这是两码事！"有意卖个破绽的导游开始说话了：金边湖的水上浮村，是柬埔寨最穷的旅游胜地，是很值得世人观看和思考的贫穷景点。大伙听后议论起来，穷到叮当响也是旅游景点，真够新鲜啊！

我们旅游团一行21人，分乘两艘客船前往。湖上来往船只不少，看来除了少数游湖观景的花船外，大多数都是前往水上浮村参观的游船。返程的游客大都脸带愁容，想必参观水上浮村后心情不好所致吧。船行约半个小时，只见前方湖面两侧出现了杂乱无章的水上房子。看，由数只大小不一的破旧船拼在一起，再用塑料布或茅草作房顶，人们住在船舱里，这被称为连环船屋，可住几户人家。还有人学习威尼斯的做法，砍树打桩，上铺木板作平台，建成的房子比船屋高出一大截，如鹤立鸡群。靠近湖边的居民还用废弃的集装箱，建成一间间四方形的住房。据介绍，几十年来，水上浮村发生过几次火烧连环船事件，不过居民死伤很少，因为他们都会游泳。

当游船靠近木屋时，我们看到，房里没有一件像样的家具，有的根本没有任何家具，没床也没座椅，人们打地铺，席地而坐。有一家住在"威尼斯"房子中的居民，虽然有床，但床下养鸡，人禽共住，臭气难闻。靠近岸边的一些居民，家里没有厨房，就在湖边挖个坑或用几块石头作灶，煮饭炒菜。至于洗衣和沐浴，那就更简单不过，用吊桶往湖里打水就是了。更为严重的是，人畜的粪便和生活垃圾，直接排放到湖里，而居民的生活用水也取自湖里。

当今社会，像这样的水上穷人村实属罕见，比我见过的印度孟买贫民窟还要糟！他们究竟是些什么人，柬埔寨政府为什么不采取措施解决？团友们对此甚为不解，要求导游给予解答。"这个贫民村和其他国家的贫民窟不同，他们不是本国破了产的农民和城镇居民，而是一批具有国际背景的特殊难民！"导游一边说一边详细地为大伙介绍这些不寻常的难民的来历。

金边湖水上浮村的贫民基本上来自越南，而不是传统的高棉人。这些人主要是从两个时期来到柬埔寨的：一是在越南的抗法和抗美战争时期，为了躲避战火逃到柬埔寨的越南难民。二是20世纪末，柬埔寨的红色高棉，攻占金边后推行法西斯暴政，大批群众惨遭杀害。柬埔寨政府要求越南出兵援助。

越南答应援助，派出大批部队进入柬埔寨，消灭了红色高棉的主力。但是，越南打败红色高棉后，长期不撤兵，赖在金边不走。后来在柬方的反对和国际舆论的压力下，越南无奈作出部分撤兵的决定，即撤走数万人，留下几万人。留下来的当了老百姓，自食其力，有的还把在越南的家属带来。其中有部分人生活越来越困难，逐渐扎堆进入金边湖水上浮村。

贫民村的居民靠什么维持生活？金边湖不但风景秀丽，而且也是个盛产淡水鱼类的湖泊。水上浮村许多人擅长捕鱼，以捕鱼维持生活。有些妇女背着小孩，划着装有水果、饮料和手工艺品的小船，向来往的游客兜售。我们还看到，有些六七岁的儿童，坐在塑料盆或铝盆内，赤裸上身，脖子上还缠着蛇，穿梭在游船中间，一边表演玩蛇一边乞讨。当我们给他们钱时，竟说要美金。可见，美元太深入人心了，连乞讨小孩也要这玩意儿！

我们的游船不经意地靠近一户贫民村的船屋时，一个神情木讷的老年人正在吸烟吐雾。我们出于好奇，通过导游与他攀谈起来。他叫黎平长，越南安溪人，在抗美战争时，他带着家人随难民潮来到金边湖，成为早期金边湖水上浮村的贫民。几十年来，全家过着衣不蔽体、食不果腹的生活。他有3个儿子1个女儿，都没文化、没技术。大儿子原是个潜水捉鱼的能手，但上山砍柴时被地雷炸掉左腿，残疾后没法下水，只能在家做些手工艺品和钓鱼。二女儿患有小儿麻痹症，30多岁，未婚，现在到处捡破烂、收购废品。三儿子奔走四乡，给人补鞋修伞。四儿子跟随乞讨帮，到处流浪行乞，很少回家。

年过七旬的黎平长的口述如泣如诉，令人心酸。我们心情沉重，一时想不出什么话安慰他，但不约而同地掏出一些人民币和美元，塞进他的口袋。老人家感动得泪流满面，突然双掌合十，口中念念有词，跪在我们面前。大伙连忙把他扶起，并拍了张大合照。这一刻，成为我们在金边湖的永久记忆。

缅甸看塔

金色的大金塔

在泰国旅游时偶遇朋友老张，谈到游缅甸的印象时，他说：缅甸的佛塔比泰国多，不论城镇和乡村，到处见塔，有的地方佛塔比民房还多哩！不久，我随旅行团来到缅甸，所见所闻，确实名不虚传。

按照行程安排，首站是游览仰光，导游根据我们的要求，临时调整了行程，第一站去"万塔之城"蒲甘。它是缅甸的一座圣城，林立的佛塔是最具标志性的建筑。几个世纪以来，蒲甘曾经先后建造了400多万座佛塔，从至今留存的1 000多座佛塔中，依然能想象出当年的辉煌。

信佛的蒲甘人认为，塔是佛的居所，佛就是塔，见塔就是见佛。因此，建塔是群众性的自觉行为，人人都在门前屋后建塔。可以说有家就有塔，有人的地方就有塔。若问蒲甘究竟有多少塔，连当地人自己也说不清。这么多塔聚在一个城中，让人分不清城在塔中，还是塔在城中。我们看到，这些佛塔大小不一，大的高达几十米上百米，小的只有几十厘米。导游说，这些佛塔都是私人建造的，经济条件好的家庭建大塔，用好材料，甚至在塔身上贴金箔；经济状况较差的家庭造小塔，用材也差些，没有不造塔的人家，除非是外地人。

当地有些富裕人家，为了表达对神灵的敬仰，大力营造佛无处不在的氛围。他们有句口头禅叫"满眼是佛"，即开门见佛（门外有塔），入屋见佛（屋里有木质或石质小塔），开窗见佛（窗外有塔），夜间现佛（房里有玉石闪光塔）。在这个纯朴原味的"万塔之城"，不但有金碧辉煌、精心保护的塔，也有衰败破落的无主之塔。随着蒲甘城居民流动性的增加，不少人来了又搬走，佛塔却留在原地，任其风吹雨打，损坏倒塌，新塔旧塔和谐地同处于一座城市中。

傍晚时，导游带我们来到一座高塔门前，说："你们的眼福好，今天可看到壮丽的万塔日落奇景！"我们登上佛塔顶部平台时，这里已挤满观景的游客，最佳的视觉点没了。这时，夕阳的余晖点点滴滴地斜照在大地上，神奇地将周围大大小小的佛塔，都染得金黄金黄的，披上了一层神秘的色彩，直看得我惊呆了，把几天来的疲劳和烦躁，统统抛给绚丽的黄昏景致了。

我向远处眺望，尖尖的塔顶上空飘着一朵朵浮云，被黄昏特定的时光映衬着，霞光万道，令人心旷神怡，陶醉在这无边的景色中。从近处看，夕阳渐落的塔林内，日落而息的牧民，赶着牛羊归家，蹄声、吆喝声由远而近，由近而远，扬起一阵尘埃，瞬间又在塔林那边消失无痕。一群群外出觅食的鸟儿，叽叽喳喳地在空中飞翔，返回在塔林的鸟巢中。好一派日落牧归、百鸟归巢的塔林美景啊！我在万塔的黄昏中遐想无限，思绪久久不能回到现实中来。

第二天，我们来到仰光，游览著名的大金塔。这是一座钟形的金塔，高约112米，建在圣丁固达拉山上，是仰光的最高点。它金碧辉煌，气势宏伟。建筑精湛的大金塔，不仅是世界建筑艺术的杰作，也是世界上历史最悠久、价值最昂贵的佛塔，与印度尼西亚的婆罗浮屠塔和柬埔寨的吴哥窟，一起被称为东方艺术的瑰宝，是缅甸的象征。

仰光大金塔始建于585年。它最大的特点是钟形、金身、宝顶，这也是它区别于其他地方佛塔最鲜明的特征。大金塔的形状像个倒置的巨钟，底座周长427米，塔基为十字折角形，饰以无数水平线脚。基座内设有佛殿，供奉玉雕佛像。基座四面设塔门，门前各有一对石狮子。金塔里有4座中塔，

四周有 68 座小塔。这些小塔用石料或木料制成，塔形各异，有的似钟，有的像船，每座小塔的壁龛中都有玉石雕刻的佛像。大塔左方的福惠寺，是一座中国式建筑风格的寺庙，由清朝光绪年间当地华侨捐资建造，是大金塔建筑群的重要组成部分。大塔东北角和西北角各有一个大古钟，分别重达 40 吨和 16 吨。缅甸人认为，古钟是吉祥幸福的象征，连击三下，就会心想事成。

俗语说，人靠衣妆，佛靠金妆。金佛金塔，我游览世界各地看过不少，但像仰光大金塔这种全身披金的巨型佛塔，平生首次见。仰光大金塔本是个砖塔，但上下通体贴上金箔，加上 4 座中塔，68 座小塔，共用黄金 7 吨多！缅甸是个贫穷小国，何来那么多的黄金？导游说，主要是全国民众的捐献。因为是给佛陀贴金，人们都自觉行动起来，有多少捐多少，认为捐多就会多得到佛的保佑。几千年来，历经无数次修缮，人们捐献的黄金越来越多。因为是佛陀金身，谁也不敢盗窃。

1989 年，缅甸政府对大金塔又进行了一次大规模的维修，拓宽了 4 条走廊式的入口通道，在塔的四面安装了观光电梯，使大塔更加宏伟壮观和富丽堂皇。我们乘电梯来到塔顶时，首先映入眼帘的是一把巨大的金属宝伞，重 1 260 公斤。导游如数家珍地告诉我们，大伞周边镶嵌着 7 000 多颗宝石。看，这是红宝石，那是翡翠，还有金刚石和一颗重达 76 克拉价值连城的巨钻。宝伞还挂着金铃 1 065 个，银铃 420 个。一阵东南风吹来，金铃银铃齐奏出清脆悦耳的声音。

据介绍，金身宝顶的仰光大金塔，既是国家象征，又是缅甸各种政治力量博弈的角斗场。1936 年，缅甸发生大学生罢课事件，他们驻扎在大金塔展示力量，向当局提出诉求。1946 年，昂山将军在大金塔向集会的大批群众发表演说，提出结束英国殖民统治，要求独立。而在 42 年后的 1988 年 8 月 26 日，昂山将军的女儿昂山素季，也在大金塔向集会的 50 万人发表演说，表达诉求，要求民主。

缅甸是个小国，曾遭受英国和葡萄牙西方殖民主义者的侵略。他们入侵缅甸时，都是首先占领大金塔，作为司令部或建弹药库，大肆掠夺文物。葡萄牙侵略军看中大塔的 30 吨重大钟，决定运回国内。传说在渡河时风雨交加，雷鸣电闪，大钟掉入河里了。老百姓说：镇塔宝钟，不容掠夺，佛祖显灵，敌人落空。

"枫景"这边独好

"枫情" 万种

加拿大人对枫树情有独钟，有强烈的依恋之情，枫树被称为国家精神的象征，加拿大之国魂！

此话并不夸张。请看：

加拿大的国旗由三叶红枫图案组成，国徽也是三片红枫的盾形纹章。故加拿大被称为"枫叶之国"。

世界上只有加拿大的纸币，不论面额是 100 元，还是 20 元、10 元，都印着不同图案的枫叶，而不像众多国家那样印上领袖的头像。

许多游客说，市场上流通的一些日常生活用品、书报刊物，凡印着枫叶图案的，就知道是加拿大生产的。因为加拿大的许多厂商，喜爱用枫叶作商标。

加拿大的不少政府官员和社会名人的名片上，印着彩色的精致的枫叶图案。这个细节说明了枫树在加拿大人心中的地位。

加拿大著名诗人亚历山大·米尔创作的《枫叶永存》里唱道："枫叶是我们可贵的象征，枫叶永存！"这首脍炙人口的歌曲，在加拿大广为传唱直到今天。

据介绍，早期的法国移民来到加拿大时，带来了大批的枫树种子，首先在加拿大东岸落脚生根，使这里成了一片火红的天地。后来种植枫树的地方越来越多，整个加拿大逐渐被嫣红的巨幅绸带所覆盖。加拿大有枫树近百种，饮霜傲雪，顽强挺立，给严寒的北国带来了无限生机。

"时维九月，序属三秋"，正是赏枫的最佳季节。我们来到多伦多市的郊区，只见如火如荼的红叶，红得热烈，红得深邃，红得剔透，给这个逐渐萧条的季节平添许多精彩。登高远眺，枫林还只是含蓄地黄绿交错，而走近枫

林时，赭、红、橘、紫、黄，各种表达秋意的颜色，都迫不及待地扑面而来，以最强势的姿态占据你的视野。不过，即使是这样枫林夹道的美景，也不过是前奏而已。当你再往前走，进入被称为枫叶大道的路段，一缕缕温暖的阳光，照射在一片片的枫叶上，为枫树林镀上了一层金色，漫山遍野的赭黄橙红紫一眼望不到尽头，真正展现出"枫叶王国"的气势。

红叶抒情

枫红是秋天的诗，诗是秋色的梦。这个时节，是感受美好的日子。许多团友走进红色的枫林，或拍照留念，或采撷拾取红叶收藏。我不忍心踩踏红

枫叶之国

叶，便倚在一棵枫树旁，欣赏眼前美景，纵情地放飞心绪。一阵秋风吹过，几片摇曳在枝头的红叶，以风作琴，以树作弦，奏出了一曲曲温暖人心的情歌！枫叶随风飞舞落下，似血一般尽情展示了凋零的美，感慨着逝去的时光。人生苦短的历程，何尝不是如此！时光让我从少年走到了暮秋老年；霜红的是枫叶，染白的是双鬓；吹老的是岁月，回归的是心灵。然而，我的一生，因为有了春天的落英缤纷，夏天的绿意盎然，秋天的红枫满山，冬天的皑皑白雪，才丰富多彩！

枫叶红了的时候，宛如画家打翻了调色板，色彩炫目得让人心醉。红叶的流光溢彩，成了诗人们吟诵的源泉。团友叶长峰是退休的大学文科教师，他情趣盎然地朗诵着脍炙人口的诗句："停车坐爱枫林晚，霜叶红于二月花。"他对团友们说："这么美好的红叶秋景，我们来个红枫诗词朗诵会好吗？"大伙欣然赞同，并提出吟诵的古代诗词都要与红叶有关。团友伍华抢先吟出"红叶黄花秋意晚，千里念行客"。欧阳加晋大声朗诵"一片红叶御河边，一种相思题叶笺"。这是一首描绘美貌宫女寄诗于红叶，倾诉幽居深宫寂寞情怀的古诗。司徒仁美接着他的诗意说："红叶无诗亦是诗，何来宫女再题词。"大伙听得出，他们的朗诵有点斗诗的味道，非常好！接着，诗词会冷场了一阵子，叶长峰把目光转到我身上。我拾起一片落地枫叶，轻轻地抚摸着焦黄的叶片，随口吟出了柳永的《卜算子》："江枫渐老，汀蕙半凋，满目败红衰翠。"

时值中午，枫林到处是中国面孔的游客。他们或三五人结伴，或全家老小一起出动，还有穿着婚纱、西装的新婚夫妇，以红叶为背景举行婚礼。我们团队的三个女同胞，还就地举行别开生面的"燕玉葬枫"，引来游客围观。原来，女团友刘燕玉30多年前，与男友张大文在北京香山观赏红叶时认识，互赠红叶题诗而产生感情，不久便结为伉俪。几十年来夫妻相敬如宾，形影不离。前年深秋，张大文因患重病离开了人世。从此，刘燕玉在每年枫叶红了的时候，都要找出收藏的红叶，凝神看着这些红韵已不复存在的叶子，抚摸着没有生命的柔软肌体。而今来到异国他乡，眼前的红枫世界，勾起了她深藏在心中的永久情怀。于是，她和两位女友拾起落地的红叶，堆放在一块凹地里，并抓了一些泥土撒在红叶上。她们肃然站立，向红叶堆鞠躬。刘燕玉还朗诵了一首七言《葬枫诗》："见到红枫想到君，相思题叶情义坚。枫情化作微风去，留住记忆冲云天。"此情此景，感染了大伙，不约而同地向红叶堆鞠躬。

甜蜜红枫

　　枫树林里，五彩斑斓，多姿多彩，令人眼花缭乱。导游带我们来到一株特大的枫树前，它足有 40 米高，叶片有手掌大，叶端尖细。导游说，这种枫树叫"糖槭树"，是北美洲独特的枫树，是珍贵的木材，有多种用途。而且，它的汁液如奶汁，甜甜的，别具风味。枫糖中含蔗糖约八成，其余为果糖、葡萄糖以及一些特殊的异香物质。

　　枫树好像甘蔗，也是甜蜜事业的成员，令我们耳目一新，闻所未闻。在大伙的要求下，导游答应我们自费前往实地参观。路上，导游给我们讲了有关枫糖的故事：传说很久以前，加拿大的一个原住民印第安人猎手，在枫树下煮鹿肉时，发现鹿肉有甜味，抬头一看，枫树缝里有汁液往锅里滴，他用手沾了几滴送入口中，甜滋滋的，从而发现了枫树液含糖的秘密。有关资料表明，在全世界 140 多种枫树中，加拿大的糖槭树和黑枫树的液汁含糖量最高，可达 10%。加拿大全国年产枫糖 19 万公斤，占世界总产量七成以上。

　　大巴在高速公路上行驶了约半个小时，转入一条崎岖小路，远处万山红遍，层林尽染，小路两旁大树遮天蔽日，叶子金黄，秋意浓浓。汽车在一排林荫夹道的平房前停下来，导游说，枫糖农场到了。农场女接待员叫小何，是中国人，讲一口流利的普通话，热情地领我们进入一间大房子里，有十多排长椅子，墙上挂着枫树和枫糖产品的大照片。小何介绍有关情况后，让我们看录像。这家农场是加拿大数千个枫糖农场之一，拥有糖槭树 1 000 多亩，3 000 多株，每年生产的枫糖浆和各种糖果销往世界各地。接着，小何带我们来到旁边的糖果产品展销店，货架上摆满了各种颜色的巧克力糖，一瓶瓶咖啡色的枫糖浆，还有用糖浆配制成的各种饮料。商店门前设有咖啡座，我们当即就座，享用各种枫糖点心和馅饼，畅饮用枫糖酿制的特色酒。大伙高兴地说：味道真好，活了几十年，终于尝到枫糖酒，真是不枉此行啊！

　　枫糖是美味可口的，但不知道它是怎样从枫树中提取出来的呢？小何大概知道大伙的心思，便带我们进入枫林，现场观看农场工人的示范操作。取糖方法和海南岛橡胶园割胶差不多：先在枫树上切个口，打孔，然后插入小管，在小管下方放置小桶。我们很想看看枫糖液是啥样的，但等了一刻钟也没见流出来。小何说，现在不是取糖季节，只是让大家了解取糖方法。她谈到，不是所有糖槭树都含糖，得树龄在 20 年以上，并且没有病虫害。每年仲春，当积雪融化的时候，糖槭树枝经过一个冬天的冷冻，汁液浓缩，流出来的汁液味道甘美。取糖的时间只有三四周，过时不候。

据介绍，加拿大每年三四月是一年一度的"枫糖节"，持续四五十天。届时，全国几千个枫糖农场开割取液，制作枫糖。节日期间，枫林里张灯结彩，喜气洋洋。城市居民有的全家出动，有的三五成群，来到枫林安营扎寨，或住进旅馆、枫林小屋，到处听到人们的欢声笑语，闻到枫糖汁液诱人的香味。可惜我们来的不是时候，与"枫糖节"无缘相遇。

在返回多伦多的路上，一抹斜阳照在枫林上，给红色的枫叶洒了一层碎金，霞光亮丽，令人心醉。我顿觉心胸开阔，神思飞扬，随口吟出了："万山红遍秋不老，层林尽染枫林道。红叶秋景谁最好？加国'枫景'最风骚！"

"地中海新娘"

假如把烟波浩渺的地中海比作一方磨好的砚，那么埃及亚历山大就是蘸着地中海的水，一挥而就的水墨画，亦写意亦工笔，豪放处轻描淡写，细致处入木三分。

亚历山大市位于地中海南岸，尼罗河三角洲西北角，距开罗 220 公里。它比开罗干净整齐，沿着海岸绵延展开，东西方向长，南北纵深短，街道纵横交错，城市格局如同国际象棋的棋盘。整体看来，亚历山大就像展开在地中海南岸的一幅栩栩如生的画卷。

朝阳小心翼翼地揭开地中海南岸的面纱，把风情万种的亚历山大呈现在我们面前。从海岸上远观，那翻滚的云霞、翱翔的海鸟、流淌的海水，不管是涌动的永恒，还是静止的瞬间，都是印刻在脑海中的画，让你的心情也随之轻松起来。行走在海滩上，白色松软的沙滩让你忘却烦恼，千帆竞发的船只让你精神振奋，矗立在海边的亚历山大灯塔遗址让你沉思。眼前的一切，令我们思绪万千，浮想联翩。

据介绍，亚历山大之所以被称为"地中海新娘"，就是因为她像一位温柔如水、风情浪漫的绝色新娘。还有一个传闻，说它与名闻天下的埃及艳后克利奥帕特拉有关。有这回事吗？当地导游华人袁元，用他传神的语言，带我们走进地中海的历史长河，一起感受埃及艳后的喜乐悲伤吧。

话说公元前 332 年的一天夜里，刚攻占埃及的马其顿皇

亚历山大港一角

帝亚历山大正睡在营中，梦里有神仙告诉他，地中海南岸是神赐给他的领地。他醒来后按照神的指引来到南岸，宣布建立一座新城，定为国都，并用自己的名字命名为亚历山大。经过几代人的努力，亚历山大的经济和文化建设达到了辉煌的顶点，取代希腊雅典，成为东西方海洋贸易和文化交流的中心。

时间到了公元前48年，埃及的托勒密王朝有位绝色皇后叫克利奥帕特拉。在世人眼里，埃及艳后与中国的杨贵妃、日本的小野小町，并称为世界三大美女。为了夺取皇位，克利奥帕特拉以美色勾引了罗马统帅恺撒，做了他的情妇，并利用他的军事力量，轻易地取得了江山，爱江山更爱美人的恺撒从此"君王不早朝"，沉迷酒色，不理朝政，与艳后过着如梦如幻的缠绵日子，亚历山大成了两人的温柔乡。但是好景不长，恺撒大帝被暗杀了。继承帝位的安东尼和恺撒一样，也拜倒在这位艳后的石榴裙下，在亚历山大过了10年花天酒地的生活，国力日渐衰落。公元前31年，来自罗马帝国的大军，很快消灭了安东尼的势力，攻陷了亚历山大城，迫使他和艳后自杀身亡，落得个身与国俱灭的下场。

有人说，闻名的地方，往往热衷于与英雄、美人扯上关系。此话有一定道理。亚历山大不但出现过埃及艳后的风流韵史，还是一个英雄云集的摇篮。除马其顿的亚历山大外，还有迦太基的汉尼拔、阿拉伯的萨拉丁、法国的拿破仑等等。他们都是在亚历山大的实践中创造出来的。长期以来，亚历山大这个响当当的名称，与这些英雄、美人共同闻名于天下。据说，当今世界上共有34座城市，被冠以亚历山大的名称，但可以说，埃及的亚历山大是其中最著名的。

如今的亚历山大有500多万人口，汇聚全国三分之一的工业，负担全国80%货物的进出口。它是埃及第二大城市，也是地中海的最大港口，在非洲大陆也是首屈一指的城市。由于亚历山大史上的种族迁移与融合，环地中海的各种主体文明，在这里都打下了印记，使亚历山大成为一个古今文化荟萃的地方。已经过去的古埃及、古希腊、古罗马及基督教早期文明，与现代的伊斯兰文化、基督教文化并行不悖，和平共处。所以在这里，你可以看到阿拉伯民居、塔楼、西式洋房别墅等各具特色的建筑物，随时随地可听到白种人、黄种人、黑人操着阿拉伯语、英语、法语、日语、汉语和非洲语。关于人们的穿着、饮食、玩乐等生活方式，更是五彩缤纷。因此，许多人称埃及的亚历山大是一座万花筒式的城市。

导游带我们沿着市区滨海大道向东走，走到头，一座围墙高筑的宫殿立

在面前。这里就是埃及王国福阿德和他儿子法鲁克的夏宫，是避暑休闲度假的胜地。进门后，眼前一大片苍翠的绿地和梧桐林，看惯了开罗的黄沙和以黄色调为主的建筑物，面对这片布局典雅、郁郁葱葱的皇家园林，心胸豁然开朗，虽在盛夏，却顿感凉爽。

夏宫是一座红顶白墙、高低错落有序的漂亮建筑，带有明显的西式风格。行宫不远处有一座红色大桥，横跨在海上，像一道美丽的彩虹。站在桥上可看到一片海滩，站在长堤，倾听惊涛拍岸的声响，仿佛置身于世外仙境。看得出来，当年的埃及王室给这座行宫赋予了浓厚的西方园林建筑风格，身临其境，甚至有几分法国凡尔赛宫的感觉。

据说，法鲁克国王还练就了一身好"手艺"，那就是"当小偷"。他经常在接待外宾时，出人意料地偷走人家一些东西，然后在送行时再送还给人家，以博一笑。富可敌国的国王却热衷于"当小偷"，也算是奇闻。不过，有这样怪癖的皇帝岂止他一个。在我国历史上，什么木匠皇帝、诗词皇帝、和尚皇帝就能列出一堆来。他们都不是当国王的料，最后大多数成了亡国之君，法鲁克也不例外。20世纪50年代初，法鲁克王朝被新生的革命组织推翻了，废除了君主制，埃及共和国正式成立了。

我们的车离开夏宫后，驶向市区最繁华的滨海路中段，在一座有个巨大白色球体的建筑物门前停了下来。导游说这是新建的亚历山大图书馆。有些团友忽然想起，求学年代就听说过亚历山大图书馆，声名显赫。导游说，它不是一座普通的图书馆，而是地中海名城的瑰宝，也是埃及人和全人类献给"地中海新娘"的嫁妆。

早在公元前295年，埃及皇帝托勒密一世，立志建造一座可容纳全世界书籍的图书馆，馆址设在王宫附近。从此，历代托勒密国王千方百计地收集世界各地图书，使它很快成为当时世界上最大的图书馆。传说在鼎盛时期，馆藏书籍有70多万册，涉及哲学、天文、地理、医学和体育等各个领域。此馆还承担翻译任务，将世界图书译成希腊文，这在两千多年前的确是很惊人的成就。与图书馆相连，还建有一座智慧馆，国王邀请当时地中海各国著名学者，在此客座研究。经历几个世纪的辉煌，这座人类文化的宝库突然神秘地消失了。据说它是毁于两次大火，第一次大火把图书馆藏书烧了一大半，剩下的迁移到别地时，被下令当作燃料烧掉。

1995年，埃及政府决心重建亚历山大图书馆。在联合国的支持下，耗资两亿多美元，历时7年。图书馆外形设计理念是一轮初升的太阳，以此喻示古亚历山大图书馆启蒙世界和开创人类文明的光芒。主体建筑由图书馆、球形天文馆和服务大楼组成，共11层，藏书量可达800万册，每天可接待万名读者。

　　进入一层大厅后，可隔着玻璃看到阅读大厅，厅里坐满了各色皮肤的读者。导游带我们参观了馆里的几间小型博物馆，一间是埃及古代书籍展室，其中有希腊时代的古书和埃及最古老的《古兰经》。有个精致的镜框，放着几本颜色发黑、残缺不全的书籍。据称，这是被火烧焦幸存下来的书籍，是亚历山大图书馆历经战火摧残的沉默见证。另一间是亚历山大海岸出土文物展，以希腊、罗马时代的文物为主。最后我们来到天文馆，看了一场宇宙的演变历程。我们还走马观花地参观了馆里的文化广场、国际研究院、国际会议中心、科技博物馆、文物馆、藏书库等。

　　我们回到旅游大巴时，不约而同地发表自己的观感，比较集中谈到的问题是：人类创造了伟大文明事业的同时，也发生人类"火烧文化"的怪现象。几千年来，古今中外，无一例外。是的，在我国古代有火烧阿房宫，近代有英法联军火烧圆明园，对全人类犯下令人发指的罪行。我记得法国文学家雨果曾说过这么一段精彩的话：有一天，两个强盗闯了进来，他们一个放火，一个抢劫，原来胜利者是可以成为强盗的。

54 沧海桑田话琼州

打开海南岛的地图，可以看到海口市东面滨海有个呈喇叭形的海湾港，口子向西北，尾部深入南面陆地，这便是铺前湾、东营港、北创港、东寨港。300多年前，这里原是琼州百多平方公里的陆地，但在明朝的一次大地震中沉陷了，使昔日一马平川的田园村庄，变成了今天一片汪洋的沧海港湾。

与地震科学工作者（左一）在陆地成海遗址合影

海底村庄

一个秋高气爽的清晨，正值海水退潮，我随同地震科学工作者来到东寨港、铺前湾一带滨海地区。只见海滩上露出了村庄废墟的遗迹，不但有保存完好、以石板镶拼成的石水井井口，舂米石臼，石板，还有灯座、油灯盏和大量的砖、瓦等碎片。在另一个海滩上有玄武岩的石板棺材、坟碑表面布满了海蛎、贝壳，看得出这是当年的坟场，虽经几百年的海水侵蚀，但坟碑的字迹依然十分清楚。

在北创港至铺前湾东西长10多公里、宽约1公里的浅海地带，平坦的古耕地，阡陌纵横，在一些古村庄，树头、竹头等比比皆是。

我们离开铺前湾，往西走100多公里，来到临高县东北滨海的马袅乡。这里原来有个1平方公里的古盐场——马袅盐场，在地震中沉陷于海下二三米。如今，透过海水，可看到昔日的晒盐田上，散布着一些白色的大小差不多的鹅卵石。据当地群众说，这些鹅卵石原用来砌晒盐田，是从广西运来的。

地震科学工作者告诉我，所有这些石板棺材、坟碑，大都排列方正整齐；水井井口和舂米石臼的口子向上，而不是翻倒的，证明那次大地震是整个沉陷，体块垂直下降的。这种情况，在我国地震史上是罕见的。

许多地方还发现了不少沉陷较深的遗物。在铺前湾离海岸以北 4 公里左右的 10 米水下，有一个叫仁村的古村庄沉陷在这里。在东寨港水下，有一座以方石块砌成的古戏台。5 月水清时，在北创港 7 米深的水下，可见到一座竖立在海底的"贞节牌坊"，4 柱 3 孔，横跨 7 米。海鱼在牌坊上下翻腾，穿梭往来，宛若一幅"鱼跃龙门"的画卷。

沧桑骤变

地震科学工作者经过 4 年多的调查考证，发现了许多记载琼州大地震的家谱、族谱资料。地震发生于明代万历三十三年 5 月 28 日亥时，即 1605 年 7 月 13 日夜。这是一次震级 8 级、震中烈度 11 度的大地震。震中在琼山县。受灾最严重的是琼山、澄迈、临高、文昌四县。

这次大地震造成当时的建筑物倒塌殆尽，不少地方地裂水涌，高岸成谷，深谷为陵，地陷村沉，沧桑骤变。它波及范围很广，距琼山城 300 多公里的广西陆川、博白、岑溪等地也被波及，属 6 度的破坏地区。4 度有感范围直达距其 600 多公里的湖南省临武等地。大震之后，"余岁不宁""连震数年方息"。

琼州大地震导致陆地沉陷的幅度一般在 3 至 4 米，陆陷成海的最大幅度在 10 米以上。极震区内除 100 多平方公里陆地沉入大海外，还有上千平方公里的陆地也下沉了。多年来，海口和琼山在水田下 1 米多深处挖出棺材、舂米石臼和大量的砖、瓦、缸、坛的碎片。有的地方还发现古树林和村庄被埋在稻田之下。

据地震部门考证，迄今为止，琼州大地震是我国地震史上唯一一次导致陆陷成海的大地震。这个大面积陆地沉陷成海的大地震废墟的科学发现和考证，在我国是首次。对它的科学考证，不但为我国地震的预测预报及基础理论研究提供了重要的资料，而且对地质学、地理学、考古学都有重大意义。最近，国家地震局领导同志和地质构造专家，先后在铺前湾等地下水观看地震遗迹，认为这是一个重大的发现。

付出心血

沧海桑田几百年，遗迹发现在今天。每当人们参观这个地震遗迹时，总忘不了那些为考证地震遗迹而付出辛勤劳动的地震科学工作者。琼州地震陆地成海遗迹，是广东省地震局助理研究员陈恩民经过 4 年多的调查考证发现的。他过去动过大手术，现在又患肾结石伴肾积水、关节炎，但他 4 年多来一直带病坚持搞野外调查考证，跑遍了 3 000 多平方公里的地震区，开了 600 多个调查会，访问了 7 000 多位老人，考查地方志、族谱、家谱等超过 500 万字，调查笔记和收集有关资料 40 多万字。为了寻找水中废墟遗迹，他赤脚下水，踏着过膝的海泥连续走几个小时是常有的事。

陈恩民艰苦深入搞调查的作风感动了广大群众，人们不但给他提供线索，还主动同他一起去调查。82 岁的老渔民林书梧，拄着拐杖带陈恩民出海，找到了在北创港水下的"贞节牌坊"。退休老干部王寿章同陈恩民一起追踪地震裂痕沟，逐个落实古村庄废墟的名称。几年来，陈恩民不仅进行综合性的地震考古，全面研究琼州大地震造成陆陷成海的规模、特色和成因，而且对震区的地质构造背景和发震构造，也进行了比较广泛的调查研究。目前，他已写出了关于琼州大地震的科学论文，受到有关部门的好评。

波涛汹涌的琼州海峡，记载着人类环境变迁。据地质构造特征和古今生物的对比分析，50 万年前，海南岛和雷州半岛是相连的，后来由于琼州海峡的强烈下沉，导致两地被海水所隔。陈恩民经过解剖琼州大地震，发现琼州海岸有些地方近 50 年来平均每年以 0.3 ～ 0.4 厘米的速度下沉。这对研究雷琼地区未来可能发生大地震的危险地段和发震构造部位，以至为今后部署好雷琼地区的地震测报工作，将提供较为可靠的资料和理论依据。

第三章

山水寄情

55 莱茵河偷走了我的心

莱茵河德国河段

　　在德国旅游，我第一眼见到浅绿色的莱茵河时，不由得在心里惊叫起来：啊，这不就是我孩提时家乡的水哟，多少年来，我多么想见到你！

　　是的，我生长在珠江水系的东江之滨，开门见水，出行坐船，对水情有独钟。我记得，那时的江水清澈见底，游鱼可数。可是几十个春秋过去了，特别是近30年，珠江水和其他大江大河一样，由"青龙江"变成了"黄龙江""灰龙江""黑龙江"。这些年，相关部门虽然下大决心、花大本钱进行治理，但收效甚微。我想，先污染后治理谈何容易，我这辈子恐怕再也见不到那时的河流了。

　　然而，我断乎没有想到，我的梦想竟然在万里之外的异域成为现实，终于在古稀之年看到了，它就是莱茵河。

　　游览莱茵河是旅行社计划外的自费项目，我们集资租了一艘玻璃观光船。船里配有一名会讲普通话的德籍华人，是我们游览莱茵河的导游。他首先介绍莱茵河是西欧最大的河流，发源于阿尔卑斯山，蜿蜒向北，流经瑞士、列支敦士登、德国、法国、荷兰，注入北海，是一条全长 1 232 公里的国际河流。其中全长的一半近 700 公里流经德国境内。因此，莱茵河被称为德国之父，是国家象征、命运之河。

　　据介绍，游览莱茵河最浪漫的路线是从德国的科伦布到美因茨，这上百里的河道是莱茵河最美的一段。牛年春末的一天上午，我们乘船顺着这航道行驶，只见河道两岸，远处有积雪的壮丽高山，近处有险峻的河谷，植被茂密的山坡，错落有致的葡萄园、古城堡、小木屋，构成了如童话般的世界，即使是毫无浪漫情怀的人也会被深深地吸引。2002 年联合国教科文组织为这段河谷赋予了世界遗产的荣誉。

　　"青山绿水，蓝天碧水。水，多么迷人的好水啊！"坐在我前面的团友朱荣发出啧啧赞叹。登船前，导游说这段河水不但非常清澈，而且航道安静得令人难以置信。真的是这样吗？我细心观察周围的水面，30 分钟过去了，还没看到如饮料瓶和塑料袋等垃圾漂浮物，满载物资的货船和驳船川流不息，但听不到汽笛声响、马达轰鸣。可以说，这里的一切都是静悄悄的。导游说，莱茵河是欧洲最繁忙的水道，每月有近 1 万艘货船通过，由于采取各种措施，严格监管，使繁忙的莱茵河变成一条安静的河流。

　　游船缓缓地拐过一道弯，忽然有人惊叫一声："白天鹅！"大伙循声望去，看见两只雪白的天鹅，正在岸边安详地遨游、觅食，岸上的游客争相举起相机拍照，有人还伸手轻轻地抚摸它们的羽毛，真是好一幅人鸟和谐的自然风景图。导游说，活跃在莱茵河的天鹅、野鸭、鸳鸯等水鸟，有上万只。随着冬去春来，大批南下越冬的水鸟正在陆续返回，不久将会出现水面和陆地百鸟争鸣、人禽嬉戏的动人场面，成为莱茵河的一道亮丽的风景线。

　　旅途一站比一站精彩，心情一站比一站愉悦，我们来到了一个叫洛勒莱的地方，十分幸运地赶上了阳光灿烂的好天气。这里的美除了大饱眼福、用相机记录，更值得用心去细细品味。在阳光的照耀下，烂漫的山花红得像火似的，夭夭怒放，妩媚俏皮地飞舞在山间；头上是湛蓝的天空，眼前是一川素玉，水皆缥碧，绿如蓝叶，春水共长天一色，正是"日出江花红胜火，春

来江水绿如蓝"。没想到，大诗人白居易吟咏锦绣江南醉人春色的诗篇，竟在这里得到淋漓尽致的再现。

　　"莱茵河两岸还有数不清的古城堡，被称为世界一绝！"导游边说边给每个团友一架望远镜。我们看到，大大小小的城堡像一串明珠镶嵌在陡峭的河谷上，屹立于险峻的山腰间，还有的隐没在树林中，露出峥嵘一角。据介绍，这些城堡大都建于13世纪中期，有哥特式、巴洛克式及文艺复兴时期风格。虽然经历几百年风雨，却风采依然。如今，这些古堡已成为有名的历史遗迹，为莱茵河的风景增添了不少浪漫色彩。游船驶过一个叫上韦瑟尔的地方，有3座城堡同时出现在眼前，它们分别是河右岸的猫堡、鼠堡和河左岸的莱茵岩城堡。因它们地处河道的险要位置，一直成为游人向往的胜地。每年9月的大型烟火表演"火焰中的莱茵"便在此地举行。

　　数百年来，莱茵河不仅流淌着不朽的诗歌，飞溅着著名的音乐，而且弥漫着浓郁的葡萄酒的芳香。我们看到，河道两岸尽是风光旖旎的田园景色，连绵翠绿的葡萄园，漫无边际。导游说，这里是得天独厚、世界著名的葡萄酒产地。两千多年来，人们在崎岖的山坡上大面积种植葡萄，生产的白葡萄酒纯净、清淡，口味柔和，是世界上最好的白葡萄酒之一。十八九世纪，欧洲的歌德、拜伦、海涅等浪漫派诗人、艺术家时常聚集此地，边品尝当地的葡萄酒，边进行热烈的讨论。每年秋季，莱茵河中部地区都会举行古老的葡萄酒节。届时，人们穿着民族服装，载歌载舞地大游行。

　　导游正津津乐道介绍情况时，迎面吹来一阵阵清风，一股醇香的酒味扑鼻而来。闻酒起劲的团友立即提出，要求靠岸尝尝新鲜。导游征得船家同意后，在一个古老小镇码头靠岸，穿过狭窄小巷，只见到处是酒吧，有露天的，有室内的，许多人在那里喝酒聊天。导游带我们来到一家叫"醉仙楼"的酒吧，室内依照我国唐代风格进行装修，金碧辉煌，雕梁画栋，飞天彩练，天女散花。店堂正中墙上用中文和德文写的一首诗特别引人注目：葡萄美酒夜光杯，助兴消愁这里来。管它金融风暴吹，今朝有酒今朝醉。

　　我看后冲口而出："这不是被篡改了的唐诗《凉州词》吗？""是的，唐朝大诗人王翰的名句被我拿来主义，为我所用啊！"一个讲洋腔普通话的德国人，微笑地拱手向我表示歉意。原来，他是这家酒吧的老板，3年前毕业于我国复旦大学中文系。回国后没找到合意的工作，便经营酒吧。金融风暴发生后，他灵机一动，把酒吧改成"醉仙楼"，并购置了一些精美酒杯当作"夜光杯"，所有服务员都穿着仿唐服装，跳唐宫舞，播放中国古典音乐等。开业后，不但吸引了那些苦闷、灰心、失望的人来借酒消愁，而且还有不少人前来边喝酒边欣赏中国文化，生意非常红火。

大伙儿返回游船后，还沉浸在葡萄酒的良辰美景之中。有些酒酣耳热、醉意朦胧的团友，免不了话也多起来了。他们说："莱茵河好，葡萄酒美，有朝一日，让我日喝十盅葡萄酒，不辞长作莱茵人！"导游说，今天的莱茵河两岸是美丽的、和谐的，但它过去遭受的苦难是深重的，令人难以忘记的。莱茵河是德国和法国的"楚河汉界"，历史上长期成为两国拉锯争夺的河流。19世纪初，法国拿破仑率兵打过莱茵河，把德国柏林勃兰登堡门上的马车掠走，当作战利品。1870年，德国铁血宰相俾斯麦带普鲁士军队渡过莱茵河，攻占巴黎，在凡尔赛宫宣告德意志帝国的建立。

第一、二次世界大战中，莱茵河两岸战火纷飞，死伤无数，血流成河。1945年3月，"二战"中的巴顿将军率盟军攻占德国莱茵河河畔的美因茨市。后来应邀参加美因茨莱茵河大桥通车典礼时，巴顿将军拒绝别人递给他的一把剪刀，并放声喊："给我拿把刺刀来！"这就是莱茵河，一条需要用刺刀剪彩的河流！

离开莱茵河后，我的心久久无法平静，因为莱茵河偷走了我的心啊！是的，在我的脑海里：一条静悄悄的青山碧水河流挥之不去；星罗棋布的古堡，青葱的葡萄园挥之不去；人禽嬉戏，刺刀剪彩，挥之不去……

56 蓝色的多瑙河

我在欧洲中部旅游时，多次穿越美丽的多瑙河。给我留下深刻印象的是流经奥地利的多瑙河地段。可以说，这里处处都是景，处处是天然油画，令人赞不绝口。

发源于阿尔卑斯山的多瑙河，自西向东进入奥地利境内，沿途高山峡谷，平原洼地，大河湖泊，森林草地，牛羊遍野，绿树红瓦，教堂古堡，乡村小镇。按照游览计划安排，我们的大巴来到奥地利西部城市因斯布鲁克。它坐落在阿尔卑斯群山怀抱的山谷中，多瑙河的支流因河在这里缓缓流过。谷地气候湿润，土地肥沃，有一番别样风光。因斯布鲁克是中欧久负盛名的冬季运动场和旅游胜地，1964 年和 1976 年的冬奥会曾在这里举行。

因斯布鲁克有一条天然的峡谷，两边矗立着擎天的石柱和陡峭的绝壁，抬头仰望，恍觉摇摇欲坠。谷内的参天大树，蔽日遮天，漫步其间，一种对山川名胜和历史沉淀的原始恋情会油然而生。充满灵性的峡谷，将古朴而清静的历史画卷、清新而平和的现实情景、动静相宜的山水情怀，真切地融为一体。涓涓滴滴的山泉，清澈地映现峰峦峻岭的挺拔；凝翠聚玉的深潭，静静地观看四周的花开花落。是的，这里的奇丽景致充满了雄壮激昂的动感，展现了生命的缤纷色彩！

走出峡谷，坐上大巴，来到莱茵河注入多瑙河主流之处。我第一眼见到绿如宝石的多瑙河，一时忍不住惊叫一声："看，多瑙河的水比莱茵河更绿哟！"流经这里的多瑙河水流湍急，河面不宽，两岸青山耸立，除了森林，便是草地，看不到农田和裸露的土地，到处是天蓝蓝，水绿绿，山清水秀。导游说，奥地利的粮食和其他农产品生产过剩，多年来积极鼓励退耕还林还草政策，全国森林覆盖率高达 47% 以上。正因如此，多瑙河在奥地利流域得以遗世独立，未受到工业文明的侵害，保持了自然生态的平衡，给人类留下了一份珍贵的遗产。

我漫步在河边的草地上，有意放慢脚步，让同行的团友先行一步，在没有喧嚣和干扰中细细欣赏多瑙河。我喜欢河畔那丛丛簇簇的繁花，更欣赏岩石间、路旁茂密的林带。忽然有人惊叫一声："野鸭子！"我循声望去，看见1只白色鸭子和2只褐色的小鸭子，正在岸边遨游觅食。看得出，这是鸭妈妈带着两只鸭宝宝出游。不一会，又有人喊："还有1只呢！"只见一只黑白混色的鸭子，正从水面冒出来，嘴里还叼了一条小鱼，向岸边游过来。大伙好奇地跟着它想看个究竟。只见它游到岸边的草丛时，一眨眼就不见了。在哪？几十双眼睛对着草丛扫来扫去。忽然有团友喊"看见了，在窝里喂小鸭呢"！大伙看见都乐了，争相举起相机拍照。

导游指着前方说，今天天气好，那边将有更多的水鸟欢迎大家。大巴沿着多瑙河拐了一个弯，来到一个湖泊相连、湿地连片的水域。活跃在这里的天鹅、苍鹭、白肩雕、野鸭、鸳鸯等水鸟，不是十只八只，而是成千上万，有的在空中翱翔，有的潜水觅食，更多的聚集在湿地嬉戏。有数只雪白的天鹅，正在岸边安详地遨游。我们伸手轻轻地抚摸它们的羽毛，它们可能习惯了与人亲近，不但不害怕，反而用嘴亲吻我们的手指。这时，有两只突然叫了一声，展开巨大的双翼，直立地双足踩水，贴着水面向前飞翔。导游大声喊叫："这就是水上天鹅舞啊！"大伙赶快举起相机，抢拍了难得一见的水上天鹅舞镜头。

导游说，这个湖区不但是多瑙河畔的水鸟王国，还是奥地利拥有的一笔财富。这一带有数十个面积几十平方公里的淡水湖泊，一个连着一个，个个碧波荡漾，清澈见底，游鱼可数。欧盟有关部门经过实地调查，称奥地利淡水资源丰富，可供4亿人口饮用。奥地利是个小国，总人口只有800多万。因此，可以大量出口水资源，特别是向严重缺水、水贵过油的中东地区出口淡水。在水资源已经成为全球性大问题的时候，创造万物的上帝另眼相看给了奥地利一笔巨大的财富。难怪有人调侃说：奥地利之所以叫"奥地利"，是因为它地处欧洲中部，四通八达，占尽地利。

大巴离开湖区向前行驶，不久进入多瑙河畔山区。隔着车窗远眺，对岸青葱的山峰连绵不断，山顶峡谷间浮游着团团白色的烟岚，山尖在云雾里时隐时现，宛如仙境。大巴在一个山坳的观景台前停了下来，让大家下车欣赏远山近水的景色。站在这里，清风徐来，衣袂飘飞，神清气爽，眼前一江碧水迂回向前，两岸青山壁立，青山后面还有起伏连绵的更高的山。山峰顶端白云缭绕，山色云影相互衬托，幻化成各色人物各种景致，供游人想象猜测。

在湛蓝的天空中，最夺人眼球的是朵朵白云，时聚时散。远处的云如白

帐，山峰裹藏不见而不得其形；近处的白云似轻纱，圆润似乳的山峰可探头挺立。一旦山风吹过，原来"犹抱琵琶半遮面"的山峰即显露出来，打开一扇门，便见一幅景，如此连续，画轴不断，景致常新，正如诗仙太白描述的那样："疑是天边十二峰，飞入君家彩屏里。"在这样的时空里，除了拍照片外，最适宜的就是发呆。我倚在一块岩石旁，看着上方形态各异的纯白云朵，离自己那么近，似乎伸手即可触摸；离自己又是那么远，怎么摸也摸不着。看累了，就闭上眼睛冥思遐想一会儿，好好回味与多瑙河蓝天白云的邂逅。

绿水相伴维也纳

　　我想得入神了，连上车的时间也忘了。当我睁开眼时，团友们都在车上等我，导游还到处找我呢。上车后，我的心情特别好，思绪随着蓝色的多瑙河由西向东。

　　当车平缓地进入维也纳盆地时，顿觉眼前一亮，辽阔的盆地犹如一幅特大的绿毯，碧波粼粼的多瑙河，从维也纳市区静静流过，水秀林荫，风景幽雅。到处有美丽的乡间小镇，田园风光美不胜收。

　　就在这时，大巴里忽然响起优美轻盈的音乐，那清新明快的旋律，把我们带入了一个梦幻般的美妙世界中。我惊叫了一声："这不是施特劳斯的《蓝色的多瑙河》吗？"一位女团友拿起放着音乐的手机向我点点头。此时，司机自觉地把大巴停在路边，关了发动机，让我们好好地欣赏。当那洒脱、放纵、浪漫的乐曲旋律过后，大伙如梦初醒，称赞这首令世人痴迷的圆舞曲，真不愧为奥地利的"第二国歌"！

　　有位团友说："蓝色的多瑙河？但我们看到的不是蓝色！"导游说他问得好，随即在手机上按了一下说："大量考证说明，多瑙河不是蓝色的，它的河水一年中变换 8 种颜色：109 天是宝石绿色，49 天是鲜绿色，47 天是草绿色，38 天是浊绿色，37 天是深绿色，24 天是铁青色，55 天是浊黄色，6 天是棕色。"

　　可能是《蓝色的多瑙河》深入人心的缘故，人们总是感觉它就是蓝色的。天蓝蓝，水蓝蓝，天籁之音荡宇寰，撼动心灵人人赞。

57 感受泰晤士河

　　在游览英国泰晤士河的游轮上，导游首先给我们讲了一个故事：一个美国人与英国人在游览泰晤士河时，美国人显出几分傲气，故意拿密西西比河与泰晤士河相比，谁的河流长，谁的水量大。英国人说："先生，你搞错了，应该比文化比历史，密西西比河只不过是一条河，而泰晤士河不只是一条河，还是不列颠一部流动的民族灵魂文化史。"

　　是的，美丽的泰晤士河是滋养英国千万子女的母亲河。千百年来，它哺育了灿烂的英格兰文明，孕育、滋养了伦敦，伦敦也使泰晤士河享誉世界，一条伟大的河流与一座伟大的城市交相辉映，共同成为不列颠的骄傲！

泰晤士河畔

泰晤士河是英国第一大河，发源于英格兰西南部的丘陵山区，自西向东，一路奔波 300 多公里注入北海。它没有密西西比河那么长，但它流经之处，都是英国文化精华所在。游轮在波光粼粼的水面慢慢地行驶，悄无声息地穿越市区，两岸的高楼大厦，城堡教堂，古典、华丽、凝重、现代、轻灵的 28 座跨江大桥，在我们眼前掠过。当来到一座叫威斯敏斯特大桥时，桥头侧耸立着国会大厦和威斯敏斯特教堂。首先映入眼帘的就是举世闻名的"大本钟"，它安装在一座高塔的上部。大本钟建成于 1858 年，重达 13.5 吨。可能由于又大又重的缘故，所以也有人称它为"大笨钟"。为什么叫"大本钟"？因为这个钟塔工程负责人叫"Big Ben"（大本），于是，人们就以此称呼这座大钟。"大本钟"是国会大厦的北翼，方形的"维多利亚塔"是国会大厦的南翼，大厦中段耸立着一座哥特式的尖顶高塔。远处望去，一幅像一把把利剑直插云霄的画面，一看就知道是英国的权力中心。

当游轮来到滑铁卢桥时，大伙听导游介绍当地情况，我不经意地看到大桥附近的河岸上，竟然出现了一对狮身人面像。埃及胡夫大金字塔的"贴身护卫"，怎么会离家出走，跑到千里之外的不列颠？经过了解，原来这是仿制品。此时，我又发现一座方尖碑，这分明又是埃及的文物，难道还是仿制品？导游说不是仿制品，是原汁原味的埃及国宝。大伙说一定是抢人家的。导游答：不，是"捡"来的。方尖碑是用一块巨型红色花岗岩凿成的，高 21 米，底座 22 米，重 186 吨，共有两座，竖立在开罗的太阳神庙前。公元前 30 年，罗马帝国打败了埃及，把这对碑作为战利品，移立于亚历山大港。一千多年后因海水侵蚀，碑身倾斜。19 世纪被英国人发现并运回英国，据为已有。从此，这座方尖碑便在泰晤士河畔立户了。另一座方尖碑，则沦落到美国，屹立于纽约中央公园。

游轮向东穿过南澳克桥时，导游说：泰晤士河的桥多，故事又多又精彩，你们想听吗？大伙当即热烈鼓掌。导游谈到，南澳克桥前身是一座三孔拱桥，叫伦敦桥，始建于公元 1 世纪古罗马统治时期，是英国资格最老的古董桥。1041 年，丹麦军队入侵伦敦，英格兰国王下令火烧伦敦桥。于是，一首"伦敦桥要塌了，要塌了"的儿歌流传了近千年，以至漂洋过海，连不少的中国人都能哼几句。伦敦桥被烧毁后，1831 年重建，在原址上建成一座优美的花岗岩五孔桥。后来又加宽了路面，致使桥基不堪重负，每年下沉几毫米。因此，1967 年又决定重建一座水泥桥，即现在外观平庸的水泥伦敦桥。

泰晤士河一段

　　本来，新桥换旧桥，是一件再普通不过的平常事。可是，英国商人竟然认为废旧的花岗岩五孔桥是一件"奇货可居"的古董商品，通过大肆渲染后，于 1968 年以 246 万美元卖给一个美国地产商人。英国商人把这座所谓古董桥逐一编号拆卸，用巨轮运到美国亚利桑那州，美国地产商则在本州的沙漠中，经过精心复原，重新把古董桥砌筑起来，并在周围建立一些英式房舍，美其名曰"小伦敦"，成为该州仅次于大峡谷的第二大旅游景点。就这样，英国商人把废桥变为古董桥获利，而美国地产商则以古董桥吸引游客，使地产升值，从而真正收到双赢的最佳效益。

　　泰晤士河两岸的名胜古迹不胜枚举，被誉为"伦敦正门"的塔桥，气势雄伟，造型独特，与塔桥相映成趣的伦敦塔，古堡风韵，古朴凝重。威严与典雅并存的圣保罗大教堂，以及白金汉宫、肯辛顿宫、海德公园、特拉法加广场，一座座记载着重要历史文化的建筑矗立在你面前，你不能不为伦敦深厚的文化底蕴而震撼。

　　曾去过伦敦塔的导游说，这些景点不可不看的是伦敦塔。其实它不是一座塔，而是由许多塔楼和堡垒组成的古老建筑群，内外城墙建有血腥塔、钟塔、格林塔等塔楼，四周还有一条宽阔的护城河。17 世纪前，伦敦塔一直是英国王室的居住地和关押王室政敌的地方。因而，伦敦塔充满了宫廷阴谋和杀戮的恐怖气息，是研究英国王族历史的生动教材。

我们伫立在船头的甲板上，一边聆听英国王室的斗争历史，一边欣赏水不扬波的泰晤士河。有的团友深有感触地说：英国王族斗争你死我活，高潮迭起；而泰晤士河是娴静的，水波不兴，两者相比，反差很大！导游说社会现象和自然现象是一样的，平静是相对的，不平静是绝对的。就拿泰晤士河来说吧，别看它平静得像一面镜子，但也有野性发作的时刻。

导游谈到，泰晤士河注入北海的地方很大，有 29 公里宽。每逢遇到海潮上涨，潮水就会从河口涌进来，犹如万马奔腾，从下游涌到上游，直到伦敦或更远的地方。据历史记载，伦敦曾被特大海潮淹没，多次成为泽地，损失惨重。从 20 世纪 70 年代起，英政府决定在伦敦下游接近出海处，建起巨大扇形的拦潮闸。这是一项巨大的水利工程，拦潮闸由 9 座 50 米高的桥墩、10 座闸门组成，整齐地排列在河口。工程设计很巧妙，所有拦潮闸门都是智能自动化起降，平时潜伏在水下河床中，河水和船只可从闸门上面自由通航。遇上海潮时，10 座闸门就自动升起，成为一道 5 层楼高的钢墙，把狂澜咆哮的潮水挡在闸门之外，从而彻底解决泰晤士河潮水为患的大问题。

"一条大河波浪宽，风吹稻花香两岸……"我出生于珠江三角洲水网地区，开门见水，出外坐船，从小伴着河水成长，早已从骨子里滋生了对水的爱恋。我游览了渗透着不列颠历史文化的河流后，深切地感到，泰晤士河流淌着伦敦最美丽的灵魂，伦敦也镌刻着泰晤士河最悠长的记忆。

58 夜游尼罗河

　　仲秋时节，我随旅行团来到了埃及开罗，白天游览了尼罗河西岸的金字塔群，饱尝了一顿文化大餐；晚上乘豪华船夜游尼罗河，尽情欣赏美丽的尼罗河夜景。

　　我们乘坐的是一艘古色古香的游船，上下两层，可容纳150人左右。船内的装饰很吸引人，大都是埃及法老时代人物和传说的浮雕，还有古代的神灵和著名的纸莎草画图案。船慢慢启动了，缓缓地在尼罗河上行驶着。两岸的高楼大厦像顶天立地的山峰矗立在河

夜游船里人欢乐

边，天上布满闪闪的星星，像被水洗过的一轮皎洁明月高挂空中，正是"星垂平野阔，月涌大江流"，用它来形容尼罗河之夜是再合适不过的了。

　　游船开到河中线时，我顿时眼前一亮，一条江面开阔、气势恢宏、烟波浩渺的大河向北奔腾。文艺表演还未开始，导游提出一个问题，说要考一下大伙，尼罗河有多长，流经哪些国家等，答对了奖啤酒一支。大伙互相看了看，最后都把目光投到退休老师罗先身上。他说出游前已做足了功课，立即如竹筒倒豆子地说："尼罗河发源于东非的布隆迪高原，流经布隆迪、卢旺达、坦桑尼亚、扎伊尔、乌干达、肯尼亚、苏丹、埃塞俄比亚、埃及九个国家，自南向北注入地中海，全长6 670公里，长度世界第一，水量世界第二。"

罗先的对答如流，立即博得一阵雷鸣般的掌声。

导游说，古老的尼罗河历史源远流长，特别是和金字塔文化有密切的关系。迄今为止，已经在位于苏丹和埃及境内的尼罗河两岸，发现了 100 多座金字塔。这些金字塔分布在千里的尼罗河谷地，形成了一条独具特色的、多姿多彩的金字塔文化走廊。古埃及人发现，太阳总是在尼罗河东岸升起，在西岸落下，太阳的循环往复恰如人的生死转换。他们由此认定尼罗河就是划分阴阳界的冥河。于是人们在东岸繁衍生息，建起高大的神庙来拜祭。西岸则是死者灵魂的栖息地。因此，在"神"的召唤下，人们在尼罗河西岸大兴土木，为"神"修建金字塔、地下陵墓等永恒的归宿，沿袭数代而不衰，最终形成了一幅绚丽灿烂的金字塔文明画卷。

尼罗河的故事还未讲完，上船的游客越来越多，人来人往，听着嘈杂喧哗的人声，望着外面的万家灯火，感到一切都是动的、闹的，唯有尼罗河水不扬波，像一位温和的长辈，默默地守望着这座古老而又年轻的城市，给开罗的夜色注入了无穷的遐想。

我们坐在临窗口与舞台之间的座位，既可看到窗外的月亮，又能就近欣赏文艺表演。当地时间晚上 9 点整，表演正式开始了。一支几十个人的民族乐队登台，奏起欢快的乐曲，一位丰满性感的女郎，上身仅穿表演用的彩色文胸，露出肥胖的腹部，下身穿一条侧开衩露大腿的长裙，轻快地走到前台，转了个圈，对着全场观众明眸一笑，伴着音乐与歌声，扭动腰胯，跳起当地有名的肚皮舞。

一阵欢快激烈的舞蹈过后，舞娘开始下台"抓人"了。她一眼看中我们高大肥胖的团友陈仁光，脸上露出笑容，伸手邀请共舞。舞娘首先教他跳肚皮舞，怎样提胯、扭胯。老陈虽然一本正经地认真学，但他从来没有学过这种舞，动作显得生硬笨拙，扭胯时头部和手脚都动，偏偏腹部不动，紧张得满头大汗，逗得大伙哄堂大笑。舞娘不管老陈动作如何，干脆手拉手地跳起像迪斯科的动作，音乐停止时，舞娘突然在老陈脸颊上深深地一"啄"，并发出清脆的响声。惊魂未定的老陈回到座位时，受到大伙鼓掌欢迎，并开玩笑地夸他艳福不浅。他的老伴赶忙用手帕为他擦洗"咖喱鸡"（粤方言：唇印）。

表演一个接着一个，高歌劲舞，气氛异常热烈。节目在达到最高潮时戛然而止，在如雷的掌声中，表演暂告一段落。这时候，游船开始调头了。趁这空当，导游带我们登上甲板看夜景。站在船头四望，两岸灯火辉煌，头上

星光月色，脚下河水滔滔。此情此景，团友邢天坐不住了，高声朗诵"大江东去，浪淘尽，千古风流人物……"的诗句。我一边欣赏这扣人心弦的诗词意境，一边望着这一江奔流河水，心中不禁泛起一股熟悉的淡淡忧伤。因为我闻到了异味，是河水受到污染的腥臭味，与我国长江、黄河、珠江的气味差不多！

几天来，我们在开罗看到，市区所有纵横交错的河涌支流都变成了垃圾场，一些公共场所和交通要道也堆积了垃圾，风雨过后，恶臭难闻的污水都注入了尼罗河。如今，开罗的市民过着有水喝不得，"水比油贵"的苦日子。据介绍，在美国每加仑2美元的汽油，在开罗0.5美元就能买到。中国人喜欢喝热茶，但房间里没有热水，打电话要杯热水（还不是热茶），竟要3美元，令人咋舌！

我们回到船舱时，一支西洋乐队已经在演出了，唱的都是些英文老歌。我们都听不懂，又悄悄地溜到船头甲板看夜景。由于月色特别明亮，周围景物多数看得清楚。前方有个塔形建筑物引起大伙的注意，它的外形不像上尖下大的金字塔，却像中国式的塔，上下差不多，竹节形，直指云天。有问即答的导游说，它就是著名的开罗塔。

游船开到尼罗河在开罗市内最宽阔的地方，时值晚上10点，空中万里无云，天上的皓月和河中的明月交相辉映，圆润、清澈，好像随时都可融合在一起。它是那么的近，似乎触手可及。它静静地一语不发，却在凝视细听尼罗河的倾诉。说真的，今晚的月色，实在惹人怜爱！连耸立在大沙漠的金字塔，似乎也在颔首微笑，倾情赏月。在导游的提议下，大伙围坐在船头甲板上，来个"异乡赏月"活动，不是中秋，胜似中秋。

团友们有的买了啤酒，有的拿出汽水，有的献上水果。大伙举头望明月，互相祝愿。有位团友提出，要求每人吟诵一两句内容有"月"字的诗句。大伙当即赞成。有的说"海上生明月"，有的说"床前明月光"，有的说"月到中秋分外明"，有的说"月是故乡明"。话犹未了，团友张天水认为这句诗值得斟酌，难道只有故乡的月亮明，而尼罗河的月亮就不够明吗？大伙对此有的赞同，有的反对，引起了一场小小的争论。我说："举头望明月，低头思故乡，只要心中有故乡，哪里的月都是亮晶晶的啊！"

59 苏伊士运河散记

　　苏伊士运河是世界上的第一大运河，让人敬畏，让人向往。它是亚非两洲的分界线，是欧亚非三洲交接地带的要冲，通过船舶数及其货运量在国际运河中均居首位，有重要的经济价值和战略地位。

　　我们旅行团一行18人，早上离开埃及亚历山大市，迎着初升的太阳，一直往东驶去。一路上看到的除了沙漠还是沙漠，汽车过处，黄尘翻滚，遮天蔽日。偶尔在沙海中可看到一块块圆形的绿地，显露出一点绿色的生命气息。据说，这是近几年埃及政府搞沙漠改造的成果，发动群众在沙丘旱地上种植各种耐旱植物，将耕地开辟成圆形，主要是有利于灌溉和水土保持。经过几个小时车程，中午时到达埃及滨海城市塞得港。

　　塞得港是苏伊士运河注入地中海的城市，河宽水深，地位重要。我们的大巴沿着运河大堤向南慢行，沿途领略大运河的旖旎风光。放眼望去，从印

运河一角

度洋过来的浅蓝色海水，烟波浩渺，由南向北流淌；仰望蓝天，白云朵朵，群鸥飞翔；水面上千帆竞发，百舸争流，南来北往；空气中飘浮着湿润的水雾，游人洋溢着无限的欢乐。旅游大巴在运河中段的六号渡口停下来时，适逢从西奈横渡运河的驳船靠岸，人们从亚洲来到非洲。

当我们从六号渡口由南向北返回塞得港时，看到一个怪现象：原来由南向北的运河水现在变成由北向南；水色也由浅蓝色变成灰黄色。这是咋回事？导游立即回答我们的疑问。这是因为运河水，是由红海与地中海的两海海水共同组成的，来自印度洋和红海的海水比较咸，而地中海的海水比较淡。由于两海海水咸度不同，就造成海水颜色不同，一时较蓝，一时较黄；两海不同季节的潮汐水平不一致，也就造成海水的流向不同，一时向南，一时向北。

对于苏伊士运河的历史和现状，导游给大伙做了详细的介绍。我望着蜿蜒的河水，心情同那阳光照耀下的波涛一道起伏澎湃，思绪不由得跟着导游的介绍向远处延伸。

早在 1497 年，怀揣国王敕令和《马可·波罗游记》的葡萄牙水手达·迦马，开始开辟新航道的冒险。当时他用了 4 个多月，才绕过非洲南端的好望角，进入了印度洋水域。如今，西欧船只进入印度洋只需几天时间，这要归功于苏伊士运河。它使欧亚两洲之间的水路缩短了 6 000～8 000 公里，大大降低了航运成本。因此，苏伊士运河是世界上航运价值最高的运河。运河航运收入是埃及的四大外汇收入之一，近年来年创汇 30 多亿美元。

开凿运河不是现代人才开始有的想法，远在古埃及法老时代，人们就曾试图开挖运河沟通水上通道，但由于各种条件所限未能实现。1859 年，埃及总督赛尔德接受法国的建议和投资，决定开凿苏伊士运河。埃及出动数十万劳工，经过 10 年辛勤劳作，最后付出 12 万人生命的代价才完工。通航时举行盛大的典礼，欧洲各国王室的代表和社会名流来到塞得港参加庆典，称赞苏伊士运河的开通不但有重要的战略意义，还为现代国际海洋运输提供了极大的便利，具有重要的经济价值。

然而，好事多磨，苏伊士运河也给埃及带来了深重的灾难。通航没多久，积贫积弱的埃及由于财政困难，被迫将本国持有的 44% 的运河股份转让给英国，从此由英法共同控制了运河，成为西方列强的摇钱树。1956 年埃及革命胜利后，宣布将运河公司收归国有。但英法随即联合以色列，对埃及发动苏伊士运河战争。埃及军民在塞得港和西奈等地，与登陆的英法以军队展开异常惨烈的战斗。在世界各国的反对和斡旋下，迫使三国接受停火，相继撤军，苏伊士运河终于回到了埃及的怀抱，几个月后恢复了通航。

导游谈到这里时喝了一口水又继续说，由于中东地区复杂的政治和经济原因，恢复通航的运河又先后关闭了五次，最后一次是 1967 年的第三次中东战争，埃方为阻止以色列军队的进攻，炸沉船只堵塞航道，运河成为埃以的"楚河汉界"，两军在运河东西两岸进行拉锯战，运河航运完全中断。直到第四次中东战争结束，于 1975 年运河才重新开放。

不知不觉间，旅游大巴已回到塞得港，我们下车进行参观。塞得港是个良好的人工港，和苏伊士运河的命运一样，同时诞生，同时饱受战火摧残。在英法以侵略埃及的战争中，塞得港首当其冲，受到严重破坏，大部分被夷为平地。埃及政府在战后花费了大量人力物力，在废墟上重整山河，没几年就建设成为埃及北方的重要城市，是当今世界上最大的煤炭和石油贮藏港口之一，是大洋洲、南亚与地中海各港口间商货的转口港，以及尼罗河三角洲东部生产的棉花、稻谷的出口港。

塞得港运河边矗立着一座造型奇特的建筑物，吸引着我们的眼球。它就是运河开挖纪念碑，外形圆圆的，上小下大，像个大茶杯，又似倒置的手电筒。我们脚下就是亚非两大洲的分界线，许多游客拿起相机，把自己的身影留在亚非之间，运河东岸就是亚洲大地。

港口内外一片繁忙，来自欧洲各地的货轮云集于此，有秩序地由北向南驶入运河，从红海方向来的船只，由南向北鱼贯而入。导游谈到，如今的苏伊士运河，每年要承担全世界近 14% 的海运量，每年通过船舶 1 万 ~1.6 万艘，堪称世界上最繁忙的运河。为保持和提高运河通航的能力，埃及政府不断对它进行清理整治，加宽河道，提高承载能力，将它建成世界上最长的无闸运河。目前，总长 173 公里的运河，通航船只吃水深度已由原来的 12 米增加到近 20 米，河面平均宽度由原来 200 米拓宽至 400 米，可通过 20 万吨级满载货轮和 40 万吨级空载船，甚至可通过大型航空母舰。

导游指着运河微笑地说："苏伊士运河还是一条'珠联璧合，舟车并行'的交通大动脉啊！"大伙听后感到很新鲜，但又听不懂。是水陆两用汽车，还是……导游摆摆手说，是水面行船，水下行车。

1973 年第四次中东战争以后，埃及出于战略和经济上的考虑，决定在运河底下开挖隧道。1978 年动工，1981 年竣工启用。为纪念在战争中牺牲的工程兵司令艾哈迈德·哈姆迪少将，隧道被命名为"哈姆迪隧道"。隧道及东西两边的慢坡公路全长 5 912 米，深达河底以下 38 米。隧道呈圆形，分上中下

三部分，中间是主要通道，两旁有人行道，双线双向行驶，每小时可通过2 000辆汽车。隧道内设有饮用水管道、高压电缆、进风道、废气排除通道等。

大伙正听得入神时，突然一声汽笛响起，一艘巨型的货轮从地中海方向向我们驶来。懂行的人说它足有30万吨，有十多层楼高，船上有一面红旗，一阵海风掠过，红旗展开，金灿灿的五星赫然在目。大伙几乎异口同声地大喊："我们中国的大货轮！"导游说，我国每年大约有一千艘的货轮通过苏伊士运河。船头甲板上有数个水手列队站立，我们向他们扬手致意时，他们立即也向我们致以水手礼。我们舍不得立即离开岸边，一直目送它安然驶入运河。这时，我们有的向它扬手再见，还有人双手合十，祝愿它顺风顺水，一路平安！

60 梦萦威尼斯

　　我念小学时，记得课本里有一篇《水城威尼斯》的课文，从那时起，我就被它独特的景色所深深吸引。那纵横交错的"水巷"，那灵巧精致的"贡都拉"，那千姿百态的小桥"天堂"，还有那湛蓝色的亚得里亚海……

　　当来到连接威尼斯和大陆的跨海大桥时，我开始确信，威尼斯是我见过的最有特色的城市。它是一个"水都"，四面临海，由118个小岛屿组成，400多座桥梁把城市的各岛连成一体。被称为威尼斯"大街"、长4公里的大运河穿城而过，与市区177条水巷相互衔接沟通，组成巨大的水上网状交通脉络。城里大街只有商铺摊档，没有马路，没有汽车；海滨只有港口码头，没有沙滩泥涂。居民开门见水，出行坐船。站在跨海大桥高处，极目环顾四周，只见天连水，水连天，蓝水共长天一色，威尼斯城如同海市蜃楼一般，在无边无际的绿波里荡漾。

　　我们登上水上巴士，向威尼斯最著名的景点圣马可广场驶去。广场被称为"威尼斯的心脏"，这里有声名显赫的圣马可大教堂和总督宫，为每个游客必游之地。广场依水而建，四周是高大的建筑群，只有一条宽阔的街道通往海边的港口，从那儿可以看到湛蓝的

在风格独特的威尼斯圣马可大教堂前

海面。两根石柱矗立在街道中，其中一根顶端有一只身有双翼的狮子，被称为威尼斯的权势象征。在广场四周的建筑中最著名的是圣马可大教堂。导游说，大教堂建造时，在水底下所打的木桩就有上百万根。教堂里有一辆纯金的驷马车，是教堂的"镇宅之宝"。当年拿破仑征战到这里，看中了这件宝物，便掳去放在巴黎凯旋门旁，现在已物归原主。

走出广场，在海边一个码头坐上了一只叫"贡都拉"的小船。据介绍，这是世界上最小的船只之一，是按照威尼斯的水巷"量身定做"的特色船。它的船头船尾尖而高高翘起，船身狭长，精致灵巧，呈黑色月牙状，颇有特色。船夫是一位典型的意大利男子，修长的身材，黝黑的肤色，深色的短发，棱角分明的脸庞上，留着精心修剪过的一小撮胡须。我们加上导游共6个人同坐一只船，才划出港口，船夫就用他那意大利天生的男高音，为我们唱起了民歌。小船随着歌声和海浪上下起伏，我们的心情也很快陶醉在海阔天高的佳境中了。这时，小船灵巧地一转弯，拐入城内，一望无际的海面立刻变成了纵横交错、密密麻麻的"水巷"，两边的楼房建筑伸手可及。穿梭其中，仿佛置身于那些文学作品和电影里……

忽然，一阵阵欢快的乐声把我们从遐想中拉回了现实，原来是一对新婚夫妇，乘坐着专门用于婚礼的"贡都拉"从前面驶过。这只船披着红色的外套，点缀着夺目的玫瑰花，连船夫的服装也不是白衫黑裤，而是一身的红艳艳。那红装素裹、娇声娇气的新娘子，与游人一对眼，立即绽放腼腆的微笑。一路上，我们竟先后遇到了好几对新婚夫妇，看来这也是威尼斯的特色吧，连人生大事都不忘在水上过，可见这里因水而"生"，因水而"美"，有多浪漫。

我们的"贡都拉"在船夫的驾驶下，如鱼儿般游弋在"大街小巷"。水道时窄时宽，两边的楼宇，那豪华的或许是官绅府第，那普通的或许是百姓人家。沿途导游给我们介绍了许多景点，其中提到中国人熟悉的马可·波罗时，立刻引起大伙的兴趣，原来他的故乡就在水城威尼斯。拐过一个弯，导游向岸边一指："那房子就是马可·波罗的故居。"这是一栋白色的三层小楼，楼前可见小桥流水，一群中国面孔的游人在此参观，驻足凭吊。导游介绍说，年轻的马可·波罗随父亲和叔父一起，从这里出发沿着丝绸之路去往中国，并在中国游历了17年。1295年马可·波罗带着巨额财宝返回威尼斯时，也带来了有关中国这个东方国度的奇闻，即著名的《马可·波罗游记》。威尼斯人对这位游子也有很深的感情，如今的威尼斯国际机场，被命名为"马可·波罗国际机场"。

　　小船在诗情画意般的水巷，不知拐了多少次弯，更不知扑面迎来过多少座千姿百态的小桥。威尼斯的风情离不开"水"，它是水的"世界"，同时也是桥的"天堂"。我们看见，这么多的小桥，没有一座形态是相同的。那一座座小桥，有的像拱门，有的如彩虹，有的似游龙，与水巷和水上人家构成了一幅幅亮丽的风景画。这时，水巷前方出现一座像桥非桥的建筑物，吸引了我们的眼球：它是座小石桥，桥上有座房子，上部穹隆覆盖，封闭严实，只有向水巷一侧开有两个小窗。看得出，这是一座跨水巷两边、不通行人的特殊桥梁。

　　导游说，这座小石桥叫做"叹息桥"，别看它残旧破败，它可是个世界级的旅游景点啊！此桥建于 1600 年，它的一边是华丽堂皇的执政皇宫，一边是黝黑阴沉的政府监狱。当年，每当执政官员违法犯罪，受到法庭审判以后，就通过这座小石桥，押送到对面的监狱去。桥上有两条通道，一进一出，中间隔开，使进出的囚徒无法互通信息。在监狱的最底下一层，潮湿阴暗，不见天日，充满了血腥恶臭。从天堂到地狱，仅一步之遥。面对人生急剧落差的犯罪者从这座桥上走过时，意识到可能就此永别尘世了，透过桥上的窗口最后看一眼自由天地，不禁发出长长的叹息，这就是"叹息桥"的来由。离开此桥时，我再三回头看这座小石桥，心头感慨万千，在我国的一些世界景观主题公园中，为何只仿造了埃菲尔铁塔、凯旋门、比萨斜塔等景点，而不把"叹息桥"也"搬"进来，作为当今廉政教育的一个生动教材呢？

　　威尼斯因水而美，因水而兴，好看的景点实在太多了，团友们提出的疑问也很多，特别是为什么将这个城市建在海上，是大地的造化还是人力所为？导游为此给大伙讲起威尼斯的故事：威尼斯的历史开始于 453 年，意大利的贵族为了躲避战乱，逃难到亚得里亚海边一个被称为"泄湖"的沼泽地定居。他们从阿尔卑斯山砍来大批木材，先在烂泥里打上木桩，然后再铺上厚厚的花岗岩石料作地基，建造房屋。因此，威尼斯城底下就是一片"森林"。按意大利语本意，威尼斯是"最宁静的处所"，也被称为"外来人"。由于它的地理位置特殊，到 14 世纪末，这座水上城市已发展成为地中海最大的港口城市和贸易中心。

　　导游介绍到这里时，语气带点惋惜地谈到，由于地基的下沉和海平面的上升，威尼斯注定无法摆脱悲剧的命运。多年来，这座美丽的水城常常遭受洪水的肆虐，圣马可广场每个月被淹没好几次，许多年后，威尼斯将面临消失的可能。如果真是这样，有多少人会扼腕痛惜啊！因为少了威尼斯，浓彩重墨的意大利就少了一份纯净；少了威尼斯，日渐浑浊的世界就少了一份透明。

61 瑞士"画中游"

提起瑞士，我想起了以前看过的一则童话：上帝创造万物，将世间财宝分给世人。但在西欧中间有一小块土地特别贫瘠，什么矿藏都没有。为了弥补这一欠缺，上帝给了它巍峨的高山，壮丽的冰川、瀑布和湖泊，以及幽深诱人的林木与峡谷。这就是瑞士。

冬去春来的时节，我有幸"拜访"了这一景仰已久的美丽的国家。当我们乘坐的旅游大巴驶进瑞士国境时，我开始确信瑞士是个美景天成、"风景这边独好"的地方，上帝确实给瑞士送了份"迟送的厚礼"。请看，西欧最高的阿尔卑斯山把她抱在怀里，"养在深闺"，成为欧洲的屋脊。境内有不同的地形地貌，千变万化的自然景色，山川相映，湖岳争辉，高山顶上白雪皑皑，山坡上郁郁葱葱。所到之处，上下皆景，处处像画，身临其境，宛如置身于一幅写意的山水画之中。

车子在半山腰的小镇停下来加油时，我步出车门，双脚却停止了迈动，我真的到了我神往已久的地方！我舍不得匆匆而过，环视了一遍又一遍：前面怪峰突兀，峭石苍苍，连荫挺拔，钟灵毓秀；身后诸峰历历，波光粼粼，一条河时隐时现，据说是从大山深处倾泻下来的莱茵河；左面一丛笋形的山峰，直插苍穹，云遮雾障，偶露峥嵘；右面则缓坡起伏，在万绿丛中点缀着村舍、别墅、教堂、古堡。这里的一切，冲击着每一个人的眼球，山中特有的清香夹杂着春天的气息扑鼻而来。吹吹春风，看看春景，旅途中的疲惫早已抛到地中海了。

第二天一大早，导游带我们向瑞士最高峰——少女峰挺进。大巴在山间一个火车站停下来。导游说："我们改乘火车上山玩啦！"

这是一种窄轨火车，专供游客上山游玩。铁路除两条铁轨外，中间还有一条导轨，也叫齿条，与火车底盘下中间的齿轮（主动轮）相吻合，拖导车辆上山而不致下滑，一直可爬到3 000多米的山顶。这种旅游火车与当地的山水风景融为一体，车厢内布置得古色古香，颇似中世纪的酒店。车厢两边有大玻璃窗，可饱览沿途秀丽风光。穿山隧道有很多路段都挖有窗户样的洞，可看到外面一闪而过的景物。火车终于到达终点站了，这是欧洲最高的火车站，海拔3 453米。站前站后都是缥缥缈缈的流云，我伸手想去抓一把，云却从手指间滑过。在这种氤氲的环境里，仿如在梦中：我踏云而来，追云而去。

火车站距少女峰顶峰还有700多米，我们仰望着眼前的景象：银装素裹的少女峰像一位亭亭玉立的少女，终年不化的积雪，犹如她雪白的头巾，使她在众多山峰中俏丽挺拔，格外出众。据称，少女峰之奇在于奇峰的景观会随着节令和气候的变化而交替变幻，呈现出多姿多彩的画面。说到这里，导游摇头摆脑地朗诵开来：她有时云蒸霞蔚，玉女"犹抱琵琶半遮面"；有时云带束腰，云中雪峰皎洁，云下冈峦碧翠；有时碧空如水，群峰像被玉液清洗过，晶莹耀眼；有时霞光辉映，雪峰如披红纱，娇艳无比，气象万千……

这里设有欧洲最高的观景台，为游客提供360度的视角。站在这里，阿尔卑斯山全景图尽收眼底，像条飘带似的冰川，皎洁无瑕，晶莹玉润，在阳光的照耀下，泛出五彩的光辉，令人陶醉，令人迷恋。

"瑞士有点像中国，都有古老而美丽的传说。他们这里也有'牛郎织女'的故事。少女峰就是织女，那边还有个牛郎正向我们招手呢！"导游诙谐地指着前方的山峰说。有团友问那叫什么山。导游笑而不答："唔话你知，等你心思思。"（粤语，意思是不告诉你，让你一直惦记）我拿出瑞士旅游行程表一看，原来那是著名的铁力士雪山。

在瑞士铁力士雪山上

我们坐了一段火车又改乘大巴，来到卢塞恩市，首先映入我们视野的就是拔地而起、气势非凡的铁力士雪山。它有点像我国云南丽江的玉龙雪山，酷似一把打开的巨扇，倚天耸立，又像一个粗犷豪放、顶天立地、力能举鼎的壮士，含情脉脉地遥望着西南面的少女峰。铁力士雪山海拔3 020米，是阿尔卑斯山有名的景点，以终

年不化的冰川和冰川裂缝闻名世界。我们在卢塞恩市不远的英格堡高地，搭乘缆车上山。这是一种全球首创的360度旋转缆车，乘客可看到前后左右的景物。初次享受这种"空中楼阁"式的乐趣，让人有种莫名其妙的惊喜。

我们在缆车里，看到山上山下到处是滑雪飞驰的人群，这里是玩雪者的广阔天地。人们有的穿滑雪板，有的骑着像自行车一样的车子（没有轮子），还有的穿冰鞋溜冰等。他们穿着色彩缤纷的滑雪服，像鹰一样在雪地高坡上自由翱翔，穿越白雪莽莽的森林，或顺着山间溪流滑过。这种"玩命"的场景，平时只有在电视里才看得到哩！

据介绍，瑞士是滑雪运动的故乡。这里滑雪环境优美，滑雪设施完善，没有几个国家能与其媲美。一到冬天，全国有1 200条滑雪架空索道、600条短程训练索道一齐开动，开放越野滑雪路线达5 000公里，纵横交错，任凭驰骋。全国有200家滑雪学校，4 000名教员教授滑雪技术。即使到了夏天，也有13个滑雪地区开放。

缆车到达中途转换站时，我们正在全神贯注地欣赏千姿百态的滑雪奇景，忽然有人大叫一声："你们看，狗狗也会玩溜冰啊！"导游解释说，这种狗名叫圣伯纳狗，被称为雪地的救援勇士，是聪明的瑞士人专门训练出来的。圣伯纳狗凭着敏锐的嗅觉，可轻易找到滑雪的遇险者进行紧急救援。它头颈上挂着一个小木桶，内装蓝姆酒，可供遇险者暖身体。目前，瑞士有上百只圣伯纳狗，活跃在全国各地的滑雪区，每年救援和发现数十名滑雪遇险者和遇难者。遇到重大事故时，它还跑到监管部门"报警"，紧急抢救。

我们坐缆车返回英格堡高地时，一阵阵热浪迎面扑来，灼人皮肤。早春二月，缘何变得和盛夏一样炎热？导游说，这是瑞士特有的"焚风"，是阿尔卑斯山的低气压与南面的地中海的高温气流相遇形成的。这种又干

雪山上玩雪

又热的风，被称为"撒哈拉气流"，来得快去得也快。这种反常的热风，好像与当地的山清水秀不那么和谐。但此风过后，吸走了空气中的水分，使大气变得异常明澈清朗。平时，远处山坡上的山村农舍常常模糊不清，棕黄一片，如今，突然露出了庐山真面目：房顶、石墙、门窗都变得清晰可辨；山洞、田野、牛羊等好像拉近了距离。正如当地民谚所说的："焚风"吹过后，另有一重天！

我们来到一个山沟露天小店用餐时，看到这里到处是滑雪的人群，或席地而坐，享用自备的野餐，或在小店吃喝。有一对像夫妻的中年人，带领 2 个老人和 3 个小孩，扛着滑雪板来到我们身旁就餐。导游热情地和他们攀谈，得知他们是一家三代七口人。老两口已年逾七旬，白发苍苍，满脸皱纹，但精神矍铄，目光炯炯。3 个小孙子，最小的才 3 岁半。他们家在卢塞恩市，在铁力士山间有幢别墅，每隔十天半个月，他们都要上山滑雪。倾谈时，我注意到他们带着手表，但不是瑞士的名牌表，而是普通表甚至是塑料电子表。瑞士被誉为钟表王国，难道他们买不起劳力士、欧米茄吗？导游说，瑞士是个富有的国家，人均收入名列欧洲第一。但瑞士人素有艰苦朴素、崇尚节约的习惯。他们有了钱喜欢储蓄起来，或备不时之需，或用作投资衍生利息。他们注重实用，不会大手大脚花钱，没有奢华的消费意识，这反映在瑞士人生活的方方面面。

"卖花姑姑插竹叶"，瑞士人富而不奢的精神，深受世人称赞：瑞士的山美水美，人更美啊！

62 漫游澳洲"海底花园"

珊瑚礁

　　打开大洋洲的地图，可以看到位于南半球的澳大利亚东北角沿海，有许多标明为珊瑚礁的小红点，密密麻麻，像一条飘动的红绸，从南回归线向北延伸至约克角，长达 2 000 公里，宽约 65 公里，相当于绕日本列岛一周，这就是世界上最大的天然珊瑚礁——澳大利亚大堡礁。

　　大堡礁水域面积 25 万平方公里，珊瑚礁岛不计其数。它们在碧波千里的海域上，有的露出海面几米、几十米甚至上百米，而大多数的则是水下暗礁。露出水面的大大小小的岛屿有 600 多个，如一串错落有致的翡翠撒播在壮丽的南太平洋上，分外妩媚动人。对于真正喜爱大海的人们来说，这里是宁静和自然的代名词，是真正意义上的世外桃源。

大堡礁1981年被列入世界自然遗产名录，被称为"世界第八大奇观"，也有人称它是举世称奇的"海底花园""世界奇景""海底奇观"，总之都离不开"奇"字。这引起了我非去不可的兴趣。

兔年春夏之交，我们随旅行团来到澳大利亚，游罢悉尼市后，随即转机北上，前往大堡礁的门户——凯恩斯，接着导游带我们搭乘豪华游艇，约50分钟到达一个叫绿岛的旅游点。这是大堡礁群礁中由众多珊瑚堆积而成的海岛之一，岛上不但绿树成荫，还建有旅店、餐馆和出售观赏珊瑚礁装备的商铺。

怎样亲身感受"海底花园"的奇景？这里除了安排游客乘坐玻璃底游船观赏海底奇景外，还提供了几种刺激的观看方法：一是乘坐直升机，从空中俯瞰一望无际的大堡礁群；二是深水潜泳，潜于8米以下的海底世界；三是海底漫步，浮潜在四五米深的浅水礁群。我和4个都会游泳的中老年团友参加了浮潜，连同其他游客共有8人，由一位澳籍华人担任教练，全程陪同。他首先给我们讲了有关浮潜的知识和基本动作示范，并"约法三章"：一切行动听指挥，以确保安全；遵守规定，对珊瑚只准看不准碰撞、踩踏；潜游时手脚动作要轻，不能掀起波浪。他帮我们穿上浮潜装备，乘坐快艇来到一处被誉为"海底花园"的浅水海域。

这天风和日丽，海不扬波，蓝澄澄的海水显得更加晶莹剔透，水下景物一览无遗。我们随教练浮潜在海面上，来到一个似乎是"海底花园"的入口处，我顿觉眼前一亮，多么瑰丽的花园景色：几丛高大的红黄色珊瑚，互相粘连，天然"搭起"一个拱形的彩色门楼，中间一条好像由人工整理而成的甬道，两边尽是各种色彩的珊瑚，花团锦簇，争奇斗艳。正是"人间四月芳菲尽，龙宫百花始盛开"。

浮潜

你看，那色彩斑斓的珊瑚，有红色的、粉色的、黄色的、绿色的、紫色的、白色的，五彩缤纷，灿烂夺目。在那百花丛中，有一株硕大的紫色珊瑚正在蓬勃绽开，活像雍容华贵的牡丹，盛开得从容自若，潇洒耀眼，艳丽绝伦。因它的深紫色太过浓郁，从远处望去，在艳如云霞的各色花朵映衬下，它的颜色显得深沉，宛如花中之王的黑牡丹。我们近距离尽兴地观赏它时，好像有股独特的药香扑鼻而来！真是令人叹为观止。

再看那珊瑚的形态，有的像孔雀开屏，有的像梅花鹿角，有的像雨中霓霞，有的像雪后冰挂。还有蜂窝形、菜花形、蘑菇形、水仙形、绣球形、海草形等，千姿百态。你说它像什么它就是什么，能围绕着你的想象转，把海底装点成一个壮观无比的奇妙世界。我惊喜地看到一丛巨大犹如扇贝的雪白软体珊瑚，随着水流不断摆动，像是欢迎我们的到来。教练以手势示意可以去摸摸。我胆战心惊地将手放上去，它像含羞草一样忽地关闭，我心一惊，手即收回，那滑溜溜触感从指尖滑过，这可是从未有过的体验。

我浮潜在海面上，周围一片宁静，只听到自己的嘴巴呼气吸气的声音，但眼睛是闲不住的，看到珊瑚群之间活跃着的无数艳丽旖旎的鱼虾蟹龟，或结群觅食，或追逐游戏，或疾游而过，或逡巡不前，令人目不暇接，如醉如痴。据说，在大堡礁生活着大约 1 500 种热带海洋生物，除海蜇、管虫、海绵、海胆、海葵、海龟等，还有大量的鱼类，名目繁多，形态各异，炫眼夺目。你看那金尾鱼，眼睛藏在黑色线条的头上，叫人看不清哪端是头，哪端是尾，游起来像块巧克力面包。再看看那蝴蝶鱼，鳍缘上布满又细又长带彩的毒刺，如遇到敌方攻击，它随时以毒刺反击。还有一种酪鱼，头小尾大，长鳍几乎为全身的一倍，仿佛三桅船的风帆，被称为"海底明星"。

在一堆灰色的珊瑚礁上，附着一只灰色的生物，酷像一块石头，不时张开大嘴巴，把一些靠近嘴边的稀里糊涂的小鱼吞进嘴里。我们好奇地靠近它观察，有人还想伸手摸它。教练立即连连摆手，示意我们赶快离开。原来这是一条石鱼，含有剧毒，像海蛇一样令人生畏。这里的许多鱼儿，可能经常和人类一起嬉戏，见惯不怕。它们游在我的身边，撞一下，或啜一口，痒痒的，怪难受。可当我伸手去抓，它们又机警地游走了，实在是感叹海洋才是它们的世界，人类只是个旁观者。

时值下午，海水退潮，是零距离欣赏"海底花园"的最佳时刻。几艘载着游客的快艇从不同方向来到这里，其中有两艘披红挂绿的花艇特别引人注目：一对中国面孔的青年男女，穿着婚纱和西装，在这里举行别开生面的结婚仪式。他们在亲友的指导下，按照中国习俗举行了简单的仪式后，拥抱接吻。这时船上船下的人都为他们热烈鼓掌，祝福他们幸福吉祥。接着，他们脱去婚纱和西装，换上潜水装备，互相拥抱着一齐下水，由一个教练全程陪同，并有一位携带水下拍摄装备的摄影师，专门为新婚夫妇拍摄各种水下浪漫镜头。

大堡礁不愧是地球上仅有的一大海底奇景。珊瑚礁群、水中动物和植物，相互衬托，构成鬼斧神工的海底奇观。其景色之美，形态之奇，意境之妙，韵味之浓，若非亲眼看见根本无法猜测和臆度，即使你亲眼看见，也不敢贸然相信这的确是存在于人间的实景。

观赏过这人间美景，在惊讶赞叹之余，就不禁要问：为什么唯独在大堡礁这一带能积聚如此大量的珊瑚礁呢？

导游谈到，这是其独特的地理环境造成的。珊瑚虫喜爱生长在20℃以上的海水中，大堡礁所处的水域，终年受太平洋的南赤道暖流和东澳大利亚暖流的影响，全年平均水温在20℃以上，加上这一带海域海水浅、含盐度和透明度高，非常适合珊瑚虫的繁衍，一般的珊瑚最多长到80米厚，而这里的珊瑚厚度竟达220米，为世界之最。还有一点令人惊奇的是，在大堡礁的400多个珊瑚礁群中，竟有300多个是活珊瑚。

如果说，得天独厚的地理条件是大堡礁生存的前提，那么，受到严格保护则是大堡礁发展的根本保证。长期以来，澳大利亚政府非常重视对它的保护和管理。他们成立了大堡礁海洋中心管理处，制定了渔船来往法令，规定某些海域严禁商业捕鱼船通过，限制其他类型船只进入，使大堡礁的生态得到修复，成为世界上最大的珊瑚保护区。

导游说，多姿多彩的大堡礁当前也面临着严重的威胁，一是全球二氧化碳排放量居高不下，导致海洋变暖和海水酸化，不适应环境变化的珊瑚群成片成片地白化死亡；二是在大堡礁附近的水域中，有一种叫荆冠类海星的海洋生物，专吃珊瑚虫，一吃就是上亿只，使珊瑚礁群受到严重的损坏。人们担忧，如果让这种变异了的海洋生物大量繁殖，珊瑚礁群有朝一日会被蚕食殆尽。到那时，大堡礁这个属于澳大利亚，同时也属于整个世界的"海底花园"，将会失去今天的风采，甚至可能会永远消失。

"雷神之水"壮丽画卷

63

尼亚加拉瀑布,由"美国瀑布"和"加拿大瀑布"组成,是世界著名的三大跨国瀑布之一,是北美大地最奇秀壮美的山水画卷,是美加民族几百年深厚凝重的文化积淀和文明。

尼亚加拉是印第安人用语,意为"雷神之水",认为瀑布的轰鸣就是雷神说话的声音。大瀑布位于美国纽约州与加拿大安大略省交界处。两个瀑布相

尼亚加拉大瀑布

隔80米，并肩而立，造就了一个世界奇迹，像磁铁一样吸引着世人。自1800年以来，这里一直游客如云，每年到此观瀑者数以千万计。

怎样欣赏这个世界级的大瀑布？导游告诉我们，先从它的源头开始；看完"美国瀑布"再看"加拿大瀑布"；看了日景还要看夜景。导游说到这里加重了语气说："到了冬天，请你们再来看雪景，那才算圆满欣赏，可以说'尼亚加拉归来不看瀑'！"

大瀑布的平均流量是每秒2 407立方米，世界上只有非洲赞比亚河和维多利亚（津巴布韦）瀑布等可与之媲美。它的水流量如此巨大，其源头是怎样的？我们来到美国的伊利湖和加拿大的安大略湖。导游说，这两个湖就是大瀑布的源头。湖水由许多地方的支流汇集到这里，成为湖纳百川的巨大湖泊。我们看到，这里没有高山峻岭，也没有大江大河，更看不见瀑布之水天上来的奇景，眼前的湖水就像一片浩瀚的海洋，看不到头，水面平静，水不扬波，静静地、安详地平躺着。但是，当湖水流到湖中心的公羊岛时，水势突然转急，并被分割成两条支流。右支流成为"美国瀑布"，左支流成为"加拿大瀑布"，两个瀑布分别从五六十米高处倾泻入尼亚加拉河中，成为飞流直下、万马奔腾、震天动地的大瀑布。

公羊岛以东的"美国瀑布"宽300多米，岸边建有观赏瀑布的半截桥，我们在这里远眺瀑布，只见一幅高大宽阔的白色水幕墙从天而降，好像要劈头盖脸向你压来。瀑下巨流翻滚，吼声震耳欲聋，雄伟气势咄咄逼人，令人惊心动魄。被强力撞击的湖水瞬间变成数十丈高的浓雾，四处弥漫，周围下起小雨。突然，一股猛烈的雨雾袭来，把人吹得几乎站不住，几米以外模糊不清。有些团友手拉手在雨中欢呼。团友周天家和朱成基把大瀑布当作中国黄河，放声大唱："风在吼，马在叫，黄河在咆哮，黄河在咆哮……"歌声夹着瀑布的咆哮声融成一片，地动山摇，响彻云霄。经验丰富的导游提醒我们："好景即将到来，大伙准备好相机啦！"果然不出所料，一轮红日穿过水雾的折射，一道弧形的彩虹高高悬挂于瀑前。虽然由于白茫茫、水蒙蒙的雨雾遮挡，彩虹有些模糊，但红橙黄绿青蓝紫七色是绚丽的，美极了，大伙纷纷拿起相机拍照留念。

紧挨"美国瀑布"左侧的"加拿大瀑布"，像个马蹄形，落差更高，流量更大，冲击更猛，水雾更浓。在这里正面欣赏大瀑布，是个最佳选择。多年来，加拿大在瀑布前建设了公园、绿地、商场、宾馆和游乐场等综合性的度假设施，大大方便了来自世界各地游客的需求。导游带我们乘电梯下到河

岸，坐游船"亲近"大瀑布。被称为"雾之女神"的游船分上下两层，可容纳200人左右。登船前，服务人员给每个游客发了一件透明的蓝色雨衣。我们登船后，都想看得真切些，径直上二楼，伫立船舷，紧握扶手，眼睛盯着瀑布，期待着欣赏大自然的神奇景观。

时间好像过得很慢。下午3时，游船终于起航了，平稳地逆流而上。前方那白雾茫茫的瀑布，如万卷珠帘垂挂，遮住了半边天。游船驶向瀑布，越来越近了。一阵阵潮湿的迷蒙水雾吹过来，像"清明时节雨纷纷"轻拂着我们的面颊。不到一刻钟，小雨变成了中雨，哗啦啦地迎面扑来。这时，游船越往前风浪越大，瀑布像脱缰野马，翻腾汹涌，巨流滔天，游船随波起伏，一会儿被抛上浪尖，一会儿又被甩入深渊。倾盆大雨往下砸，雨帽被揭起，雨衣被掀开，人人都成了"落汤鸡"。

"雾之女神"不是在大瀑布外围观看，而是要钻进瀑布当中，感受那种"银河落九天"的刺激与真味。当船从大瀑布边沿切入时，四周白茫茫的，什么也看不见，唯一的感觉就是银河开闸，瀑布倾盆，天水倒灌，紧张、刺激、恐惧一齐袭来。游船中一片混乱与嘈杂：惊叫声、欢呼声、呕吐声、瀑布怒吼声，声声入耳。我和两个团友抱成一团，想看看大瀑布是个啥样儿。有个说睁不开眼无法看，有个说瀑布后面的石壁上好像有个大洞，是不是美猴王的水帘洞？我也开玩笑地说：瀑布中心有个闪着彩光的大厅，说不定是龙王的水晶宫哩！

经过"水的洗礼"，我的心久久不能平静，痴痴地面瀑而立。看吧，伊利湖和安大略湖的水本来是平缓的、宽广的、自由的，但当它猛然受到束缚，受到挤压，受到侵犯，就会怒吼，就会去抗争，就会去拼命摆脱束缚，去争取新的自由。奔腾咆哮的大瀑布，不正是美国和加拿大人民不甘忍受外来侵略、侮辱，不惧艰险，勇于开拓，勇往直前的象征吗？大瀑布体现了美国和加拿大人民的伟大精神！大瀑布的神奇土壤滋润培育出华盛顿、林肯、杰弗逊、白求恩等民族英雄和国际主义战士！

当夕阳西坠、夜幕降临之际，导游带我们来到彩虹桥观看大瀑布夜景。据介绍，要看大瀑布的全景，最理想的地方是在彩虹桥上。彩虹桥跨瀑布下游的尼亚加拉河，是国界桥，桥中央为界，南半桥是美国，北半桥是加拿大。桥长为442米，从桥上步行5分钟，就可以从加拿大来到美国。我们到达桥中央时，只见加拿大一侧的高塔、楼群五彩缤纷，灯火璀璨。围绕着大瀑布周围的巨型探射灯齐放绿光，使已渐渐暗淡的瀑布又恢复了动人的色彩。从狂泻翻卷的激流浪花中折射出七彩闪光，强大的光束不断变换颜色，将大瀑布染得姹紫嫣红。忽然，瀑布上空绽放了烟花，大瀑布周围被照耀得五彩斑斓，熠熠生辉，比白天更加美丽壮观，多姿多彩。

当晚夜空如洗，一轮明月与烟花争相辉映，是欣赏大瀑布的最佳时刻。彩虹桥上人来人往，有几对穿着婚纱和西装的青年男女特别引人注目。其中有一对是我们的团友黎明和钱香。他们白天经过"水的洗礼"，晚上在这里举行别开生面的结婚仪式。导游当起了司仪，按照中国习俗举行简单的仪式后，互相许愿，交换饰物，拥抱接吻。此时我们都为他们热烈鼓掌，祝愿他俩幸福吉祥。接着，导游高兴地说，在彩虹桥举行婚礼具有特殊的意义，因为彩虹桥有一个美丽动听的传统爱称，叫"蜜月小径"。当年，拿破仑的弟弟耶洛姆·波拿巴结婚时，曾同新娘来这里度蜜月。从此，许多年轻人也纷纷仿效这一做法。如今，这里已成为世界有名的"蜜月之都"，几乎每天都可以看到身穿礼服的新婚夫妇，面对大瀑布倾诉心曲，让大瀑布作为爱情的见证，默默许下心中的愿望，祈求幸福美满。

连接美加的彩虹桥

64 夏威夷之夜

"爱乐哈（Aloha）！"数辆大巴满载不同肤色的游客，跟着一个穿着花色夏威夷衬衫的随车导游，齐声学说一句话"爱乐哈"。声音越叫越响，嘻嘻哈哈，笑声掌声，和成一片，热闹非常。

"爱乐哈"是什么意思？我们并未弄懂，只是跟着喊。后来才知道，这是夏威夷人见面和分别时的问候语，意思是爱。如果在说"爱乐哈"的同时，又打出中国人表示六的手势，手心对着胸部，手背向外，那会使夏威夷人更为开心。因为打这种手势与"爱乐哈"的意思是一样的。

大巴沿着夏威夷州首府檀香山的滨海驶去，在一个风景如画的海湾停了下来。导游领我们来到一艘叫"爱之船"的大型游船上，欣赏浪漫的夏威夷之夜。时值傍晚，这里的海景和日落美景像磁铁一样吸引着我们：在晚霞的掩映下，海浪、岩岸和沙滩把岛屿的轮

"爱之船"里的歌舞

廓雕琢得千变万化，天空的湛蓝与光彩映照出海面的透明色彩，让海底礁石忽隐忽现，像瞬息万变的万花筒，使人沉醉于夏威夷群岛独有的魅力之中。

时针指向晚上8点整，"爱之船"挤满了游客，在一浪高过一浪的"爱乐哈"喊声中，"夏威夷之夜"歌舞会拉开了序幕。最有特色的草裙舞，一开始就把人们的眼光吸引了过去。4个身材高大、健壮丰满的男女舞蹈表演者，头

戴由花朵、藤蔓和蕨树叶编成的花环，用铁树叶编成的草裙，简洁随意地系在腰间，和着鼓声、葫芦、鼻笛、竹竿的敲击声，不停地扭动屁股，有时边扭边唱歌，有时做出各种手势，在暗绿色的灯光照射下，葱郁森林背景的掩映下，我们好像进入了原始森林。

据介绍，草裙舞如同夏威夷的一部历史书。因为夏威夷虽然没有文字，但草裙舞及其歌曲早已融入了夏威夷人的价值观。在古时候，舞者如果自行更改任何舞步或动作，都有可能招来杀身之祸。因为在古夏威夷人看来，改变舞姿无异于篡改历史。直到现在，草裙舞在人们的心中仍占据着十分荣耀的地位，是夏威夷官方和老百姓日常生活中不可缺少的一部分。岛上一年到头都有草裙舞节和草裙舞比赛，在宴会上、购物中心甚至露天的鸡尾酒会上，游客都会看到草裙舞表演。因此，草裙舞被称为"夏威夷的生命之源"。

热情如火的草裙舞表演者，不停地跳呀跳，突然间，4个表演者分成东南西北，跳到众多的游客中间来了。其中一个棕色皮肤、身材丰满、有点原始野性美的女郎，跳到我们眼前，并用带洋腔的普通话说："你们好，中国朋友，我们一起跳吧！"正看得入神的团友立即离座，一拥而上，围着她学习跳草裙舞，并伴着音乐节奏，一边扭屁股一边鼓掌。跳了一轮劲舞后，她主动请我们的团友陈鼎方共舞。陈是团里年龄最小的中年人，高大威猛，浑身是劲，被大伙称为"小公牛"，加上穿一件花色夏威夷衬衫，活像个当地的土著人。在她的示意带动下，陈鼎方一会儿与她手牵手，一会儿转圈圈，像美国的水兵舞。这时，女郎突然一松手，转着身子向后一倾，陈鼎方很快顺势拦腰把她抱起来，现场立即爆发出一阵如雷贯耳的掌声、欢呼声！

行驶在太平洋上的"爱之船"，船里狂欢呐喊，劲舞风流，船外浪击飞舟，涛声助兴，给浪漫的游船披上了梦幻的色彩，引爆人们的激情，让你HIGH到极致。强劲的草裙舞过后，陆续登场的有歌手献唱、管弦演奏、情歌对唱、集体合唱等。来自世界各地的游客，纷纷登坛自由唱。我环顾四周，游客中有半数以上是黑头发黄面孔的中国人。当乐队奏起《我的中国心》时，立即拨动了中国人的心弦，一个香港游客登台演唱。接着是《军港之夜》《高山青》《茉莉花》等，都有来自海峡两岸和香港的游客登台演唱，赢得游客的热烈欢呼和掌声。

乐队还熟悉广东音乐，奏起广东有名的小调《步步高》和《赛龙夺锦》。在铿锵有力、节奏分明的乐声中，在导游的引导下，我们一个跟着一个，后面的人用双手搭在前面人的肩上，形成了一条人龙，双脚跟着节奏踏步前进，

转了一圈又一圈。当晚会结束，船里响起了中国人熟知的《歌唱祖国》的前奏时，人们立即站起来高歌猛唱。被我们称为"大姐"的女团友李洁娴，虽然年届八旬，但身体硬朗，激情满怀，自觉登台打拍子指挥大伙放声欢歌，"五星红旗迎风飘扬"震天动地响彻云霄，越过惊涛骇浪的太平洋，跨过千山万水的美洲大地……

"夏威夷之夜"狂欢到晚上 11 点。我们离开"爱之船"时，一部分团友随车返回酒店，我们则跟随导游沿着海湾步行，感受当地的夜生活。导游说，夜游夏威夷海滨，已成为游客理解和体会这里海滨文化的一种方式。我们漫步到一个叫威基基的海滨，这里离市区最近，一边是太平洋海边，一边是高楼大厦林立的闹市区。人们说，威基基是一个梦幻般的名字，能让你浮想联翩，一个个美景尽展眼前：明月当空，星斗满天，浸透着月影的波浪，平缓的银色沙滩一直延伸到海水中，人们或携家带口，或情侣相伴，或坐或卧，忘情地沐浴在温柔如水的月光之下。说实在的，在这里欣赏大海，确是一种惬意的享受。从远处望去，大海是温和的、温柔的、温馨的，加上轻轻的海风和阵阵的涛声，我的心中不禁升起一种柔情，像白云浮在天际。难怪有人说，月夜的夏威夷，充满温情！温情如水，有水的地方就有温情。而夏威夷，正是把水温情的一面充分发挥出来了。

我们来到几棵椰树的中间，坐在松软的沙滩上。虽夜色渐深，但人们仍舍不得离开银沙滩，还在戏水玩沙，高谈阔论，哼歌吟诗。在我们身旁，有七八个不同肤色的中青年，也席地而坐，围在一起用美式英语说说笑笑。导游热情地和他们攀谈，得知他们是已经走向社会的大学同班同学。他们当中一位叫李汉昭的中国同学，不久前参加广东人才交流集市，受聘于广州经济开发区。一些知心的同学决定晚上举行沙滩聚会，为即将赴任的李汉昭话别送行，祝愿他一路平安，开创未来。

夏威夷给人留下的最深印象，是自由的海滨天堂。这里的女人天生健康漂亮，男子威武健硕。这个充满阳光与欢乐的地方，由于地理环境的原因，展示着自己独特的文化底蕴，多姿多彩的生活情调。沙滩上，椰林下，滨海大街，到处可看到穿着比基尼泳衣的女郎，花色鲜艳，脚穿人字拖，从容大方。导游说："她们不是'夜莺'（娼妓），是好人。她们喜欢别人欣赏她们。"说到这里，他特别提醒大伙："看她们时眼睛要正视，表示尊重，可不要斜视啊！"就在这时，两个穿着粉红和橙黄相间花色比基尼泳衣的丰满女郎，迎面而来，我们停下脚步，微笑地正视她们。她们眼神温柔，显得含蓄的满意是直接写在她们脸上的，毫无不满情绪的痕迹。团友们高兴地说："这是一场别开生面、情景交融的泳装表演啊！"

在滨海大街拐弯处，有一块开阔地，连接大海，与闹市区、沙滩融为一体，那是一个大型的露天酒吧，灯红酒绿，游客如云。空气中飘荡着红酒和水果的清香，原产地的菠萝鲜嫩无比，金黄色的芒果透出诱人的色泽。我们围坐在面朝沙滩的椅子上，喝红酒，吃水果，举头望明月，低头看大海，"海上生明月"。这里的月亮不是特别圆，而是特别清，清得如同一面镜子。朗朗月光下，人们"举杯邀明月"，互相祝愿，倾诉衷情。几个浓妆艳抹的妖娆女子，伴着轻柔的舞步，唱出银铃般的歌声。面对这种情景，我忽然想起，当年曹孟德夜宴长江，横槊赋诗，"对酒当歌，人生几何"的境界不过如此吧。

威基基海滩

65 云海翻腾富士山

　　常在电视和照片上看到日本富士山，我深深被那像盛开的白牡丹的山顶和云海翻腾的景象所吸引。如今我有幸亲临其境，欣赏其景，在惊叹和赞美的同时，也受到一次大自然的陶冶与洗礼。

　　我们旅行团21人，离开东京前往富士山时，一边欣赏沿途景色，一边听导游的倾情介绍。他说，富士山是日本的最高山峰，海拔3 775.63米，被视为日本民族的象征，是日本人心目中的"圣山"。日本人认为，日本的男人如果一辈子没登上富士山，就不配为日本的男子汉。这和中国的"不到长城非好汉"意思一样。

　　导游说到这里时，看了一下窗外的天空说，但要登上富士山是一件很困难的事，一年的登山季节只有七、八两个月，在这62天内也是没有保证的，因为这里的气候说变就变，时而云雾遮天，时而烟雨弥漫。大伙本来满怀高兴的心情，听了导游的介绍像被泼了一盆冷水。有的团友自言自语地说："这难道只有碰运气吗？"导游微笑地说："对，就

富士山中段全景

是要靠运气。我看大伙心地善良，虔诚的心必然感动老天爷，拨开云雾见青天，让你们看到一个壮丽雄奇的富士山！"

旅游大巴越过一片丘陵起伏的山地，又穿过阡陌纵横的平野，到处是青翠欲滴的原始森林，山花烂漫。大巴转过一个弯，在一块不大的开阔地停下来，导游让我们下车，驻足观望。眼前所见，近处芳草鲜美、落英缤纷；远方是一望无际的丘陵山地，上空浮云涌动，雾气缭绕。我们心里嘀咕：这样的山景还看不够！导游了解大伙的心思，叫我们耐心等待一下，好景即将来临。

就在这时，上空闪射出强烈的太阳光芒，阴霾雾气烟消云散，天空与大地一派清朗明亮，前方的天幕突然出现一座高耸的山峰，但部分被周围的白云挡住，呈现出"犹抱琵琶半遮面"的美景。转眼间，白云消散了，露出了富士山的雄姿，雪白的山顶破云而出。大伙不约而同地放声大叫："富士山，我们来了！"你瞧，它圆锥状的雪白山顶，简直像盛开的白牡丹，晶莹剔透，光芒四射，终年不谢，成为大自然的杰出艺术品。正当大伙如醉如痴地欣赏富士山时，导游叫我们赶快抓住时机在此留影。大伙闪电般按下快门，与富士山合影留念。果然不出所料，不到一刻钟，富士山顶又被浮云罩住了。

大巴朝着富士山方向驶去，在景区山脚下的一个院子停了下来。这里是专门为游客提供服务的场所，除有各种文字资料和照片资料外，还设有纪录片放映厅。我们在这里看了约半个钟头的录像片，它专门介绍富士山的过去和今天。富士山是一座火山，曾先后喷发了18次，1707年成为休眠火山。它的名字来源于日本少数民族阿尔努族的语言，意思是"火之山"或"火神"。山顶有一个巨大的火山湖，深212米。山麓周围，分布着5个湖。因此，富士山被老百姓称为水火兼容的"冰火两重天"。

从富士山脚到山顶分为10合目，也就是10层。目前汽车只能到达海拔2 305米处的5合目，游客在此处远眺富士山的美丽风光。由5合目直至山顶的10合目，沿途没有树木和草地，都是些黑色煤渣般的火山灰，地质松软，没有车路，只能徒步攀登。我们的大巴离开院子后，就进入了富士山景区，柏油路两旁的参天大树，把青天遮挡了，好像进入了绿色的隧道。汽车有时还要开灯。有的地段透进一线阳光，成为林海世界的一线天。过了2合目后，看不到参天大树了，而是漫山遍野的亚热带和温带阔叶林。导游说，富士山是一座天然植物园，拥有各种植物2 000多种，从山下到山上，植物分布四季分明，每隔500米至1 000米就生长着不同的植物林带。

大巴驶过了 3 合目，好像进入了瞬息万变的奇妙世界，绿色少了，白色多了，云天漠漠的空中飘荡着一簇簇白色的云团，一会儿被风吹散了，变成轻纱似的弥漫开来，无影无踪；一会儿又生成新的云团，互相拥挤着，翻腾着，融合着，真可谓是"浮云长，长长长，长长长消"（孟姜女祠对联）。忽然，一道金光穿过云层，给白云抹上了七彩的颜色，崇山峻岭尽染朝晖，山区遍地异彩纷呈，斑斓耀目。我们来到 4 合目，气候像川剧"变脸"似的，大雾气铺天盖地而来，整个富士山被罩住了，浩浩漫漫，返白昼为黄昏，富士山顶的"白帽子"不见了，四周的绿屏美景不见了，来往的车辆模糊了。我们的大巴亮起了黄灯，小心翼翼地向上攀爬。

转了几个弯，终于到达海拔 2 305 米的 5 合目。这里较为平坦，约 3 平方公里的停车场停了许多大小汽车，建有各种商店和饭店，还有各种服务设施。5 合目的观景台特别开阔，可以环顾东西南三个方向的景色。北边是悬崖峭壁，我们抓紧铁栏杆扶手，放眼望去，但见一个汹涌翻腾的云海世界，渺乎苍茫，浩乎无际，像一幅波澜壮阔、气壮山河、铺盖寰宇的油画。我曾游览泰山和华山，也看过云海，但规模较小，云层较薄，时间较短，阳光一照，烟消云散。导游说，富士山濒临大海，山体高大，呼风唤雨，云海常生，遮天蔽日，无边无际，经久不散，这是富士山特有的地理环境造成的。

大伙以云海为背景，不断按着快门，留住富士山这美妙而绚丽的瞬间。就在这时，一些巨大的云团从云海中跃起，来势汹汹地直向 5 合目涌来。导游大声叫大伙赶快就地站稳，不要乱跑。霎时间，云雾把 5 合目全包住了，雾气弥漫得简直让人分不清站在哪儿，数米以外看不见人和物，好像腾云驾雾进入仙境般。此时此刻，有人大喊大叫，听得出，他们不是害怕，而是高兴、欢呼；有人手牵手边唱歌边跳舞，玩起"两人转"；有情人紧紧拥抱，笑语盈盈，娇嗔热吻。我站在一处稍高的草地上，索性来个参禅打坐。说来也怪，此时的我心净如水，好像已经远离了红尘，进入梦幻般的太虚仙境了。不是吗？什么东京的摩天大楼，银座大街的车流人流，大阪的铁流船流，奈良的国艺风流等等，在奇妙的幻境中都变得虚无缥缈，无影无踪。难道富士山的云海可以洗刷身上的污垢，荡涤心灵的尘埃吗？

大约一刻钟，云开雾散，大伙如梦初醒，争着绘声绘色讲述自己梦境的故事。程同做着孙大圣的飞行动作说："我跳起来，一个筋斗十万八千里，回到我的故乡罗浮山啦！"高大威猛的邱吉天说："在乱云飞渡的时刻，我从容地站着岿然不动！"娇小玲珑的刘玉玲装着飞天的样子说："几个仙女伴着我，从富士山飞到敦煌莫高窟，然后又飞回富士山，真正当了一回仙女，真爽！过瘾！"

  大部分的团友认为，做一回"云中仙"的感觉真好。刘玉玲说："我退休后一定设法来 5 合目落户，即使当商店售货员也无所谓，只要经常可以找回当仙女的感觉就够了。"正当大伙沉浸在"云中仙"的良辰美景时，导游又一次给我们泼了一盆冷水："大伙别高兴得太早，富士山虽美，但它是一座既可爱又可怕的山，因为它是一座比较年轻的休眠火山。"历史资料表明，大约在 11 000 年前，古富士山的山顶西侧喷发大量熔岩，形成现在的富士山主体新富士山。以后平均约 300 年喷发一次，最近一次喷发是 1707 年，到现在已经过了 300 年，说不准哪一天会突然喷发，到那时，不但当不了"云中仙"，恐怕会成为被压在富士山下的孙大圣啊！导游说到这里时，幽默地瞅了程同一下说："你是过来人，难道你不怕吗？"程同反应很快，指着我说有唐师父在不怕。我连忙摇头又摆手说不行："你是个麻烦制造者，我不会再为你揭贴出山了！"大巴里爆发出一阵又一阵的哄堂大笑。

无限风光在海滩

新西兰，被世人称赞为"上帝撒落在南太平洋的一块绿宝石"。它遗世独立，既有高耸的雪山、荡漾的湖泊、静谧的森林，也有壮观的冰川、蔚蓝的海湾、洁白的沙滩……人生有幸，到此一游——观止矣。

冷热海滩人气旺

两千万年前的火山大爆发，使新西兰的大地发生了翻天覆地的变化，形成了奇形怪状的地形地貌，悬崖峭壁，海岸沙滩，天造地设，蔚为壮观。全国大陆分为南北两岛，海岸线有 6 900 千米。镶嵌在海岸边的金沙滩、银沙滩、黑沙滩、热沙滩，数不胜数，引人入胜。

旅游大巴朝奥克兰北部驶去，不久来到一处叫科尔维尔的海湾。下车时，我们都带上泳衣，穿着拖鞋，导游还捎了两把铁铲。大伙嘀咕：去游泳，带铁铲干啥？导游说，等一会你们就知道了。当我们来到一个半月形的海滩时，一幅"群龙戏水，各显神通"的闹海图，展现在我们眼前：在蔚蓝的波涛浪尖上，冲浪勇士正在踏波踩浪，翻江倒海；水上摩托一往无前，在碧波中冲出一条白浪；近海处更是热闹非凡，穿着五颜六色泳装的人，有的仰泳、蝶泳，有的浮潜、深潜，五花八门。还有一种很受欢迎的水上游戏"筑长城"，由一些中国面孔的游客牵头，手牵手排成一字形，短的有十来人，长的二三十人，当强大的海浪向"长城"涌过来时，人们有的大喊大叫，有的高声唱歌，齐齐迎着海浪。但自然的力量是巨大的，大浪把人们冲上沙滩，一个个东倒西歪，横七竖八躺在沙滩上，不是揉头发就是挖耳朵，哈哈大笑地掏沙子呢。

正当大伙有点疲惫时，导游说要让我们冲个沙滩热水澡。沙滩也有热水？大伙正在疑惑时，导游指着 50 米外的沙滩说，热水沙滩就在那里。我们随着人流来到一处独特的地热沙滩，原来这里属于罗托鲁阿地热活动区之一，连海滩的沙子也冒着灼热蒸气，许多当地人和游客用铁铲挖温泉池。此时，我们才知道导游带铁铲的原因。在导游的指导下，我们自己动手在沙滩上挖掘温泉池，任意挖成单人池、双人池和多人池，并在池四周筑起"沙堡"，用来挡住海水，或引海水进来调节水温。我环顾四周，到处是欢乐的人群，沙滩上有各种各样的家庭池、老人池、儿童池、姑娘池、情侣池等。导游说，不论是当地居民还是游客，都将玩热沙泡温泉视为"心灵的故乡"。这成为最传统也最时尚的生活方式。

地热美景招游客

天然奇石显神韵

新西兰的海滩，不但好玩，还好看，美景天成，令人流连忘返。在一个叫奥马鲁南方的摩拉基的海岸边，那里的沙滩静静地散布着很多圆形巨石，大的重达数吨，直径一两米，小的也有过千斤，一个挨着一个，沿着沙滩向前伸展。我们登上巨石观景台，看到这些圆形巨石都呈浅灰色，表面布满大大小小的裂痕。放眼望去，这些圆形巨石，像许多鹅蛋、鸭蛋和鸡蛋混在一起，在沙滩上摆成一字长蛇阵，成为新西兰海滩的奇特美景。

这些圆形巨石是自然天成的，关于它们的形成，民间众说纷纭。有人认为，这里周围连座石山也没有，何来这么多石头，是不是外星人的杰作呢？

土著毛利人说，早在一千多年前，毛利人乘坐独木舟，在新西兰将要登陆时翻了船，船上的很多葫芦被冲上岸，就形成了今天的圆形巨石群。导游说，所有这些都是民间传说。随着科学的发展，巨石群终于得到了科学的解释。地质科学家经过多年考察，证实这些圆形巨石叫大漂石，是方解石凝结物，形成于6 500万年前。带电粒子周围的钙和碳酸盐，大约经过400万年的结晶，最终形成了大漂石，沉积在海底。此后在地壳运动中，大漂石从海底升起，在海流和大风的共同作用下，一个个从泥沙里冒出来，成为新西兰海滩的一道风景线。

我极目远望，大大小小的蛋形石头若隐若现，一个挨着一个，形态一样。它们互相簇拥着，在海滩上巍然屹立千万年，任凭风吹雨打，浪击沙埋，始终保持着一个姿势，向世人展示着它的神韵。我们走下观景台，来到巨石的面前，零距离欣赏它的风采。有一块像人头的巨石，它既有凹凸粗糙的一面，也有光滑如镜的一面。看得出，这是经过无数游人抚摸而成的。人们赞美它，爱抚它。它让世人充分享受了美，理解了自然才是美的真谛。由此，人们的心灵得到了净化，懂得了如何珍惜自然，尊重自然，保护自然。我抚摸这尊巨石时，感觉到它似乎是在沉默，又似乎是活着的精灵，充满了神秘感，具有无穷的魅力。

灵性动物撩人爱

来到新西兰，几乎无人不想去海滩，近距离观赏海上野生动物。在蔚蓝的海湾里，散落着144座绿色的岛屿，每座岛屿都独具特色。纯净的海水还保持着原始的自然生态，大量繁殖各种天然食物，加上被严格保护的安全环境，为各类海上动物提供了得天独厚的生存条件，不但使一些濒临灭绝动物得到了恢复，还进化出新西兰独特的新品种，比如虎克海狮和毛皮海豹等。

我们在一个海滩有幸看到了它们。导游说，虎克海狮是海狮种类中罕见的品种，属于新西兰原生种，全球只有1万多只。毛皮海豹也是一种稀有动物，它身上长着两层毛皮，长相与众不同，小耳朵，翘鼻子，人见人爱。它们成群慵懒地躺在沙滩上晒太阳，当我们走近沙滩时，它们当中有一只发出猪吼般的叫声，并带头冲入水中，其他的也跟随着离开沙滩，潜入水里。团友们都惊奇地说："糟糕，我们把它们吓跑了！"导游说："不，你们的运气好，它们正在热烈欢迎大家！"话音刚落，它们就露出水面，面朝我们，有的翻腾，有的潜水，有的发出叫声，与海浪的声音和成一片，真像是欢迎我们啊！大伙一边使劲地鼓掌，一边不停地按着相机快门。我们离开沙滩时，它们恋恋不舍地目送我们。导游说，这些动物很有灵性，和人类和平共处的时间长了，自然地形成了人兽共乐的情景。

从海滩返回市区途中，我们顺道来到另一个海滩，观赏可爱的黄眼企鹅。这种企鹅很特别，它的眼睛周围有一圈黄毛，是世界上 17 种企鹅中最名贵的，濒临绝灭。新西兰为此成立了黄眼企鹅保护区，经费来自游客的参观费用。这种企鹅喜欢静，不容易接近。导游带我们走进海边用茅草搭建的半隐蔽式地道里，悄悄地接近企鹅活动区。透过空隙观看，黄眼企鹅个头较大，高约 1 米，重约 5 公斤，黄毛眼睛特别醒目，它们在保护区里走来走去。游客可以拍照，但不准使用闪光灯。

离黄眼企鹅保护区不远的另一个海滩，栖息着许多世界上最小的企鹅，身高只有 30 厘米，被称为"神仙小企鹅"。它们不大怕人，憨态可掬又透着一点小灵气，十分可爱。据介绍，每晚日落时分，企鹅就会聚集到海滩，随即潜入水中觅食。一段时间后，它们从水中返回沙滩，自觉两只并排，排成几支队伍，耐心地等待那些还未上岸的同伴，有的还重新跳入水中去找，直到所有同伴都回来了，才摇摆着吃得饱饱的臃肿身躯，一步一步地从海滩走到沙丘的洞穴。

67 芭堤雅海景撩人美

游客在海边玩耍

　　当我们冲着芭堤雅像雾水般的传说，轻快地踏上这片胜境的时候，芭堤雅便宛如一位揭开面纱的美人，让我们充分领略到她蓝天、碧海、银滩、椰林的景观和魅力。

　　芭堤雅位于曼谷东南 147 公里处的春武里府，过去是一个海边小渔村，养在深闺人未识。由于她地处海滨，气候宜人，风景秀美，泰国政府便拨出专款开发建设，很快就成为泰国旅游业最重要的据点之一，每年接待外国游客三四百万，被誉为"东方夏威夷"。我们旅行团来到芭堤雅，导游首先带我们前往芭堤雅海滩。这里有 3 千米长的沙滩，银白色的细沙一望无际。大伙有的穿拖鞋，有的光脚，踩在松软如棉的沙滩上，眺望大海，无疑是一种惬意的享受。

　　海滩上除日光浴和游泳外，还有各种各样的水上运动，呈现出一派热闹欢乐的景象。导游指着前方说："那边还有'黑猩猩'与'金丝猴'表演哩。""什么？这里也有动物来凑热闹？"我们不解地问。导游笑而不答，一脸神秘。当我们来到现场时，只见沙滩上有4个黑人，身材足有2米高，只穿着三角内裤，咧着大嘴，露出雪白的牙齿，在阳光照射下，全身泛着黑亮的光泽，被称为"黑猩猩"。另外还有4个身材又瘦又小的女孩，体重约六七十斤，晒得黝黑发亮，黑里透红，穿着金色的比基尼泳衣，被称为"金丝猴"。他们在沙滩上一起玩耍，"黑猩猩"一会儿像抱小孩，搂着"金丝猴"打转转；一会儿把"金丝猴"扛在肩上，或骑在脖子上，或在头顶上站立；一会儿双方抱成一团，在沙滩上打滚作车轮转。他们的表演，不断得到旁观游客的掌声。导游说，这些黑人都是富人，为了寻求刺激，喜欢把瘦小的女孩当作玩具耍。因此，当地居民便把自己的女孩，送到有关机构进行培训后，成为有偿服务的"金丝猴"，据说每个小时可收入几百或上千元泰铢。

芭堤雅附近有许多小岛，其中最有名的是金沙岛和桃花岛。导游与大伙商量后，决定去桃花岛。我们来到海湾码头，乘快艇去桃花岛，约40分钟才到。由于这里已远离陆地，处在真正的深水区，海水如蓝宝石，蓝得晶莹剔透，一阵海风吹来，海面像一幅上下翻动的蓝缎。

桃花岛没有桃花，但附近有一个漂浮在海面的巨大木制平台，可以参加降落伞、水上摩托车、滑水冲浪板等水上活动。我们看到，眼前的海面上，水上摩托车像离弦之箭疾驶，剪出一条又宽又长的水带，宛如一条雪白的哈达，铺在蓝色的海面上。运动健儿踏着滑水冲浪板，随着波峰浪谷起伏，留下一道道优美的弧线。仰望蓝天，一排五颜六色的降落伞，载着游客飞来飞去，像一道道彩虹，在碧波万顷的烘托下，成为亮丽的风景，让人看了心旷神怡。

参加哪项活动呢？大伙认为水上摩托车和滑水冲浪板都是高速的运动，需要熟练的技术，一般人较难参加，而由摩托快艇牵引升空的降落伞，飞翔于海天之间，可能适合我们。于是，大伙来到降落伞升降站排队等候。排在前头的中青年团友，分批让水手帮助穿上救生衣，绑好乘伞带。忽听一声令下，只见如同陆地上放风筝一样，快艇拉着降落伞借助风力，将一个个团友带上天空，围着平台绕圈，一会抛上高空，像大鹏展翅，直冲云霄；一会又摔到海面，像一只凌空向下俯冲的海燕。有的团友情不自禁地放声唱歌，同时摆手蹬脚跳空中舞。

我和十多个六七十岁的团友，被这种气氛感染了、震撼了，一时忘记了自己的年龄，也想潇潇洒洒过把瘾。导游说这项活动有规定，凡60岁以上和有高血压或心脏病患者，一律不能参加。团友张力说自己虽然年过六旬，但

身体硬朗，没有高血压和心脏病，执意要求参加。导游说："那你试试看吧。"但卖票的泰国女孩看见老张满头白发，一脸核桃纹，惊诧地用泰腔普通话说他年纪大，不适宜参加这种活动，有危险，并指着旁边一块告示牌，让他看看有关规定。于是，我们只好坐在平台的长椅上，仰首观看他们的飞翔表演，直到大伙逐一降落，就像一只飞鸟扑下来，气势如虹。我们不禁为之鼓掌叫好，分享他们的乐趣。

我们离开降落伞平台，返回桃花岛海滩。这里的海水逐渐由深蓝而浅蓝，而浅绿，再形成一排排雪白的浪花，亲吻着铺满白色细沙的沙滩。岸边种着一些椰树直指蓝天，为这荒岛增添了几分生机。连接沙滩的是一排排五彩缤纷的太阳伞，太阳伞下是一排排绿色的沙滩椅，旁边还设有用木板搭成的简易餐厅。玩了半天的团友，有的懒洋洋地躺在沙滩椅上喝饮料，有的干脆躺在沙滩上晒太阳。

我们这些没有资格参与"飞天"的老家伙，干劲十足地跳进海里来个"海水浴"。导游再三提醒我们只能在沙滩玩，千万不要远游。由于这里是深海区，无风三尺浪，有风浪三丈。海面上不断掀起白色的浪头，一浪接着一浪冲向沙滩。有人提出要尝尝沙滩冲浪的味道，他们在沙滩手拉手，排成一字"长蛇阵"。浪头冲过来时，一下子把"长蛇阵"冲得七零八落，纷纷倒在沙滩上。有人被海浪冲上沙滩，随即顺势又被卷入海中；有人呛了几口咸涩的海水；有人的耳中塞满了银白沙子。此时，大伙真的感到自然的力量是无穷的，以及人在海中的渺小和软弱。

大伙经过海水的洗礼，带着几分倦意，在绿色的沙滩椅上躺下休息。我捧着一个绿色的椰子，啜饮着清甜的椰汁，一边望着天上云卷云舒，一边听着大海起伏涛声。眼前浩渺的大海，令我心潮澎湃，仿佛有一种无声的力量在摇撼我、撞击我。是的，我已被眼前碧绿晶莹的激情融化了，我现在确信芭堤雅海景的美了！这是一种博大的美、壮观的美、震撼的美、健力的美！

68 "海上桂林"下龙湾

下龙湾美景

"桂林山水甲天下"，想必很多天下人都去游览过。但这是陆地上的桂林，而漂浮在大海上的"桂林"，又有多少天下人真正地身临其境？朋友，要是你想寻找这个"海上桂林"，越南的下龙湾是您的最佳选择！

下龙湾是越南最令人惊叹的美景，也是世界的一大景观。1994 年，联合国教科文组织将下龙湾列为世界自然遗产的七大自然奇观之一。它距离中国很近，与海南岛西部隔海相望。下龙湾名字的由来有许多个版本，大部分人都认为这来源于一个古代的传说。相传很久以前，有一伙妖魔侵占了这片美丽富饶的海湾，把当地百姓害苦了。后来有一条神龙突然降临到这里，与妖魔决斗时，它巨大的尾巴扫过周围的崇山峻岭，散落的无数巨型岩石，全部掉入了这片海域，耸立成为奇山异岛，因此把这里取名为下龙湾，越南人说是"龙下海之处"。如今，数以千计像锯齿状的石灰岩柱，散布在这片面积达 1 500 平方公里的海湾上，形成一幅秀丽的山水风景画。不难看出，下龙湾以龙的传说来命名，与中国文化有千丝万缕的联系。

我们从河内的酒店乘坐旅游巴士，抵达下龙湾码头，登上游船开始 4 小时的下龙湾全景游览。我们坐在船头，欣赏下龙湾曼妙的风光，感叹大自然的鬼斧神工。在一望无际的海面上，数不清的岛屿和山峰，像天上的星星撒落在宽阔的海面上。导游说，这里究竟有多少个岛屿，多少座海上山，连官方也说不清楚，只有个大概数，3 000 多座。除 1 000 多个岛屿和山峰有名称外，其余大部分至今还没有名字呢。

下龙湾和桂林一样，都属于典型的喀斯特地貌，石灰岩构成了海上千奇百怪的石山岛屿。你瞧，它们有的似直插水中的筷子，有的如奔驰的骏马，有的像争斗的雄鸡，最有名的是蛤蟆岛，其形状犹如一只蛤蟆，端坐在海面上，嘴里还衔着青草。还有的似雄狮，似海豹，似狼狗，似蘑菇，似菜花等等，千姿百态，把这里装点成一个无比壮观的奇妙海域。我国著名诗人萧三访越时作的《下龙湾赋》说："不到下龙湾，不算到越南。"

山奇、海美、洞幽是下龙湾最大的特色，也是下龙湾区别于其他地方山水最鲜明的特征。这里的香鼎山、筷子山和斗鸡石，被人们推崇为下龙湾海景的"代表作"。这 3 座石山青翠欲滴，还兼有水秀、洞奇和石美之优。导游说，每座山都有特点，各有奇观，但最让人赞叹的是香鼎山。

我们顺着导游指示的方向望去，只见一个活像大鼎的山峰，峙立海面，正值海水退潮，山下露出一个岩洞，远看好似大鼎的三足。但当我们的游船靠近时，只看到两足站立。山体不高，山上碧翠环绕，从岩层缝隙长出来的藤类植物，漫山缠树，葱茏美丽。特别是那些破石而出的松树，扎根屹立，怪异多姿，有的像人物，有的如龙虎，有的似鸟凤，把香鼎山点缀得更加奇特秀美。

离开香鼎山后，一幕奇特的景象出现了：随着一阵阵海风吹来，一团似霞似雾的云层在香鼎山上滚动。几个团友齐声喊："宝鼎冒烟，神仙下凡啦！"导游微笑着说，这是当地独特的自然现象，不是神仙下凡。所谓神仙，其实早已下凡定居了！这下可把大伙逗乐了，都向导游问个究竟。导游向前方一指，"观音菩萨就在那里"。大伙远远望去，一个"仙女"在莲花座上，盘膝打坐，她左右两旁是手执法器的童子和玉女。导游说，她就是"南海观世音"。两旁是"善财童子"和"献珠龙女"，香鼎山就是香炉。菩萨正在向座前的各路神仙，讲经训道呢。跟着导游的解说，人的想象已发挥到极致。

说到"海美"，当然是指下龙湾蓝澄澄的海水，晶莹剔透。离开这样美丽的海水，"海上桂林"恐怕就无从谈起。因为仅从山的角度看，胜过桂林、胜过下龙湾的比比皆是。张家界、天子山、黄山都称得上人间仙境，但张家界少水，天子山枯水，黄山污水。人们认为，山少了水的依傍便少了许多灵性。而桂林则不同，一条波光旖旎的漓江，缠绕在桂林仙子的身上。同样，下龙湾的海水深蓝如宝石，数以千计的岩石和岛屿，像一串珍珠，镶在一幅巨大的上下翻动的蓝缎上。有的地质学家说，如果没有这样的海水，不难想象，下龙湾就会成为今天的罗布泊、古楼兰，一堆堆的乱石堆散落在广袤的荒滩上。由此可见，下龙湾和桂林都是山水互相依存，山倚水而立，水傍山而流，山水相映，两者相得益彰，才成为天下奇景的。

下龙湾的岛屿不仅覆盖有茂密的植被，而且还有变化多端的岩洞。这里的洞有两种：一是海蚀洞，二是天然溶洞。被称为"大自然艺术宫殿"的藏木洞和天宫洞，给人的感觉，除了惊奇还是惊奇。我在入洞参观以前，没想过水下竟有这样一个让人叹为观止的幽洞世界。

藏木洞位于藏木岛上，洞口不大，洞内广阔，分为三层，外层最大，可容纳数千人。洞壁四周的钟乳石、石笋、石柱、石幔、石花、嶙山怪石等，在彩灯照射下，雄奇瑰丽，烘影着一个又一个天上人间的故事传说：从驾鹤升天到仙女下凡，从沙场点兵到群仙聚会，从龙王夜宴到玉帝行兵等，景物如生，故事精彩，说者动听，闻者稀奇。藏木洞附近的天宫洞，如天上宫殿辉煌美丽，还有多彩多样的巨型石乳，营造出犹如仙境一般的氛围。

用两三天的时间领略下龙湾山水，总觉得意犹未尽，但这山这水已经完全沉潜于我的心底，时刻牵动我的情思。何日我能够重返下龙湾，泛舟赏景，如古人一般吟诵"下龙湾好，风景旧曾谙。日出江花红胜火，春来江水绿如蓝"。

69 南非两只"角"

　　游历非洲，南非是一个绕不过的地标。这片土地可能没有埃及金字塔那么雄伟、神秘；没有津巴布韦维多利亚大瀑布那么雷霆万钧、气势磅礴……但这里凝聚着最浓郁的历史，是一个饱经沧桑的多种族国家，一个富饶而多元的文化熔炉，一个五彩缤纷的旅游天堂，吸引着成千上万人来此一探究竟。

　　南非是非洲大陆唯一在东、西、南三面濒临大西洋和印度洋的国家，全国有长达 3 000 公里的海岸线。它地处两大洋之间的航运要冲，战略地理位置十分重要。著名的开普敦好望角航线，历来是世界上最繁忙的海上通道之一，素有"西方海上生命线"之称。我们从香港坐了 16 个小时的飞机，傍晚时到达南非的开普敦。大伙不顾连日的疲劳，第二天早上首先来到好望角参观。

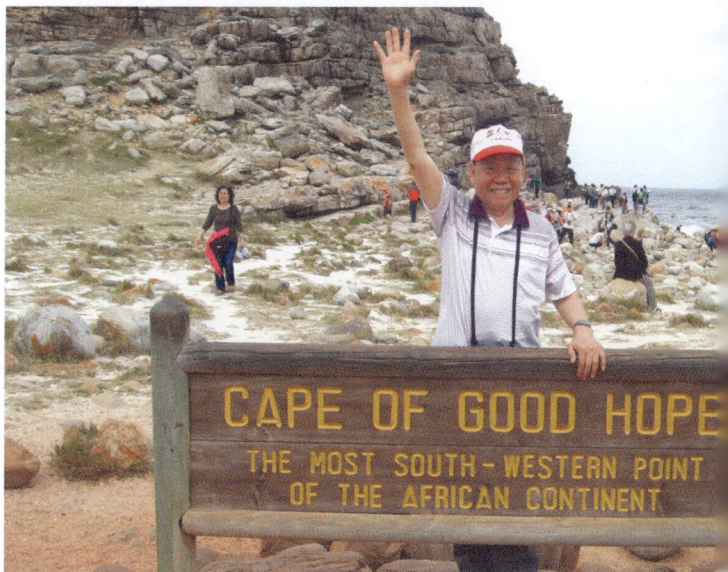

非洲大陆南端的好望角

　　好望角，多么好听的名字！我求学时就知道非洲最南端有个叫好望角的地方，心想有朝一日到那里看一看，那是多么好的梦想啊！如今，梦想成真了。可是，眼前的好望角，令团友们大失所望：在一片荒凉萧索、单调乏味的海边沙滩上，到处是大大小小的嶙峋石头，连一棵小树也没有。长在石头缝隙里的小草，顽强地迎着海风摇曳，透出一点绿色的生命气息。一块横约 6 米、高 1 米多的木牌，用黄色油漆写着：CAPE OF GOOD HOPE（好望角），这是沙滩上唯一的一处人造景点，让游人拍照留念。有些感到遗憾的团友，坐在乱石上，向导游提出这样那样的问题。导游说，好望角是个自然保护区，请大伙注意"自然保护"4个字。它早在1939年就建立了，政府十分重视历史本来面貌，尊重自然，原汁原味，不作任何人工整饰。

其实，好望角自然保护区的面积很大，它占地7 750公顷，海岸线长40多公里。进入保护区内，不但有大片的原野，还能看到远处的森林、云海和湖泊。这里的林海无边，植被茂密，有寄生树、石上竹，可谓争怪斗异、千姿百态。这里的云海翻腾，如棉絮，如地毡，人在其中，心旷神怡。好望角木牌旁边有个小山，它就是海拔约200米的好望角，山下有一块伸入大西洋海水中的岩石，它的形状有点像一条巨龙伸向水中的巨爪，这就是真正的好望角。来自世界各地的游人，都兴致勃勃地与它合影留念。

"一个并不起眼的普通海边沙滩，为什么给它冠个那么好听的名称，并成为世界知名的地标？"有个团友提出疑问。导游说，这个问题提得好。好望角这个名称，是葡萄牙一个皇帝给它命名的，距今已有500多年了。接着，导游给大伙讲起这样一个故事：

1487年7月，葡萄牙一个名叫迪亚士的航海家，怀着从欧洲南下印度寻找财富的梦想，率领三艘木船沿着大西洋，乘风破浪行驶在大海上。船队经过了加纳的埃米斯纳、刚果河口和克罗斯角后，在南非的好望角遇到了强烈的风暴。在海上漂流了13个昼夜后，船队终于驶入了一个植被丰富的海湾。当地的土著黑人正在放牧牛羊，迪亚士遂把这个还没有名称的地方，命名为"牧人湾"，即今天南非东海岸的莫赛尔湾。迪亚士因此成为到达非洲大陆最南端的第一位欧洲人。

当船队返航再度经过好望角时，正值晴空万里，迪亚士感慨万千，为纪念上次的死里逃生，遂将这里命名为"风暴角"。回到里斯本后，迪亚士向葡萄牙皇帝若昂二世，描述了他们在好望角的遭遇和见闻。若昂二世认为绕过非洲最南端的这个海角，就有希望到达梦寐以求的印度，因此将"风暴角"改为"好望角"，意思是"有希望"了。

然而，"天有不测之风云"。迪亚士于1500年率领四艘帆船，再次经过好望角时遭遇强烈风暴，船上所有人员全部遇难。迪亚士这位伟大的航海家、探险家，也因此贡献出年仅50岁的生命。1988年，南非政府为纪念迪亚士抵达莫赛尔湾500周年，在当地建立了纪念馆，并以1：1的比例，制作当年迪亚士抵达莫赛尔湾乘坐的仿真帆船，供人参观怀念。

我们一边听导游讲故事，一边欣赏蓝得可爱的大海洋。团友何青用望远

镜眺望四周，自言自语地说："我来南非之前做足了功课，看了不少介绍南非的书，有的资料说好望角是大西洋和印度洋汇合的地方，现在怎么一点也看不出来？"另一个团友张兆搭讪："我的朋友也说过，在好望角可看到两洋相拥、泾渭分明的奇景。"导游说，不少人把地点弄错了，两洋相会不在好望角，而是在另一只"角"——厄加勒斯角，明天就可看到啦！

翌日早餐后，我们离开了开普敦，大巴沿着南非最著名的花园大道向东南驶去。透过车窗，外面就是一幅浓绿作底色的画。看，大道两旁的大海、湖泊、山脉、黄金海岸、悬崖、峭壁、原始森林，是那么厚实，那么浓郁，那么清香。清润的气息，拂在面上，沁在心房。此时此刻，我的思绪扇动翅膀，在厚厚的绿毡上徜徉，在浓浓的青幛里缭绕……

大约两个小时的车程后，来到了厄加勒斯角。这里位于南非正南方向，距开普敦约有 150 公里。确切地理位置是东经 $20°00'12''$、南纬 $34°49'58''$。厄加勒斯角正好位于大西洋和印度洋相汇处：一股从赤道经莫桑比克再到南非东、南海岸的名叫阿古哈斯的暖流，由北向南，和另一股从南极洲经南非西岸向北一直流向安哥拉的名叫班圭拉的寒流，由南向北，在厄加勒斯角汇合，形成了地理学意义上的两洋交汇处。

我们顺着导游指的方向，只见无边无际的洋面上，来自大西洋深蓝色的冷洋，与印度洋浅黄色的暖洋相会，两种颜色的水混合后，形成了一道难得一见的自然景观：远望，浩渺的大洋，海天一色，像一面镜子；近看，深浅不一的海水，卷着波涛拍打海岸，发出隆隆的响声，景色十分壮观。

由于印度洋湿润气候的作用和影响，这里的气温较高，四周的植物郁郁葱葱，景色美不胜收。大片的仙人掌和各种绿色植物，给绵延起伏的群山披上了一层绿装。沿途常常能看到当地的黑人妇女，在路边叫卖仙人掌果。这是长在仙人掌上的一种热带水果，拳头一般大小，紫红色皮，上面有一些细刺，用刀剖开后，里面的红色果肉有许多小籽，味道清香酸甜，十分可口。

我们来到两洋标志纪念碑。这是一座由石头堆砌而成的方形碑，建于1986 年。上面用英文和南非阿非利卡文写着："你现在正站在非洲大陆的最南端。"地面上还用英文标明印度洋和大西洋的东西分界位置。饶有兴趣的游客，一只脚站在"印度洋"的地标上，另一只脚站在"大西洋"的地标上，拍下难得的一瞬间，成为永久的留念。

厄加勒斯角灯塔是另一个参观热点。它位于大陆南端的海边最高处，始建于 1848 年，是南非第二古老的灯塔。它坐落于一座白色的房子里，灯塔用石头砌成并刷上红白相间的油彩，高约 20 米，塔里有木梯子可以直上直下。塔的顶部有一个用有机玻璃制成的大灯罩，旁边有一扇可打开的铁门，铁门外面是一个有铁围栏的平台。我们挤在平台上，可看到有 250 公里宽的厄加勒斯角海岸，弯弯曲曲，礁石林立，绿树成荫。在阳光照耀下，折射出各种颜色的海边小镇，犹如串在项链上的一颗颗光彩夺目的珍珠，镶嵌在两洋相汇的海岸线上，成为一道独特的迷人风景。

离开灯塔时，导游说要带我们看一个很有意义的地方。不到一刻钟，大巴在两洋标志纪念碑附近的路边停下来，举目四望，这里除了一块大木牌外，什么都没有。看啥？导游微笑着说，就看这个木牌，它大有来头哩！原来这是一块记事牌，记载着这里近千年来，世界各国到过这里的船只。导游指着一行醒目的英文说：这里清楚地标着在我国明朝时，郑和率船队到过此地。据历史记载，郑和于公元 1405—1435 年这 30 年内七下西洋。也就是说，郑和比葡萄牙迪亚士（1488 年）更早到过南非。由此可见，距今 600 多年前，我们的老祖宗就放眼世界，广交朋友，开通了一条"海上丝绸之路"，把中国文化、中华文明，传播到东南亚各国和非洲大陆。我听着想着，眼前的大海洋上，仿佛出现一支庞大的船队，一个戴盔穿甲，手扶腰间宝剑，威风凛凛的将军，站在船头指挥船队战狂风，斗恶浪，勇往直前……

"巴厘"玩海

早就听说印尼有个巴厘岛，碧海蓝天，风光如画，成为世人永恒的诱惑。但很多人只知道世界上有个"巴厘"，竟不知道有个"印尼"，还以为巴厘是个国家呢。由此可见，巴厘在世界知名度之高，倒令"印尼"两字黯然失色！

巴厘岛戏水

到达巴厘岛时已是中午，眼前出现的蓝天白云、椰林树影、水清沙白的美景告诉我们，这里就是似真似梦的"巴厘"幻境了。远离都市喧嚣，投入湛蓝的海水，彻底放松，享受大自然的恩赐，是多么令人兴奋啊！在码头等候我们的度假村服务员，引领大伙入住一家位于海边，颇具原始美的度假村，每人只需55美元就能享受到自然、安静、舒适、雅致，绝对物超所值。

　　这里的度假村多数建在弧形沙滩后面，肩并肩一字排开。度假村后面是环岛马路，马路后面是茂密的树林和高高的椰子树。我们入住的度假村则位于一片外凸的海岸，放眼望去，海是纯粹的海，浩瀚辽阔，一览无遗。因为远离喧嚣的戏水沙滩，对海的欣赏往往是私密的、孤独的，属于海和你个人的，有种尊崇的味道。这样面朝大海、背靠青山的独特位置，使它更像一个拥有大海的私家园林。

　　静静地享受房间前那片美得让人迷醉的海，还不能感受巴厘岛真实的一面。以非一般的方式上天下海，才能真正感受巴厘岛的动感魅力。度假村提供的游玩套餐里，包含了很多有趣的海上活动，只要你有时间、有胆量，浮潜、滑水、帆伞运动、水上摩托艇、皮划艇、帆船，随便你怎么玩。

　　浮潜，绝对是玩海的第一选择。浮潜没什么危险，不会游泳的人一样可以玩，穿上救生衣，把头埋在水里，就可以看到奇幻般的海洋世界。我们多数老年团友都参加浮潜。吃过早餐，浮潜向导带领我们走到码头，排队领取潜水用具。我们事先买了呼吸管和潜水镜，只领了救生衣和脚蹼。大伙都坐到驾驶室前的甲板上，无敌的海景扑面而来，够爽。经过半个小时的航行，就到了浮潜的海域。

　　如果说巴厘岛的蓝天碧海、水清沙白是天堂的话，那么现在我们看到的就是另外一个水下天堂：在充足的阳光透射下，清澈的海水更加透明，五颜六色的鱼群在珊瑚里摇头摆尾地游来游去，蓝黄相间的热带鱼最为夺目也最活跃，而黄黑条纹的则喜欢往珊瑚里钻，或伴随着我们。只要你静止一会儿，它们就会游到你身边与你玩。当你想要摸摸它们的时候，它们又很快地游开。这样一来，我们就像置身于一个巨大的水族箱里，和小鱼群活在一起、玩在一起。

　　带领我们浮潜的向导是当地人，叫阿旺，会讲一点带洋腔的广州话。他全身黝黑，赤着上身，只穿紧身短裤，在海里活像一条鱼，无须呼吸管和脚蹼，只戴一副眼镜就可以长时间在海里活动。他对这里的海况、鱼情非常熟悉，加上胆大心细又风趣，一会儿从岩石缝里轰出一只五彩斑斓的大龙虾，令大伙惊喜异常；一会儿又带我们追逐一条豚鱼，这种鱼很好玩，一旦受到惊吓，就会全身充气，变成一个足球那么大，圆鼓鼓地吓唬我们。阿旺示意我们不用害怕，静观其变：它漂浮在海面，两侧的小鳍拼命摆动，划水逃走，怪模怪样，逗人喜爱。不久，阿旺向左前方一指，有一条鱼不像鱼、丑形怪样的东西向我们游过来。他打手势示意大伙往水下潜，让怪鱼从我们头顶上游过去。阿旺说这怪

鱼叫魔鬼鱼，有毒刺，会伤人，不能接触，但它的眼睛长在背上，看不到下面的东西，因此让大伙往水下潜，它看不见就安全了。

每年的5月至9月，巨大的棱皮龟会来到巴厘海滩，幸运的游客有机会遇到它，并与它一起戏水。阿旺看了一下天空对我们说：你们是群幸运儿，今天很有可能与海龟相遇。他的话不是随便说的，而是多年的经验之谈。说话间突然乌云密布，哗啦啦地下了一场骤雨。但雨来得快，去得也快，一会雨过天晴，一轮红日又高挂天空。阿旺微笑地对大伙说："我和海龟今天有个约会，如没特殊情况，它会按时来到这里的，谁发现它请举手报告。"有的团友调侃地问："你给它打了电话吗？"他笑而不答。

约过了一刻钟，有团友举手，阿旺立即游过去，大伙也跟着前往。一只大海龟出现在海面上，它的个头像的士汽车轮那么大，有些灰白色的棱皮甲壳上长着青苔和寄生物，看得出是只年龄较大的老龟。它的眼神似个慈眉善目的长者，半耷拉着眼皮看着我们，点点头，嘴巴开闭了几下，好像要跟我们说话。它可能与人类接触较多，习以为常了，自然地与我们一起嬉戏。阿旺亲热地抚摸它的头，并将准备好的肉类给它吃。大伙也靠近它身旁，一边逗它一边拍照。它离开我们游向深海时，大伙扬手送别，它也再次回过头来表示恋恋不舍，真是一幅非常有趣的画面。

阿旺深情地说，几年来这只大海龟与他多次相遇，友好相处，早已成为朋友，他给它取名叫巴棱。每年春夏海龟产卵期间，巴棱便落脚巴厘的海滩。每隔10天左右，雷雨天气过后，它可能会在海滩附近出现。巴棱很有灵性，对人类很友善，有时还出手相助。前些年，有个青年游客，自以为身体健康，精力充沛，擅自离开集体和向导，游到深水区潜水，突然两腿抽筋，正在奋力挣扎，又被浪头接连盖过来，他呛了几口水，头晕目眩，身躯下沉，生命危在旦夕。这时，他迷糊中感到有只巨大的水中动物，把他往上顶，使他浮出水面，脱离了险境。当时阿旺正在那里参与抢救，目睹了一切，这巨大的水中动物就是巴棱。

送别巴棱，阿旺带领我们继续玩海，跟着他的手指看去必然有惊喜的发现。巴厘岛一带的海有很多色彩，只有浮潜到那里时你才会发现其中的秘密。我们看到，浅蓝色的海面，海下定是洁白的沙滩；呈绿色或紫色的海水，海下生长着长长的水草；海面发黄的地方，水下则是礁石成堆。无论哪里的海水都是透明的，如同玻璃一般，阳光照射下，在海底沙滩上留下菱形的光斑，一波一波温柔荡漾。

　　珊瑚礁的外侧是一圈深深的海谷，若不是紧跟阿旺，肯定是不敢涉足的。海谷看起来幽深无比，上层有阳光照耀，越往下越呈现出深沉的蓝色。我们浮在海面向下看，好像飞鸟掠过悬崖，阳光有时会把我们的影子打在悬崖壁上，看起来仿佛在梦中来过此地。头埋在海水中可以清楚地听到自己的呼吸声，四周静得不似人间，有成群的鱼从我们身体下面掠过，慢动作似的直坠海谷的最深处。海谷中心的蓝色自有一种把人往下吸的魅力，那种感觉仿佛站在万仞高山上向下望，山脚下的地面似乎很远，又似乎很近，又像遥望夜空中的繁星，仿佛伸手就能摸到一样。

　　从深海回到岸边，大伙都感到有点累了，有的躺在沙滩椅上休息，有的大口地啜饮新鲜椰子汁。我休息了片刻，赤足来到银沙滩，惬意地享受着银沙的抚摸。眺望海天一色的远方，多么的宁静，仿佛大千世界，只剩下我一个！可是，那迭起的海水，翻滚的大浪，会扑面而来，俄而，又消逝而去。沙滩上留下我的足迹，仿佛在告诉世人：我曾经来过这里，不要忽略我这个炎黄子孙的存在！

桌山：上帝的餐桌

大凡称得上天下名山的，几乎无不是以挺拔奇峰，或是峥嵘峻岭而著称的。但是，南非开普敦的桌山则是个例外，它得天时地利，整座大山像一张巨大无比的桌子，摆在非洲大陆南端的天涯海角，被称为"上帝的餐桌"。当地老百姓说：上帝同情贫穷落后的非洲，特在这里削山为桌，设宴欢迎天下南来北往的客人，帮助非洲脱贫致富啊！

桌山高达1 087米，从开普敦望去，山顶如被横着切了一刀，成为一张宽大的桌子，一字形的"桌面"足有一平方公里。这么大的桌子，谁能造出来？谁可享用？凡人不行，只有上帝。"上帝的餐桌"，这个浪漫的名称因此而来。

桌山是开普敦特有的景点，也是开普敦的标志。凡是到过开普敦的，几乎没人不登上桌山。我们旅行团一行22人也慕名而来，到达开普敦时正是傍晚，夕阳的余晖斜照在桌山上，"大桌子"沉浸在金色的晚霞之中。导游微笑着说：上帝正在桌山大摆筵席，盛情招待远方来客。我们来不及了，明天赶早去参加午宴吧！

第二天，我们来到桌山山脚，它的"庐山真面目"呈现在我们眼前：这是一座真正的石头山，像是一整块石头成山的，看不到泥土和大树，更没有植被和野花。青灰色的岩石，因经年累月的风雨洗礼，失去了天然的亮泽，显得十分黯然。岩体更是千疮百孔，深沟浅槽，好不容易看到岩石的裂隙中顽强长出的几株小树，兀自对抗着由海洋吹来的风。由于观看的角度不同，此时我们眼前的桌山变了样，不像桌子了。

当日天公作美，天气晴朗，适宜登山。导游说，除坐观光缆车上山外，还可徒步登山，但山路崎岖，体力好的也要花两三个小时。团友中除陈其生和杜文昌两对青年夫妇徒步登山外，其余都坐缆车上山。圆形略扁的缆车，看上去像个巨大的蛋糕，可载20多人。缆车开始行驶后，我们站立的地板忽然转动起来，一会儿朝东，一会儿朝西，窗外四面的景物让我们看个够，真是名副其实的观光缆车。

　　缆车运行七八分钟，到达桌山的山顶车站。我们走出缆车时，看到这里不是平整的"桌面"，而是高低不平，坑坑洼洼，到处是乱石堆，阳光强烈，大风劲吹。不过山顶修了路，高低的地方有台阶，风景之处有观景台，还有石头砌成的小商店、咖啡馆和卫生间。

　　我们在山顶漫步，在观景台赏景。就近看，美丽的开普敦被桌山抱在怀里，市中心的高楼大厦像积木似地竖在那里。朝远看，西边的大西洋与东面的印度洋，浩瀚辽阔，无边无际，深蓝的海面像上下翻动的蓝缎，海风起处，形成一排排雪白的浪花，亲吻着开普敦的海滩。

一字形的桌山

　　从桌山山脚一直延伸到海边的一处海湾叫桌湾。这是一个碧蓝清澈、风情万种的海滩，在这里眺望大海，是一种惬意的享受。导游指着桌湾外海一个孤零零的小岛说，那是闻名世界的小岛，大伙猜猜是什么岛？曾到过非洲

的退休海员罗洪才立即回答说："叫罗宾岛。"导游竖起大拇指说："你答对了，给满分。"罗宾岛是个囚禁和流放犯人的地方，也被用作麻风病和精神病病人的隔离所。大名鼎鼎的南非黑人领袖曼德拉，在这里的监狱度过了整整18个春秋。1996年这座监狱停用，1997年改为对外开放的博物馆，1999年罗宾岛被联合国教科文组织列入世界文化遗产。

导游领我们来到另一个观景台眺望，只见前方一排逶迤、高低错落的山峰。导游让我们数一数有多少个山峰。有的说10个，有的说13个，也有人说没那么多，只有8个。导游说大伙都数得不对，其实是12个。他谈到，人们称这些山峰为"12门徒峰"，意即象征耶稣的12个高低不同的门徒。因这12峰恰好在桌山前方，人们又称它们是"上帝餐桌"的服务员，排队站立餐桌前，随时等待上帝的吩咐，为盛宴端菜送饭。据说，世上被称为耶稣12门徒峰的不止一处。我在澳大利亚坎贝尔港国家公园内看到，兀立于海中的12块巨石，峥嵘黝黑，人们把它们与圣经故事联系起来，称为耶稣的12门徒。传说耶稣在被钉十字架的前夕，在这里与12门徒共进"最后的晚餐"。

桌山四周的主要景点看完后，已到了中午时分。导游调侃说："上帝今天可能太忙了，没空设宴招待我们，今天的午餐吃自助餐好吗？"大伙说："我们很不容易来到这里，上帝没空，我们可以自己动手，在此自办酒席吧！"于是，在征得咖啡店老板的同意下，把门前几张桌子拼起来，合成一张大桌子，团友们各自购买啤酒、红酒、咖啡、罐装食品和各种水果等。

大伙围坐一起，喝酒吃水果，谈天说地，加上阵阵的海风和飘荡的浮云，我们心中不禁生起一种柔情和激情，像白云浮在天际。有的团友端着高高的啤酒杯，一杯又一杯地豪饮，有的举杯互相祝愿，还有人边饮边唱起歌来了。此时，导游坐不住了，主动唱了一首祝酒歌后，提议每人都表演一个节目。于是，有人讲圣经的故事，有人用酒杯玩魔术，有人自带口琴吹起流行歌曲，还有人耍起自编自演的醉拳逗人笑。最后轮到我了，表演什么呢？情急之下，我忽然想起清代广东南海县才子冯诚修应对乾隆帝名联的下联："龙王夜宴，星灯月烛，山肴海酒地为盘。"我触景生情，斗胆将冯公的诗句篡改成："上帝盛宴，高朋满座，山肴海酒地为盘。"这临摹得不成体统的诗句，只是表达我的心境而已。没想到，我朗诵此诗句后，立即得到大伙的掌声，说诗句既设身处地，又表达了大伙的浪漫情怀。

济州岛怀想

从韩国的济州岛旅行回来，我没有带高丽参，却带回来许多被称为"石头之国"的美好忆念。

导游介绍说，济州岛距离韩国本土以南约90公里，是韩国面积最大的离岛，由火山爆发而成，被称为世界新七大自然奇观之一。济州岛古称瀛洲，历史古老，早在高丽王朝以前，便建立起一个有独特的文化与习俗的独立王国。

在岛内的两天旅行中，我们忘情地观赏着窗外如画的风光：远处，连绵起伏的山脉，你推我搡如海浪般地向前奔腾；巍然耸立于岛中央的汉拿山，奇秀挺拔，直刺蓝天；近处的山坡上树木密布，山间流水涓涓，原野上各种花竞相怒放，田地间阡陌纵横，各式农舍错落其间。

大巴来到一个叫民族村的地方停下来，导游带我们进入村内，眼前几乎处处都是由石头堆建起来的石墙、房子、田围。据说，自古以来，济州岛就有"石头之国"的称

汉拿山火山口一角

号。当地人兴建房子时，多以黑漆漆的玄武岩一层一层地堆起来，然后涂上黄泥。由于岛上风大，房子建得矮矮的，再加上屋顶铺了茅草，防湿效果较好。房子还有不设大门的特色，主人在家与否由围墙上的三根木条表示：木条都搭上时，即表示主人不在家；木条放下，则表示在家。这就是济州岛的农村，以无大门、无小偷、无乞丐这"三无"闻名于世。因为济州人自古就

生活在这片贫瘠的土地上，艰苦的生存条件使他们养成了邻里互助的美德，因此没人偷窃、乞讨，自然也就没有必要设置大门提防盗窃。

从民族村出来，导游指着前面那座圆锥形山峰对大伙说，那就是汉拿山，又称瀛洲山，是济州岛的象征，海拔 1 950 米，周围分布着 386 座寄生火山山峰，1970 年被定为国家公园。大巴沿着公路缓慢地向汉拿山行进。举目眺望，晴天丽日下大片的草地鲜花烂漫，牛羊成群，牧民们有的在挤奶，有的在策马奔跑，有的在纵情歌唱。大巴来到一处登山口停下来，导游说，登上山顶要走 4.7 公里。山上很好玩，峰顶有个白鹿潭，传说是仙人聚会的地方。登山路线有四条，除了木头栈道外，还有黑色的火山岩步道，愿意爬山的可以徒步上去，并规定两个小时返回原地集合。大伙明知不可能登上峰顶，但都怀着不上汉拿山非好汉的豪情。此时，不知谁大喊一声："冲啊！"大伙鼓起勇气向山峰发起冲锋。

走在前面的两位中年妇女，一边哼着歌曲一边快步向前奔，可走不到 200 米就大汗淋漓，脚一歪便摔倒了。跟在后面的两个团友，快步上前拉她们起来，可一不小心也滑倒了，四个人横竖躺在一起，逗得大伙哈哈大笑。我和老陈后来居上走到最前面了，气喘吁吁地攀登到一处山腰的突出部位。这里距山下 1 千米左右，极目四望，流云飞渡，远山近景，令人心旷神怡。老陈干劲十足，提出继续攀登，更上一层楼。我说，人老了，心有余力不足。我与白鹿仙无缘，但我想做一个曾经登过汉拿山的普通的中国老人。

登山路上，上山下山人来人往，但年轻人很少，老年人较多。我们看到，六七十岁的老人三五成群，背着背包，拄着登山杖，有的还是双拐呢，向进山的入口涌去。他们都穿着户外专门的运动服，色彩斑斓，袖口、裤脚都收得紧紧的，显得十分精神干练。据说，由于饮食结构合理，韩国人中肥胖者极少，到了老年也是身材匀称、步履矫健、脚底生风，无论上山下山，他们的脚步既急且稳，富于节奏感。走累了，就找一块大石头铺上席子坐下来，再拿出食物饮料，吃喝小憩，在静态中观赏山石枫林之美，显得十分惬意。我们走累了，也选了一处休息，旁边不远处的几位老人，极为热情地拿出韩国传统米酒招呼我们。他们不认识我们，在山中只是偶然相遇，为何……导游说这种情况在韩国很普遍，韩国人对陌生人很友善。说话间，导游过去把他们的酒拿了过来，我们即拿出中国的饼干回赠他们，互惠互利。双方在两块大石头上，相互挥手致意，气氛热烈。

按照行程安排，第二天导游领我们来到滨海，享受大海钓鱼尝鲜的乐趣。

济州四面环海，是钓鱼的好地方。滨海码头有许多钓鱼船，专程接待游客出海钓鱼。我们租用一艘较大的船，从码头开往海中心，约15分钟船程，船家就把船停下来，接着拿出鱼竿及鱼饵，开始为游客讲解钓鱼技巧。钓鱼大有讲究，关键就是必须把小虾整只套在鱼钩上，不让鱼竿闪烁的金属部分外露，否则鱼儿不会上钩。然后，把鱼线缓缓投入水中。当鱼竿稍有动静时，用力拉动鱼线，这样便能钓到鱼。由于正值渔季，我们22个人，经过约1小时的努力，钓到了大小海鱼数十条，足有三四十斤，其中有真鲷、石鲷、黑鲷、石斑，甚至还有名贵的石九公呢！

我们的团友多数在江河湖泊和水库钓过鱼，没有在大海钓鱼的经验。而今，面对自己亲手钓来的海鱼，活蹦乱跳，大伙都喜形于色，热烈地议论着如何大吃一顿。有的说清蒸，原汁原味；有的认为煎炒炆焗好，迎合各种口味；也有人主张炖鱼汤，滋补身子。我则持不同意见，提议入乡随俗，品尝一下韩式海鲜大餐的风味。大伙赞同我的意见，把鱼交给船家料理。约一个小时后，三桌地道的韩式海鲜大餐就呈现在大伙面前。我们请船家和厨师们一齐就餐，他们拿出韩国名酒"真露"，徐志林也献上高丽参酒。席间，人们虽然语言不通，但举杯致意，互相心领神会，共享舌尖上的美味。

离船靠岸后，导游说今天天气好，海不扬波，决定免费增加一个项目，让大伙看看"龙女嬉水"。我们在东向的一个码头坐上汽艇，来到一个叫牛岛的海岛。它是济州岛附属的26个小岛之一，也是最大的外岛，周长17公里，有居民700多户，人口1 800多名。在一处风光明媚的沙滩上，导游指着前方海面一群潜水员说："看吧，这就是被称为'龙女嬉水'的女潜水员啊！"只见她们头戴潜水镜，身穿潜水服，不时潜入水中打捞海鲜。

据介绍，这些女潜水员是济州著名的牛岛海女，共有400多名。每年5～7月海产产卵季节，几乎每天都有海女出海，冒着生命危险，潜到8～15米的水中，打捞海鲜，每天工作4～6小时，既辛苦又危险，但收入相当可观，平均每天可获得折合人民币500元左右的报酬。这时，有七八个海女拖着盛载海产品的打捞网回到海边。我们看到，网里装满了海胆、鱿鱼和响螺，还有手掌大的大鲍鱼呢。我们高兴地以热烈的掌声祝贺她们。她们脱下潜水服装后，我们惊奇地发现，她们既不是青年姑娘，也不是中年妇女，而是上了年纪的老大妈！导游告诉我们，别看她们在水里翻江倒海，其实她们全部是已年过60的身体健壮的老人，被人爱称为"龙母娘娘出宫嬉水"！

七十上华山

　　我喜欢游山玩水。祖国著名的四大佛教名山，我都去过；被称为"天下五岳"的泰山、华山、衡山、恒山、嵩山，我也领略过它们的风采，并且登上其中三座名山的顶峰，唯独五岳最高最险的华山没有攀登过。多年来，我一直在想，什么时候登上"奇拔俊秀"冠天下的华山顶峰？

　　这一天终于来了。我参加旅行社组团的延安、壶口、华山等地的中原游。我正在高兴时，脑海里忽然出现个问号：我现在是个"古来稀"的人，老迈年高，华山天险，能上得去，下得来吗？在现实面前，我不得不重新审视自己的体质现状：我有高血压，经过服药，将血压控制在 140/80 毫米汞柱左右，没有头疼眼花等症状。近 30 年来，我重视身体锻炼，特别是练习太极拳，从 1989 年坚持到现在，身子骨比较硬朗，能屈膝下蹲，金鸡独立，走路快捷，步履稳扎。我经过综合评估，权衡利弊，消除顾虑，增强信心，豪情满怀地踏上华山之路。

上天梯——拦路虎

　　华山自古一条路。如今建成了空中索道，可从山下坐缆车到达北峰。导游说，北峰是游览华山的第一站，由此前往东峰、西峰、南峰和中峰，还要走十多华里，绝大部分是崎岖险路。因此，登山者一定要从自己的实际出发，量力而行，安全第一。大家经过再三考虑，全团 18 人，有 13 人参加，多数是青壮年，两个 60 岁出头。我是最老的长者，一些人怀疑地打量着我。

　　我们来到北峰时，只见一座道观建在突兀凌空的尖峰上，险要异常。1949 年蒋军盘踞道观负隅顽抗，解放军智取华山的战役便发生在这里。路口建有纪念亭，石碑详细记录着当年八勇士创造的"神兵飞跃天堑，英雄智取华山"的奇迹。

　　离开北峰往南行，来到一个叫"擦耳崖"的地方。这里一边是悬崖绝壁，一边是万丈深渊，路不盈尺。我们跟着导游，面壁挽索，贴身探足而进。因此，我和其他团友一样，耳朵被崖壁擦得红红的，连脸上也沾上了青苔哩！

我们过了擦耳崖，眼前出现一片呈垂直形的大石壁，挡住去路，这就是所谓的上天梯。人们要前往南面诸峰，必须越过此天梯。天梯是在石壁两边开凿了一个个台阶，两侧安装了铁链，一上一下。我走近天梯，看见天梯近乎垂直，高约 20 米。开凿时为什么不凿成斜坡式，或者避开石壁绕道上去呢？看着，想着，我领悟到了：这是人造险景，加上自然天险，可让人们更加感受到浓浓的登山乐趣。

事实正是如此，明知山险峻，偏向险中行。我两手握紧铁链，脚踏石级，眼睛向上看，一边踩石级，一边数石级，数到 36 个石级时，已登上石壁顶了。这里的崖壁上，有"双扶灵曜"四个大字迎接登山者。我回头向下一看，顿觉心旷神怡，一种不怕困难、初战告捷的心情油然而生。导游告诉我们，一对青年夫妇和两个老年团友，因心理准备不足和体力不支，攀不到一半就退了回去。

苍龙岭——"韩愈投书"

上了天梯往前走就是极其壮观的苍龙岭。它像一条看不到头的苍龙，翻山越岭直插云天，两旁为深不可测的山谷，加上呼呼大作的狂风，令人心惊目眩，不敢俯视。苍龙岭长达 1 500 米，径宽 1 米，中间突起，岭脊前后的高差约 500 米，坡度 45 度以上，极为陡峭。数百年前，此岭只凿了一些石窝，两边没有护栏，登山人采用爬行前进，下岭时则以退行方式。直到 1964 年拓宽了路面，增设护栏，才成为今天的岭道。

苍龙岭上有个逸神岩，岩石上刻着"韩愈投书处"。据介绍，此岭难登在历史上是出了名的。相传唐朝的韩愈被贬广东潮州时，路经华山上山游玩，当行至苍龙岭时，竟不能下岭，回头望去，恐惧失色，自度生还无望，便写下遗书，投掷岭下，后经同去的人，设法用酒把他灌醉抬了下来。此事虽然一直成为登山人的笑料，但投书处已成为有名的历史遗迹，为华岳的山景增添了不少生趣。

苍龙岭不但传说、神话多，沿途还有许多石刻，密密麻麻，数不胜数。这些石刻字体各异，笔力苍劲，龙飞凤舞，俨然是一个天然的书法展屏。"空天弧光""涧壑烟霞""雄镇关中"等各种书法石刻，充满对华岳的赞誉。

华山的天气反复无常，说变就变。我们上午登山时阳光灿烂，万里无云；来到苍龙岭时则阴云密布，风雨交加。导游叮嘱我们要穿雨衣，绝不能打雨伞；要轻装走路，腾出两只手，紧握铁链；看景点时要停止脚步，不能边走边看。就这样，我们冒着风雨，走到了苍龙岭的尽头——金锁关。

说来也怪，一到金锁关，雨停风息，眼前呈现出一派风景如画的景象：雨后斜阳，彩练当空，苍翠山色，时隐时现，清风徐来，如登仙境。正如民谚说的："一入金锁关，另有一重天。"

凌绝顶——天近咫尺

华山的名胜古迹实在太多，即使走马观花，一天时间也不可能玩完的。导游决定舍去中峰和东峰，玩完西峰和南峰就下山。

我们离开金锁关，又经过一道像苍龙岭般的脊岭，来到笔立千仞、悬绝异常的西峰。峰顶有翠云宫，是华山山上唯一保存完整的建筑。后殿供奉着神话故事《宝莲灯》三圣母塑像。宫内西边偏门外，横陈着一块巨石，中间断裂，如斧劈一般，称为"斧劈石"，传说是三圣母之子沉香劈山救母的地方。斧劈石旁立着一把巨斧，长两米许，上面题刻："仙家宝斧，七尺有五，赐予沉香，劈山救母。"

游罢西峰，我们马不停蹄地前往华山最高峰南峰。首先要经过一条长空栈道，是华山最险的景点。它位于南峰半山腰，上下皆为绝壁，在插入崖壁的大木桩上，铺成只有尺许宽的青石板路面，凌空的一侧，用粗铁索横悬。

南峰的长空栈道

据说，长空栈道是由一位叫贺元希的道士和他的弟子花了 40 年时间建成的。我们走上栈道后，不时有浮云飘到面前，使我们像个活神仙，腾云驾雾似的，既恐惧又刺激。此时，我们只好握紧铁链，原地不动，待浮云过后，静心屏息，缓步前行。我们相继进入两个大石洞，洞里极为幽静，只能听到风吹松树声、潺潺流水声、百鸟争鸣声。来到这里，人世间的繁杂之声被彻底隔绝了。通过山洞，才走出了长空栈道。

离峰顶不远了，我们鼓足勇气，终于攀到海拔 2 154.9 米的顶峰。这里有个水池，名叫仰天池，池水长年不涸。在一块三面临空的巨石上，我们坐下来松了一口气。至此，我们同行的团友只剩下 5 人。导游说，有 8 个团友不能坚持下去，中途陆续停止前进，沿路返回北峰去了。

登上华山绝顶，顿觉天近咫尺，星斗可摘。我举目环视，只见群山起伏，莽莽苍苍，黄河渭水如丝如缕，茫茫秦川如帛如绵，尽收眼底，使人真正领略华岳高峻雄伟的博大气势，享受如临天界、如履浮云的神奇乐趣。顿时，我心潮澎湃，诗兴发作，顺口吟出了：

> 古稀之年上险峰，
> 攀崖爬坡仍从容。
> 步步艰辛步步景，
> 老当益壮乐融融。

吟罢，我余兴未了，情不自禁地大喊一声：华山，我来了！

74 八十下西沙

2005年，我满70周岁，从容地登上五岳最高最险的华山。我在华山的顶峰南峰向南远眺时，心想：如果上帝再给我10年，我一定争取去祖国最南的南沙群岛走一走，以圆我的锦绣山河梦。

2015年金秋，我已是一个"80后"。岁月不饶人，身体逐渐衰老了，但身子骨还算比较硬朗，走路快捷，步履稳扎。最近参加湘西5天游，每天早出晚归，行山路，爬峻岭，足迹遍及张家界、杨家界、袁家界，特别是走过险峻的张家界大峡谷，没掉队。经过这次活动，我消除顾虑，满怀信心地去旅游。

由于各种原因，南沙群岛还未开通旅游线路，广州只有一家民营旅行社，不定期组团去西沙群岛旅游。我当即报名参加，从广州乘飞机到海南岛南端的三亚市，随即又坐上游轮椰香公主号，正式开启浪漫的西沙海上之旅。椰香公主号是一艘大型豪华车、客、货混装船，长140米，宽20.4米，载客800名。轮船设备先进，航行平稳，安全舒适，实行酒店式管理。船上设有观景台、大屏幕投影、音乐酒吧、舞厅、游戏厅等。我们尽情地享受各项设施的同时，还参加了"图解西沙"宣讲会，了解了西沙的基本情况：西沙群岛是我国南海诸岛中的四大群岛之一，有22个岛屿、7个沙洲，分别集中在东面的宣德群岛和西面的永乐群岛，另有10多个暗礁、暗滩，陆地面积约10平方公里。

游船于下午5时开航，以时速20海里向南驶去。我们来到船头的观景台时，已有许多游客占了好位置了。看得出，大家都想欣赏大海瑰丽的黄昏景致。这时火红的太阳已经滑进了海平线，柔和的落日余晖洒向西沙，把整个海面染得金黄金黄的，使其披上了一层神秘的色彩。海面风停浪息，被夕阳染成各种颜色的落霞在天际飘逸，一群群觅食归来的海鸟伴着落霞齐飞，好一派诗意盎然的海景图啊！我陶醉于这幅美景中，感受到一种静谧的气氛，白天里的烦躁心绪渐渐地平缓下来，顿生一种超然的洒脱和豪迈的情怀。

　　翌日5点多钟，游船安排特别节目《你好，西沙》，让游客观看海上日出和摄影。在大海观日出，特别令人兴奋。当一轮红日跃出东方时，大家高兴得大喊大叫，欢呼雀跃。不少团友抓紧时间拍照，通过微信传给远方亲友，分享快乐。我环顾四周，当天边的红霞被阳光点燃，大海中星星点点的岛礁和来往船只都仿佛开始从睡梦中苏醒，沐浴在一望无际的云海和阳光中，变得虚无缥缈，如梦似幻。

　　天有不测风云，大海的天气像四川的"变脸"一样，说变就变。随着阳光越来越灿烂，云海的流动也越来越快，既像一帘急速流淌的巨型瀑布，又似一条高低起伏迎风飞舞的白练，一会儿将周围的岛屿淹没，一会儿又将部分岛屿抛出来，变幻莫测，幻象丛生，让人不得不慨叹大自然的神奇瑰丽。导游说，这是大海洋的"云瀑"，是可遇不可求的自然现象。说话间，"云瀑"变成了乌云，红日无光，雷鸣电闪，一阵骤雨哗啦啦地突从天降。大伙赶快离开观景台，回到房间不到两刻钟，雨过天晴。突然有人喊："快来看彩虹呀！"我们立即又拿起相机来到观景台，只见左边一道彩虹悬挂天际，右边还有一条"龙"从云层中伸入大海呢。导游高兴地说：大伙的运气好，同一时间看到彩虹和龙吸水！

　　西沙游第一站是银屿岛。导游说，银屿岛是西沙鱼类最丰富的渔场之一。人们形容这里一半是海水，一半是鱼。我们走访了岛上的渔民村，他们在这里以打鱼为生，代代相传，到现在已有200多年了。一位姓肖的老渔民掰着手指头，如数家珍：南海的鱼类有千把种，居全国四大海之首，单是西沙就有经济鱼类40多种，经济价值较高的贝类有几十种，海参种类也很多，以白尼参、黑尼参和梅花参为最佳。

　　大伙越听越兴奋，决定随老肖出海，感受一下捕鱼生活。他和儿子一起驾着机动帆船，来到渔场，撒开渔网。他说今天天气不好，不可能有好收成。果然，收网时只见10多条马鲛、石斑、仓鱼和石蟹，约10来斤。他们把鱼放进船舱里，把海蟹扔到海中。这么肥的蟹为啥不要？老肖说，这种蟹只有个硬壳，没有肉，叫"石蟹"，没人吃。鱼货收成不好怎么办？老肖决定"堤内失收堤外补"，父子俩光着上身，只穿短裤，提着竹筐跳进海里去了。一会儿浮出水面，吸一口气又钻下去，如此反复几次后，他们各提着一筐水产品回到船上。我们争着观看筐里的东西，有的像树枝，有的似石头。老肖指着像树枝的说，这是高级滋补品梅花参，浑身带刺，又黑又长。石头似的叫虎斑贝，浑身布满老虎斑纹，古代称它是珍贵钱币，被视为财宝的象征。

我们在暮色苍茫中回到游船，带着美好的回忆睡了个好觉，翌日起来时已到了另一个叫全富岛的岛屿。这里的海鸟很多，清晨时，一群群的海鸟叽叽喳喳，迎着朝阳向大海飞去。这些海鸟腹部白色，背上和双翅都是灰黑色。导游说，这是鲣鸟，数量多，西沙所有的岛屿都有，有上百万只之多。它们最先飞到这里，成为西沙最早的"居民"。由于当地鱼类丰富，栖息环境好，没有天敌，繁衍生息，发展很快。

西沙海边热带植物

海鸟多，时间长了，鸟粪堆积成山。海南省鸟粪公司定期派出大船来这里挖鸟粪，运回陆地成为很受农民欢迎的土杂肥。我们看到，一个个被海水包围着的珊瑚小礁岛，堆积着大量的鸟粪，多的有三四米厚，少的也有两米厚。岛上还有不少掩映在羊角树丛中的小菜园，新种的白菜、辣椒、菠菜、豆角，一片翠绿。导游说，过去西沙种菜很困难，主要原因是缺肥料。大伙不解地说这些鸟粪不是肥料吗？导游在鸟粪堆积处用手扒了一下，都是白色粉末，像一堆白沙。他说，渔民经过多年的实践，把鸟粪拌上黄土，浇上水，就变成湿润润、黏糊糊的优质农家肥。如今，西沙的每个岛上，大部分都有小菜园，守岛战士和渔民都吃上各种可口的蔬菜了。

当天，我们在渔民村饱尝了当地的海鲜和青菜后，返回游船参加"西沙之夜"活动。团友们有的唱歌跳舞，有的去看怀旧电影《西沙海战》，我和四个团友自费参加西沙夜钓。小帆船开到一个垂钓海域停下来，让我们持竿放钓。当晚海不扬波，皓月当空，大海缄口无语，万籁俱静，静得可以听到自己的心跳。啊，这就是奇异静谧的西沙之夜！

天未亮，游船来到鸭公岛，这是西沙游的最后一站。游客可根据自己的兴趣，报名参加各种美妙、刺激的海洋活动，构建属于自己的西沙回忆。我们的团友基本上分成两部分，会游泳的参加潜水项目，不会游泳的参加半潜观光船。我与10个团友参加潜水，教练给我们穿上红色潜水衣，以防鲨鱼袭击。

大伙戴上潜水镜，游来荡去，透过碧绿晶莹的海水，看到形态各异的珊瑚礁，你说它像什么它就是什么，能围绕着你的想象转；一株株深绿色的麒麟菜下面，海藻织成一张无边的"绿毯"；个头娇小、体态轻盈、色彩斑斓的热带鱼，成群结队，游动在珊瑚礁丛中，炫耀着美丽的容貌；体长仅十几厘米的小海马，别看它呆头呆脑，可是高级的中药材呢，被称为"南海人参"。海底有许多贝类，有活的有死的，形态各异。有只螺壳似茶壶，前面光滑有孔，后背高高隆起，像唐朝人的帽子，叫"唐冠螺"。我把它带回家，套上玻璃盒放在客厅显眼处。每当与客人共同欣赏时，自然地勾起我对大美西沙、海洋仙境的美好回忆。

到第五天了，难忘的、浪漫的西沙之旅，到此画上一个圆满的句号。天方破晓，我们登上甲板，迎着徐徐的海风，按下快门，与西沙的初阳留下离别的寄语。此刻，"椰香公主"终于调头向北行驶了。我再次回过头来，遥望南天，思绪万千，不禁从心底吟出了：

> 七十上华山，八十下西沙。
> 人生潇洒过，玩活身心强。
> 大美南沙旅，遗憾未成行。
> 静候佳音到，圆梦我今生。

第四章

永恒缅怀

牵动世人情怀的莎翁故里

"在英国，莎士比亚是一位家喻户晓的人物。其实，他的大名早已超出不列颠，成为闻名天下的大诗人、大剧作家……"在前往莎士比亚故乡的旅游大巴上，随团导游津津乐道，大谈莎士比亚时，一位团友大学退休教师余平仁补充了一句话，法国著名作家巴尔扎克说过："莎士比亚仅次于上帝！"

位于艾汶河畔的斯特拉特福镇，就是莎士比亚的故乡。大巴来到艾汶河的公路桥，隔河相望，小镇历历在目。导游说，过了桥就踏入了莎翁故里。此刻，我有一种进入圣地的感觉。

据介绍，斯特拉特福是一个非常小的乡镇，莎翁出生时只有1 000多位居民，到了20世纪也不过两万人。但是，随着戏剧大师在这里呱呱问世，小城也就陡然升温，游客多了，商店林立，剧场大增。如今，每年从世界各地到这里

莎翁故里

参观的游客数以百万计，斯特拉特福逐渐成为真正的"福"地了。

我们进入小镇后，尽是莎翁的文化气息。小街广场立着莎士比亚铜铸坐像，四边则是哈姆雷特、麦克白夫人、哈利王子和法斯塔夫的青铜塑像，他们都是莎剧中重要的人物。广场和街道还有许多以名剧人物为题材的塑像、浮雕，凌空悬挂的金属质的宫廷小丑，诙谐幽默的剪影。导游说，小镇有3座剧场，由皇家莎士比亚演出公司统一经营。3个剧场终年上演莎剧，从不间断，旅游旺季每日午后还加演一场。

  著名的皇家莎士比亚剧场坐落在艾汶河畔。剧场当日演出莎翁的《罗密欧与朱丽叶》，剧场门前挤满了游客，熙熙攘攘。附近还有莎士比亚中心、莎士比亚学会和莎士比亚画廊。导游带我们来到了莎士比亚中心，管理员告诉我们，这个中心是 20 世纪中叶为庆祝莎翁 40 周年诞辰，由各国捐献兴建的。我们看到，中心的图书馆有大量关于莎翁的论述、剪报和剧照等资料，收藏着 3 万多册各种版本和不同文字的莎翁作品。据称，英国本土及世界各国的莎士比亚学者们，常在这里从事研究工作。

  我们在小镇漫步，狭窄的小街两旁，都是砖木结构、图案优雅、古色古香的建筑物。大伙随导游来到亨雷街，在一座两层小楼房前止步。导游说，它就是莎士比亚的故居，是莎翁的诞生之地。看得出，这是一幢中世纪都铎风格的英格兰式的建筑。

  进入莎翁故居，首先是莎士比亚生平展览，依次介绍了斯特拉特福镇的历史沿革和自然风貌，还有莎士比亚的家庭背景、教育状况和婚姻生活等内容，以及移居伦敦后作为演员、诗人和剧作家的成年生涯，返回故乡直至去世的晚年生涯。展示的文物中，包括莎翁早年读书时使用过的课桌，1623 年出版的《莎士比亚戏剧全集》。

  游客太多，房子太小。我们好不容易进入参观，还没看够就被人流挤出来了！导游说，小房子还有一个轰动世界的故事：1616 年莎翁去世后，房子由他的后人继承。经过近 200 年时间，房子几经易主。1847 年房主是一个商人，认为莎翁的房子是"奇货可居"，便在斯特拉特福贴出拍卖海报，大肆宣扬房子是莎士比亚的故居，是莎士比亚出生之所，又是其幼年成长的福地。拍卖时间定于 1847 年 9 月 16 日，拍卖地点定在伦敦拍卖场。

  导游介绍情况时，不少游客被生动的故事吸引过来，并提出了这样那样的问题。导游继续绘声绘色地说：拍卖海报在不列颠产生了轰动效应，闹得沸沸扬扬。有些投机商人竟然想出了赚大钱的歪主意：主张把整个房子从地基掘起，放在特制的巨大轮车上，从海上运到美国去，在各地巡回展出，出售门票进入参观。这就是说，把莎翁的故居当作野兽、巨人或侏儒，供人观看赚钱。如果这样，就是对莎士比亚最大的侮辱！

  一石激起千层浪。这个传闻立即激怒了不列颠人和热爱莎士比亚的人们。伦敦和斯特拉特福两地都组织了委员会，号召人们捐款，集资购买莎翁故居。1847 年 9 月 16 日，伦敦拍卖场热闹非常，各种团体和个人争相竞投，最后还是两个委员会以 3 000 英镑投得。从此，莎翁故居成为国家所有，成立了莎士

比亚纪念馆，受到政府的保护。

导游领我们来到了一座典型的哥特式教堂。它坐落在艾汶河畔，矗立在一片绿荫之上。导游说，这座教堂叫圣三一教堂，藏有莎翁十分珍贵的文物，是参观莎翁故里的重要景点。教堂大厅右边有个圣坛，坛前竖立着一块墓碑，它就是莎翁的墓地。墓碑刻着英文，导游译成中文说："不妨碍我安息的人，将受到保佑；那些移动我尸骨的人，将受到诅咒。"圣坛旁有众多游客在围观一个盆子。我们挤进人群，看到一个有半人高的石质水盆，盆沿已有残缺。讲解员说，莎翁出生后就在这个盆内受洗。

圣三一教堂几乎成为莎翁的博物馆。圣坛右侧的墙上镶着一个镜框，里面分别陈列着莎翁1564年出生和1616年去世的记录文书。圣坛右侧的讲经台上陈列着1611年出版的圣经，莎翁晚年回乡6年里，每天来这里聆听传经布道。在另一面墙壁还有莎翁的半身塑像，是莎翁去世7周年时，由其妻子和亲属指导制成，据称十分接近莎翁原貌。

大伙离开教堂，顺道参观了莎翁幼年念小学的文法学校。校舍很小，桌椅粗糙，和一般乡村学校差不多。参观时，团友余平仁问导游说："我看过莎翁的许多著作和各方人士对他的评论，其中有人说莎翁连中学都未读完。他怎么能写出那么多杰出戏剧？这是怎么回事？"导游说，莎士比亚确实未读完中学，但他天赋聪明，智慧过人。加上他艰苦自学，长期坚持。特别是在伦敦剧场，经过多年细心观察和实践，积累了深厚的创作底蕴，掌握了丰富的戏剧故事题材。同时，确有一个来自欧洲各地的作家班底，由莎翁领班编撰剧本并以其名义发表。

是的，莎士比亚是个平凡的人，出生于普通的家庭，受普通的教育，但他又是个不平凡的人，他深刻地剖析了社会和人生，创作了成为人类珍贵精神财富的不朽诗集，37部悲剧、喜剧和历史剧等。如今，每年一度的莎士比亚诞辰庆祝活动，时间长达一周。特别是4月23日莎翁诞辰后的那个周末，是庆祝活动的最高潮。届时，所有剧场都演出莎翁的戏剧，还有盛大的群众性游行。各国驻英使馆都升起国旗，使馆人员都穿上节日服饰，手捧鲜花参加游行。当来到圣三一教堂，人们都将鲜花摆在莎翁墓前，成为世界文艺界庆祝活动的一大奇观。

76 马克思墓前的鲜花

作为马克思主义的践行者，只要来到伦敦，最绕不开的地方就是去伦敦北郊的海格特公墓，拜谒马克思墓。

万人景仰

鲜花献给革命导师马克思

一个春日的早晨，朝阳初升，天清气爽。我们旅行团一行21人，个个手持鲜花，来到马克思墓前，神情肃穆地列队在墓前献上鲜花，三鞠躬。这是一座3米多高的墓碑，在巨大的花岗岩基座上，竖立着马克思栩栩如生的石雕头像。它神情宁静，浓眉下的炯炯目光投向前方，表现了一个伟大思想家不懈探索的精神。基座的上方和下方，铭刻着几行镏金英文，引人注目。上方是我们熟悉的《共产党宣言》的开卷语："全世界无产者联合起来！"下方是马克思的名著《关于费尔巴哈的提纲》的结束语："哲学家们只是用不同的方式解释世界，而问题在于改变世界。"一句开卷语和一句结束语，绝好地概括了马克思主义的精髓，号

召全世界无产者联合起来，改变旧世界建设新社会。

前来瞻仰的人渐渐增多，基座下摆着一簇簇鲜花。人群中有一位中国面孔的女青年，献花鞠躬后，即忙着录像，绕着墓前墓后录，最后请我帮忙给她与马克思头像录。我好奇地问她是中国人吗？她说不是，是香港人。我又问她信仰马克思吗？她说自己是基督徒，信奉耶稣。不等我再问，她又说自己是受外祖父的委托，来伦敦拜谒马克思墓。原来，她的外祖父早年在香港加入共产党，随即参加东江纵队，是港九大队成员，抗日战争中立过功。现已年过九旬，很想在"见到"马克思之前，先给他老人家扫墓献花。

马克思去世已经120多年，然而他的思想依旧闪耀着光芒，时光也早已证明他的思想不仅解释了世界，也深刻地改变了世界。据说，这个公墓里安葬着16万个逝者的灵魂，然而来这里的绝大多数都是拜谒马克思的。无论春夏秋冬，马克思墓碑前总有人默默地献上鲜花。公墓管理人员告诉我们，来马克思墓瞻仰献花的中国游客最多。原因不难解释，马克思关于解释和改变世界的科学论断传到中国后，中国发生了翻天覆地的变化，受惠最大的中国人民当然永远追思缅怀这位"千年伟人"。

据介绍，这个墓地还安葬着马克思的5位家族成员。其中有他的长女、外孙和二女儿、二女婿，以及他的爱妻燕妮。出生富豪之家的燕妮，是个容貌端庄的美女，从小与马克思志同道合，婚后一直同甘共苦，颠沛流离，不离不弃，无怨无悔。她1881年去世后的第3年，马克思辞世。当时他的葬礼很冷清，只有11位亲友陪他走完生命的最后一程。他的亲密战友恩格斯在葬礼上发表了充满激情的演讲："马克思发现历史唯物主义和剩余价值学说，对社会主义思想作出了杰出的贡献。他的思想一定将导致人类历史和资本主义社会，发生革命性的变革。"

颠沛流离

马克思的一生是求索真理的一生，也是颠沛流离的一生、贫穷困顿的一生。他天赋聪颖，20出头就获得了著名的柏林大学的博士学位。他学过法律和哲学，当过新闻记者。他目光尖锐，文章富有思想、切中时弊，为劳苦大众呼喊，德国当局害怕这种声音，认定他是个"异端分子"，把他"开除国籍"，驱逐出境。他携家带口迁居法国。但法国和德国一样，说他"传播反动言论"，把他当作"瘟神"驱赶。天下何处可安家？导游说，恰好那个时候，比利时成为欧洲许多政治犯的避难地。马克思便和家人来到比利时避难，因祸得福地找到了思想与心灵的居所，与恩格斯合作完成了掀起大半个世界思想波澜的鸿篇巨作——《共产党宣言》，马克思主义就此诞生了。

我们的旅游大巴来到布鲁塞尔市中心，穿过漂亮的皇宫广场，在一座普通的楼房前停下来。导游说："它就是马克思和恩格斯起草《共产党宣言》的白天鹅咖啡馆。"我心里顿时一震，我真的来到这篇伟大文稿的诞生地了。我们看到，这是一座5层建筑，大门的上方雕刻着一只展翅欲飞的白天鹅。门口用铜牌标注着马克思的名字。我们进入咖啡馆时，由于大厅没有窗，所以灯光略显昏暗。导游指着入门左边角落里的那个位置，说是马克思常坐的座位。我凝视着这个座位，仿佛他仍坐在那里，或是独自沉思，或是和他的亲密战友讨论、撰写宣言。

这间孕育《共产党宣言》的咖啡馆，几经浮沉，成了现在的样子。1959年，这间咖啡馆更名为白天鹅餐厅。如今，昔日平民聚会的普通咖啡馆，产生了"名人效应"，渐渐演化成价格不菲的高端餐厅。然而，这并不妨碍游客从世界各地慕名而来，其中最多的是中国人。当地人不明白，为什么一家看上去平淡无奇，甚至有些古旧的餐馆，会吸引这么多的中国游客。白天鹅餐厅的经理对于这段历史，颇为自豪。他说："这是因为中国是一个共产党领导成功的国家，马克思和恩格斯是他们的导师。"经理边说边把我们领到了写着马克思名字的铜牌前，我们争先恐后地在这个铜牌前拍照留念。

导游谈到，1848年革命风暴席卷欧洲，波及布鲁塞尔时，比利时当局认为这是《共产党宣言》引爆的风波，不问情由地把马克思及其家人驱逐出境。几次被驱赶、到处流亡的马克思，自称"世界公民"。他离开了布鲁塞尔，和家人来到伦敦。

英国宽容

被德国、法国、比利时驱逐出境的马克思，能否被英国接受？马克思的亲人和战友都很担心。但后来的事实证明，英国没有把马克思看作"异端分子"，出人意料地接纳了这位伟大的思想家及其家人。从此，马克思在这个老牌资本主义国家的心脏里生活、学习和研究，直到去世。

马克思侨居英国34年，一直与恩格斯等志同道合的同志，开展国际共产主义政治运动，坚持对社会真理的探索，先后创作了《资本论》《政治经济学

批判》《工资、价格和利润》等，大力宣传推翻资本主义制度的学说和思想。但英国当局并没有给马克思下"逐客令"。由此可见英国的宽容和自由。马克思和他的家人安息在伦敦后，还得到了这个民族精心的呵护，不但让他和家族成员安葬在公墓内，而且马克思墓碑上那座栩栩如生的头像，由英国皇家雕刻学会主席亲手创作。直到现在，英国开展评选"千年第一思想家"和"千年伟人"的活动时，人们都把信任票献给了这位德国犹太人，马克思位居第一。

导游说，马克思在伦敦几十年，许多时间是在大英图书馆圆形阅览厅里度过的。团友许发说："听说那里的地板上，有马克思长年磨出来的脚印哩！"以前只听说过少林寺的武僧，因为长年练武，竟把地板踩踏出脚印来，没听过读书也会磨出脚印，真是新鲜事啊。大伙一致要求到现场去看看。

我们来到大英图书馆，恰好是开放时间，排队分批进馆参观，限时 15 分钟。我们进入圆形阅览厅时，顿时眼前一亮，这里简直是书的世界，书的海洋。阅览厅高 32 米，直径 42 米，面积 670 平方米，除地面和拱顶看不到书外，其余空间全是书橱，好像大厅的墙壁是用书籍垒起来似的。马克思的脚印在哪？导游没见过，只好找管理员了解。据称，马克思的脚印是真有其事，但时间已过去一个多世纪，大厅的地面几经装修，当年的木地板已被华丽的地毯覆盖了，马克思的足迹也随之淹没了。大厅共有 375 个座位，管理员指着标明 K 排和 P 排的座位说，那里是历史资料的书橱，马克思喜爱历史书籍，他的足迹应该在那里。

访马克思故居

　　牛年暮春，我参加欧洲游，走马观花游了 11 个国家。西方世界，五光十色，可看的东西很多，但我最想看的是德国的特里尔——因为那里是伟大的思想家、政治家、哲学家，全世界无产阶级和劳动人民的伟大导师卡尔·马克思的出生地。

　　当我们的旅游车驶入德国西部的特里尔时，我才真正体会到了这里是块"人杰地灵"的风水宝地：它坐落在美丽的摩塞尔山谷，四周覆盖着茂盛的植被，一片翠绿，令人心旷神怡；碧波荡漾的莱茵河支流摩塞尔河，绕着市区缓缓流过，两岸郁郁葱葱的葡萄园一望无际，烂漫摇曳的山花散发阵阵芳香，沁人心脾。

　　导游说，特里尔是德国最古老的城市。公元前 16 年，即中国西汉时期，特里尔已成为古罗马帝国西部地区的首府，被称为"罗马第二"。如今，分布在市区周围的古迹已成为人们向往的旅游胜地。我们顺着导游指引的方向，看到了君士坦丁大殿、皇帝浴场、黑城门和古罗马竞技场等，展示了两千多年不同的建筑和艺术风格。

早慧少年

　　旅游车在特里尔市区转了几条街后，在布吕肯大街 10 号门前停下来。导游说："大家向往已久的马克思故居到啦！"

　　故居是一座临街的三层小楼，是典型的巴洛克建筑，建于 1727 年，是当地殷实市民用于私人居住的那类房屋。"二战"期间，这房子被纳粹占领和没收，直到 1945 年为德国社会民主党所有。2004 年他们对故居进行了全面维修，改建成卡尔·马克思博物馆。

　　据介绍，特里尔的马克思故居，不仅展现了具有收藏价值和历史价值的藏品，而且也是全世界范围内唯一一座能确切证实是马克思生活过的并且能

供人参观的房屋。馆内设有 23 个展室，展出大量实物和图片，用现代化的生动方式，向参观者介绍马克思的日常生活、学习和从事工人运动等情况。

在马克思故居正门前

博物馆特意培训了专业的中文讲解员，热情地为中国游客服务。在首层的展室里，集中介绍马克思的出身和青少年时期的学习情况。女讲解员说，马克思在故居生活了 17 年，这里是他迈开人生第一步的地方。马克思从小受具有自由、民主、进步思想的长辈们的熏陶。特别是他的父亲，是当地很有名气的律师，为人非常正直、善良。马克思进入中学以后亲身经历和参与了与落后势力的搏斗，逐步形成了他的人格力量。

讲解员谈到，马克思是一个早慧的少年，有很强的想象力，思想相当活跃。1835 年他中学毕业时只有 17 岁，可是他在中学毕业论文《青年在选择职业时的考虑》中，吐露出了非常成熟的思想。讲解员边说边点了一下键盘，屏幕上即现出这篇论文的中文版。她说，少年时期的马克思是一个完美的理想主义者，这引导他最终选择了为被压迫、被剥削人民的解放事业，为没有阶级、没有压迫、至尊至美的共产主义社会奋斗一生的人生道路。

17 岁的马克思中学毕业后，进入波恩大学法律系学习，从此离开了特里尔。讲解员说，不过，他多次利用假期回到特里尔故居。1836 年他趁回到特里尔的机会，瞒着恋人燕妮的父母，与燕妮举行了秘密的订婚典礼！

国际灵魂

美国次贷危机引发的全球金融风暴，给人类的物质生活带来了前所未有的冲击，给人们的心灵，乃至精神、信仰造成了巨大的影响。许多人因此重新捧起马克思在 100 多年前撰写的经典著作《资本论》，不少人还亲自来到马克思的家乡特里尔参观学习。

马克思博物馆除出售各种纪念品外，还经销各种版本的《资本论》。据介绍，近半年来，他们售出的《资本论》有600套，超过建馆5年销售量的4倍。去年圣诞节期间，不少德国人购买《资本论》作为礼物送给亲友。

讲解员告诉我们，许多人在金融风暴面前自觉阅读《资本论》，已成为各阶层的一种新的读书趣味，成为社会的新时尚。德国财政部长史坦布鲁克承认，马克思的某些思想是不错的，甚至表示自己是马克思的"粉丝"。法国前总统萨科齐也在翻阅马克思的著作。梵蒂冈教皇也对主张无神论的马克思给予了好评，赞扬马克思有"绝佳的分析技巧"。

"马克思博物馆建成开馆以来，经历了长时间的沉寂之后，如今一跃成为参观的热点。这是我们始料未及的。"博物馆馆长伯威尔深情地说。他谈到，去年年底以来，该馆接待过几批来自欧美和日本的参观者。这些人过去是马克思主义的信徒，认为只有社会主义才能消灭剥削制度，劳苦大众才能翻身做主人。但是，在资本主义蓬勃发展时，他们的眼睛模糊了，认为资本主义还是很有生气的，不是腐朽、垂死的，感到社会主义比不上资本主义。他们怎么也没有想到，这次金融风暴，把他们的饭碗打碎了。在严酷的现实面前，他们连声说马克思的分析是对的。尽管世界形势发生了巨大的变化，但《资本论》的基本理论，仍然是今天人们宝贵的精神财富。

来自古巴、印度、尼泊尔等国家的左派人士，一直坚信马克思主义不动摇。金融危机发生后，他们进一步认识到，资本主义发展的历史充分证明了马克思的科学论断：经济危机是资本主义的固有产物，只要资本主义制度存在，危机就不可避免，任何救市方案，只能救得了一时，难救一世。如今，他们在马克思故居重温马克思的科学预言，感到十分亲切，并在马克思塑像前庄严宣誓，高声唱起《国际歌》。

生动课堂

我们穿过走廊来到博物馆二楼的21室，这里主要展现马克思的思想在世界范围内的传播和影响。室内除了展出古巴、越南和朝鲜的照片外，大部分是介绍中国革命进程的大幅照片和中英文字说明。

讲解员说，马克思主义传到中国后，中国共产党把马克思思想与本国实际结合起来。多年来，中国共产党靠这个法宝取得了一个又一个的胜利。即使在今天席卷全球的金融风暴面前，中国仍然是中流砥柱，阔步向前。

讲解员说到这里，话锋突然一转："请中国朋友谈谈切身的体会好吗?"团友张明抢先说："我过去对马克思分析资本主义经济危机的印象，主要来自书本或课堂，记忆最深的例子是，当经济危机来临，资本家将卖不出去的牛奶倒入大海。而我们是社会主义国家，有计划进行生产，经济危机不可能发生。"

"但是，我们今天面对又一次的全球性金融危机，我们可不能轻松地说，爆发在资本主义世界的危机与我们没有任何关系。"团友梁洪接着谈了自己的体会。他说，经济全球化，中国经济必然要受到来自合作对象的牵连。今年以来中国沿海地区许多以出口为主的企业，生产已经陷入非常困难的境地。梁洪说，他是广东顺德科龙电器公司（与德国科隆市合营）下属子公司经理。因订单不足，生产陷入半停产状态，大半工人被解雇，他无所事事而参加欧洲游。

团友们你一言，我一语，对这个问题展开了热烈的讨论。因当时没有其他参观人员，21室便成为我们学习马克思思想的课堂。许多团友说，全球性的金融风暴，对中国的股市、汇市等有着非常重要的影响，正所谓"城门失火、殃及池鱼"，所以我们有必要根据形势及时调整经济战略，在经济危机中寻找发展机遇。

参观完了，我走出博物馆大门，情不自禁地几次回望举世闻名的马克思故居，心潮澎湃，追思、缅怀一代伟人的战斗历程。岁月无言，100多年的历史证实了恩格斯的预言："马克思的英名和事业将永垂不朽!"

78 墓园里的故事

在莫斯科,我们瞻仰了列宁墓后,正是中午。随团导游说,午餐后去参观一个叫新圣女公墓的墓地,那也是一个规模宏大的著名景点,到那里开开眼界吧。埋葬死人的地方也是景点,很新鲜,真的吗?大伙半信半疑。

大巴来到莫斯科西南莫斯科河的左岸停下来,眼前就是新圣女公墓,离新圣母修道院很近。我们进入公墓时,只见园里树木葱茏,浓荫蔽日,在繁花锦簇中出现一座座形态各异的雕塑,很像广州的雕塑公园。能讲流利普通话的当地导游玛莎说,公墓占地 7.5 公顷,是欧洲三大公墓之一。墓园内安葬了俄罗斯各个历史时期 2.6 万个名人,包括科学家、社会活动家、艺术家、文学家,以及苏军的高级将领等。他们的墓碑各不相同,但共同展现了俄罗斯的灵魂与特殊的墓葬文化。

在《钢铁是怎样炼成的》的作者尼·奥斯特洛夫斯基墓前,挤满了不同肤色的游客,有的献上鲜花,有的三鞠躬,有的闭目沉思。大理石的墓碑上刻着他身残志坚的生动形象:高大的身躯虽然残废了,但他靠着左手支撑起来,右手放在一摞书稿上,瘦削的脸庞,浓眉下炯炯如电的眼光投向远方。墓碑上雕刻着伴随他大半生的马刀和军帽。我凝视着他的眼睛和马刀,默默地感受着他当年的气息。在十月革命那个热火朝天的年代,他给人印象最深的是:一身戎装,骑着战马,挥舞马刀,冲锋陷阵,和敌人展开殊死搏斗。我没有忘记,他那颗为祖国为人民而战的红心,他那斩将搴旗的英雄气概,成为二十世纪五六十年代激励着千千万万中国青年投身到革命和建设事业的力量。

中国人熟悉的《卓娅和舒拉的故事》中的卓娅、舒拉和他们的母亲都安葬在这里。约有 3 米多高的大理石墓碑上,雕刻着卓娅被德国法西斯执行绞刑的情景。在乌云密布的刑场上,她昂首挺胸,宁死不屈;她目光如电,藐视妖魔!她 18 岁参加卫国战争,在执行任务时,不幸落入德国法西斯的虎口。她受尽了酷刑拷打,绝不投降。最后不但被法西斯强暴了,还被割掉了

一个乳房。导游声情并茂地讲述了这个血淋淋的悲壮故事，许多团友不禁悲从中来，泪流满面。原来对这个故事不大了解的女青年团友，更是凄怆异常，泪花飞溅。有人还激动地举手大喊：打倒战争贩子！和平万岁！

新圣女公墓里一座座大小不等、形状不同、颜色多样的雕塑竖立在那里，不但有平面的、立体的，还有全身的、半蹲的，高的三四米，矮的几十厘米。在这里看名人的墓碑是很有意思的事，是一种高雅的文化享受。这些已故的名人在生前都会寻找自己中意的雕塑家，请他们精心构思设计，为自己雕刻一件最能体现本人价值或寓意深长、留下悬念的作品。苏联著名男高音歌唱家索比诺夫的墓碑上，是一只垂死的天鹅的形象。它垂头丧气，眼睛半闭，羽毛蓬松，两翼下垂。这个歌唱家为什么在墓碑上雕刻一只垂死的天鹅？让人诸多猜测。有些人认为，这位歌唱家是个音乐奇才，但生不逢时，壮志未酬，"天鹅"老矣，无力回天，时也命也！但也有人不同意这种看法，认为这只天鹅不是垂死的，而是悼念主人的悲情表现。歌唱家与这只天鹅相依为命，人禽共乐多年，如今主人逝去，多情的天鹅日夜悲鸣，演绎了一出"人禽情未了"的情景戏。

在新圣女公墓内，像这样人与动物和谐共处的墓碑雕塑不少。如莫斯科大马戏团的创始人弗拉基米洛维奇·尼库林的墓碑，是一座大型的墓葬，碑前立着高大主人公的全身塑像，慈祥地看着自己脚下的一只狗。据介绍，这只狗与他相处几十个春秋，成为久经考验的老朋友了。他心情烦闷时，它摇头摆尾给他欢乐；他生病休息时，它伴随左右；他忘记带烟斗时，它立即回家叼来。他生前找老朋友雕塑家，要求在他死后把他和它一起在墓前塑像。据说他去世的当天，这只狗就自杀，跟随主人去西天了。人们称赞它情义重于生命，不求同日生，但求同日死！

导游带我们在汪洋大海似的墓园中找到了赫鲁晓夫墓。这是一座与众不同、很有特色的墓。墓前立着一块约 3 米宽、2 米高的墓碑。最引人注目的是，墓碑由黑白两种颜色的花岗岩交叉组成，赫鲁晓夫的头像夹在这个几何体的中间。面对这座墓碑，团友们议论纷纷。究其原因，一是对墓主人印象较深，要说的话不少；二是对这座墓碑感到很新鲜，寓意深长，悬念较多。有的团友说，赫鲁晓夫是个阴谋家，由黑白花岗岩构成的墓碑，正是揭示他灵魂深处的黑暗面。有些团友认为这种看法只说对了一半，雕塑家设计黑白相间的几何墓碑，是寓意墓主人功过各半。

黑白相间的墓碑是谁的杰作？导游说，这里面有个精彩的故事：设计者是赫鲁晓夫的死对头——著名的现代雕塑家涅伊兹维斯特内。导游第一句话就像磁铁一样把大伙吸引过来：世上还有这样的事？导游谈到，雕塑家曾是赫鲁晓夫生前势不两立的死敌，积怨很深，互相对骂多年。赫鲁晓夫面对面骂他是臭狗屎、吸血鬼。雕塑家也说过狠话：如果你先死，我就掘你的坟，烧骨扬灰；如果我先死，就要变成无常厉鬼，把你打入十八重地狱！说来也怪，赫鲁晓夫临终前，写下遗书，叮嘱家人在他死后，一定请这个死对头给他雕刻塑像。真是出乎人们的意料，雕塑家不计前嫌，宽容地答应这个要求，设计雕刻了这块不同寻常的墓碑，公正地为赫鲁晓夫塑像立碑。此事在俄罗斯传为佳话。团友们说，这故事充分说明赫鲁晓夫是"人之将死，其言也善"；雕塑家是"人之初，性本善"。

王明的墓碑

我们在众多的墓碑中转悠时，导游突然指着前面一座墓碑说：他是你们的老乡，认识吗？我们见到，一座1米多高的墓碑上，立着一个半身人像。头像是个传统的中国人面孔，四方脸，黄皮肤，黑头发，小眼睛，穿着灰色的中山装，表情木讷，作沉思状。他是谁？一些六七十岁的老团友都说，以前在电视上好像见过，似曾相识，但也说不出来。导游叫我们走近一点，看看中文介绍。墓碑上有几行字，原来他就是王明，又名陈绍禹，是中共驻共产国际代表团团长。

有的团友说，听说王明在"文革"中死去，怎么会葬在这里？导游说，王明是苏联国籍，"文革"前举家来到莫斯科治病，从此再没返回中国，直到1974年3月27日在莫斯科去世，终年70岁。他死后埋葬在新圣女公墓。

风云变幻列宁墓

莫斯科红场，似乎生来就和红色有着千丝万缕的关系。红色花岗岩建成的列宁墓，红色的楼房，红色的围墙，争相辉映着那个红色的年代。一座座教堂式的建筑物，那高耸入云的尖塔上的闪闪红星，总能勾起人们对那个激情燃烧的岁月、对社会主义革命导师列宁的无限怀念。

从广州出发，乘飞机经乌鲁木齐需要 12 个小时，才能到达梦中的圣地。双脚踏上红场的地面，7 月的早晨还带点凉意。我惬意地呼吸着清新的空气，长时间空中飞行的劳顿在瞬间化为乌有。这里的空气少了几分干燥，多了些许清冽，颇有些心旷神怡的味道。

我们坐在开往红场的旅游大巴上，中途上来一位中国面孔的中年男子，

红场列宁墓

他是莫斯科地陪导游，原是中国留俄学生，现在专职为中国游客当导游。我们当即热烈鼓掌欢迎。他介绍了莫斯科的旅游景点后，提出不去列宁墓，改为参观别的地方。我们不解地提出疑问，他竟然说一个死人有啥好看，现在没几个人去参观。大伙说，我们从万里之遥来到这里，就是要去瞻仰革命导师列宁的遗容。再说我们与旅行社签有合同，行程表上有这个景点，没什么特殊情况不能随便改动。

列宁墓位于红场西侧中央，陵墓一半在地上，一半在地下，顶部是红场的检阅台，两旁是观礼台。我们到达红场时，墓前已排了一条长长的人龙，足有三四百人。人流当中，不仅有黄种人、白种人，还有黑种人和棕色种人。有些人手持鲜花，按规定不能带进陵墓，他们便将鲜花放置在陵墓进口处。我们排队等候了一个多小时，随着人流一步一步走下台阶，来到灯光辉煌的地下室，看见列宁的遗体躺在铺有党旗和国旗的水晶棺里。遗体只露出头部和双手，雪白的幔布遮盖着身体。列宁的遗容是那么安详、那么从容，真的好像太累了，躺在这里安睡一会。我凝视着他的脸部和双手，默默地感受着他当年的神情和动作的点滴气息。十月革命那个热火朝天的年代，给人印象最深的是，在彼得格勒的工人赤卫队、水兵、士兵的各种集会中，不断出现列宁发表演说的动人场面，他激动地无数次高举右手，强有力地向前挥动，高呼着："一切政权归苏维埃！"

走进列宁墓，如同翻开了波澜壮阔的革命斗争画卷。我们永远不会忘记，列宁领导的十月革命，一声炮响开启了人类历史的新纪元，给苦难深重的中国送来了马克思列宁主义！没有这一炮，哪有新中国的东方红！十月革命期间，正是中国历史上血与火交织的非常时期，也是整个中华民族最艰难困苦的岁月。作为全世界无产阶级革命导师的列宁，极为关心占世界人口四分之一的中国人民的命运。他在《中国的民主主义和民粹主义》《新生的中国》《亚洲的觉醒》等一系列文章中，充分表达和表现了他对中国人民革命斗争的同情与支持。随着"阿芙乐尔号"巡洋舰的一声炮响，他的伟大革命思想和理论，很快成为中国共产党强大的思想武器，领导中国各族人民推翻了压在头上的"三座大山"，创建了伟大的中华人民共和国。

我们依依不舍地离开了列宁墓，在旅游大巴上纷纷谈自己的感受。大伙说，列宁墓虽然比我们想象的要小得多，像座低矮的平房，但"山不在高，有仙则灵"，小小陵墓，竟是一座照耀人类历史前进的灯塔，吸引着不同肤色、不同国家的人民，前往瞻仰、怀念！人们说：列宁永远长眠在劳动人民

的心里，他创立的列宁主义仍然在指导世界无产阶级为共产主义事业而战斗，他那简朴、无私的精神光耀千秋！

　　大伙谈论得津津有味时，导游有点坐不住了，他说，你们在国内孤陋寡闻，不知世道的变化，拿老掉牙的陈年旧话来麻醉自己！接着，他又狂妄地补充一句："列宁的尸体很快就要搬出来，像斯大林一样从陵墓里扔到外地，你们知道吗？"大伙对导游的表现很有意见，严肃地批评他对伟大领袖的错误态度和用语。导游不但不接受意见，反而更加嚣张地说："什么伟大领袖……"这时，车里像炸开了锅似的，许多团友站起来对导游进行批判。有的人大声喊："堵住你的嘴，不准污蔑列宁！"有的指着导游喝道："你没资格当我们的导游，出去！"

　　第二天，莫斯科旅行社改派了一位叫玛莎的导游，是莫斯科人，曾在中国北京大学留学，会讲一口流利的普通话。她首先就昨天的不愉快事件，代表旅行社表示了歉意，并回答了大伙提出的关于列宁遗体迁移的问题。她说，在苏联的整个历史过程中，列宁无论在官方的文件和出版物里，还是在普通人的心目中，都是一个无可争议的伟大人物。在20世纪即将结束之时，俄罗斯举行了一次推举俄罗斯"世纪风云人物"的民意调查，列宁名列榜首。20

列队瞻仰列宁墓

世纪最后一天，莫斯科红场上最为引人注目的是，数以千计的俄罗斯人排着长队，前往列宁墓瞻仰列宁遗体。许多俄罗斯人仍崇敬地称列宁为"现代俄罗斯之父"。他领导的十月革命，影响了整个世界。据俄罗斯有关部门统计，直到现在，全球约有6 000座列宁塑像。

但是，世态沧桑，斗转星移。苏联解体后，俄罗斯社会出现了分裂，人们在观念上、价值取向上都发生了翻天覆地的变化，在对列宁的评价方面也出现了截然相反的意见。极端仇视布尔什维克和社会主义制度的俄罗斯右翼派别，不仅全盘否定列宁和苏维埃，连列宁墓也不放过。从1989年起，他们一再要求并制定时间表，企图将列宁的遗体从红场迁出。

近20多年来，迁葬列宁遗体和列宁墓的命运问题，在俄国政坛掀起了一次又一次的政治波澜。苏联解体后的1993年10月6日，俄罗斯当局作出决定，撤销列宁墓的"一号哨位"。民主派趁此机会，提出立即将列宁遗体迁出红场，左派则强调列宁墓是克里姆林宫的一部分，受联合国教科文组织的保护，不得随意变动。崇拜列宁的许多群众说，列宁思想与广大劳动人民息息相关，搬迁列宁遗体也斩不断其与俄罗斯历史的联系。2009年1月21日是列宁逝世85周年，俄罗斯舆论研究中心的一项调查表明，大多数俄罗斯人再次肯定了列宁的历史地位，反对迁移列宁遗体，要求在红场上继续保留列宁墓。那些极端分子，见一计不成又生一计，提出拆除在红场的列宁像。与此同时，圣彼得堡等地的一些列宁塑像，被不明身份者破坏。当局和群众对这种行为非常愤怒。普京也反对说，一切皆有时，当那天来临时，俄罗斯民众会决定怎么做。历史是这样一回事，你无须仓促。

玛莎谈到，列宁墓前途未卜。最严重的问题是，苏联解体后，俄罗斯政府已经停止为护理列宁遗体拨款，原列宁遗体护理实验室，已改名为生物结构研究中心。如今，该中心完全靠自己有限的力量，自愿为列宁遗体进行护理。人们担心，中心如果经费不足，没法维持下去，列宁遗体就无法继续保存，随时会有被迁移出陵墓的危险。

玛莎谈到这里时，指着红场上一些来回走动的人说，他们不是来参观的，而是俄罗斯共产党人和崇敬列宁的群众志愿者，每天轮流为列宁墓放哨，以防不测事件的发生。但是，政治、经济和技术因素，最终会给列宁墓和列宁遗体带来什么命运，人们还未可知。

莫斯科：探寻"红色大学"踪迹

十月革命一声炮响,使社会主义国家苏联的首都莫斯科,像一块巨大的磁铁,吸引着一大批进步青年。20世纪上半叶,包括刘少奇在内的第一批中国进步青年,踏上了苏联国土,为中国学子留学苏联大潮拉开了序幕。

据介绍,俄共(布)于1921年在莫斯科创办了东方劳动者共产主义大学,简称东方大学。中国首批学员中有刘少奇、任弼时、罗亦农、萧劲光、王一飞、彭述之、柯庆施等40多人,由上海共产主义小组介绍,分

莫斯科东方大学旧址

批陆续来到莫斯科。东方大学校址位于莫斯科市中心的特维尔大街旁,距离红场不远,原是一座女子修道学院和它的附属建筑。1937年这座学院和附属建筑被全部拆除,在原址上建起了普希金广场和俄罗斯电影院。

抚今追昔,缅怀先辈。今天,虽然东方大学已不复存在,但那些红色记忆却永远刻在人们的心里。一个艳阳高照的中午,我们旅行团一行在普希金广场漫步时,我眼前浮现出90年前,就在这里,一个个风华正茂的中国青年,迈开矫健的步伐,走进东方大学的课堂;几年之后,他们从这里走出去,在动荡与激情澎湃的岁月里,探寻中国前进的方向,其中许多人后来成为中国革命的中坚力量。

会讲一口流利普通话的俄罗斯导游玛莎,对莫斯科"红色大学"的来龙

去脉比较了解。她告诉我们，东方大学是一所专门培养革命干部的政治大学，主要任务是为苏联东部地区和东方各国培养革命干部。学生来源多数是农民和工人，也有少数学生和知识分子。课程设有党的工作和政治教育、工会运动、经济、法律等，分为苏联东方部和外国部。外国部设有中文、朝文、日文、土耳其文、法文、英文和俄文 7 个班。学制初期为 7 个月，后改为 3 年。瞿秋白应聘为中国班教授，讲授俄文并担任理论课的翻译。当时中国班的学生，除刘少奇和任弼时等 40 多人外，还有先期赴西欧国家勤工俭学的赵世炎、王若飞、陈延年、陈乔年等 12 人。据档案资料显示，到 1925 年，从各个渠道派到东方大学学习的中国学生达到 112 人。

"在波澜壮阔的中国现代史上，对其影响最大的'洋学府'，恐怕要数莫斯科中山大学了。"玛莎边说边领我们离开普希金广场，从克里姆林宫向西南方向步行 10 多分钟，来到沃尔洪卡街 16 号，一栋黄色外墙的小楼门前。玛莎说，它就是当年大名鼎鼎的莫斯科中山大学的主楼。楼房中间为 4 层，两边为 3 层。从正面看，这栋楼不是很大，但整个主楼往后延伸很长。大伙提出进入楼里看看，玛莎说暂时不行，因为此楼现在是一家公司的办公楼，不对外开放参观。

我们只好沿着楼房四周边看边听玛莎的介绍。这栋楼原是十月革命前一个俄国贵族的官邸，屋顶浮雕华美，室内富丽堂皇，房间很多，每间都高大敞亮，大厅被改成礼堂，可容纳一两百人。周边有高大的树木，还有小花园、篮球场、排球场、溜冰场，整座宅院被改造成具有一定规模的学校。走出花园就是大街，街的对面是俄罗斯救世主大教堂。沿着教堂前行，就来到莫斯科河边。当年，中国学员课余经常到花园休息，也有学员在闲暇时散步来到莫斯科河边。

莫斯科中山大学是 20 世纪 20 年代后期，国共两党在海外留学人员最为集中的红色大学，也是为国共两党锻造了大量优秀人才的熔炉。人们知道，从这个校门走出去的骄子，陆续成为国共两大政党的风云人物。如陈绍禹（王明）、张闻天、王稼祥、秦邦宪（博古）、杨尚昆、伍修权、乌兰夫、廖承志和蒋经国等，以及从西欧勤工俭学转赴苏联的朱德、邓小平、王若飞、聂荣臻、李富春等。

大伙边听边议论，最后便在小花园歇脚，坐下来继续听玛莎讲解。有的团友提到，当年莫斯科已有东方大学，为什么还办中山大学？玛莎说，中山大学的创办，主要是孙中山与苏联革命友谊的结晶。1924 年 1 月，在广州召

开的国民党"一大"上，孙中山提出了"联俄、联共、扶助农工"三大政策。他深情地说："我党今后之革命，非以俄为师，断无成就。"在苏联的援助下，孙中山对国民党进行了改造，吸纳了大批中国共产党人，改变了屡战屡败的状况。正在这个节骨眼上，孙中山不幸与世长辞，苏联痛失了中国的亲密战友。苏共领导很快作出决策，对中国革命投入较大的资金，除武器支援外，决定创办一所学校，以孙中山命名招生，培养中国革命人才，莫斯科中山大学就是在这种情况下应运而生的。

　　莫斯科中山大学学制为两年，第一学年的课程是俄语、政治经济学、历史、现代世界观、俄国革命理论与实践、民族与殖民地问题。第二学年的课程是中国革命运动史、世界通史、马克思主义哲学、列宁主义原理、经济地理等。另有一门重要课程是军事训练，每周一天，主要内容为步兵操练、射击、武器维修等。此外，校内还有一个特别班，专门轮训中国共产党内高级干部，如林伯渠、徐特立、吴玉章、何叔衡、叶剑英等便是这个班的学员。

　　玛莎介绍情况时，团友们不断插话，你一言，我一语，小花园成为我们缅怀先辈的课堂。玛莎谈到，到了1927年，莫斯科中山大学学生达到600余人，东方大学的部分教员和中国学生转到莫斯科中山大学。国民党的要人宋庆龄、冯玉祥、胡汉民等，纷纷来到莫斯科中山大学演讲。此时的莫斯科中山大学，不但是革命的时髦象征，培养中国革命精英的摇篮，也是各种力量博弈的战场。

　　后来随着革命形势的急剧变化，莫斯科中山大学也走到了尽头，于1930年关门停办了。

　　在世界历史的长河中，苏联的"红色大学"存在时间虽然短暂，但在中国革命的历史篇章中占据特殊的地位。

81 "阿芙乐尔"号巡洋舰礼赞

"阿芙乐尔"号巡洋舰

在十月革命的发源地——俄罗斯圣彼得堡市中心的涅瓦河畔,停靠着一艘名叫"阿芙乐尔"号的巡洋舰。十月革命的第一炮,就是从这里发出的。

从1957年起,"阿芙乐尔"号巡洋舰退役后,静静地停在涅瓦河边,无声地向来自世界各地的游客,述说着那段红色的记忆。

在庆祝中国共产党成立90周年的大喜日子里,我随"寻访红色故地"旅行团,来到"阿芙乐尔"号巡洋舰身边,零距离瞻仰它的庐山真面目。导游说,别看它平淡无常,甚至显得古老陈旧,但在十月革命的关键时刻,它及时地打响了第一炮,开启了人类历史的新纪元。

据介绍,"阿芙乐尔"号巡洋舰长124米,宽16.8米,排水量6 731吨,舰上官兵670多人,曾参加日俄对马海战和第一次世界大战。1917年沙皇被

推翻后，大资产阶级组成了临时政府，继续推行没有沙皇的反人民路线。以列宁为首的布尔什维克，在彼得格勒（现为圣彼得堡）的工人群众和波罗的海舰队水兵中展开革命宣传和鼓动工作，积极准备发动武装起义。

在风起云涌的革命形势下，"阿芙乐尔"号的布尔什维克党支部十分活跃，党的队伍日益壮大，成为第一艘升起革命红旗的俄罗斯海军舰只。在"阿芙乐尔"号的带动下，驻扎在彼得格勒附近水域的波罗的海舰队，共 10 艘舰只和 1 万多名海军官兵，站到革命队伍一边，成为武装起义的主力军。

1917 年 11 月，资产阶级临时政府拒绝投降，还企图调动市郊军队进入彼得格勒，以冬宫为据点作垂死挣扎，形势十分危急。1917 年 11 月 6 日，"阿芙乐尔"号奉命开到冬宫前面的尼古拉耶夫桥，像一把插入敌人心脏的钢刀。舰上配有 14 门 152 毫米口径的远射程火炮，是一座水上浮动堡垒，在当时的彼得格勒市内，尚没有任何力量能够与之抗衡。

第二天，即 1917 年 11 月 7 日（俄历 10 月 25 日）晚，以"阿芙乐尔"号为首的 11 艘舰只，在冬宫前的涅瓦河江面摆开阵势。当晚 9 时 45 分，"阿芙乐尔"号向冬宫方向打响了第一炮。导游说到这里时话锋一转，据历史档案解密，"阿芙乐尔"号当时开炮，实际上没有直接打击冬宫，而是放空炮，向起义武装发出总攻开始的信号。

"阿芙乐尔"号的第一炮拉开了十月革命的序幕，在布尔什维克的率领下，彼得格勒的赤卫队、水兵和士兵，立即向冬宫发起总攻。战士们在宫前的云石阶梯上，同冬宫反动武装短兵相接，并在宫内的 1 005 个房间展开白刃战。翻过 1917 年 11 月 7 日这一天，起义部队终于占领整个冬宫，逮捕了内阁成员，宣告临时政府被推翻，全部政权归苏维埃，十月革命取得了彻底的胜利。

十月革命的故事，过去在课堂上听过，在书本中看过，但这次来到现场，"阿芙乐尔"号巡洋舰就在眼前，遥望对岸的冬宫，睹物思情，抚今追昔，令人感慨万千。

在阳光和蓝天的映衬下，"阿芙乐尔"号灰蓝色的舰身显得格外耀眼。也许是粼粼水面照得我睁不开眼睛，也许是这里本身就光芒万丈。在现为海军博物馆分馆的"阿芙乐尔"号，船舱里设有介绍该舰历史和起义整个过程的馆室。这里记载的是奇迹，一个个动人的故事、一件件传神的实物、一行行惊人的数据，充实了人民战争的含义。我伫立岸边，凝视着"阿芙乐尔"号，不禁陷入了沉思：十月革命一声炮响，打出了震撼世界的社会主义革命第一炮！这一炮，敲响了埋葬一切反动统治的丧钟；这一炮，打出了一个崭新的世界；这一炮，给苦难深重的中国送来了马克思主义！

是的，星星之火可以燎原，中国革命的烈火，就是承接着十月革命第一炮燃烧起来的。从上海到湖南，从井冈山到瑞金，从古田到遵义，从延安到西柏坡，最后到北京，不就是它点燃了一个个红色的圣地吗？在"山头云欲泣，山下呼声急"的风雨年代里，这点星火何曾熄灭过？我仿佛看到在漆黑的夜里，"阿芙乐尔"号巡洋舰射出闪闪发光的炮弹，划过长空，响彻了北半球，照亮了亚非拉，照亮了人间大地！

导游说，"阿芙乐尔"意为"曙光"或"黎明"，在古罗马神话中指司晨的女神，她唤醒人们，送来曙光。据说从1957年它被改为俄罗斯中央海军博物馆分馆以后，到这舰参观、缅怀的人络绎不绝，最多时一年超过100万人次。在1987年到1990年期间，参观人数近200万人次，其中有50万人来自世界各地。

今年是苏联解体20周年。有些团友说：十月革命取得胜利的苏联布尔什维克，仅70多岁就夭折了，好端端的联盟共和国四分五裂了，为什么还有那么多游客慕名前来参观？为我们作导游的女地陪叫阿莲，是圣彼得堡人，现年48岁，曾留学我国北京师范大学，说一口流利的普通话。她认为，十月革命见证了苏联布尔什维克开天辟地、敢为人先的首创精神；"阿芙乐尔"号打响了社会主义十月革命的第一炮，是彪炳史册的非凡壮举。有良知的俄罗斯人，对这段历史感到骄傲。一个多世纪的历程，风雨沧桑，然而，"阿芙乐尔"号的丰碑，却与永不停息的涅瓦河水一样，永远屹立在这里。

阿莲与我们谈到中国共产党90华诞时，她有着深沉的感受：中国共产党自从建立以来所有的历史，证明了其是继十月革命后最成功的典范，证明了其在努力践行共产主义，并且通过创新理论来发展中国这个人口大国。我和一些老一辈的俄罗斯人交谈时，他们认为如今苏联共产党不存在了，社会主义的希望寄托在中国共产党身上。实践证明，十月革命选择了中国；十月革命代表过去，中国代表未来。

"阿芙乐尔"号的岸边，挤满了来自世界各地的游客，其中有许多中国面孔。他们有的献上菊花，有的就地购买水兵服和帽子，举起相机在舰前合影留念。游客中还有人推着轮椅来到岸边，轮椅上坐着一位老太太，戴着眼镜，入神地凝视着"阿芙乐尔"号。她讲一口带我国东北口音的普通话，我便和她攀谈起来。老太太是黑龙江佳木斯人。她的父亲是圣彼得堡工厂的工人，

青年时参加了布尔什维克。十月革命起义期间，被派到"阿芙乐尔"号做宣传工作，在攻打冬宫战斗中不幸被流弹击中，牺牲时才 34 岁。新中国成立后，老太太回到佳木斯，一个弟弟仍在圣彼得堡，成为俄籍华人。多年来，老太太每次来俄探亲时，都要来到涅瓦河边缅怀父亲。今年 6 月 20 日是其父亲 128 周年诞辰。她带领家人再次来到"阿芙乐尔"号，一边祭奠亡灵，一边讲述父亲的红色经历。她深情地说：父亲是参加十月革命的一分子，是为"创造一个新社会"而牺牲的，我们永远怀念他！

　　我们从冬宫返回宾馆途中，又一次经过涅瓦河畔时，看到有人在"阿芙乐尔"号的大炮身上，系了一个打结的红丝带，丝带迎风飘动，上下飞舞。此景令我油然产生了遐想：这乌黑发亮的大炮曾跳动着十月革命的心脏，它强劲的脉搏驱动着历史的车轮滚滚向前；这古老的"阿芙乐尔"号里，曾有指挥十月革命的优秀布尔什维克人，他们给地球系上了红丝带……而"阿芙乐尔"号正是丝带在地球上的一个结，这是凝聚千万马克思主义者心灵的结，它鼓舞着人们为共产主义伟大事业扬帆奋进！

珍珠港事件 *70* 周年祭

82

如果没有那一场惊天动地的突然袭击事件，也许，美国珍珠港的名字不会被多少人知晓。然而，1941 年 12 月 7 日凌晨，珍珠港被日本军队突然袭击，不到两个钟头，美国太平洋舰队被炸得七零八落，美丽的珍珠港硝烟弥漫，炸声如雷，火光冲天，血肉横飞……

这一天，是注定要被全世界永远铭记的日子！

这一天，太平洋战争拉开了序幕！

这一天，是日军迅速走向末日的起点！

凌晨噩梦

2011 年初冬，我们随旅行团来到举世闻名的珍珠港时，只见景区入口处有一个纪念广场，广场一侧是文物陈列室，展出有关"二战"和珍珠港事件的文物、照片、被炸船只的模型。广场另一侧是电影放映厅，不停地为游客放映日军偷袭珍珠港事件的纪录片。

时间拉回到 1941 年 12 月 7 日凌晨，由于是星期天，大部分官兵离开了战斗岗位，整个港区呈现出一派假日景象，没有什么戒备。此时，日本一支庞大的舰队，包括 6 艘载有 200 多架飞机的航空母舰，21 艘巡洋舰、驱逐舰和潜水艇等，悄悄地进入珍珠港突然发难。这是一场海上、水下、空中闪电式的立体袭击战，在短短的一个多小时里，击沉击伤美军舰船 40 多艘，击毁飞机 265 架，美军死伤 4 000 多人。大型的"亚利桑那"号战列舰被炸沉，舰上 1 177 名美军除 334 人逃生和被救外，其余全部葬身海底。

我们走出放映厅，导游向港湾海面一指："'亚利桑那'号还在那边，期盼着与世人相会啊！"在一个轮渡码头，我们坐上海军特备的快艇，不一会，看见前方海面上出现一座白色的建筑物，长方形，两头高，中间低，像只船，也有人说似个棺材。它就是"亚利桑那"号纪念堂，于 1962 年 12 月 7 日建

成开放，成为一个著名的游览胜地。纪念堂横跨在"亚利桑那"号残骸之上，实际上是一座水上坟墓，大理石的墙壁上，刻着殉难美军将士的名字，供人瞻仰凭吊。

讲解员领我们来到大厅旁边的栏杆上，看到在清澈的海水下，"亚利桑那"号部分残骸就在眼前，战舰虽然被炸得七零八落，但整个舰身的轮廓，还能看得清楚。特别是它的巨大烟囱露出水面约50厘米，像一个漂浮在海面的大铁盆，任由风吹雨打，永不沉没。我们还看到，有多处地方向上冒着暗红色的油脂，像无数气泡，不停地飘出海面。大伙睹物思情，不禁黯然凄怆，悲从中来。有的团友认为这是长眠在海底的殉难者的眼泪，也有的说是泉下冤魂得到昭雪，是悲喜交集的"涌泉泪花"！

是的，因为在距离纪念堂约300米的岸边，停泊着一艘军舰——被称为"王者归来"的"密苏里"号巡洋舰。1945年同盟国接受日本投降时，就在这艘舰上举行无条件投降签字仪式。多年来，该舰一直停泊在那里，作为反对战争、热爱和平的教育基地，也让"亚利桑那"号的海底冤魂得到安息。正是"忽报人间曾伏虎，泪花顿作喷泉涌"！

赌徒思维

许多团友说：当年日本连中国都没啃下去，为什么还要虎口拔牙偷袭珍珠港，明目张胆去挑战当时保持中立的美国呢？导游谈到，要弄清这个问题，首先要了解当时的历史背景："二战"初期，希特勒以"闪击战"横扫西欧，日本军国主义者认为这是向南推进，夺取英法荷在东南亚的殖民地，攫取战略资源的大好时机，日本朝野上下发出阵阵"不要耽误了末班车"的叫嚣。

时任日本海军联合舰队司令官山本五十六认为，对日本占领东南亚最大的威胁是美国。一旦战争爆发，美国太平洋舰队主力必然会从珍珠港出击，从侧翼对日军进行牵制。因此，首先摧毁美军在珍珠港的舰队主力，迫使美国不得不订立城下之盟。

1941年初，山本五十六制订了偷袭珍珠港计划，其成功完全有赖于两个假设：一是偷袭时，美舰队主力停泊在港内；二是一支大型的航空母舰编队在渡过半个太平洋时不被发现。稍有军事常识的人认为，只有赌徒才敢冒那么大的风险。而山本五十六恰恰是个酷爱赌博的赌徒。他赌博的格言是要么大获全胜，要么输个精光。这一点对他的军事思想有重大的影响，充满着孤注一掷的赌徒思维。

山本五十六还是孙子兵法的信徒，在紧张的备战过程中，不断运用兵法的妙计：他一边指挥飞行员，选择与珍珠港相似的鹿儿岛港湾，模拟特技的攻击训练；一边让海军学校的学生穿上正式军服，到东京参加活动，以欺骗国内视线。他还将舰艇分散朝北出发，向千岛群岛集结，等待命令突然南下袭击珍珠港。完成战斗部署后，由外交部派出"和平大使"赴美进行"和平会谈"。但在第二天凌晨，偷袭珍珠港事件就爆发了。

导游绘声绘色的讲解，大伙听得津津有味。有的团友问："山本的赌博是不是大获全胜？"导游说："山本赢得了这场赌博，这是他最为冒险、收益最大的一次赌博，一赌成功，使他名震世界海战史。在后来的半年时间里，日本迅速占领了整个东南亚、太平洋西南部，势力一直扩张到印度洋。"

还是个谜

我们返回陆地的轮渡上，看到五六个青年用美式英语争论着什么问题。导游告诉我们，他们是美国某大学历史系的学生，正在争论珍珠港事件是不是美国的"苦肉计"。

珍珠港事件纪念堂

大伙听到"苦肉计"这个词，感到很新鲜，也很意外，回到大巴时急着向导游问个究竟。他说：几十年来，对珍珠港事件一直有两个版本的说法，一种说法认为偷袭珍珠港事件是真正的偷袭，是公认的历史；另一种说法是美国的阴谋，是故意让日军偷袭成功的。

主要疑点是：①日军袭击当天，美国太平洋舰队主力的 3 艘航母和 22 艘军舰，都不在珍珠港，被炸沉的是包括"亚利桑那"号在内的 4 艘老掉牙的军

舰；②袭击前夕，美军将主力战斗机分散到偏远的小机场，留在港区机场的飞机不进机库，整齐地摆在跑道上；③国民党情报员截获和破译日本一份特级密电，得知日对美开战时间可能是星期天，袭击地点可能是珍珠港。蒋介石立即将密电急报罗斯福，但罗斯福事后没有任何回应。

各种情况表明，美国早已得知日军偷袭珍珠港计划，但为什么又让日军偷袭成功呢？作为富有远见的杰出政治家，罗斯福十分清楚，如果让轴心国称霸欧亚大陆，美国将无力独自抵抗已经根基牢固的德、意、日。因此，美国早参战比晚参战有利。但是，当时美国国内孤立主义思想十分严重，拒绝参战。罗斯福为此不惜以珍珠港为代价，让日本偷袭成功，从而激起摒弃孤立主义思想的决心，唤起民众的觉醒，团结起来投入反法西斯的"二战"洪流。

珍珠港事件是不是"苦肉计"，也许历史最终会告诉世人真相，也许永远是个谜。

"苦肉计"也罢，迷局也罢，日军偷袭珍珠港是个不争的事实。它的要害是突然袭击，不宣而战。历史经验告诉我们，所有的战争狂人和恐怖分子，都具有赌徒思维，都搞阴谋诡计，乘人不备，突然发难。昔日希特勒发动的"闪击战"，横扫西欧，点燃了第二次世界大战的大火；当今的本·拉登悄无声息地发动的"9·11"袭击，成为改变了世界的恐怖事件。

珍珠港事件已过去70多年了，但它没有被时间冲淡，而是给世人留下深刻的启示：居安思危，才能防患于未然。当今世界，形势总体稳定，但经济政治风云变幻，险象环生。我们必须做好应对外部环境趋于严峻和复杂的准备，保证在任何情况下，包括类似珍珠港式的袭击，都可以做到处变不惊，应付裕如。

83 费城钟声

　　美国虽然是一个泱泱大国，但它建国只有 200 多年，在世界民族之林中，只是一个小弟弟。因此，历史对美国人来说是一个暗淡的概念。甚至可以夸张地说，美国没有历史。

　　我们作为旅游观光客，要想了解美国这段短短的历史进程，应重点参观哪个城市，哪个点是美国的发祥地呢？有的团友说是首都华盛顿，有的说是"大苹果"纽约，也有人说是西岸的什么地方……

费城大钟

　　春末夏初的一天早上，我们坐旅游大巴离开华盛顿北上，沿途的美国东海岸景色迷人。这里没有高山险岭，但见丘陵起伏。急处，峰回路转，植被连绵；缓处，一马平川，湖水盈盈。公路两旁，树木成林，苍苍茫茫，还能看到蓝色的大西洋时隐时现。汽车飞驰在看不到尘土飞扬的柏油路上，展现出一派清凉、湿润的秀丽风光，放眼望去，蓝天白云，林木葱郁，山水迷蒙，大有"帝子乘风下翠微"之感。4 个小时过去了，我还在浮想联翩，欣赏眼前的美景时，大巴已来到华盛顿和纽约之间的费城。导游说：它是美国的故都，是美

国建国历史的起点。

导游谈到，在美国立国历史上，费城占有首屈一指的地位。历史上的费城创建于1682年，1790年至1800年作为美国的首都，第一届国会也在这里举行。费城作为美国的第一个国都，市内名胜较多，文物遍地，有许多个美国历史上的"第一"。比如第一个最高法院、第一次北美大陆会议、第一所银行、第一座博物馆、第一家铸币厂、第一家股票交易所、第一家日报、第一家医院、第一个消防队、第一家图书馆等等。

1948年美国国会决定，将费城的独立大厅以及周围所有历史性建筑物，称为国家独立历史公园，以示永久纪念。独立大厅建于1732年至1753年间，原为宾夕法尼亚州议会。1776年7月4日，美国的《独立宣言》在这里通过。独立战争期间，除英国殖民军占领费城时期外，起义代表们就在独立大厅指挥战争和进行创建联邦政府工作。1787年，13州代表在这里召开制宪会议，通过美国宪法。从此，费城送走了战乱的最后一个冬天，美利坚合众国的曙光从这里洒向全国。

我们在独立公园漫步时，展现在眼前的是一排绿叶婆娑的大树，屹立于广阔的草地上，直插云霄，令人赏心悦目，心旷神怡。细心的团友数了一下，恰好13棵。原来这是代表签署独立宣言、参加联邦的13个州。独立大厅里仍保留着当年的陈设，13张会议桌上铺着绿色丝绒台布，桌前文具盒上插着白色羽毛笔，桌面上放着蜡烛台、零散的纸张和书籍，好像代表们刚刚离席未回。大厅内还竖有标记，标明林肯总统也曾参加过这里的升旗典礼。

有个团友提出疑问：当年美国只有13个州，如今有50个州，是什么原因翻了那么多倍呢？导游说：19世纪初，随着资本主义的迅速发展，逐渐强大起来的美国统治阶级的胃口越来越大，它开始大力扩张领土：一是利用各种机遇，购买法国、英国和西班牙在北美的佛罗里达州等地方，又收购俄国阿拉斯加和阿留申群岛。二是通过战争，侵占了墨西哥的得克萨斯、加利福尼亚、内华达、新墨西哥等6个州。三是利用租借和拉拢等手段，兼并了夏威夷群岛。在1776年后的短短100年内，美国的领土扩张了几乎10倍。

独立公园的面积很大，到处绿草茵茵，湖水荡漾。园里的主要建筑有华盛顿总统1793年至1798年的寓所，富兰克林任职美洲大陆会议和制宪会议主席时期的住宅、国会厅、旧市政厅，7名独立宣言签署者的教堂墓地，以及在独立战争中牺牲的无名英雄墓等胜迹。熟悉美国历史情况的地陪，对这里的一草一木都能讲出扣人心弦的故事。

　　导游介绍情况时，多次提到《独立宣言》对推动美国取得胜利的重要性，而撰写宣言的时任美国第3任总统杰弗逊在费城"关门4天4夜，足不出户"的故事，感人至深。美国为纪念这个战争时期的伟人，在首都华盛顿潮水盆地南岸建了杰弗逊纪念馆，与北岸的华盛顿纪念塔相望。盆地周围有3 000株日本樱花，盛开时一片锦绣风光。他生前喜爱建筑艺术，纪念馆是按照他喜爱的古典建筑风格设计的，整体呈圆形，馆内中央是杰弗逊的铜像，馆墙上有他宣读《独立宣言》情形的壁画，他的部分著作也雕刻在墙壁上。我们在华盛顿参观时，和许多游客一样，带着崇敬的心情来到杰弗逊纪念馆。有两个"中国面孔"的青年男女，向铜像鞠了躬，并献上一束鲜花。我们和他们攀谈时，得知他们是来自中国香港的新婚夫妇，香港大学社会科学专业的研究生。他们说："凡是推动社会进步的人，都值得世人的景仰和敬重。"是的，杰弗逊执笔的《独立宣言》，在美国独立战争中起到星火燎原的作用。它像黑夜里的一道耀眼的闪光，照亮了绵亘千里的落基山脉，照亮了源远流长的密西西比河，照亮了东西海岸的北美大地。

　　我们离开公园独立大厅向前走了一个街区，在一座好像博物馆的建筑物里，看到一件被称为美国历史上最珍贵的文物——自由钟。此钟高约1米，钟沿周长3.66米，重900多公斤。钟面刻着《圣经》上的名言："向全世界所有的人宣告自由。"自由钟于1751年铸造，它是为庆祝费城的创建者威廉·潘恩发起自由民主宪章50周年，在英国铸造而成。此钟后来发生裂纹，虽经两次重铸，但仍然再次出现裂纹。由于它是美国独立战争历史的重要文物，因而没有再行重铸，在独立大厅原样展出。1976年美国独立200周年时，这座自由钟移到这里后，专门为其建筑独立的展馆，加以保存，从此这里就成为引人关注的地方。

　　自由钟在全国遇到重大事件时才鸣，真正是"不鸣则已，一鸣惊人"。导游说，第一次当众宣读《独立宣言》时，自由钟鸣响了13下，费城内外，工厂和船只汽笛长鸣，汽车喇叭声响，城乡群众的欢呼声、鞭炮声，震天动地，直冲斗牛。1944年6月6日，第二次世界大战盟军在法国诺曼底登陆成功时，曾鸣此钟，并向全国播送，士兵朝天放枪，群众燃放鞭炮，庆祝登陆成功。1835年，美国首席法官约翰·马歇尔去世举行葬礼时，自由钟破例首次鸣响丧钟，一直传为佳话。

　　自由钟是美国国宝，200多年来，有关自由钟的故事广为流传。在风风雨雨的独立战争中，自由钟的钟声令英国殖民军闻声丧胆，风声鹤唳，草木皆

兵，屡打败仗，声称一定要夺取此钟，砸烂解恨。有一次，当英军迫近费城时，美军迅速将自由钟运到阿克伦镇农村藏起来。英军得到密报后，立即大兵压境，把这个村庄包围起来，并挨家挨户进行地毯式搜查。但是，由于当地群众齐心合力，机智勇敢，使自由钟转危为安，待英军撤退后再运回费城。

自由钟的钟声呼唤着人们为自由平等而战的真理：历史赋予所有人生而平等，若干不可剥夺的权利，包括生命、自由和对幸福的追求。钟声激发美国人民为争取和维护自由、尊严而奋斗，并逐步使其形成反抗控制和束缚，追求个人自由和价值的性格。这就为后来被视为"美国精神"的发展奠定了基础。

在独立战争时期，这种"美国精神"发挥了巨大的作用。当年的美国人民在"不自由，毋宁死"的口号激励下，经过数年浴血奋战，终于在 1781 年下半年打垮了英国殖民军。1783 年，英美在巴黎签订了和约，英国被迫承认美国 13 个殖民地独立。《独立宣言》庄严地向全世界宣告美国脱离英国，美利坚合众国由此正式获得独立。

84 走进"毛泽东大道"

　　在国内，许多大中城市都有以孙中山命名的道路，但没听过以毛泽东名字命名的。但在柬埔寨首都金边，则有一条有名的大街叫"毛泽东大道"。当地老百姓称它为中柬友谊之路，是中国对柬埔寨践行国际主义无私援助的见证。

金边市内的毛泽东大道

　　"毛泽东大道"长约5公里，宽30米，在金边虽然不是繁华的市中心街道，车辆较少，人流不多，但举目望去，笔直的大街，整齐清洁，店铺相连，两旁绿树，茁壮成长，透露出勃勃生机。设在这里的中国大使馆特别引人注目，五星红旗迎风飘扬。我们看见，一些路过大使馆门前的佛教徒，对着五星红旗双掌合十，口中念念有词。我们来到一家百货商店，看到玻璃柜里放着大大小小的毛主席像，有塑料的、搪瓷的，还有刺绣的。我通过导游问售货员："这些毛主席像有人买吗？"她回答得很干脆："那还用说，买的人不少呢！"那神色好像是说："真是少见多怪。"

　　导游告诉我们，在柬埔寨有许多人把中国和毛泽东等同起来：中国就是毛泽东，毛泽东就是中国；毛泽东就是中国的化身。人们在提到毛泽东时，发自内心的尊敬之情溢于言表。他们认为，毛泽东不但是中国的伟人，也是一位英明的世界领袖，他的思想受到了全球的尊重。一些了解中国、重视中柬长期友谊的中老年人，把毛泽东当作偶像来崇拜。有的佛教徒，还在家里

把毛泽东塑像和佛祖并列在一起，虔诚地进行供奉和膜拜。

柬埔寨为什么对中国和毛泽东如此尊敬和崇拜？据介绍，经过战争、动乱和战后重建的柬埔寨人，深刻认识到中国是一个真正无私帮助别人的真心朋友，是经得起历史考验的知己。就拿这条"毛泽东大道"来说吧，20世纪末，经过战争洗礼的金边市区，变成一个满目疮痍的烂摊子。战后重建时，一些国家表示愿意援助，但都提出损害柬埔寨利益的各种条件。中国没有乘人之危谋取利益，除及时给予无偿的经济援助外，还派出大批工程技术人员，自带施工设备和食物，前往金边帮助抢修市政工程，使其迅速恢复供电供水，还利用假日和晚上时间，在金边市区的废墟上抢修马路。听说一天夜里，西哈努克亲王和洪森首相来到工地慰问中国工人，称赞他们是毛泽东思想教育出来的好工人，提供了真正无私的国际主义援助。不久，柬埔寨以政府名义，将这条道路命名为"毛泽东大道"。

在"毛泽东大道"中段与一条小街连接的拐弯处，传出一阵阵苍凉的音乐声，如泣如诉，令人心酸。我们闻声前往，只见七八个断腿或缺臂的青壮年，席地而坐，奏乐行乞。导游说，这些人都是战后遭受地雷爆炸致残的。

据介绍，红色高棉撤退到柬泰（国）边境时，在各地埋下数以百万计的地雷。到现在，有五六万老百姓被炸死或残废，牲畜不计其数。为此，综合国力低下的柬埔寨，曾要求一些国家帮助排雷。但真正做到不附带条件、无私援助的，还是久经考验的老朋友中国。几年来，中国派出工兵和排雷专家，在柬举办训练班，传授排雷技术，培训排雷能手，从而使触雷伤亡的人数逐年减少，经济损失降到最低。

导游谈到，洪森在一次群众集会上激动地说：中国与别的国家不同，对世界上的穷国、富国、穷朋友、小朋友，不分彼此，一视同仁；是一贯坚持助人为乐、慈悲为怀的救世主，给受苦蒙难的世间子民带来了福祉！

马六甲遗迹忆郑和

2005 年是郑和下西洋 600 周年，国内沿海一些地方以各种形式举办纪念活动。在国外，长期以来几乎每天都有络绎不绝的旅游团前往参观远近闻名的马来西亚马六甲郑和遗迹。

深秋时节，我随旅游团由泰国经新加坡进入马来西亚。第二天，导游带我们从吉隆坡来到马六甲市。它是马来西亚历史最为悠久的古城，位于马来半岛西海岸南部，南临马六甲海峡，战略地位十分重要。郑和于公元 1405—1435 年这 30 年内，七下西洋都驻扎过这里。

郑和是云南昆阳回族人，本姓马，字三保，人称"三保太监"。郑和在马六甲的遗迹，大都用"三保"命名。马六甲市内最著名的三保庙，是为纪念郑和而建的。此庙规模虽不大，但整个庙宇古木参天，宁静庄严。庙宇建筑都是中国式的飞檐翘角，粉墙黛瓦。据介绍，三保庙的所有建筑材料，一砖一瓦，一木一石，都是从中国运来的。庙堂上书"郑和三保公"，门口有副对联：五百年前留胜迹，四方界内显英豪。

我们进入庙堂时，看见庙堂正中有一个老态龙钟的老翁塑像，端坐在神阁里。这里明明是三保庙，怎么没有郑和的塑像？我提出了疑问。导游向庙堂前的露天小院一指，"你看，郑和在那边！"只见一尊戴盔穿甲、手扶腰间宝剑，威风凛凛的郑和塑像，孤独地站在露天小院一旁，像个守卫在神堂前的卫士，任由风吹雨打……

这是怎么回事？导游显得心情沉重地说：三保庙自 1637 年建立以来，香火甚盛，深受马来西亚人民的爱戴和尊重。但是，前些年，一些地方宗族片面认为，郑和是外来人，已享受几百年的人间香火，应该换一下，轮到他们的祖先上庙堂。就这样，他们把郑和塑像搬下神坛，将他们的祖先伯公搬上庙堂正坐。当地华人和团体虽据理力争，但由于种种原因，此事一时难以解决。

导游姓刘，是旅马华侨子弟，对中国很有感情。他说，虽然郑和受到不

公平的待遇，被弄得像个"阶下囚"，但这样反而得到更多人的同情和爱护，更多人为他抱不平，更多人争先前来参观，发表意见。人们说：几百年来，我们只认得郑和，不识得什么伯公。这就说明了一个真理：历史就是历史，历史是不容颠倒的！

　　如今，许多前来参观的游客，都喜欢站在郑和塑像旁边合照留念。他们诙谐地说："过去郑和坐在神阁里，高高在上，没法与他合照；如今走下神坛，和群众打成一片啦！"以前，有些女士忌讳"太监"这个词，现在却打破常规，也要和"三保太监"来个合照。

　　我们走出庙门口，看到庙旁有一口古井，上书中文"三保井"。这是马来西亚最古老的水井。据称郑和经马六甲下西洋时，看到当地老百姓喝不到淡

马六甲海峡

水，生活十分困难，便带领士兵凿开岩层，打出一口几丈深的水井，清泉涌出，百姓欢腾。

谈到这口水井，刘导游高兴地给我们讲起故事来了。世代相传，这口井是没有井底的，可直通西海龙王的龙宫，是口神水井。凡是喝了此井水的人，无论走到天涯海角，此生定会重返马六甲。在旧社会，许多广东人和福建人离乡别井闯南洋，在马六甲谋生定居。有的与当地姑娘结了婚，生儿育女。丈夫如果要"转唐山"（回中国）探亲，妻子便带丈夫到"三保井"喝一碗水，就可以踏上归途。探亲期满，丈夫就会饮水思源，按时返回马六甲。

导游带我们来到"三保井"后面，只见不远处有一个突出的小丘陵，名叫"三保山"。传说当地国王曾将这块山地赠给自己的爱妻——中国明朝的汉丽宝公主构筑宫殿，并命名为"中国山"。郑和下西洋访问马六甲时曾驻扎此地，后人称它为"三保山"。当年，郑和经常到山上散步，远眺海天。后人又在郑和驻足之处修建了一座观海亭，称为"三保亭"。站在这里，马六甲海峡的美丽风光尽收眼底，有时还可看到"海市蜃楼"的绚丽景象。

"郑和七下西洋的功绩是伟大的，这里还有一个地方很值得一看。"刘导游边说边领我们来到一间名叫青云亭的寺庙。青云亭又叫观音亭，位于马六甲西南，建于 1865 年，是马来西亚最古老的庙宇之一。庙内全部用楠木结构，供有观音和如来佛等塑像。庙内最为显眼的是大门中央，矗立着大型石碑，用中文全面记载郑和七下西洋的光辉业绩。据称，这是国内外唯一一个关于郑和事迹的石刻碑记，十分珍贵。

86 苏门答腊故人情

我即将前往印度尼西亚旅游，按照旅游行程的安排，除雅加达、西爪哇和巴厘岛等景点外，还前往苏门答腊岛的棉兰。提到棉兰，我的脑海顿起波澜，心中生发出一种往事不堪回首之感。

1965年下半年，由印度尼西亚反动势力策划的反华排华狂潮中，世代侨居在印尼的大批华侨，财产被抢，店铺被烧，一下子变成了一无所有、失去人身自由的难民，被武装军警押送到所谓的"收容所"里，受到非人的残酷折磨。已经站起来的中国人民，决心拯救处于水深火热中的蒙难侨胞，派出当时国内最大的光华轮，前往印尼将难侨接回祖国。我当时是新华社记者，随船前往印尼苏门答腊的棉兰港口，参加接侨和采访报道，揭露印尼反动派迫害华侨的种种罪行。

时至今日，近40个春秋过去了，棉兰港口的一切都变了，蓝天底下，到处是青山绿水，一艘艘轮船正在卸货，码头上堆放着一排排集装箱，上面写有"MADE IN CHINA"（中国制造）的字号，引人注目。码头监管人员告诉我们，这些来自中国的货物，主要是电风扇、自行车、气压水壶、照相机、电冰箱、电视机、手机和电脑等。他又指着另一排集装箱说，这里有香蕉、菠萝、榴莲、芒果、椰子等新鲜水果，以及橡胶、棕油、可可等印尼特产，即将运往中国各地。

今日棉兰港

当地导游谈到，印尼与中国的关系是一波三折的双边关系。1965年发生反华排华事件后，1967年两国中断了外交关系，两国关系进入低谷时期。随着国际形势的变化，1990年两国复交，双边关系的发展揭开了新的一页。

进入 21 世纪，印尼政府取消了歧视华人的某些规定，两国关系逐步得到恢复和发展。2005 年两国建立战略伙伴关系以来，双边高层交往密切，政治互信不断增强，在经贸、防务、安全、人文等领域的交流合作取得了长足的进展。目前，中国是印尼的第 3 大贸易伙伴，印尼是中国第 21 大贸易伙伴。

今天的棉兰，已是苏门答腊岛第一大城市，是印尼仅次于雅加达、泗水的第三大城市。全市人口 211 万，市容整洁，街道宽阔，既有许多古老的基础设施、荷兰风光的建筑，也有郁郁葱葱的橡胶、油茶、水果种植园。当年港口一带破旧不堪的状况，已被新建楼群淹没了。可能出于怀旧思想的驱使，我总想找到一些当年的历史痕迹。环顾四周，港口附近的一颗大叶榕树引起我的注意，它虽然长大了，盘根错节，浓荫蔽日，但它的位置没有变，不难看出，它就是 30 多年前印尼反动势力反华排华的历史见证树啊！

我没忘记，当年就在这棵树下，聚集着一群遭受严重迫害的难侨，有的躺在地上，有的靠在树旁，也有的在担架上，他们正在等待上船回国。这些难侨来自印尼各地，他们当中有的亲人被绑架、被残杀；有的被暴徒抢走所有财物，家空物净，被扫地出门；有的被关进"收容所"，遭受种种迫害，身负重伤……

难侨随光华轮到达湛江，当即受到祖国人民的热情接待，并举行控诉大会。难侨们满含血泪，向祖国亲人控诉印尼反动派的滔天罪行。我在现场采访中，认识了爱国华侨肖连发，他和妻子曾爱仙在反华排华狂潮中，坚持真理，敢于同暴徒面对面斗智斗勇，戳穿骗局，取得最后胜利，在当地传为佳话。我把他们的事迹写成了《印尼爱国华侨肖连发夫妇抗暴记》，刊登在人民日报显著位置。从此，我和他们成为朋友。他们回国后被安置在广东阳春华侨农场，我曾探访过他们。两三年后，随着印尼局势的变化，许多难侨又返回印尼，肖连发和家人也回到了棉兰。

经过 30 多年的艰辛奋斗，肖连发从无到有，逐渐成为当地富豪之一，从事土特产进出口、服装批发、美食面包、医药卫生等生意。肖连发得知我来印尼旅游，派儿子请我到他家相聚。他虽已年近八旬，但身体硬朗，头脑清醒，行动自如。前些年，他退休后把生意分成两份，一部分给了儿子，一部分给了女儿。他谈到，悠久的交往历史让印尼成为东盟国家中与中国经贸、文化交往最为紧密的国家之一。如今的印尼，生活着 2 500 万华人，其中有八成拥有自己的产业，华人经济已占据了印尼经济的半壁江山，对促进当地发展起到了举足轻重的作用。

　　友情为重，热情好客的肖老先生让二儿子肖斌专门陪我来个苏门答腊环岛游。我们驱车沿着公路向东北进发，公路旁就是世界闻名的马六甲海峡，海面无风三尺浪，波涛起伏。来自各地的万吨巨轮，穿梭往来，真不愧为世界最繁忙的咽喉水道。公路两旁的山上山下，种植着大片的橡胶、油棕、可可、椰子，绿色波浪，一望无际，是棉兰的主要经济作物区，这些经济作物由附近一个叫巴拉望的海港出口。我们到达该港口时下车观看，它隔着马六甲海峡，与马来西亚的槟城相望，战略地位相当重要。

　　肖斌说，这些经济作物种植园，大多数是华侨的产业。他们发扬中华民族刻苦耐劳的传统精神，扎根荒山，耕山种植，数十年如一日，终于成为种植园的主人。有的还开办工厂，把过去出口原材料改为出口加工产品，使种植、加工、出口一条龙，经济效益大幅提升。不少华侨就这样靠山吃山，逐步成为当地的"山大王"，被称为"橡胶大王""油棕大王""可可大王"等。

　　离棉兰市区约5公里，有一个印尼最大的鳄鱼饲养场，有不同种类的鳄鱼1 500多条。我们来到该场门口时，即有人迎接我们。原来场主也是个华侨，与肖斌是老朋友，因而受到热情接待。全场面积占地近百亩，十多个池塘饲养不同品种的鳄鱼。设在场内的加工车间，每年出口大批的鳄鱼加工产品。深受欢迎的鳄鱼特技表演节目，吸引了世界各地的游客。肖斌说，这个华侨老板艰苦创业已得到回报，成为苏门答腊前五名的富商，被称为"鳄鱼大王"。

　　我与肖老先生话别后，回到旅游团队，第二天在雅加达游览。我们参观了纪念郑和的三保洞、郑和庙和中国神佛"欢聚一堂"的大觉寺，还有万隆会议旧址等，最后被一个新落成的印尼客家博物馆深深地吸引住了。它坐落在雅加达南部缩影公园中华文化园内。导游说，该馆由印尼客属华人筹资400万美元，并由广东梅州市建筑设计院设计，造型依照福建土楼"振成楼"而建，是东南亚最大的华人博物馆。开馆当日，印尼总统也出席了仪式。

　　我们看到，博物馆除了文物展示外，最令我们感到骄傲的是，位于馆内二楼的"华人英雄墙"。在这面墙上，张贴着上百位在政治、经济和文化艺术领域为印尼作出贡献的华人代表：被称为"民族英雄"的李约翰将军，作为印尼第一个能驾驶军舰的华人，为印尼抗击荷兰的入侵立下汗马功劳；第一个为印尼在国际舞台上升起国旗的陈有福；连续8次为印尼夺得汤姆斯杯冠军的梁海量；特别是在200多年前，广东梅县人罗芳伯凭借自己的实力，在印尼西加里曼丹建立了"兰芳大统制共和国"，他担任首任国家首脑"大唐总长"，被当地老百姓尊称为"坤甸王"。

天籁之音维也纳

　　我们在奥地利旅游，当地导游介绍维也纳是个"音乐之都"时，讲了一连串非常动听的天籁音符：

　　培育出一大批世界顶级的音乐艺术大师，如世人熟悉的贝多芬、舒伯特、莫扎特、海顿、马勒、勋伯格、约翰·施特劳斯父子等；建设了世界上最著名的歌剧院：维也纳国家歌剧院和维也纳音乐厅，被誉为"世界歌剧中心"，是"音乐之都"维也纳的象征。

　　音乐已成为奥地利人生活的一部分，无论你走到城乡哪个地方，都可以看到街头艺术家的献艺，或是乡村乐队的吹拉弹唱。一年一度在金色大厅举办的新年音乐会，有数十个国家和地区通过电视卫星收看实况转播，收看人数多达 10 亿以上。

　　难怪世人一提起奥地利，首先想到的就是这个闻名遐迩的音乐之乡。这话一点不夸大。有人说，维也纳的空气中都飘着音符。德国著名音乐家勃拉姆斯曾经说过，在维也纳散步时千万小心，别踩着地上的音符。

　　维也纳国家歌剧院，坐落在维也纳老城环城马路旁。剧院门前挤满了各国游客，面对这座浅黄色大理石的雄伟建筑啧啧称叹。这是一座高大的方形罗马式建筑，仿照意大利文艺复兴时期大剧院的样式建造的，正面高大的门楼有 5 个拱形大门，楼上有 5 个拱形窗户，窗口上立着 5 尊歌剧女神的青铜雕像，分别代表歌剧中的英雄主义、戏剧、想象、艺术和爱情。在门楼顶上，两边矗立的是骑在天马上的戏剧之神的青铜塑像。看得出，这是一座气宇轩昂的建筑物，是时空与实体的组合，庄严肃穆，非常壮观。

　　我们步入剧院内，在休息大厅和走廊的墙壁上挂着许多油画，画的是最有成就的音乐家和最优秀的歌剧中最精彩的场面，有韦伯的《魔弹射手》、莫扎特的《费加罗的婚礼》《魔笛》《唐·璜》，贝多芬的《费德里奥》，罗西尼的《塞维利亚的理发师》等。在每幅壁画的上端还竖立着音乐家本人的金色头像。在主梯的回廊上端还有海顿、舒伯特、勃拉姆斯、瓦格纳、施特劳斯

父子等音乐大师的半身塑像。

　　导游带我们来到世人瞩目的维也纳音乐厅。这是维也纳最古老也是最现代化的音乐厅，是每年举行"维也纳新年音乐会"的法定场所。它是一座金碧辉煌的建筑物，外墙红黄两色相间，屋顶上竖立着许多音乐女神雕像，古雅别致。大厅内有30座镀金的女神立像，因此音乐大厅被称为金色大厅。大厅呈长方形，回音效果良好，顶棚是悬空的，容易产生共振，地板下面是一个大仓库，活像一个巨大的音箱，共鸣效果特别好。由于大厅的完美构造，成就了最佳的音响效果，每年一度的新年音乐会才能带给全世界音乐爱好者难以忘怀的视听享受。

　　我们在维也纳游览了3天，从城市到农村，从山区到平原，到处可听到催人向上的音乐和歌声，看到翩翩起舞的人群。据说几乎每个奥地利人都会一种乐器，一个家庭可组成一个乐队，一个村子至少有一个乐队，可见"音乐之都"的美誉名不虚传。一天，我们的大巴来到多瑙河畔，听到一阵阵从葡萄园传过来的音乐声响。我们透过车窗看到，在靠近公路的葡萄园里，有二三十个中青年正在举行音乐会，有的拉手风琴、小提琴，有的吹号子、弹吉他，有的引吭高歌，边弹边唱，十分热闹。导游说，他们都是葡萄园的员工，自由组合，自娱自乐。

　　导游谈到，维也纳及其周边地区，每年都有一个狂欢节，是一个历时很长的传统活动。在这期间，人们举办各种舞会达300多场，欢度狂欢节。缤纷多彩的各式舞会，在不同社会阶层、团体中举行。诸如交响乐团舞会、音乐之友舞会、军官舞会、律师舞会、教师舞会、商会舞会、医生舞会、咖啡业主舞会、理发师舞会等，五花八门，名目繁多。而在这300多场舞会当中，以国家歌剧院举办的"歌剧院舞会"为最大的亮点，被称为规模最大、声势最强、规格最高、费用最贵、影响最广的舞会，成为狂欢节最高潮的标志。

　　说到这里时，导游有点激动了，因为他亲历过那个场面，感受较深。他绘声绘色地说，舞会晚上9时拉开序幕，奏响奥地利国歌，总统和全体政府官员、外国贵宾及数千名观众肃然起立。随着悠扬的乐声，由头戴金冠、身穿白裙的少女和身着黑色大燕尾服的少男携手组成的4个长方阵，缓缓进入大厅，有上千人之多。少女手握一束鲜花，少男手戴白手套，伴随音乐跳起宫廷的传统社交舞。场面显得庄重、大气，充满激情和青春活力。接着便是著名歌唱家和舞蹈家的精彩表演。直到凌晨三四点钟才结束。

　　大伙正听得入神时，导游突然对司机说："师傅，走错路啦！掉头往东才是萨尔茨堡镇。"原来，萨尔茨堡是"音乐神童"莫扎特的家乡。沿着多瑙河支流萨尔茨河驶去，我们在一处叫粮食胡同的小街停下来。这条街的 9 号住宅，是莫扎特的出生地。在这里，莫扎特度过了勤学苦练的童年时代。

据介绍，莫扎特之所以被世人称为音乐神童，是因为他自幼才华横溢。他 5 岁写出了钢琴小品，8 岁写出了交响曲，11 岁完成第一部歌剧。成年后创作的歌剧《费加罗的婚礼》《安魂曲》等，成为传世之作。可惜他只活到 35 岁就英年早逝了。

如今，莫扎特的故居已成为博物馆，是收藏他的遗物最为齐全的地方。

金色大厅正门

我们怀着沉重的心情，参观他用过的小提琴、钢琴和谱曲手稿，以及他的家居环境，和妻子的剪影等。小镇中心辟有莫扎特广场，广场中有一座莫扎特纪念碑，碑上矗立着巨大的莫扎特塑像，基座四周是花圃，金黄色的菊花正在盛开，迎接各方游客。我们返回维也纳时，顺道来到名人墓葬云集的中央公墓，瞻仰建于1859年的莫扎特纪念碑。这是一座用青铜制成的碑，设计新颖，不落俗套，底座正面是莫扎特的侧面头像，顶上有一个音乐女神，表情悲怆，低头垂手坐在一摞乐谱上，手里还拿着一页未完成的乐谱。我们面对纪念碑，心潮澎湃，不约而同地向纪念碑三鞠躬。

奔波了一天，傍晚我们返回维也纳时，顿觉饥肠辘辘。导游对大伙说，明天咱们就要离开音乐之都，今晚与贝多芬来个举杯话别好吗？大伙不假思索地答："好，太好啦！"其实，大伙一时还未听清此话是什么意思，贝多芬早已驾鹤西去，怎么与他举杯话别呢。说话间，大巴已穿过闹市，再经过一片别墅区，来到一家古朴幽雅的酒馆门前停下，导游说这就是很有名气的"贝多芬酒馆"。

酒馆坐落在一个小山坡上，大门口用松树枝装饰，显得苍劲大气。院子里满是茂盛的葡萄藤，藤蔓下摆着几排长条木餐桌和木长凳。墙上挂满了圆形的艺术挂盘和花环，还有各种风俗画。据介绍，19世纪中期，贝多芬曾居住在附近的小镇里，经常到这里散步，当地的葡萄酒也许激发过音乐家的创作灵感，写下了不朽的《第二交响曲》《第九交响曲》等。由于这家酒馆冠以大音乐家大名，各方游客慕名而来，生意越来越红火。

我们进入酒馆就座后，看到餐台上放着酒桶和酒瓶，还有乡土风味的肉排、五花肉、烤猪肘，各种色拉、奶酪、面包，堆放在柜台上，由客人自取。当晚夜空如洗，一轮皓月高挂天际，我们频频举杯开怀畅饮。此时此刻，酒馆播放贝多芬的交响乐曲，大伙酒足饭饱，安静地靠在餐桌旁，似醉非醉地思索追怀。我随着天籁之音的旋律，任由思绪飞扬，遐想无限，在朦胧中和贝多芬对话，向他致敬，表达深深的怀念……

88 中国军事家的摇篮

黄埔军校正门

  被称为世界四大著名军校之一的黄埔军校，位于广州市东部黄埔的长洲岛。从广州老城区出发，越过横跨珠江的海珠桥，一直向东驶去，约40分钟车程，来到一个叫新洲的滨江码头，就看见兀立江心、林木葱茏、山峦起伏的长洲岛。

  坐上小轮渡，不到一刻钟就靠岸了，沿军校路东行不远，隐没在姹紫嫣红花木丛中的黄埔军校便出现在眼前。这是一座有岭南特色的祠堂式建筑，前面一道欧陆式大门便是军校正门。大门正中的门楼挂着国民政府主席、国民党元老谭延闿手书的正楷"陆军军官学校"木匾。两旁柱子贴着时常更换的对联，先是"升官发财请往别处，贪生怕死勿入斯门"，后又换成"革命尚未成功，同志仍须努力""文能武能能文能武，武可文可可武可文"等等。

合作结晶

黄埔军校是中国民主革命的伟大先驱孙中山于 1924 年在中国共产党和苏联的帮助下创办的，是第一次国共合作的结晶。它以创造革命军来挽救中国的危亡为宗旨，以"黄埔精神"锻造出一支新型的革命军队，培养出一大批军政人员，在大革命时期以及反抗日本侵略、保卫中华的战争中，都起到了重要的历史作用。

"到黄埔去，到军校去。"黄埔军校成为当年热血青年向往的地方。黄埔这个名字，震惊中外。成千上万的热血青年，包括留学生及越南、朝鲜、马来西亚、新加坡、泰国等国家的青年和华侨，不远千里来到广州，走进军校；日后又离开军校，走向全国，投身大革命的洪流。

据介绍，从 1924 年到 1927 年，黄埔军校在长洲岛共办了 6 期，每期半年，学生共约 3.3 万人。他们当中不少人日后成为中国现代史上叱咤风云的人物、国共两党的高级将领。如中国人民解放军 10 位元帅中，在黄埔军校工作或学习过的有叶剑英、陈毅、徐向前、聂荣臻、林彪 5 人；10 位大将中有陈赓、罗瑞卿、许光达 3 人；上将中有杨至成、宋时轮、张宗逊、陈伯钧、陈明仁、陈奇涵、周士第、郭天民 8 人；未授军衔的著名将领有周恩来、黄公略、周逸群、夏曦、左权、项英、赵尚志、李富春、陶铸等。国民党高级将领中有蒋介石、李济深、李宗仁、何应钦、陈诚、顾祝同、张治中、钱大钧等。在国民革命军中担任过集团军总司令、兵团司令官以上职务的有 90 余人。

抗战期间，黄埔军校大门和校本部均被日机炸毁，夷为平地。新中国成立后，当年是军校政治部主任的周恩来参加万隆会议后回到广州时，曾视察军校旧地，指示要认真保护军校旧址。1998 年广州市政府按国务院文物局批复的"原位、原面貌、原尺度"的原则，耗资两千多万元，重建黄埔军校，总建筑面积 10 600 平方米。

如今，军校以崭新的面貌重现当年的风采。它坐南朝北，四合院布局，分为左中右三路，深四进，高两层，两面坡顶素瓦。四周回廊围起，廊内相通。进入院内，每进之间均以天井相隔。中路通道称为大花厅，左右两边房间较大，每间有 100 多平方米。首层房间南北两面下部为砖墙，上部是满洲窗，宽敞明亮。二楼的房间南北两面为隔扇门，每间四扇。第一进二楼走廊的外沿可以作为暂时小憩的"坐凳栏杆",又称为"美人靠"。据称,在这里可以骑战马行走,纵横驰骋通行无阻,故称"走马楼",成为军校的中心区。总理室、校长室、秘书室、教授部、教练部、官长集合室等要害部门都设在这里。

风采犹存

我来到"走马楼"第一进二楼西头,看见校长办公室门口聚集着许多游客,听讲解员介绍、拍照。这是一间约 20 平方米的房间,清一色的满洲窗格、木门、木地板,一个书柜、一张长沙发、一个挂衣架。室内比较抢眼的是木地板上的一块织花地毯、一张艺术造型的风琴形书台和一张木围椅,显示出房间主人是有相当级别的。

讲解员绘声绘色地说,军校开办时,蒋介石任校长。此时的他大有励精图治的气概,曾自撰联句:"养天地正气,法古今完人。从容于疆场之上,沉潜于仁义之中。穷理于事物始生之处,研几于心意初动之时",请求孙中山书之。后来孙中山又为他书写礼运语:"大道之行,天下为公。"蒋介石把孙中山的礼运语和陈其美赠他的"安危他日终须仗,甘苦来时要共尝",悬挂在自己的办公室和卧室。

在校长办公室的墙上张贴着两张第一期学生名录,上面有蒋介石的许多眉批、横批和圈圈点点。他在陈赓的评语栏上写着:"此生外形文弱,但性格稳重,能刻苦耐劳,可带兵。"蒋介石常说:"不从事实上研究,仅在书本上用功夫,是造不出人才的。"

黄埔军校不同于其他讲武堂的突出特点是,设置了军校政治部,大力施行政治教育和政治工作,这是中国历史上从未有过的建制。政治部位于"走马楼"第一进首层西边,四五十平方米,房内陈列简单,几套办公桌椅,桌上整齐地摆着工作日记簿、铁网文件篮、文具等办公用品,报架上搁着广州和上海出版发行的《民国日报》。

1924 年 8 月,刚从法国回来的共产党员周恩来,被中共中央派往黄埔军校工作。校党代表廖仲恺一见面就说:"我们等你很久了。"周恩来被委任为政治部主任后,参照苏联红军经验,结合中国实际情况,创造性地制定了一套军队政治工作的理论和制度,提出必须加强革命思想教育,提高学生的爱国思想和对三民主义的认识;启发学生仇恨军阀制度和反对帝国主义;清除

旧军队的不良影响和习气，以各种形式启发教育学生，引导学生，造就新型的革命军人。

在黄埔军校，周恩来和蒋介石共事几年，从而开始了他们之间长达半个世纪、曲折复杂而又充满神秘色彩的关系史。在这里，他们就共产党员和国民党员关系、军校制度、政治课程设置等问题，有过多次的争论和激烈交锋。特别是1926年的"中山舰事件"，周恩来在校长办公室向蒋介石提出质问，怒斥他违背孙中山的遗训，是明目张胆的反共行为。

在教练部、教授部、入伍生总队部、学生课堂、学生宿舍和饭堂等展馆，许多来自全国各地的干部和群众、海外侨胞和国际友人，专心倾听讲解员的介绍，倾情领略、体会独特的"黄埔精神""黄埔校风"，追思、缅怀"黄埔军人"的传奇风采。

抗日名将左权将军唯一的遗女左太北，最近偕丈夫来到爸爸曾经读书的黄埔军校旧址，一路行来，见物思旧，触景生情。在展馆里，陈列着左权将军的油画，左太北站在油画像前沉默许久，用手轻轻地抚摸着父亲的灰色军衣、消瘦的脸庞。她说："爸爸一家是佃农，十分贫困。1924年，19岁的爸爸和二伯父、姑父三人一起考入黄埔军校，成为第一期学生，黄埔军校是爸爸走向革命的起点。"

浩气长存

黄埔军校除校本部外，还有许多军校文物景点分布在长洲岛周围。走出军校大门，便可看到西侧一座水泥结构的两层小楼，这就是孙总理纪念室，又叫"中山故居"。新中国成立初期，黄埔军校第一期学生、黄埔同学会会长徐向前为小楼题名"孙中山先生故居"。

据介绍，军校开学后，孙中山多次在小楼开会议事，休息就宿。1949年秋，蒋介石离开大陆前夕，曾在小楼就宿和召开军政要人参加的军事会议。他念念不忘曾经给自己带来好运，以及奠定他一生基业的黄埔军校，但此时由于大势已去，虽黯然伤神，却也不得不作最后的道别。

中山故居的对面，便是孙总理纪念碑。此碑削山而建，占据制高点，堪称雄伟。纪念碑上的中山铜像高2.6米，重1 000多公斤，碑座40米高。站在碑前往上看去，纪念碑的整体造型犹如一个巨大的"文"字：铜像如"文"字的一点，平台的横栏如"文"字的一横，交叉的楼梯如"文"字的一撇一捺。孙中山原名"孙文",这样的造型,蕴含着纪念的意义。

中山纪念碑以西约 50 米处,就是军校俱乐部。它基本保持了原建筑的风貌,没有重新建造,很有历史价值。俱乐部为水泥结构,面积约 2 000 平方米,可容纳 4 000 人。每逢节日或庆祝会,经常举办丰富多彩的文艺表演。俱乐部曾经充满着军校师生的欢歌笑语,但也留下过骇人听闻的血腥场面。1927 年蒋介石集团发动了震惊中外的"四一二"反革命政变后,黄埔军校的"清党"活动就是在俱乐部进行的。礼堂四周布满了特务和士兵,如临大敌,杀气腾腾。训练部主任宣布"清党",下令"共产党人一律站出来"。仅第一天被抓的共产党员师生就有 200 多人,除小部分潜水逃生外,其余都被杀害了。从此,军校笼罩在白色恐怖之中,军校也发生了质的变化。

离开俱乐部向西南方向走去,东征阵亡烈士纪念坊、烈士墓、北伐纪念碑、中正公园、仲恺公园、济深公园等景点相继出现在眼前。2005 年,为纪念抗日战争胜利 60 周年,黄埔区特意在北伐纪念碑与军校旧址之间,修筑了长达 1.5 公里的"抗日英雄路",设计了 30 多块展板,分抗日大战役、抗日英雄谱两部分。抗日大战役包括黄埔军人参与的平型关大捷、昆仑关大捷、淞沪会战等。抗日英雄谱包括叶剑英、徐向前、陈赓、张治中等著名将领。在众多的参观游客中,有一位抗日老兵、黄埔军校毕业生张访朋,他在踏足"抗日英雄路"时,吸引了许多人的目光。老人回首 60 多年前的抗日斗争经历,枪林弹雨,九死一生,闻者扼腕。

我随着参观人流,踏足英雄路、登上纪念碑,遥望滚滚珠江水,心情久久不能平静,一位黄埔军校学生的诗句在我脑海中来回激荡:一泓碧色的珠江,蜿蜒不绝地向东奔流,你的惊涛骇浪呀,涤净了民族几千年遗留的污点,激起了怒潮澎湃伟大的革命精神……

89 用手指抠出来的抗战生命线

据历史资料介绍，从 1937 年 11 月到 1938 年 7 月短短 9 个月的时间里，来自滇西边境的 20 多万各族民工，在没有先进机械设备的情况下，靠着简单的工具，一寸一尺地将公路向前延伸；用铁骨铮铮的血肉之躯，筑起了这条 959 公里的滇缅公路，成为侵华日军重重封锁下中国唯一一条军用物资输入通道。西方人惊呼这是一条"用手指抠出来的公路"，是"中国第二个像万里长城一样的奇迹"。

对于这样雄伟壮观的抗日工程，我早就希望前往参观，亲身感受它的非凡风采。去年我参加云南旅游时，临时增加滇缅公路中段游。我们从昆明坐火车到大理，然后改乘汽车向西南下，出苍山，走永平，越过澜沧江，来到滇西南重镇保山市。这段路原是滇缅

滇缅公路一段

公路的走向，由于经过 67 年的岁月沧桑，今天已变得面目全非：有的路段被山洪冲毁，连路基也找不到了；有的被去头切尾，中间改为笔直的 320 国道，改道后剩下的路段，则成为种植杂粮的旱地。当年曾经震惊世界的滇缅公路，难道真的看不到了吗？

女导游小张见我们有点失望便宽慰说：大家不要急，再往前走，到达龙陵县，就可看到"原汁原味"的滇缅公路啦！

　　旅游车离开保山市，一直往西南奔驰，不久就听到"水拍云崖"的隆隆声响，大江犹如一条发怒的黄龙，自北向南咆哮而下，那就是著名的天险怒江。

　　怒江是最后阻止日军进入中国的一道天然屏障。小张告诉我们，1942年日军进攻缅甸，击败中美英联军，沿着滇缅公路向北推进，越过中缅边界，进入云南境内，饮马怒江江边。此时，日军叫嚷要在3个月内会师昆明，直捣重庆，迫蒋投降，灭亡中国。正在危急关头，中国远征军当机立断炸毁怒江上唯一的桥梁惠通桥，使日军无法长驱直入中国，中日两军在怒江东西两岸对峙长达两年之久。1944年5月中国远征军强渡怒江，拉开了中国抗战战略大反攻的序幕。

　　我们越过怒江，进入龙陵县境内。不久，汽车驶离柏油路，拐过几道弯，转入一条颠簸不平的公路停下来。"到啦，大家下来看看滇缅公路的真面目吧！"我们下了车，一条迂回曲折、路面被雨水冲刷成坑坑洼洼的土石路出现在眼前。公路虽不宽，但可容两车相会还有余，路面的沙土中有鹅卵石和人工打出来的石块。有的路段是在峻峭的山谷悬崖中，像一条灰黄色的彩带飘在山腰。

　　小张说，整条近千公里的滇缅公路，如今只留下这段只有70多公里的旧路，仍是当地老百姓进出大山的重要通道。

　　小张是云南腾冲人。她的父辈是当年参加修建滇缅公路的民工，谈起这段历史特别有感情。她爷爷有7个兄弟和1个妹妹，被村民称为"七星伴月"。他们积极响应政府号召，除大哥和妹妹留在家种田外，3个兄弟参加中国远征军，另3个兄弟去修滇缅公路。他们自带口粮、被盖、锄头、簸箕，吃住在工地，起早摸黑去开山凿石，下河捞鹅卵石，挑土铺路，推大石碾压路。六弟在晚上施工时，不幸被山上滚下来的大石拦腰砸成两段，死时才17岁。

　　说到这里，小张吸了一口气，强忍着悲痛继续说她的家史。六弟的牺牲，并没吓倒张家兄弟。他们说："我们决不做亡国奴！我们一定要加快建设滇缅公路，把日本鬼子从中国赶出去！"小妹在大哥的鼓励和支持下，憋着一口气，卷起被盖，来到六哥牺牲的工地，接过六哥用过的工具，二话没说加入筑路大军。

　　我们走到一个转弯处，一个巨大的石碾子特别引人注目。看得出，石碾子是一块完整的巨石，是人们一锤一凿打出来的。它有2米高，足有四五吨

重。小张说，这就是当年修路的"压路机"。那时没有任何压路机械，就土法上马，自制这种简陋笨重的石碾子。可是要推动它很不容易，往往要上百个青壮年才能推上坡；下坡时稍不留神失控，石碾子就成了巨大的"石兽"，伤人无数。

这的确是一条由血肉筑成的抗战生命线！据介绍，参加修建滇缅公路的民工超过 20 万人。让人感到意外的是，修路队伍中竟有不少是当地各族的老人、妇女和孩子。在没有任何筑路机械设备，只靠锄头挖、双手掘、两肩挑的情况下，竟然在不到一年的时间里，就筑成了这条跨越西南重重天堑的道路。奇迹让人惊叹，让人感动，让人震撼！

据说，滇缅公路建成后，当第一批 6 000 吨国际援华军用物资从缅甸沿着滇缅公路运入中国时，世界惊呆了。消息传到美国，罗斯福总统不相信是真的，急忙指示驻华大使詹森前往查实。这位大使在实地考察后惊叹："滇缅公路工程浩大，全赖沿途人民的艰辛耐劳精神，这种精神是全世界任何民族所不及的！"

探秘之旅

90 走马 "三八" 线 （上）

　　飞机在韩国仁川机场上空徐徐下降，我从飞机舷窗往下望，仁川港的景象一览无遗。时值下午，海水退潮，南北走向的海边，尽是灰黑色的滩涂，杂草丛生，无边无际。不难看出，这是一个浅水港湾。看着，想着，我的脑海忽然掠过一个问号：1950 年朝鲜战争时，麦克阿瑟为什么选择这里进行大兵团登陆？

　　我们随导游走出机场，乘车前往汉城（今称"首尔"）。途中，我向导游提出以上问题。他说：仁川海域水浅泥深，不利于大型登陆作战。因此，朝鲜军队攻占仁川后，疏于防范，只派少量部队驻防。麦克阿瑟正是抓住朝方这个弱点，指挥大部队在仁川登陆，将长驱直入的朝鲜部队拦腰斩断，随即挥师北上，越过"三八"线，直捣平壤，饮马鸭绿江边。

　　导游叫何仲仁，是个 40 岁出头的中年人，祖籍中国山东烟台，身高 1.88 米，是个典型的山东大汉。我们都称他为"何大汉"。他热爱祖国，直到现在还保留自己的中国国籍。他能讲一口流利的普通话，是韩方旅行社指定的专门为中国游客服务的导游。他对朝鲜战争较熟悉，谈起来津津乐道。他说，麦克阿瑟的成功，主要是运用了我们老祖宗的孙子兵法，给朝鲜军队来个"釜底抽薪"。仅几天时间，就"反客为主"，扭转局势。停战以后，韩国人在仁川为麦克阿瑟建了麦帅祠，让人们瞻仰、缅怀。

　　第二天，我们离开汉城北上，前往世界闻名的板门店。约半个小时车程，就到达"三八"线前线防卫范围，气氛突然紧张起来。在这里，看不到老百姓，只看到一些往返的军车、一个个隐没在树木丛中的兵营。距板门店约 10 公里处有一座"自由之桥"，我们到达这里时，军方派人坐上我们的旅游车当临时导游，并宣布有关参观守则：禁止拍照；不准穿牛仔裤、帆布鞋、凉鞋、军装；不能留长头发；进入会场时不准说话，不得停留。

　　我们跟着军方导游进入板门店大厅，参观军事分界线上的谈判室和当年签订停战协议的签字大厅。大厅南北各有一道门，当我们由南门进入大厅时，由北门进入大厅的参观者自动退出，让出地方给我们参观。据说这是南北双方约定的合作方式，轮流参观。在签字大厅，首先映入眼帘的谈判室横跨军事分界线，它从位于谈判室中央的谈判桌的正中通过。

大厅内显得庄严肃穆，寂静无声。导游领着我们由南向北，越过军事分界线，即踏上朝鲜国土了。我透过窗口，看到窗外严肃、冷峻持枪站岗的朝鲜人民军。接着，我们沿着军事分界线转了一圈，由北向南又回到韩国这边来了。当我们从南门走出大厅时，不约而同地回头再看看这个奇特的板门店。回到车上，几个老广用广州方言讨论起来。有的说，好端端一个锦绣河山，被分裂为南北两个国家，使一千多万个家庭妻离子散，天各一方，真是人间惨剧！有的说，少数台独分子加紧"台独"活动，妄图把台湾从祖国分裂出去，变成另一个国家。朝鲜韩国是前车之鉴，我们决不能让"台独"得逞！

旅游车离开板门店，沿着军事分界线往东北方向奔驰。一条东西走向、三四米高的土长堤出现在眼前。它表面长满青草，上面架着铁丝网，下边筑起铁栅栏，堤里有暗堡，可看到穿着迷彩服、戴着墨镜头盔的韩国士兵在活动；堤边还有一些汽车和装甲车，从土堤的铁门出入。我纳闷：这么一条不高不大的土长堤，里面有什么乾坤？

朝美哨兵对峙

何大汉根据我提出的疑问作了详细的介绍。从 1977 年至 1979 年，韩国用两年时间沿着"三八"线南侧非军事区，修筑了一条横贯朝鲜半岛、长达 240 公里的钢筋水泥堤，上面铺土种草作伪装，堤里设有观察站和暗堡火力点，隔一段距离设一道宽 4 米的铁门，可通坦克、装甲车等。在难以筑堤的江

河中，建有水下铁丝网和水泥障碍物。

旅游车越过临津江上游，来到"三八"线中段的铁原。这是朝鲜战争中双方争夺最激烈的战场之一，著名的上甘岭、金化、涟川、东豆川等战场，都在铁原周围。据说，当时铁原附近的山头被打得白雪变黑雪、旧土变新土，松树林变成高粱楂子。停战以后，这里的自然环境变了，蓝天底下，到处是青山绿水，鸟语花香。但是，这里的冷战氛围，仍然笼罩着半岛大地。军事分界线上南北两边部署着上百万军队，枕戈待旦。

导游指着东北方向说，在"三八"线南侧有个村子叫大成洞，北侧有个村子叫落基祯洞，都建起一座100多米高的铁塔，上面分别挂着韩朝两国的国旗。每当风云变幻时，扩音器里传出相互指责的广播宣传。因此，人们称它为"冷战的示范场"。

铁原附近有个山坳，有一条通向北边的地道，可供人参观。据称，这条地道是朝鲜军方挖的，长约3公里，由北向南从地下越过"三八"线，深入韩方，不开出口，待有军事行动时再打开。前些年，韩方偶然发现后，打开出口，并把朝方原入口堵住。我们戴上安全帽，跟着导游进入地道。整条地道是从岩石中通过，高约1.6米，宽约1.3米，相距500米左右有个藏兵窝，可容纳一两百人，接近出口处有个像大厅的地方，可供几百人活动。

据介绍，像这样的地道，每小时可通过一两万人，是供军事突袭时用的。游客们议论说："三八"线像条导火线，地上冷战，地下火热，令人心颤！

何大汉谈到，"三八"线的现状令人不安，但经过战争苦难的韩朝百姓，望和平、盼统一的呼声日益高涨。在铁原"三八"线南侧，矗立着几座望乡碑、思乡楼、盼统一石像。一个穿着朝鲜传统民族服装的女塑像，右手托着圆形的白炽灯，面朝北方，呼和平，盼团聚。

我们登上思乡楼，向北远望。导游说，过去南北双方的离散家庭不能相聚，有些人按老人临终遗愿，把骨灰埋在"三八"线附近，墓碑朝北。前些年经过双方谈判，允许离散家庭定期相聚。目前，有一批家庭正在朝鲜金刚山聚首。我伫立楼栏，凝视东北方，心潮起伏。一股强劲的东风突然由东向西呼呼而来，我仿佛听到离散亲人相聚的哭声，看到人们泪流满脸，争相拥抱，相对无言……

91 走马 "三八" 线 (下)

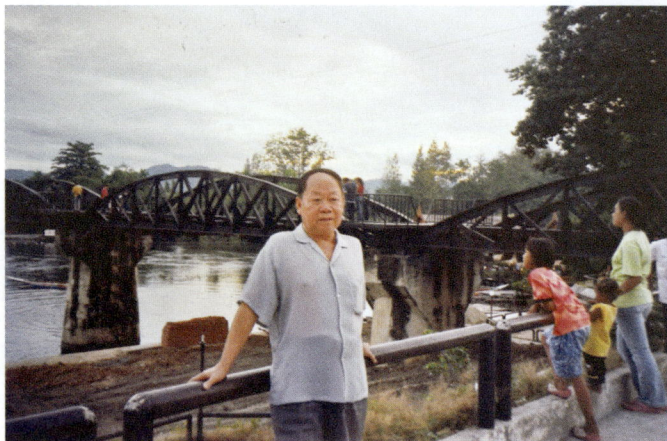

临津江一段

临津江和北汉江，是朝鲜半岛中部的两条大江，由北向南穿过"三八"线。朝鲜战争期间，发生在这两条大江的大小战役不计其数，成为"二战"后规模最大、血腥味最浓、最为惨烈的战场。随着时光流逝，硝烟散尽后的战场，显得荒芜而肃静，只有朔风掀起大浪时，那些隐藏在历史尘埃中的故事，才一点点显出端倪。

我们的大巴驶入"三八"线地区时，多次在临津江畔奔驰。面对一江春水，总能勾起人们对那个壮怀激烈岁月的无限怀念。导游何仲仁满怀激情地介绍中国人民志愿军在临津江畔惊天地泣鬼神的英雄事迹：

朝鲜战争是发生在局部地区的世界大战，也是一场极不对称的战争。1950 年，美国纠集了 16 个国家军队，打着联合国旗号，加上强大的海军、空军绝对优势，在战场上耀武扬威，不可一世。志愿军虽然处于劣势，装备落后，但斗志昂扬，不怕牺牲，敢于以人力拼钢铁，敢于打近战、打夜战，同敌人作殊死的搏斗。当年冬季的临津江，气温降到零下 30 摄氏度，为了打击南逃的敌人，潜伏在江边的志愿军，成班成排被冻成了冰雕，仍然手握钢枪，两眼盯着敌人方向。步枪和机枪因严寒封冻，不能发火，战士们就靠手榴弹、手雷、炸药包和爆破筒等，把像惊弓之鸟的敌人，打得血肉横飞，溃不成军。

当大伙入神地听导游讲故事时，忽然听见大巴中部有数人正在抽泣，有

个老妇人捧着一个相架大声喊叫："我们的好哥哥，我们今日来看你啊！"原来，他们是志愿军烈士陈贵天的弟弟陈贵文和两个妹妹。他们为了拜祭陈贵天，随旅行团来到了韩国。

据介绍，陈贵天是广东蕉岭县的农民，1950年参军，当时他仅18岁。不久，他随韩先楚统领的志愿军团，赴朝鲜抗美援朝。1950年除夕夜，陈贵天所在的39军，被称为尖刀部队的116师，奉命突破临津江天险，夺取一个叫议政府的城镇据点，直捣首都汉城（今称"首尔"），为全军开路。当时临津江一带，气温降到零下30摄氏度，北风呼号，鹅毛大雪漫天飞舞，纷纷扬扬。山川、河谷、林木、荒野，皆被白雪覆盖，真是银装素裹，漫天皆白，万籁俱寂，杳无人烟，全然不像战场。

然而，此时的陈贵天和战友们，正潜伏在临津江北岸的石缝里、堑壕中、雪地上，等待出击命令。当天下午5时，夜幕低垂，狂风暴雪，3发红色信号弹直上云霄。随即炮声隆隆，地动山摇，烟火映天。在风雪中潜伏了一日一夜的116师战士，纷纷手端枪械，携带渡江器材，从掩体里钻出来，在厚厚的冰层上冲锋，或跳进刺骨的江水中泅渡。前后左右，敌方的炮弹似雨般落下，炸翻冰层，溅起水花。志愿军战士全不畏惧，只十多分钟，前锋已冒着枪林弹雨，进抵南岸，架起云梯，爬上岸边，冲进敌阵。只两个小时，临津江天险就被志愿军攻克了。

这次战斗，一批志愿军战士献出了宝贵的生命。陈贵天失踪了，连尸首也找不到。部队经过多方寻找，没有发现任何踪迹。根据幸存战友们的反映，陈贵天在潜伏中严格遵守纪律，手脚冻僵了，仍然忍住痛苦，一声不吭；冲锋时如猛虎出山，冒着炮火勇往直前。他的牺牲可能有两种情况，一是他冲锋在前，可能被猛烈的炮火炸飞了；二是雪地上被炮火炸出许多洞，黑夜中可能滑进冰窟窿，被冰层下的涌流冲走了。部队根据陈贵天战斗前要求入党的申请，追认他为中国共产党党员、中国人民志愿军烈士。

几十年来，陈贵天的亲人一直把在异国他乡的英魂埋在心里。他的父母在临终前叮嘱儿女们，今后如有机会，一定要到临津江拜祭哥哥的亡灵。如今，他们的夙愿终于实现了。他们要求旅行社在不影响整个行程计划的情况下，在大巴经过临津江时，让他们三兄妹下车拜祭哥哥亡灵。团友们当即表态同意，一致认为陈贵天是中国人民志愿军抗美援朝的英雄好汉，是值得称赞的炎黄子孙，我们应当永远怀念他！当晚，大伙为了第二天悼念陈贵天作准备，有的买鲜花制成小花圈，有的买各式祭品，导游叫我写篇祭文。

　　第二天上午，大巴来到"三八"线以南一个叫马智里乡镇的江边，这是当年陈贵天参加突破临津江战斗和牺牲的地方。我们看见，临津江由北向南，到达这里折向西南，汇合10多条大河注入大海。这里江面宽百来米，弯弯曲曲，如巨蟒翻滚，两岸峭壁状如刀削，高有10多米，极难攀登。大巴在江边一块开阔地停下来，陈贵文和妹妹捧着大哥的相架，双膝下跪，上香，献花，陈贵文面对大江泣读祭文《陈贵天忠魂祭》：

朝鲜六月起狼烟，美国贼兵饮江边，
唇亡齿寒祖宗训，保家卫国大如天。
大哥您深明大义，毅然十八从军去，
离乡别井不犹疑，跨江杀敌冲向前。
铁血男儿志气高，不信魔神不怕鬼，
不惧飞机加大炮，枪林弹雨逞英雄。
追奔逐鹿"三八"线，斩将搴旗大江边，
玄冰雪地何足惧，堕指裂肤潜伏哨。
三颗红色信号弹，冲向空中耀南天，
战士跃出掩蔽部，持枪冲向敌阵营。
山川震眩炮声隆，闪光黑夜变白天，
血肉横飞人不见，英雄洒血津江边。
鸟无声兮山寂寂，夜正长兮风渐渐，
天地为愁惜英杰，草木凄悲悼忠魂。
呜呼哀哉好兄长，魂兮归来附吾身，
离开异域回家去，哭望天涯完梦时。
天时地利人和好，老家旧貌换新颜，
三套新房拔地起，出门有车代步行。
盛世人间气万千，儿孙满堂热非凡，
呼唤伯伯返家门，共享天伦欢乐年。

　　陈贵文读祭文时，声泪俱下，令人凄怆。团友们个个也眼泪盈眶，把小花圈、花瓣、各式祭品等，投向大江，并列队向大江三鞠躬，默哀三分钟。接着，团友中的退伍老兵雷振声，带领大伙放声唱起电影《英雄儿女》的主题歌《英雄赞歌》：烽烟滚滚唱英雄，四面青山侧耳听，侧耳听……

92 朝鲜掠影 （上）

"雄赳赳，气昂昂，跨过鸭绿江……"我坐上由丹东开往朝鲜新义州的火车时，这首充满国际英雄主义精神、壮怀激烈的中国人民志愿军战歌，在我的脑海里回荡、翻腾……我透过车窗，看见浅绿色的鸭绿江水，缓缓地向南流淌，铁桥旁边被炸后的旧鸭绿江大桥，残留在中方一半的断桥仍然屹立江中，成了历史，又成了著名的景点。许多游客在桥上流连忘返，沉浸在战火纷飞年代的追忆之中。

有的团友不解地说，美军为什么只炸大桥的一半，留下一半是什么意思？团友们一时答不上来，都把目光投向了导游。导游说，你们当中有当年参加过抗美援朝的志愿军，请他们回答好吗。这时，一位满头白发名叫沈天云的老人站起来说：当年美军因地面作战屡屡受挫，便想利用空中优势，来个空中大绞杀，妄图切断我方交通线，每天派出 1 千多架次飞机，轰炸朝鲜北部交通线。当轰炸鸭绿江大桥时，又怕激怒中国，于是以江中为界，把朝方的一半炸掉，留下中方的一半，因而变成了断桥。

朝鲜战争停战后，60 个春秋过去了，有关朝鲜现状的传闻很多，被称为封闭、神秘的千里江山。多年来，我一直想去朝鲜看看，但没有旅行社开通这条线路。2013 年 7 月，广州一家民营旅行社开办临时的朝鲜 6 天游。我报名参团时，旅行社给参团者提出朝鲜游的特别规定：不准带手机、广角镜头照相机、笔记本电脑、望远镜、U 盘、MP3；沿途不准拍照及摄像，不准探亲访友，等等。

对于这些特别的规定，有些游客想不通，但多数人则以宽容的态度看待，认为朝鲜由于各种原因封闭了半个多世纪，世人对它不甚了解，同样，他们对世界也不了解。如今网开一面，时断时续地开通旅游业，主动与世界沟通，增进互信和了解。

我们一行 19 人，来到丹东市办完出境手续，上车后一转眼就到达朝鲜的新义州市。新义州是仅次于平壤的朝鲜第二大城市。导游说，朝鲜战争期间，美军在这里投下的炸弹超过 60 万颗，好端端的新义州被夷为一片废墟，找不到一间完整的建筑物，被美军称为倒退到"石器时代"。战后虽然大力重建家园，但战争的破坏痕迹历历在目。我们看到，新义州火车站虽是国门第一站，但站里只有几间像厂房又似仓库的房子，看不到现代化的高层建筑物。火车站附近的大街上，行人较少，但人们的精神面貌较好，女子的衣着色彩亮丽，款式新潮，穿着厚底的高跟鞋，有的还穿上了九分铅笔裤。不少男青年上身是流行的 T 恤，下身是黑色和深蓝色牛仔裤，脚上穿着时尚的运动鞋。人们谈笑风生，不时发出嘻嘻哈哈的欢声笑语。

这个小小的镜头表明，朝鲜以出乎人们的预料、超乎外界想象的速度走向开放。

随团导游前些年来过朝鲜，但与现在相比，不禁发出感叹：朝鲜过去一

水利工程

年多的变化，超过过去十年！他指着大街说，崭新的出租车开始对外国人提供扬手即停服务，骑自行车的女性多了，现代化的特色餐厅雨后春笋般出现，喝咖啡成为流行……

导游谈到，有一次他来到平壤大同江畔的溜冰场，有几个朝鲜孩子主动用英语同外教打招呼。原来他们正是这几个加拿大老师教的中学生，老师和孩子们彼此见面喜出望外，用英文聊得甚欢。接着，老师和孩子们一起手拉手溜冰。不一会儿，几个、十几个、几十个孩子簇拥着，朝鲜小朋友拽着外国大朋友的衣角，排起长龙，横竖变换花样溜冰，玩得不亦乐乎。场外观看的朝鲜家长高兴地说：这种多年未见的开放和谐气氛终于来到了。他们纷纷举起相机和手机，记录下这难得的瞬间。

火车离开新义州，进入一马平川的龙川平原，沿着西海岸向南驶去。一路上青山翠绿，碧水蓝天。的确，这里美景天成，但经济作物很少，一座座低矮的丘陵山坡，土地肥沃，雨水充沛，却成为长着野草杂树的荒山。但火车转过一个大弯，铁路两旁出现了另一番景象：这里的山坡上都种着一排排整齐的果树和木薯之类的经济作物。从翻出来的新泥土看，这里的山地都经过人工的精耕细作，是新开垦的经济作物区。傍着山地的大片水稻田，绿油油的禾苗，长势旺盛。

农村出现的新气象，主要缘于朝鲜近年来对农业领域的调整措施，给农民更多的自主权，实行责任田制，多劳多得。各地还从实际出发，将一部分荒山野岭出租给农民，让他们开荒垦地，发展多种经济作物。国家还允许农民在上缴公粮后，将剩余的粮食在农贸市场上出售。所有这些政策措施的出台，大大地调动了农民的生产积极性。由于各地贯彻新政策力度不同，时间有先有后，因而出现了有的先行一步，生产面貌焕然一新；有的领导不力，起步艰难，形势依旧。

在一个山沟的工地上，有上百名农民正在紧张地挖土挑泥、采石筑坝，还有宣传队在那里敲锣打鼓、唱歌宣传。会讲朝语的导游，主动与坐在斜对面座位上的朝鲜人交谈后告诉我们，原来这里是一个穷山村，有200多户人家，分散住在一条大山沟里，境内重峦叠嶂，溪涧纵横，水利资源丰富，但村民却从来是"吃米靠臼春，点灯烧松明"。如今，在新政策的指引下，村民选定一条叫"虎跳"的山沟，筑坝拦水办小水电站。开工那天，100多名农民每人自带一支楠竹、一根木头，来到工地搭棚扎寨，筑坝拦水，开挖引水渠。他们计划集资购买水电设备，装机3台，争取在200天内建成装机容量达2 500千瓦的小水电站。他们的带头示范，引得附近的农民纷纷去看"新鲜"。

火车继续向南驶去，经过几个像农贸市场的圩镇时，我们都挤在车厢窗口看热闹。这些农贸市场人气旺盛，出售农副产品的商贩，这里一摊，那里一档，吸引了大批顾客。我们看到，摆卖的商品，不但有鸡鸭鹅、鲜蛋、蔬菜、猪肉等，还有香蕉、甜橙、橘子、木瓜、菠萝和各种花卉。有些市场旁边的小河涌，停泊了许多小艇，出售各种鲜活水产品，活蹦乱跳，顾客踊跃购买。在这里，我们还看到通往市场的马路上，装着农副产品的自行车、摩托车络绎不绝，货到成交。面对这种情景，我们并不陌生，很像我国20世纪80年代改革开放初期的市场画面。

大同江畔高楼群

朝鲜掠影 （下）

　　当天傍晚，火车终于到达平壤市，入住羊角岛特级饭店。这是一家崭新的大型酒店，40多层高，位于平壤市大同江畔，风光秀丽，是专门接待外国贵宾的地方。招待我们的晚宴有9菜1汤，美酒佳肴，大伙尽情地举杯畅饮。

　　从第二天起，连续两天在平壤市游览。市内幽静的马路很宽，容得下4排汽车相向而行，但行人寥寥，没有斑马线，任人横过马路，偶尔有路过的公交车或的士，打破这里的宁静。滚滚的大同江水，自北向南纵贯平壤市区，江面宽阔，水面干净，河水清澈，航道安静得令人难以置信。因为江上来往船只很少，听不到汽笛声响和马达轰鸣，可以说，平壤的一切都是静悄悄的。

平壤金日成广场

　　我们首先来到金日成故居万景台，花了一个多小时参观。接着又游览了万寿台纪念碑、千里马铜像、金日成广场、主体思想塔、建党纪念塔、朝中友谊塔等。这些景点，过去在电视上看过多次，今天亲临其境，加深了印象。但纪念抗美援朝的朝中友谊塔，只有朝文，没有中文，如果不是导游指示，我们无法辨认。

据介绍，朝中友谊塔建于1959年10月，中国人民志愿军入朝参战九周年之际。友谊塔占地面积12万平方米，高30米，用1 025块花岗岩和大理石筑成，象征志愿军参战日10月25日。它是一座朝鲜古典式的3层石塔，正面镶嵌朝文"友谊塔"3个镏金大字。塔顶上有一颗以月桂枝环线，象征胜利和光荣的斗大金星。塔的底层是一个巨大的方形塔座。塔座内是用大理石砌成的圆形壁画厅，厅周围环以走廊，志愿军烈士名单存放在厅中央的石函中。墙上有3幅壁画：入朝作战图、胜利图和建设图，描绘了中国人民志愿军与朝鲜人民军并肩战斗和帮助朝鲜人民恢复建设的宏伟场面。我们听得很入神，但无缘进入画厅参观瞻仰。附近设有摆卖鲜花的摊档，价格很高，但我们都买了两三束鲜花，自觉地在塔前排成一行，庄严地鞠了3个躬，献上鲜花。

当日最后的参观点是少年宫，我们受到热烈的欢迎。穿着节日盛装的小朋友，欢呼雀跃，尽情地为我们唱歌、跳舞、玩游戏，小乐队还演奏了中朝人民熟悉的《歌唱祖国》《金日成将军之歌》等经典歌曲。表演结束时，穿着军装的女教师，带领小朋友与我们照相留念。临别时，团友们纷纷把铅笔盒、练习本和各种玩具等，赠送给小朋友，并与他们拥抱话别，场面热烈感人。

按行程安排，第四天去朝鲜四大名山之一的妙香山游览。早餐后，我们的旅游大巴向东驶去，只见道路越来越难走，水泥路面坑坑洼洼，汽车像是跳舞似的向前行。看得出，这里的路面是"晴天一刀刀，下雨一团糟"。车行不到1小时，路旁有交警打着红旗挡住去路，说前方小桥坍塌，无法前往。我们只好返回平壤，吃了午饭去参观平壤地铁。

我们乘坐自动扶梯，一直往地下下坠，我看了手表足花了3分钟才到达站台。据介绍，平壤地铁开通于1973年，由两条路线组成，总长35公里，经过7个中心区。平壤地铁的特点是深和精致，最深处距地面110米，所有站台装饰精美，有近100块大型壁画和100多件雕刻、浮雕，仿佛是一个美术馆。我们看到，每个地铁站都有自己的特点，有的华丽雅致，有的气势恢宏。站里的柱子形状有几十种，既有花岗岩雕成的四角柱子，也有整块石头做成的大理石圆柱子，把地下建筑装点得多姿多彩、雄伟绚丽。车站的数百种照明装置别具一格，不仅有耀眼明亮的吊灯，也有五彩缤纷的装饰灯，与周围的建筑形成了艺术组合，给人以美的享受。我参观过莫斯科的地铁，看

得出，平壤的地铁深度和站台装饰，是仿照莫斯科的样板建成的。

　　游览板门店和"三八"线，是朝鲜游的重头戏。2001年我参加韩国游，由南往北游览过板门店和"三八"线；这次朝鲜游，由北往南再一次旧地重游。可能是由于板门店和"三八"线早已闻名于世的缘故，再次漫游仍有很强的吸引力。特别是随着时间的推移和局势的变化，这次参观与上次从韩国去参观有较大的不同：一是气氛不紧张，我们的大巴来到前线防卫范围时，不需检查验证，直接开到板门店门口；二是不设参观限制。我记得上次有许多规定，如不准留长头发，不准穿牛仔裤、凉鞋，不准拍照，不准说话，不准停留等；三是不搞神秘化，只要在规定参观范围内，自由进出，随意参观。当天只有我们19人这一个旅游团。

　　我们首先进入朝鲜停战谈判会场。它位于"三八"线非军事区向南1公里左右，会场一直用到双方缔结停战协定时为止。会场中央有一张长方形的大桌子，至今仍保留着当时双方首席代表及各成员用过的椅子。大伙来到会场时，争先坐在双方代表的椅子上，感受当年场外硝烟弥漫、场内唇枪舌剑的场面。有些团友坐在中朝代表的椅子时，神情肃穆，并做出指责对方违反停战协定的姿态，让别人给他拍照。坐在美方代表椅子的俏皮团友，则装着理屈词穷、无可奈何的样子，引起大伙的哄堂大笑，我当即抢拍了这一镜头。

　　走出停战谈判会场，来到旁边的朝鲜停战协定签订场所，即签字大厅，总面积有900平方米。这里最引人注目的是军事分界线。导游说，厅外有一条宽40厘米、高7厘米的混凝土标记线，它就是"三八"线的南北分界线。在大厅内以麦克风线表示分界线，它连着厅外的混凝土标记线，从大厅中央的桌子的正中通过。越过这条线向南就是韩国，向北则是朝鲜国土了。厅外的分界线有南北双方的哨兵站岗，不得越过分界线；但在厅内就没人管了，任你来回走动。我们在分界线上拍照留念，有的将左脚站在韩国一边，右脚踏着朝鲜那边，拍下难得的照片。

　　在返回平壤的路上，顺道来到英雄城市开城，参观了旧城区和历史博物馆等，导游指着前方一排房子说，它就是由朝鲜韩国共同开发的开城工业区，是模仿我国深圳特区建立的。由于各种原因，工业区时停时开。傍晚我们回到平壤，打开电视机，偶然看到金正恩偕夫人出席平壤绫罗人民游乐园竣工仪式，同时播放了金正恩观看牡丹峰乐团示范演出的新闻，美国迪士尼的米老鼠和小熊登上了朝鲜舞台。团友们对此议论开来，认为朝鲜表现出了新气象，给人耳目一新的感觉。

94 不寻常的旅游景点：广岛

　　日本是世界上第一个被原子弹轰炸的国度，而广岛是日本首先遭到名为"小男孩"原子弹的轰炸，瞬间变为一片废墟的地方。有的科学家断言：广岛的核爆中心地带，75 年内不可能再长出草木。

　　时至今日，那场战争已经结束了 66 年。今天的广岛，是转移到另一个地方再建的新广岛，还是在废墟上重建的广岛？付出惨重代价的广岛人，是在鲜血淋漓的土地上尊严地站起来，还是沉浸在无尽的仇恨中无所作为呢？我们旅行团一行 23 人，带着这些疑问走进了广岛。

　　核爆以前的广岛是什么模样，我们并不知道。如今出现在我们面前的广岛，却是一个非常美丽的滨海城市。它濒临濑户内海，碧波千顷，帆影点点，水天一色，每当夕阳西垂，落日的余晖把整个城市撒满金光，显出海市蜃楼般的奇景；另一方面则是连片的新城区，一座座色彩淡雅、造型别致的高楼拔地而立，在茂密高大的树木掩映下显得秀美非常。我们面对蓝蓝的天，白白的云，绿绿的水，无论从哪个角度看，广岛都是一幅充满生机的明媚图画，你怎么也不会想到，它是在原子弹爆炸的废墟上重生的城市！

　　当地导游带我们来到和平纪念公园参观。它位于广岛本川河与元安川河形成的三角形绿地上，这里是核爆的中心点。公园的中心线上，并列有三栋建筑物，中间是和平纪念馆，两侧为会议中心和大会堂。和平纪念馆北侧有一座马鞍形纪念碑，又称为"慰灵碑"。碑上面是和平天使和母子偎依的浮雕。慰灵碑的中央，停放着一个大石箱子，里头存放着核爆受害者的名字。石箱之上，镌刻着："安息吧，过去的错误将不再重复。"和平馆内展出了有关"二战"和核爆的文物资料、实物照片、核爆现场和模型。旁边的放映厅，不停地为游客放映广岛简史和核爆事件的纪录片。

　　广岛原是个美丽的滨海城市，位于日本中部开阔而平坦的大田川三角洲，有 7 条水流汇合，海水按时涨落，是闻名的"水都"。由于它拥有出海港口，铁路和公路交通方便，逐渐成为日本战时的"军都"。中日甲午战争期间，广

岛充当日军的主要供给与后勤基地，"二战"时日本陆军运输部、工兵作业场和重要军工企业三菱重工、毒气研发基地等，都设在这里。当时的广岛大众，除青壮年被征去当兵外，不论老弱妇孺都成为军国主义的劳动力。有的去军工厂做武器弹药，有的赶制军服被褥，有的挖防空洞和修筑工事等，可以说，战时的广岛是一座大军营。

广岛的"水都"秀美与生机，连同它的"军都"罪恶与没落，都终止于1945年8月6日8时15分。随着原子弹的一声爆响，广岛从此改变了容颜。

原子弹的破坏力是可怕的。瞬间，广岛就死了8万人，受原子弹辐射影响，每年都有几千人相继死亡。到2008年，确认受原子弹伤害而死亡的总人数已达到25.8万人。

具有400多年历史的广岛被蘑菇云摧毁了，站在一片废墟上的广岛人怎么办？他们反复思考过：一是抛弃被破坏的广岛，迁移到另外一个地方再建；二是在原址上建设一个新广岛；三是在废墟上恢复广岛原来的样子。亲历那次灾难的广岛人，最终决定采取后一种方式，按照城市原貌，重建广岛。导游谈到这里时说，重建广岛首先从哪里入手也有不同的争论。有的说首先抓基建，在废墟上恢复原貌；但多数人认为，应当首先抓精神，治疗心灵上的创伤，在情感的废墟上重新振作起来。市政府经过反复讨论，决定首先在原子弹爆炸中心点建造一座大型的和平纪念碑，作为重建广岛的新象征。

广岛人称和平纪念碑为"慰灵碑"。实践证明，这个碑既是对核爆炸中死难者的慰藉，也成为幸存者的情感核心。他们说："原子弹可以破坏我们的家园，但不能摧毁我们重建家园的信心和决心！"广岛人把沉重的过去深深地埋在心里，刻在骨子里，鼓起勇气，万众一心，汇成一股重建广岛的力量。

在废墟上尊严地站起来的广岛人感动了天地，在重建过程中得到各方的鼓励和经济援助，连美国军方也伸出援助之手，给了一笔可观的经济捐献。从20世纪50年代起，广岛以惊人的速度重整山河，很快恢复了生机。到20世纪末，广岛已成为日本规模最大的工业城市之一，机械制造、金属加工、电子通讯、汽车工业、重工产品等现代化工业基础蓬勃发展；生物工程、海洋开发等高新技术产品如雨后春笋拔地而起。市内众多的文化、娱乐、运动、商业等设施发展也很快。特别是教育事业突飞猛进，市里已经有12所具有一定规模的大学、10间短期大学。世人高兴地说：今天广岛的生气，早已盖过了历史遗留下来的怨气和悲哀。

我们在广岛的大街漫步时，笔直又宽阔的马路上，纵横交错的有轨电车轨道引起了我们的注意和兴趣。有些团友说，当今城市由于有轨电车占用太多平面道路而被淘汰，广岛为什么对电车情有独钟？导游说：广岛发展有轨电车不是偶然的，而是有其独特的历史渊源的。1945 年广岛遭到核爆时，人们惊恐万状，所有行业和公共服务都停顿了，全城变成一个"万户萧疏鬼唱歌"的死寂世界。然而，就在核爆的第 3 天，广岛的电车最早恢复了运营，喇叭的声响唤醒了梦魇中的市民，隆隆的车轮带动了各个行业的复业。因此，广岛人对电车产生了深厚的感情，在赞扬电车是重建广岛的排头兵的同时，大力发展电车交通事业。如今，广岛已经成为日本电车网最密集的城市，每天有 200 多辆电车穿梭城际，把近 200 万人运送到各个角落。大伙听得入神了，便集体坐上电车观光，感受广岛人的情怀。

　　遭受核爆的广岛人，厌恶战争，反对战争，热爱和平，追求和平，对和

广岛和平纪念公园

平有挥之不去的渴望。我们发现，这里有很多东西都冠以"和平"名称，除有名的和平纪念公园、和平纪念馆外，还有和平纪念博物馆、和平纪念碑、和平大道、和平钟、和平天使、和平鸽等。我们来到一个叫"和平之火"的焰台前，熊熊之火从1964年开始燃烧，并将一直燃烧到世界上所有核武器全部被销毁之后，才会熄灭。在和平纪念公园深处，有个特殊的纪念碑叫"儿童和平纪念碑"，碑上刻的是一位伸出双手的女孩，一只象征长寿与幸福的鹤，在她头顶上空飞翔。这取材于广岛一个民间故事：一位女孩在核爆炸中受了伤，她相信如果能够折1 000只纸鹤，那么她的病情就会好转。虽然女孩最终离开了人世，但她的故事在日本家喻户晓。导游告诉我们，广岛和平纪念馆现有众多的志愿者，每周四的早上9时到下午4时，他们都会在这里派发关于广岛遗孤的资料与和平纸鹤，数十年如一日，一直坚持到现在。

　　核爆炸后的广岛废墟，被联合国教科文组织列为世界文化遗产。如今，每年有数以百万计的游客来到这里，游览这个不寻常的地方。我们即将离开和平纪念公园时，在和平钟前排队敲钟。此时，我们的心情像许多游客一样，好奇地走进来，最后伴着钟声静默地走出去。

恒河民俗风情录

古老的印度是一个固守传统的国家。特别是恒河流域,将古老的韵味不留痕迹地融入其骨子里。时至今日,这个东方神秘古国的民风、民俗和观念,在印度仍有相当大的影响。

圣河奇观

发源于喜马拉雅山南麓的恒河,是印度第一大河,全长 2 580 公里,被称

恒河岸边的瓦拉纳西

为印度的"母亲河"。印度人还把恒河看作女神的化身，虔诚敬仰地称它为"圣河"。

我们来到一个叫瓦拉纳西的城市，恒河流到这里由北向南绕了个半月形的弯。此城紧靠河边，自古以来被称为离神最近、与佛祖神会的地方，是印度教和佛教的活动圣境，是信徒们心中的"圣城"。在这个被神化了的城里，建有两千多座风格迥异的庙宇和寺院。不少庙宇里供奉着恒河"女神"盘坐莲花的神像。

导游问我们是否看过洗圣水浴，大伙说在电视和书本上看过。因为洗圣水浴是在早晨进行的，我们决定在紧靠河边的酒店住宿。翌日早晨，导游带我们来到河边码头，一眼望去，只见一条条由岸边伸向河水的石块阶梯上，不计其数的人涌向河里洗浴。河岸两边看热闹的游客很多。由于洗圣水浴是一项重要的宗教活动，这时所有庙宇都奏梵乐，经声缭绕，祭司们手捏念珠，口诵祷词。

我们注意到，参与洗圣水浴的男人和女人各有不同的仪式：男人光着上身，下身穿一条短裤或系一条布巾，立在水中，或双手抱头，一头扎在水中，喝上一两口"圣水"后又钻出水面，如此反复几次。洗浴过后，他们面向朝阳，做一瑜伽姿势，或在水边盘膝打坐，双手合十，闭目祈祷。女人洗圣水浴有两种方式，一是不下水，蹲在河边放花灯，祭祀河神；二是和衣浸入水中，撩起衣角轻轻擦去身上的污秽，象征性地完成圣水浴后，即到岸边的更衣亭换衣服，然后提一壶圣水离岸返家。

我们看到，有些男人在水边打坐后，双手捧水进入口中，用手指作牙刷，在口中来回搓。大伙说：漱口水吐出来，不污染圣水河吗？导游说：不用急，再看下去，他们不会浪费圣水的！果然，没见他们吐出来，而是喝下去了。有的还用苦楝树枝擦牙，称这样可以灭菌消炎，防蛀固齿。

我们沿着恒河西岸向北行，不时闻到一阵阵的怪味，似臭非臭，呛人口鼻，十分难闻。大伙正欲问导游，他似乎知道我们的心思，便指着前方不远的河边，我们顺着手势望过去，只见一堆干柴烧得正旺，怪味正是从那里吹过来的。他说，这就是印度教徒圣洁火葬场。把火葬场设在人口密集的河边上，明火焚尸，这在世界上是独一无二的。为什么要在河边设火葬场？印度人认为，死在瓦拉纳西，火化后骨灰撒到恒河中，其亡灵可直接升上天堂，免受轮回之苦。因此，瓦拉纳西便成为人们"魂归天国"的最佳选择。

长期以来，有些身患绝症、病入膏肓的人，让家人送到这里暂住等死。

有的高龄老人，自知时日不多，早日安排后事，来到这里租房或住旅馆，静待归天之日。有些富裕人家虽住在千里之外，家人死后也要开专车运到这里火化。我们看到，河边角落用塑料胶布搭起的破房、岸上小街的烂木屋里有不少衣不蔽体、面黄肌瘦的人。导游说，他们都是贫苦老人，以河为伴，在河边升天是他们的最终梦想。

瓦拉纳西恒河边设有两个火葬场，所有尸体都用各种花布包着，逐一放在柴堆上焚烧。河边有装着不同档次木材的船只，除一般木材外，还有价格昂贵的檀香木等，供人选购。我们用手帕掩鼻，好奇地观看现场火化的过程：葬礼仪式开始，一名祭司念念有词做完祷告后，点燃柴堆，火葬场的工人把一种有香料的油脂往尸体上浇，火上加油引起大火熊熊，怪味四处散发。据说，火葬收费较高，不少贫苦老人只好纵身投入恒河水葬，以完成圣河升天之梦想。

和谐共处

行走在恒河流域，无论在哪个城市的大街小巷，随处可见各种动物自由地穿街过巷，没人驱赶。你看，街道中心，高大的骆驼伸长脖子，大大咧咧地招摇过市；浑身贴着色彩的大象、不时开屏的孔雀随处可见；大群的猕猴在屋顶嬉戏；一头大母猪领着一群粉嘟嘟的小猪崽横穿马路。面对这种情况，行人主动让路，车辆停车避开，简直是一个人与动物和谐相处的世界。

一天，我们来到一个叫斋浦尔的城市，在熙熙攘攘的繁华闹市区，看到3头黄牛卧在路中央打盹，来往行人和汽车只好绕道而行。这是印度特有的"交通规则"，交通警察习惯地指挥绕道，老百姓见怪不怪地自觉让路。导游告诉我们，在印度，牛被印度教徒视为神圣的动物，称为神牛，享有特别优越的地位。印度对牛崇拜的起源，可以追溯到公元前1500年，从中亚进入印度的雅利安人是游牧民族，依靠放牧牛马为生。牛既是繁殖的象征，又是人们维持生存的基本依靠。牛可拉车、耕地，可提供牛奶、黄油和酥油，牛粪可作为肥料和燃料。印度人认为，人死之后，用牛粪焚尸，可净化灵魂。用干牛粪烧饭熬粥，特别香美。有的地方在用餐前，还在地上洒上一些牛粪水，以示敬神。

导游谈到，在日常生活中，印度教徒之所以对牛敬若神明，是因为牛与印度教的创造之神毗湿奴和毁灭之神湿婆有密切的关系。前者是个放牛娃，

从小在牧区长大；后者的坐骑是一头大白牛，他手执三股叉，可降服一切妖魔鬼怪。印度教经典认为，牛是人类最好的朋友，是牛帮助农民耕作供养人类，是牛献出乳汁哺育人类。因此，与其他动物不同，牛是不可侵犯的，是应该受到人类顶礼膜拜、敬重和保护的神圣动物。

绝大多数的印度人相信鬼神，相信因果报应，不但把许多动物当作神，也敬重和供奉树木，人们在树上缠上彩带，挂上鲜花，供上香火，祈求得到"神树"的庇护。我们走在恒河流域的城市和乡村，时不时会看到有人用绿树枝蘸水洒头，或对着大树默默祈祷。也有三五成群穿着盛装的男女，集体在树下摆上鲜花，供奉香火，举行祭神活动。

导游说，印度人尊重和保护树木，把树当神敬，这源自各种传说和宗教信仰。在佛教典籍中，佛祖出生于波罗树下，悟道于菩提树下，圆寂于娑罗双树中间。在佛祖生命中重要的时刻，这些树曾守候在佛祖身边，人们由此觉得它们也会沾上佛的气息，给人带来庇护和福荫。

五花八门

古老的印度民俗风情非常浓郁，在城市和乡村，都可看到头顶水罐的妙龄女郎不时走过，那婀娜多姿的身影穿行在大街小巷，人和色彩合一，显得风情万种。我们入住新德里酒店时，即受到迎宾的礼节。服务员给我们每人戴上用茉莉花串成的花环，给女团友前额正中点一个朱砂红点，称为吉祥痣，据称可得到神灵庇护，消灾辟邪。导游说，以前印度人在喜庆节日，或姑娘出嫁前，爱用朱砂点吉祥痣。如今，吉祥痣已成为印度妇女日常打扮和美容的一个组成部分。然而，按照传统习俗，寡妇是不能点吉祥痣的。随着时代的进步，这种习俗已有所改变，不少女性已不再固守陈规了。

在新德里大街漫步，有时可看到一些少女坐在椅子上，伸出双手，让艺人在其手背或手指上勾画出各种图案，称为手画。我们和其他一些外地游客，好奇地上前围观。导游说，绘手画是印度妇女创造的一种独特的化妆艺术。她们将当地的一种红色植物，提炼成糊状的红色染料，在手心手指手背上精心画出各种美丽的花纹和图案，晾干后用清水洗一遍，可保留20天左右。不过，这里绘手画的是即将做新娘的少女，手画是为婚礼做准备。几个女团友问："我们这些'老娘'可以绘手画吗？"导游微笑着点点头，这是有偿服务，不管新娘老娘，给钱就行。经与艺人协商后，几个女团友分别在手背和手指上，勾画出不同的花纹和图案。

　　爱美是人的天性，尤其是印度的妇女特别喜爱首饰，从头到脚都有独特的配饰。豪门大户人家的贵妇、淑女披金戴银，珠光宝气，首饰多达十几套，甚至上百套。贫穷人家的妇女，也会有几件铜或玻璃、塑料制成的首饰。我们在恒河地区看到，这里的妇女除普遍爱戴项链、耳环、头饰、手镯、戒指等首饰外，还戴鼻环、脚镯、脚铃等。

　　据介绍，鼻环是印度妇女独特的饰物。戴鼻环前要在鼻翼两侧扎出孔眼，然后把鼻环戴上去。按传统习俗，未出嫁的少女一般不戴鼻环，出嫁时就要戴，并用一条金链或银链，将鼻环和头饰连接起来，穿上一套传统的"纱丽"服装，更显得端庄妩媚，别有一番风韵。脚镯和脚铃也是印度妇女喜爱的饰物，现在城市妇女戴的不多，农村妇女则依然经常佩戴。她们的脚铃是用铜制成的，用金属链把铜铃串起来，绑在脚腕上，走起路来发出叮叮咚咚的悦耳声响。

96 访毛利文化村

新西兰的夜晚，晴空万里，星光熠熠。其中有一颗最耀眼、最醒目的星，犹如明亮的灯塔，指示着南极的方向，它就是南半球的南十字星。

一千多年前，正是在南十字星的引导下，褐色人种毛利人最早发现了新西兰，成为"上帝撒落在南太平洋的一块绿宝石"的主人。起初，毛利人来到这里时，这儿完全是一个野生动植物的天堂，高山峻岭，森林密布，比鸵鸟还大的恐鸟在地上飞奔，巨型的哈斯特鹰在天空翱翔。1280年，毛利人决定定居新西兰，从此开启了新西兰的文明史。数百年来，毛利人发展出严谨的部落制度，产生了成就极高的艺术文化，如有趣的习俗——纹面和碰鼻礼节早已闻名于世。如今，新西兰的毛利人有60多万，他们至今仍然坚守着祖先的土地与文化，保留着本民族的传统民俗民风。

我们旅游团一行22人，来到北岛奥克兰周边的罗托鲁阿，毛利人聚居的毛利村。当地导游张小姐是新西兰籍的香港移民，进村前在车上向我们介绍了毛利人的有关习俗和注意事项，教了几句简单的礼仪用语，并选出1名团友当"酋长"，出面接受毛利人的正式欢迎仪式。到达村口时，只见一些巨型的木雕，有的竖立，有的横放，最大的木雕是用整根树干雕成的，直径足有2米，树干刻着人头像，左右两边各1个全身的小人像，有黑、白、褐三色，造型生

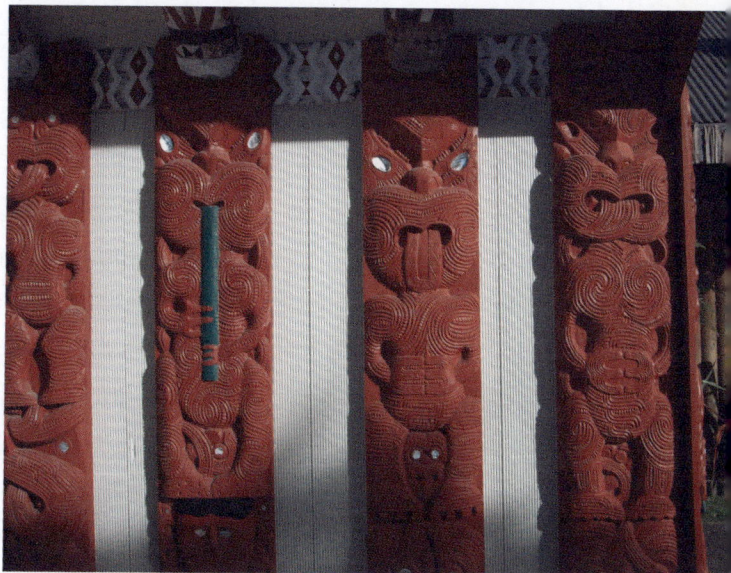

毛利人精刻的木雕

动，刀凿工艺精细。早就听说毛利人有驰名世界的精湛的木雕技艺，今日一见，果然名不虚传。

当我们进村时，同时到达的其他数十名游客，与我们一起接受毛利人的正式欢迎仪式。开始时会场很安静，接着突然响起一阵打击乐声，几个手持长矛或长剑的武士走到众人面前，做出各种各样的表情，挥动武器，表示欢迎。我们记住导游的叮嘱：不得嬉笑，正面观看。这些武士面部画上花纹，上身裸露，下身穿黑黄两色相间草裙。他们挥动武器时，矛剑相击，铿锵作响，伴着他们的喊叫声，威武雄壮。

接着出场的是几个少女，边舞边唱，表演"波依舞"。他们秀发披肩，以黑白红三色布条束发，穿紧身吊带无袖上衣和线条短裙，赤足起舞。舞姿柔美舒缓，活泼明快。在音乐伴奏下，她们挥舞一种用野草编制、白布包扎、系着红缨的小球，边跳边挥动，上下左右像流星一样，在空中划出变幻多端的优美弧线，并不时用小球碰击其他演员头部或身上，发出悦耳的响声。

导游告诉我们，毛利人在跳舞时会做出一些"反常"动作试探游客：如有的武士在欢迎客人时，突然做出各种鬼脸，同时不断挥舞长矛试探客人，如果客人不害怕，不回避，就表明来访客人是诚心诚意的。还有的武士在跳舞时，做出疏忽动作，故意把一根做工精细的挑战棒丢在客人面前，如果客人立即把它捡起来，则表明客人是和平使者。

欢迎仪式进入高潮时，由村中德高望重的长者，向客人致以最高礼节——碰鼻礼。这是毛利人最高的传统礼节，是欢迎仪式的重头戏。对于这种礼节，我们和其他国家的游客一样，十分陌生。好在导游事先把基本动作告诉我们：主动上前一步，抬起双手，张开双臂，两手轻轻搭上对方双肩，慢慢地先是鼻尖碰鼻两三次，然后看准对方的前额轻轻地贴靠，随即分手离开。导游再三叮嘱，碰鼻时要微笑相向，切勿闭目。但是，真正做到规范动作的很少，多数人由于情绪紧张，手忙脚乱地随便碰一下就算了。也有的闭着眼睛，不好意思地贴一下脸，但鼻子没碰着。

据介绍，按照毛利人的习俗，碰鼻子的时间越长，说明礼遇越高，越受欢迎。碰鼻礼在毛利人中广为流传，新西兰其他民族和毛利人见面时也行碰鼻礼。因此，鼻子高受人欢迎，有些毛利人的孩子，从小就让母亲用膝盖夹高鼻子。

欢迎仪式过后，由毛利人导游带领游客穿越林间的毛利村落，沿路是一间间小型的毛利工艺展示厅，有木雕、刺青、玉饰等，那些雕成半人半神的

木雕格外引人注目。导游说，这些木雕造型奇特，被认为是毛利人的历史见证，它会给你讲故事：讲述毛利人发现和定居新西兰的悠久历史；讲述毛利人战天斗地，建设新西兰的奋斗故事；揭露殖民主义者长期以残忍手段迫害毛利人的罪行，赞扬毛利人敢于斗争的英雄气概。

毛利人十分好客，我们所到之处，许多人都从家里出来，以各种毛利舞蹈欢迎我们，并与我们合影留念。更为有趣的是，在他们的会所餐厅，我们生平首次享用毛利人传统的自助午餐。这是用焖烤方法烹煮而成的食品，风味独特，唇齿留香。村里还破例让我们参观毛利人的刺青文身。据介绍，毛利人很喜欢在身上刺文身。以前必须由族内神职人员执行，现在则由刺青艺术家来做。我们看到，刺青艺术家将一根有鲨鱼牙齿固定的木棒，蘸上各种颜色的染料，用小锤敲击进被刺青人浅层皮肤之中，在皮肤上雕刻出各种花纹。

毛利人聚居的罗托鲁阿，是一个多姿多彩的地热区，分布着泥浆池、喷泉、蒸汽湖和石灰岩台地。其中有一个叫"地狱门"的地热景区，是新西兰唯一由毛利人经营的地热区，占地约 20 万平方米，以泥浆浴、火山泥护理而闻名。在主人的热情邀请下，我们分成两组，参加泥浆浴和火山泥护理。大伙浸浴在浓浓的灰色泥浆池中，将全身覆满纯天然的火山泥，既可以疗伤，也可以美容。有些团友特别是女团友，还把火山泥像面膜一样，涂在脸上，只露出眼睛，据说可以清除脸上的黑头和雀斑等。

我们依依不舍地离开热情好客的毛利人后，纷纷谈论自己的观感。多数团友谈到，新西兰是毛利人最早发现和定居的，毛利人当然是新西兰的主人。但在大街、小巷、商场、娱乐场所，到处都是欧美白种人，很少见到褐色的毛利人，这是不是"喧宾夺主"？导游张小姐应大家的要求，比较详细地介绍了新西兰的历史。

毛利人是新西兰的真正主人。但 1769 年，英国海军舰长詹姆斯·库克及其船员成为首先踏足新西兰土地的欧洲人，随后，捕捞海豹和鲸鱼的人们也来到这里，传教士也接踵而来，逐渐建立定居点。后来，英国向新西兰大批移民并宣布占领，毛利人一直勇敢作战，但最终都败于英国的船坚炮利下，于 1856 年成为英国的殖民地。这就是新西兰的历史，是这块"绿宝石"令人唏嘘的白色瑕疵！

梵蒂冈"朝圣"见闻

按照在意大利的旅行日程安排，明天就要离开罗马，进入梵蒂冈旅游。导游高兴地说："你们的运气好，明天是礼拜天，你们将可以得到教皇的祝福啊！"

梵蒂冈有个惯例，每个星期天的正午，平时难得一见的教皇，准时出现在圣彼得大教堂顶层右边第二个窗口，向广场上聚集朝圣的人们祝福。

提到去梵蒂冈朝圣，我内心萌动着一种复杂的心情。一方面，我是个共产党员，坚信马克思主义和辩证唯物主义，不相信什么"上帝主宰""神的意志"等。另一方面，正因为我是个共产党员，又是个新闻工作者，所以既要密切联系人民群众，又要善于同社会各阶层打交道，只要坚持自己的信仰，身直心正就什么都不怕。

我们吃过早餐后，随导游来到罗马城西北角的高地上，一个由古老城墙围起来像城门的口子出现在眼前，导游指着地面上一道模糊不清的白线，提醒我们说："跨过这道白线就是圣彼得广场，就进入梵蒂冈国境啦！"我环顾了一下，周围都

圣彼得大教堂

是罗马城的区域，梵蒂冈可谓是"城中之国""国中国"。据介绍，梵蒂冈国土面积只有 0.44 平方公里，是目前世界上最小的独立主权国家。总人口 1 300 多人，常住人口只有 500 多人，多为神甫、修女和卫兵。但这里却是全世界约 10 亿天主教徒的精神归属，每年前往朝圣的信徒和各地游客不下千万。

　　面积不到一平方公里的袖珍国，为什么有如此巨大的吸引力？我们为此不得不寻根究底，向导游打探个明白。"山不在高，有仙则名。"导游微笑地给我们讲起梵蒂冈的历史故事。梵蒂冈在拉丁语中意为"先知之地"。早在罗马帝国时代，梵蒂冈原是罗马台伯河西岸一山坡的名称。耶稣第一门徒圣彼得被钉死于此，其尸首被倒挂在 25 米高的方尖石碑十字架上。圣彼得在天主教的地位很高，被历代天主教徒视为教会创始人。公元 315 年，罗马帝国君士坦丁大帝将这片"殉道者之坡"赐给教会，并在圣彼得坟墓上方修建了教堂以志纪念。后来经过 120 年扩建，最终成为当今世界天主教徒最大的心灵天堂。

　　圣彼得大教堂前是声名显赫的圣彼得广场，是梵蒂冈的政治和宗教活动中心，为每个朝圣者和观光客必到之地。我们来到这里，只见呈椭圆形的广场，四周高大雄伟，建筑美轮美奂。汇集在这里的人如潮涌，正在排队进入教堂。据称，这个集各个时代精华的广场，是由世界著名建筑大师贝尼尼于 1656 年设计，花费 11 年时间于 1667 年建成的。广场长 340 米，宽 240 米，地面用黑色小方石铺砌而成，两侧由半圆形大理石柱廊环抱，造型和谐，气势恢宏。柱廊共有 284 根圆柱和 88 根方柱，分排 4 列，形成 3 条走廊。朝向广场的每根石柱顶端的平台上，排列着 142 尊 3.2 米高的大理石雕像，他们都是罗马天主教会历史上的殉道者。正中为基督，其旁为第一、第二门徒，神态各异，栩栩如生。

　　进入圣彼得大教堂，是领略梵蒂冈历史和文化的"重头戏"，不仅可以亲身感受梵蒂冈特有的宗教文化氛围，而且可以加深对梵蒂冈历史悠久的建筑艺术殿堂的体验。建于公元 326 年的圣彼得大教堂，如今是世界上规模最宏大的天主教堂，可容纳 6 万人。里面大约有 450 尊塑像、500 根立柱和 50 座祭台。文艺复兴时期设计和建筑，云石雕刻与用彩色石粒镶嵌的巨大壁画，巧夺天工，实为惊世之作。

　　特别引人注目的雕塑作品《哀基督》，是天才雕塑家米开朗琪罗 24 岁时的旷世杰作。作品洁白细腻，与教堂内的金碧辉煌形成鲜明的对比。圣母玛利亚抱着死了的基督，她少女般圣洁姣好的面容上，流露出难以捉摸的感情：

似乎既痛苦万分，又不敢违背上帝意旨，形成一种深刻的无从释怀的悲痛，淋漓尽致地从她的眼神里迸射出来，连参观者的内心情感也好像与她融为一体了。据说，曾有人造谣说米开朗琪罗不是雕塑的真正作者。米开朗琪罗极为愤怒，便在圣母胸前刻下自己的签名，成为这里唯一留下签名的作品，也是整座教堂唯一一座用玻璃罩保护起来的雕塑。

由意大利最优秀的建筑师贝尼尼雕制的巨大华盖约有5层楼房高。它由4根螺旋形铜柱支撑着，为葬于此处的开山祖师及历代教皇的尸骨遮阳。华盖前面的半圆形栏杆上永远点燃99盏长明灯，下面则是教皇祭坛和圣彼得的坟墓，只有教皇才可以在这座祭坛上面对东升的旭日，当着朝圣者举行弥撒。

大教堂内部左右各有一排大理石圆柱，圆柱顶端有圣物箱，收藏着圣彼得当时被囚在狱中的铁链。中央大堂放置着一尊黑色的圣彼得铜像，从世界各地来朝圣的虔诚教徒排起长龙，秩序井然地轮流抚摸或亲吻圣彼得铜像脚趾。现场人们神情肃穆，鸦雀无声。我见到，有个教徒可能因为情绪激动，亲吻时啜出声音，旁人即给他一个白眼，无声地责备他的违规表现。由于每天有数以万计的信徒重复着亲吻的动作，那脚趾已被亲得闪闪发光了。当然，还有更多的游客好奇地、敬畏地站在那里观看，脸上浮现出难以置信的惊叹号。

快到正午时刻，我们走出大教堂，只见广场上人山人海，等待教皇的祝福。当时针指向正午时，聚集在广场的教徒和游客的眼睛，不约而同地望着一个方向——大教堂顶层右边第二个窗口，教皇准时出现了，向人群祝福。顿时，广场上群情激昂，欢呼声、祈祷声、嘈杂声，声声入耳，响彻云霄。

导游谈到，梵蒂冈教皇不但是全世界天主教徒的"心灵上帝"，又是政教合一的国家元首。梵蒂冈的国徽是一个盾形，盾面为红色，上面有两把交叉着的钥匙和一顶三重冠冕。金黄色和银白色的两把钥匙，传说是基督给圣彼得的，象征把天上和地上的一切权力都交给他；三重冠是主教冠和人间的皇冠结合产生的。教皇拥有至高无上的神权，又是梵蒂冈任期终身的首脑，有最高的立法、司法和行政权，所以皇冠为三重。

98 我在金字塔内部走一回

　　我来到埃及胡夫金字塔面前，对着这座近 50 层楼高的"人造山"，看得入神。

　　"跟着导游爬上去看看吧！"忽然有团友提醒我说。我本来不忍心踩踏圣山，但又怕掉队，只好跟随导游爬到塔身北侧的入口处。这里离地面十多米，有两个开口，一高一低。导游说，高的是原始入口，原是秘密的隐蔽入口，后来遭到盗墓贼的破坏，成为公开的秘密。因此，当局索性把入口封死了。低的是现在进入塔内的唯一入口，是阿拉伯帝国的马蒙哈里开凿的。当时他听说塔内藏有许多金银珠宝，花了大笔财力开凿了一个新口，但最终一无所获，留下了这个"马蒙洞口"。

　　洞口聚集了许多不同肤色的游客，指着洞里议论纷纷。导游说，人们很想进去看看金字塔内的乾坤，但又怕触犯了神灵，遭到不测。因此，进去的人很少，有的虽然进去了，走不到一半又退了回来。我问导游，我们是否进去。他说看大家意见，只要有人想去，他就带路。多年来，他进入塔内不下数十次。我们的多数团友对进塔内比较忌讳，认为在塔外看看算了，不想进去。我几十年来深受辩证唯物主义教育，不信鬼神不信邪。如今从万里之遥来到金字塔，不能给自己留下遗憾。于是，我与五个有同感的团友，决定到四千年前的文明深处走一回。

　　导游带我们从"马蒙洞口"进入塔内一条狭窄的通道，高约 2 米，宽 1 米多，看得出，这是人工开凿的秘道。洞壁的石块三尖八角，参差不齐，稍不留神就会碰伤。我们跟着导游小心地摸着石头行走。走完这段只有十多米的幽深秘道，来到一处与原始通道相连的地方，也是连通几个地方的汇合处。导游指着前方一条长长的狭窄通道，说可通向胡夫的墓室，后方则通往地下室，是太阳神圣殿，右前方是王后墓室。但太阳神圣殿和王后墓室不能通行，都被封住了。

　　也就是说，现在只有去法老墓室的路是通的。我们想到越来越接近法老了，心情多少有点紧张：法老的"真容"能看见吗？是木乃伊还是塑像？我们向导游请教，他微笑着说：不要急，等下就知道了！我们跟随他钻进一条像隧道的狭窄路，仅 1 米的高度和宽度，必须低头弯腰，半走半爬地向前挪动。隧道里空气浑浊，一股呛人的气味扑鼻而来。特别是遇到迎面而来的游客，更是狼狈不堪，互相点点头，笑而不语，紧挨着擦身而过。

我看看手表，大约走了 15 分钟，终于钻出了隧道，来到一条又高又宽的走廊，眼前的景象给人"柳暗花明又一村"的感觉。这里的顶部和两壁，由巨大的玫瑰色花岗岩垒成，据称每块都在 20 吨以上！由各个角落射进来的光线，再从玫瑰色的花岗岩反射出来，使宽敞的走廊现出一派温馨祥和的气氛。我们从隧道出来时，大汗淋漓，气喘吁吁，如今都心平气和，舒心畅快了。

通往法老的墓室真是峰回路转。我们离开大走廊，又走了五六十米，眼前出现一道梯子，是垂直的，像拦路虎挡住了去路。体力较好的团友爬上去了，但有两位老年团友，勉强爬了两三级腿就发抖。导游鼓励他们说，沉住气，抬头向上，不要往下看。但由于年老体弱，最后只好作罢，留在大走廊休息，等候我们。

爬过了梯子，还未见法老的墓室，究竟还有多远？导游幽默地答："不要急，到时说不定法老会派人迎接我们呢！"再穿过一个口子，来到一间宽大的厅堂，通风透光，四面墙壁都是磨光的花岗岩，顶部是巨型的花岗岩横向支撑。我们环顾四周，看不到通往别处的出口，难道这里就是法老的墓室？导游说：对，这里就是法老的天堂啊！

导游指着墓室一角说："前面就是法老的石棺。"我们高兴地说："皇天不负有心人，我们终于如愿以偿了！"我们立即走向石棺，可是眼前的一切，令我们大失所望。原来石棺连个盖也没有，棺内空空如也，什么也没有。胡夫的木乃伊去哪了？导游说这是个千古之谜。人们普遍认为有两种可能，一是被盗墓贼盗走了，但到现在还不知所踪。二是法老这个墓室只是个摆设，是掩人耳目的障眼法，真正的墓穴可能深藏于地下。我们认为，第二种解释比较合理，可信度较高。

我们回到大巴后，沿途的话题尽是金字塔。有团友问导游：听说金字塔里有法老的可怕咒语，而且很灵验，真有这回事吗？导游点点头说有，他在另一个金字塔的石碑上，看到一句令人胆寒的话："不论是谁骚扰了法老的安宁，'死神之翼'就将在他的头上降临。"五千多年来，民间流传了很多令人毛骨悚然的故事。那些敢于进入法老墓室的盗墓贼、冒险家、科研人员，有

的莫名其妙地突然毙命，有的患上不治之症痛苦地死去。开罗博物馆馆长从来不相信法老咒语。他说："我只相信科学，我同埃及古墓和木乃伊打了几十年交道，现在不是好好的！"说来也怪，他说了这话后不久，就猝死在家中，年仅 52 岁。

　　说到这里，我插了一句，问导游："你认为馆长的猝死是应验了法老的咒语吗？"他摇摇头说，猝死的原因是复杂的，不能简单地与法老咒语挂钩。我不否认金字塔墓室有神奇之处，也不否认它存在许多未解之谜。但是，任何谜团都将有它的合理解释，如果就此将金字塔神秘化，这只能是对人类智慧的不信任。

　　其实，对金字塔的神奇现象，科学家经过长期的实地调查和研究分析，提出了许多观点和解释。到目前为止，比较令人信服的是法国一位女医学专家的研究成果。她叫菲利普，1983 年发表的研究报告认为，古埃及法老死后，

胡夫大金字塔入口处

陪葬品除了奇珍异宝外，还有大量的水果、粮食、蔬菜等日常食物和一些药材。几千年来，这些食物在墓室内变质腐烂，和密封墓室里的毒气共同作用，产生一种特殊的剧毒病菌，弥漫在墓室里。当人们进入墓室吸入毒菌，就会发生感染，快者当场毙命，慢者也会病入膏肓，毒发死亡。

导游谈到，金字塔的结构具有深奥而又神秘的魔力，至今，现代人仍不能破译它的全部"密码"。这些"密码"，催生了社会上两种新情况的出现：一是许多商人认为这是个赚钱的商机，制造金字塔形的磨刀器、保鲜装置和治疗仪等，大肆宣传什么把刀片放进去，就会自动变得锋利，食物可以延长保鲜期，手术后伤口能够加快愈合，等等。二是社会上由此形成了新的宗教派别，叫金字塔教。他们以胡夫金字塔为崇拜对象，在塔内举行祈祷仪式，吸收金字塔能量。

金字塔教认为，大凡进入金字塔接收金字塔能的人，都会感到头脑清醒，体力恢复快，从而收到心想事成的效果。如公元前4世纪的亚历山大大帝，攻入埃及后，曾在金字塔独坐了很久。出塔后挥戈东进，一路势如破竹。18世纪末的拿破仑，在金字塔下大败埃及军队。他胜利后走进金字塔，独自沉思，出塔后征服了整个欧洲。

导游的介绍，引起了大伙的兴趣，纷纷谈了自己的看法。有的说金字塔能可能真的存在，但它是不是神的产物？有的认为进入金字塔静坐沉思，可能是心理暗示起的作用吧！两个在大学讲授哲学课的退休教师说，这些大人物在事业上的伟大成就，难道就是吸收了金字塔能的作用吗？不，我们宁愿相信，是几千年的文明激发了他们的雄心斗志，是230万块巨石给了他们信心和决心！

99 采铀矿区探秘

仁化县内山川秀美

隐形杀手

20世纪50年代末一个秋高气爽的中午，一架飞机出现在粤北丹霞山风景区周围上空，盘旋飞行几圈后，投下许多像炸弹似的东西，但落地后没听到爆炸声。接着，飞机上一个飞行员随着降落伞徐徐降落到地面。

当地村里村外的农民对此看得十分清楚，齐声喊着："快抓空降特务呀！"他们抓起扁担，提着锄头，民兵扛起步枪，把跳伞的飞行员团团围住……

此刻，正在附近执勤的解放军某部官兵，及时赶到现场，对大伙说："自己人，自己人，不要动手！"

原来，这是一次空中勘查铀矿的秘密飞行活动，科技人员根据地下矿物放射性的数据，往矿藏地面投下像炸弹的沙包作标记。

经过勘查，发现粤北以仁化县为中心，跨南雄和始兴两县的三角盆地，是一个特大的铀矿地带，是继江西宜黄、崇仁铀矿之后的又一个大型富矿，为我国研制核武器奠定了物质基础。

春夏之交，我奉命来到仁化县采访。眼前呈现好一片旺盛的绿色世界，树木婆娑，繁花似锦。绿油油的水稻又粗又壮，丘陵坡地上的各种瓜类个头特大。冬瓜像个水桶，番茄如饭碗大，小的苦瓜也有一两斤重。与我同行的县干部老陈，见我有点疑惑，说："你再看看那边的动物。"村旁出现一群像鸡非鸡的家禽，走近细看，只见鹅公像只鸭，鸭雌比鸡小，公鸡像鸽子，真是一只比一只小。我若有所悟地说："这里的动植物差异如此之大，是矿藏放射性的作用吧！"

老陈点头表示同意，说："这种放射性元素对植物有强大的催生助长作用，但对动物却有杀伤力。"千万年来，这里受放射性污染的水土，成为威胁居民身体健康的严重问题。矿区中心地带，有的村庄出现"一短二小（少）三多"的怪事，即寿命短，平均不到50岁；个子小，生育少；畸形多，癌症多，肝病多。因此，外地姑娘不肯嫁到这里，本地的居民要迁移到外地去。

国家使命

老陈说到这里话锋一转："面对这样的恶劣环境，却没有吓倒我们的人民解放军。他们肩负国家使命，'明知山有虎，偏向虎山行'。从祖国各地赶来的部队，在这里安营扎寨，挖竖井，开坑道，深入地下一百多米，硬是把含铀的花岗岩掏出来。"

在8号矿井坑口，我们见到某部团政委方洪、团长周信。他们正从坑道出来，下半身湿透了，满身泥污。他们接受了我们的采访。他们是东北野战军部队，参加过辽沈、平津战役和解放海南岛战役，不久又参加了抗美援朝战争。方政委深有感慨地说，在朝鲜，我们由于武器落后，吃了许多不该吃的苦头。美军凭着先进的武器装备，在战场上张牙舞爪。有一次，我们抓到一个俘虏，他嚣张地举起左手伸出小指说："你们是这个，只有手榴弹。"他又举右手竖起大拇指："我们是这个，有原子弹！到时给你们放一个，你就知厉害！"

　　周团长心情沉重地接着说："落后就要受气，落后就要挨打。如今，我们响应党中央、毛主席的号召，鼓足干劲，尽快研制出我们的'争气弹'，打破帝国主义的核垄断、核讹诈。"

　　据介绍，参加仁化铀矿会战的部队和科技人员有 1 万多人。他们为了国家利益，严格遵守保密条例，和亲戚朋友断绝了来往。连他们的父母、妻子和儿女，除了知道一个信箱号码外，对他们的工作性质和具体工作地址也一无所知。他们隐姓埋名，销声匿迹在荒山野岭之中，不但要克服三年经济困难时期各种物资极端匮乏的生活条件和工作困难，有时甚至要付出宝贵的生命。

　　在团领导的指引下，我们来到用木板和竹篱笆搭成的团部。在团部会议室门口旁边，有一块用松枝、绿叶和鲜花搭起来的烈士牌坊，中间贴着 24 张相片，两边贴着对联："国家使命我当先，英雄无悔永向前。"面对这个烈士牌坊，我们心潮澎湃，专心倾听团领导的介绍。在地下深层工作，加上探矿设备十分简陋，无法有效防止瓦斯爆炸、地下透水、突然坍塌等灾害的发生。特别是强烈的放射性，使人头昏脑涨，白细胞急剧下降，成为井下指战员的头号杀手。有个在朝鲜战争中荣立二等功的排长叫曾雄，为了提前完成探矿任务，在井下坚持了 3 天 3 夜，奋不顾身地工作，最后倒在了工作岗位上。

并肩作战

　　我们来到代号为"5 号工地"的地方，这是一间初次提炼铀矿的工厂。用高温把含有铀的花岗岩熔成糊状物后，装在可防放射性泄漏的铅罐里，运到兰州进行精炼，成为制造核武器的主要原料。

　　提炼铀矿原来是依靠苏联专家的帮助进行的。苏联毁约停援后，把有关的数据和图纸全部撤走了。参加铀矿会战的解放军和科技人员，决心从零开始，克服了令人难以想象的困难。当时，他们没有计算机，无法处理大量复杂的生产和测试数据。怎么办？他们便土法上马，把算盘派上用场，一珠一珠地拨动算盘珠子，一个数字一个数字计算清楚，硬是把所有的数据攻了下来。他们做过统计，如果把数据图纸拼接起来的话，可以把方圆 40 多平方公里的丹霞山景区覆盖起来。

　　有位科技人员回忆说，当粮食和副食供应严重不足时，他们就地开荒种上各种作物，养猪捕鱼，千方百计补充主副食品。有一年，暴雨引发山洪，冲毁了交通运输线，供给无法及时运到。部队领导动员广大指战员自觉吃粗粮或瓜果充饥，把节省下来的面粉、大米让给科技人员。这些深受大家尊重的知识分子，心情无比激动地婉言谢绝了。有三位正在住院治疗的科技人员，见此情景，二话不说便回到自己的工作岗位上。

参加仁化铀矿会战的部队和科技人员，在建设铀矿生产线的同时，紧密配合地方政府改造仁化的恶劣环境，为当地人民群众带来福祉。

如今，一条来自外县的大水渠，穿山越沟，纵贯仁化县1 000多个村镇，使全县20万群众喝上了没有放射性污染的优质水——被称为"生命之水"。位于矿区中心地带的上百个村庄早已迁移到其他安全地方定居。各镇建立防放射性元素监测站，对居民和公共场所等进行跟踪探测。县里加强群众的体检工作，成立中西结合防治放射性疾病中心；开展体育活动，增强人民群众体质。

"青山依旧在，几度夕阳红。"50多年来，仁化在为国家核工业建设作出特殊贡献的同时，自身也获得了旧貌换新颜的巨大变化。昔日有女不嫁仁化郎，如今迎亲礼炮赛新年；历年体检青年难入伍，如今应征锣鼓响云天。境内的丹霞山风景旅游区，过去门庭冷落车马稀，如今被列入"世界地质公园"，成为世界级的旅游胜地。

特大水蟒现形记

横渡鄱阳湖

20 世纪 70 年代初，一只 10 多米长的特大蛇形水中动物，大白天浮出鄱阳湖水面，游向湖边，再爬上陆地⋯⋯

人们惊恐万状，奔走相告，惊动了赣北大地，震动了江西省委，传到了华东地区。著名的上海捕象队闻风而动，携带巨型的捕捉工具，奔向鄱阳湖畔。

当年的"龙舟水"季节，天气酷热，连日暴雨。位于鄱阳湖北部的湖口县，一个姓陈的农民正在湖边田间作业，忽然看见前方湖面突起波涛，水花飞溅，一只巨大的蛇形动物浮出水面。只见它上身呈灰黑色，腹部灰白色，有鳞片，脊背有突起的棱角，正向前方的湖汊游去，随即爬上草地，接着又离开陆地下水向前游去。这农民来到被压倒一大片的草地，用步行法计算出它的长度约有 15 米，爬行时经过一个被砍的树桩，与之并齐，推算出它的直径约有 1 米。

　　同一时间，湖滨地区不少人看见湖面有巨型蛇形动物出现的消息像长了翅膀似的传开了，江西省委为防患于未然，一方面立即派出一位姓王的常委到九江地区调查和指导工作，另一方面向华东上级有关部门报告。上海捕象队奉命来到湖口县，在滨湖地区搭起几个瞭望哨，日夜监视湖面的动态。

　　"这样大型的水中动物在当地有生存条件吗？"有人提出了疑问。捕象队的专家明确作出了肯定的回答。首先，鄱阳湖是我国最大的淡水湖，面积达2 780平方公里。江西省的河流如赣江、信江、盱江、鄱江、修水等汇入湖中。特别是，这里属于湿润季风型气候，温暖潮湿，雨量充沛，加上长期没有开发，没有污染，连机动船也很少出现，使偌大的湖区保持宁静的原始状态，成为水生动物安静自在的乐土。

　　其次，湖区盛产各种鱼类，鲤鱼、鲩鱼、鳙鱼、鲥鱼、鳝鱼等资源十分丰富，二三十斤重的大鱼随处可见。湖区不但有成群的野鸭、大雁、天鹅、白鹤、黑鹳等，每年还有数以万计从北方飞来湖区越冬的候鸟群。这就为大型水中动物提供了丰富的食物。

　　适者生存。上海捕象队的专家根据实情，确认这种大型水中动物是蟒蚺家族中的成员。它们原来可能是生活在陆地的大蟒，后来由于环境变化，特别是食物不足，从陆地遁入湖中，逐渐成为鄱阳湖水族中的霸主。

　　笔者当时是新华社江西分社记者，正在赣北地区采访夏收夏种，也听到了许多关于水蟒的各种传闻。据湖区老人介绍，这种特大水中动物早已存在。每逢端午节期间，湖水暴涨，不少人亲眼看过这种蛇形动物以各种形态出现在湖面上。但它很少靠岸登陆，人们很难看到它的全貌。目睹的人还说它有4只鸭蹼形的脚，脊背上有棱，称其为"蛟王"。

　　说来也奇怪，大水蟒很有灵性，在湖区除偶尔吞吃过一些牛、猪外，从未伤害过人类，与人类长期和平共处。湖滨的都昌县有个农民骑水牛渡过湖汊时，突然被水蟒掀翻，农民和水牛被卷起沉入湖底。接着，惊呆了的农民又被水蟒卷起来浮出水面，脱离了险境。但那大水牛则像"泥牛入海"无踪影，人们都说被"蛟王"吃掉了。

　　湖口县有个叫王杰的村干部，一个夏天的晚上去公社参加会议。会后他沿着湖滩抄近路返家时，在朦胧的月光下，看见前面有座房子屹立在湖边。他对这段路很熟悉，怎么会有房子呢？他正纳闷，待走近房子时，突然听到"呼呼呼"的怪声，两道像电筒似的电光直射过来。王杰大吃一惊，赶快往回

跑。公社当即派出一批人员，和王杰一起赶到出事现场，"房子"却不见了，只见湖草被压倒一大片。人们很快意识到，这是"蛟王"的杰作，它夜间离开湖水，在岸边草丛把巨大身躯盘起来，远看就像座房子似的，两道电光是它的眼睛。

大概是"蛟王"与人和平共处的时间长了，湖区老百姓对它的情况日渐熟悉。当地有这样的传说，每当"蛟王"露出水面，就预兆着风调雨顺，五谷丰登；否则不是洪涝为患，就是旱魃横行。老人们记得，在旧社会，有一年湖区连日暴雨，长江洪峰倒灌，眼看洪水泛滥了。就在这时，人们看见"蛟王"出来了，它一会昂起脑袋，一会拱起半截身躯，一会翘起尾巴，活跃异常。老百姓说"蛟王"正在"作法"，疏导洪水，控制雨势。果然不出所料，天气转晴，湖水下降，当年获得了好收成。民国初年，星子县湖区一条"蛟王"被雷击死，当地百姓建了一间"蛟王祠"以作悼念。人们说，"蛟王"没有按照老天爷的旨意行事，化灾害为丰年，违反了天意而罹难，真是"好心遭雷劈啊"！

上海捕象队在湖区监视和调查期间，看到若干次水蟒露出部分身躯，但无法捕捉。他们认为，随着鄱阳湖的开发，周围环境的污染，大水蟒赖以生存、繁衍生息的"安乐窝"将不复存在。将来有的可能沿着长江进入大海，有的仍留在湖中，但都由于环境的变化而不适应，最后走向消亡、灭绝。

附录

壮怀游天下（五大洲32国）

亚　洲

1. 中国
2. 印度
3. 新加坡
4. 马来西亚
5. 柬埔寨
6. 迪拜
7. 越南
8. 韩国
9. 朝鲜
10. 泰国
11. 日本
12. 缅甸
13. 印度尼西亚

欧　洲

14. 英国
15. 法国
16. 德国
17. 瑞士
18. 荷兰

19. 意大利
20. 俄罗斯
21. 比利时
22. 圣马力诺
23. 卢森堡
24. 列支敦士登
25. 奥地利
26. 梵蒂冈

非　洲

27. 埃及
28. 南非

大洋洲

29. 澳大利亚
30. 新西兰

北美洲

31. 美国
32. 加拿大